L'enfant d'Alexi Demetri

*

Un bébé à Rio

*

Une nouvelle inattendue

KATHRYN ROSS

L'enfant d'Alexi Demetri

HARLEQUIN

Cet ouvrage a été publié en langue anglaise
sous le titre :
KEPT BY HER GREEK BOSS

Traduction française de
ANNE DAUTUN

Ce roman a déjà été publié en juillet 2010

HARLEQUIN
83-85, boulevard Vincent-Auriol, 75646 PARIS CEDEX 13.
Service Lectrices — Tél. : 01 45 82 47 47

www.harlequin.fr

ISBN 978-2-2803-3130-2

Prologue

« Je ne suis peut-être pas enceinte, après tout », pensa Katie, farouchement, en contemplant les toits de Londres, que le soleil nimbait de rose. Elle n'avait qu'une semaine de retard, et son cycle avait tendance à être irrégulier... Il était néanmoins préférable de faire le test de grossesse au plus vite et le moment était particulièrement propice puisque les bureaux étaient déserts.

Oui, mais si le test était positif ?

Certes, son patron était l'homme le plus beau et le plus fascinant qu'elle eût jamais rencontré. Leur liaison la comblait. L'ennui, c'était qu'il s'agissait *seulement* d'une liaison...

Alexi n'était pas du genre à se ranger, il avait été très clair là-dessus, et, pour sa part, cet accord lui convenait à la perfection, au départ. Elle s'était imaginé qu'elle maîtrisait la situation. Mais aujourd'hui, elle ne portait plus du tout le même regard sur leur relation. Et cela lui faisait peur.

Alors qu'elle allait saisir son sac pour y prendre le test de grossesse, un bruit dans la pièce voisine l'alerta. Elle n'était pas seule ! Elle se retourna vivement : Alexi était planté sur le seuil de son bureau.

Comme toujours en sa présence, elle sentit son cœur s'emballer. « Beau à se damner », ainsi l'avait-elle décrit une fois, et cette description convenait à la perfection au nabab grec qui lui faisait face.

— Tout le monde est rentré chez soi, lui fit-il observer.

— J'avais des budgets à vérifier, répondit-elle en se rasseyant à son bureau.

— Où en es-tu ?

— J'ai presque terminé. Le contrat sera finalisé dans quelques jours.

Et, dans quelques jours, elle ne travaillerait plus ici, chez Demetri Shipping.

Katie leva les yeux vers Alexi, qui était entré dans la pièce. Elle aimait son style vestimentaire chic et flamboyant, sa silhouette élancée et athlétique. Mais ce n'était pas ce qui l'attirait le plus. Ce qui la fascinait vraiment, c'était son aura d'assurance et de pouvoir, sa décontraction mêlée d'arrogance. Elle aurait aimé se dégager de l'emprise qu'il exerçait sur elle et sur ses sens… mais, contre cela, elle ne pouvait *rien* !

Alors qu'il parvenait près de son bureau, elle s'efforça de refouler ses émotions.

— Tu as bien travaillé, lui dit-il. Il faut que nous discutions, que nous envisagions l'évolution des choses.

De quoi voulait-il parler ? se demanda-t-elle, la gorge sèche. Sur quel terrain voulait-il l'attirer ? Le terrain sentimental ?

— J'aimerais que tu restes, ajouta tranquillement Alexi.

Envahie d'une émotion qu'elle n'osa analyser, elle demanda avec circonspection :

— A quel titre ?

— Au même titre. J'acquiers une nouvelle entreprise, j'aimerais que tu supervises un projet comparable.

Déçue, Katie s'efforça de dompter sa déconvenue. Ce n'était évidemment pas l'affectif qui était en jeu, elle aurait dû s'en douter ! Alexi ne parlait jamais d'émotions ni de sentiments. Pour lui, c'était tabou !

— Et… et nous ? se contraignit-elle à demander.

Il riva sur elle son regard sombre en esquissant un sourire.

— Nous pouvons continuer comme avant, non ? Savourer notre plaisir réciproque.

— Nous en discuterons plus tard, répondit-elle, avec une fausse désinvolture.

Il fronça les sourcils comme s'il n'avait pas prévu une telle réaction, puis il se pencha en avant et posa les mains sur son bureau.

— Passons à la question suivante, ajouta-t-il : chez toi ou chez moi ?

Il passait sans transition du rôle d'homme d'affaires à celui d'amant ! songea-t-elle. Elle se sentit déroutée, et soudain nerveuse. Elle le désirait tant ! Elle avait tant envie de se blottir dans ses bras ! L'ennui, c'était qu'il ne se contenterait pas d'une étreinte. Il lui ferait l'amour jusqu'à ce qu'elle soit saturée de sensations, comblée au-delà de toute attente. Puis, avec ce sourire satisfait qui lui était coutumier, il lui dirait qu'elle était merveilleuse, et recommencerait aussitôt à… parler affaires.

Etrangement, ce soir, pour la première fois depuis leur rencontre, elle avait l'impression de ne plus pouvoir gérer cette situation. Envahie d'une anxiété perturbante, cherchant à gagner du temps, elle biaisa :

— Je croyais que tu avais rendez-vous avec le P.-D.G. de Transworth ?

— Oui, mais ça ne devrait pas être long, dit-il en contournant le bureau pour se percher dessus, tout près d'elle. Je serai libre vers 22 heures.

— Ecoute, j'ai travaillé comme une folle, aujourd'hui, et je…

— Chercherais-tu à te défiler ? coupa-t-il.

— Eh bien, oui, dit-elle d'un ton qui se voulait léger. Une femme a besoin de sommeil pour être fraîche.

— Fraîche ? Tu sembles prête à t'enflammer, au contraire, murmura Alexi. Mais je consens à t'accorder ta liberté pour ce soir. Du moment que tu réfléchis à ma proposition de job.

Il avait posé la main sur son bras, et ce léger contact, associé à sa voix rauque, éveilla chez elle un âpre désir.

— Tu sais parler aux femmes, toi ! s'efforça-t-elle de plaisanter.

Il caressa les contours de son visage, enfonça ses doigts dans sa longue chevelure brune. Puis, inclinant la tête, il prit sa bouche, lui arrachant un soupir saccadé.

Quand Alexi l'embrassait, elle se sentait prise d'ivresse, elle avait l'impression de flotter… et elle ne songeait plus qu'à se donner à lui corps et âme. Du moins, il en avait été ainsi tout au long de ces derniers mois. A présent, elle craignait l'envoûtement qu'il exerçait sur ses sens.

Elle ne voulait plus ressentir ces émotions, pensa-t-elle, sans pouvoir, cependant, se délivrer du trouble délicieux qui l'avait envahie.

Tout à coup, le téléphone mobile d'Alexi sonna, rompant le silence. Il commença par l'ignorer, puis finit par se détacher d'elle en déclarant avec brusquerie :

— Désolé, il vaut mieux que je réponde.

Elle adopta une attitude indifférente tandis qu'il répondait à Mark, du bureau de New York. Comment pouvait-il manifester tant de passion puis reprendre son empire sur lui-même en une seconde ? se demanda-t-elle. La réponse lui vint aussitôt : parce qu'il n'avait pas de véritables sentiments pour elle.

Et cette situation était catastrophique ! Elle devait à tout prix se ressaisir ! Elle se leva et prit son sac, murmurant à Alexi qui l'avait suivie du regard :

— Je n'en ai que pour une minute.

Il hocha la tête tout en répondant sèchement à Mark :

— Règle le problème, c'est tout. Je n'accorde jamais une deuxième chance. Ce type a tout loupé, point final.

Alexi était un homme d'affaires redoutable, pensa Katie en longeant le couloir. Et elle avait lu suffisamment d'articles sur lui pour savoir qu'il était tout aussi implacable dans sa vie privée. Après un premier mariage, il avait divorcé et depuis, changeait de compagne au gré de ses humeurs. Elle n'ignorait pas les rumeurs sur la cause de son divorce : son ex-femme voulait des enfants, et lui non…

Si son test de grossesse se révélait positif, elle serait contrainte de se débrouiller seule, c'était clair ! D'autant que leur liaison ne signifiait rien pour lui.

Comment était-il possible qu'elle se retrouve dans une telle situation ? Elle avait pourtant été élevée par une mère célibataire, et cela n'avait pas été facile ! Elle en conservait des souvenirs qui la hantaient.

Si le test était négatif, elle mettrait l'occasion à profit : elle romprait avec Alexi une bonne fois pour toutes.

1.

Frémissant d'excitation, Katie pénétra dans l'imposante réception du siège de Madison Brown. C'était son premier jour de travail, et elle avait hâte de relever le défi de ce nouvel emploi !

Il lui avait fallu un bon mois pour dénicher ce poste ! Heureusement, elle l'avait obtenu, et au bon moment ! Elle n'en pouvait plus de ruminer toute seule dans son appartement, de penser à Alexi, de se dire qu'il lui manquait.

Aujourd'hui encore, quand son nom lui traversait l'esprit, elle éprouvait une douleur sourde qu'elle tentait de refouler avec colère. Car enfin, c'était elle qui avait quitté Demetri Shipping, elle qui avait rompu avec Alexi… et elle avait eu raison !

— Bonjour, dit-elle à la réceptionniste. Je suis Katie Connor, la nouvelle chef de projet.

— Bonjour, mademoiselle. Vous pouvez monter au dernier étage. Le nouveau directeur désire vous voir avant que vous ne preniez votre poste.

Katie se dirigea vers l'ascenseur en s'efforçant de contrôler sa soudaine nervosité. « Il n'y a pas de problème, voyons ! », s'encouragea-t-elle. L'agence de placement lui avait précisé qu'elle avait été la seule retenue pour un entretien parmi tous les candidats présentés. De plus, le cadre de Madison Brown qui lui avait téléphoné pour lui proposer ce poste ne lui avait pas caché que ses antécédents professionnels avaient impressionné le comité d'embauche.

De toute évidence, sa réussite chez Demetri Shipping avait parlé en sa faveur !

Son futur employeur lui avait précisé qu'au moment de son entrée en fonctions, Madison Brown serait devenue la société satellite d'une grosse entreprise : Tellesta — presque aussi importante que Demetri Shipping. Elle aurait l'occasion de développer ses talents et d'effectuer des voyages à l'étranger, car Madison Brown possédait des bureaux à Paris et à New York. Elle avait hâte de se mesurer à cette épreuve.

Quand elle sortit de l'ascenseur au dernier étage, la jeune femme de la réception, qui s'appelait Claire, la conduisit dans son bureau. Katie regarda avec intérêt autour d'elle en longeant le couloir. Les bureaux, très modernes, offraient un panorama spectaculaire sur Londres. La salle de conférences qu'elles traversèrent était vaste et très bien équipée.

— Ça a vraiment de l'allure, murmura Katie en s'attardant sur le seuil.

— La salle vient d'être aménagée, déclara fièrement Claire. La nouvelle maison mère a rénové les lieux sans restriction de budget. Nous avons même un héliport. Ainsi, les cadres ne perdent pas de temps pour se rendre à l'aéroport.

— Impressionnant, commenta Katie.

— N'est-ce pas ? Et voici votre bureau.

Katie n'en crut pas ses yeux. Elle était installée dans une vaste pièce d'angle offrant une large vue sur le quartier d'affaires de Canary Wharf — rival de la City ! Détachant à grand-peine son regard de ce spectacle, elle jaugea l'énorme pile de dossiers qui encombrait sa table de travail.

— On m'a demandé de rassembler pour vous des dossiers à examiner, murmura Claire tandis que Katie examinait rapidement les premiers feuillets. Vous avez une réunion dans la salle de conférences à 10 heures.

— C'est noté. J'ai cru comprendre que le directeur de projets veut s'entretenir avec moi ?

— Oui, mais il a dû se rendre dans un bâtiment annexe.

Il vous verra tout à l'heure dans la salle de conférences. Au fait… il aimerait que vous examiniez ces budgets et que vous présentiez un rapport préliminaire au comité d'administration. Il aimerait connaître vos suggestions pour les améliorer.

— A 10 heures ? s'étonna Katie, la gorge soudain sèche.

— Je crains que oui, répondit Claire avec une grimace expressive. Il est du genre pressé !

Dès qu'elle fut seule, Katie ôta la veste de son tailleur et la suspendit près du meuble-classeur. Puis elle se mit à examiner les dossiers en se disant que c'était ce qu'elle voulait. Un travail prenant qui lui fasse oublier le passé.

Elle avait aimé avec passion son ancien emploi… ou bien son enthousiasme permanent avait-il été un effet de la présence d'Alexi ? Elle refoula cette pensée perturbante, et tenta de se concentrer. Mais elle eut beau s'y évertuer, Alexi s'était emparé de son esprit : il était près d'elle… il l'embrassait, la caressait, la possédait…

Cherchant à se ressaisir, elle se remémora la période où elle avait cru être enceinte, et la peur qu'elle avait alors ressentie… Dieu merci, ses craintes s'étaient révélées sans fondement !

Car Alexi n'était pas le moins du monde prêt à s'engager. Il n'avait qu'une priorité : le travail. Il l'avait toisée presque avec froideur quand elle lui avait annoncé qu'elle ne resterait pas chez Demetri Shipping.

— C'est une décision professionnelle ou personnelle ? s'était-il enquis.

— Quelle importance ?

— Si tu obéis à un motif personnel, c'est que tu ne réfléchis pas convenablement.

Elle n'avait pu s'empêcher de rire tant cette réaction était typique de sa personnalité !

— Si je comprends bien, une bonne raison est *forcément* d'ordre professionnel ?

— Oui. Nous avions une véritable connivence, n'est-ce pas ? Nous avons eu un petit à-côté, mais nous étions convenus que cela n'influerait pas sur le travail.

— Et cela a été le cas, avait-elle répondu. Je refuse ce poste parce que je veux aller de l'avant, relever un nouveau défi.

Malgré son calme apparent, elle avait été blessée et cette blessure n'était toujours pas cicatrisée. Elle aurait aimé qu'Alexi montre un peu de sentiment, de tendresse. Or il s'était contenté de dire qu'il laisserait le poste vacant quelque temps, et qu'elle n'aurait qu'à reprendre contact avec lui si elle changeait d'avis. Puis, lui souhaitant bonne continuation, il avait quitté le bureau.

Au moment de son départ, il était en voyage d'affaires aux U.S.A. C'était bien la preuve qu'elle n'avait pas compté pour lui ! Il n'aurait pas donné la priorité au travail, sinon…

Bon sang ! Pourquoi perdait-elle son temps à ruminer alors que son nouveau patron attendait un rapport ? s'admonesta-t-elle. A vingt-quatre ans, elle n'allait pas se comporter en adolescente énamourée ! Elle s'était crue capable de gérer une liaison sans se laisser dominer par ses sentiments. Eh bien, elle avait commis une erreur. Il était temps d'oublier ça !

Prenant une profonde inspiration, elle se concentra sur ses dossiers. Elle repéra en rouge les données chiffrées qui lui semblaient contestables, puis prit des notes… A 9 h 30, elle avait esquissé un rapport préliminaire qui se tenait. Elle pourrait soulever quelques points intéressants pendant la réunion.

Consciente que le temps passait vite, elle alla prendre un verre d'eau à la machine qu'elle avait remarquée en passant dans le couloir. Brièvement, elle examina son reflet dans la glace proche du distributeur. Elle s'était maquillée pour dissimuler des cernes dus au manque de sommeil, et ses yeux bleus en prenaient plus d'éclat. La nuance de son rouge à lèvres faisait ressortir ses cheveux bruns. Pourtant, elle ne se reconnaissait pas vraiment. Elle avait un style plus naturel, en général.

Et alors, se dit-elle, on ne l'avait pas engagée pour son style, mais pour ses idées ! Là-dessus, elle revint sur ses pas, et poussa la porte de son bureau.

Elle s'immobilisa sur le seuil, croyant s'être trompée : ayant tourné le fauteuil pivotant face à la baie, quelqu'un était assis à sa place et s'entretenait au téléphone. Elle ne vit qu'un dos masculin, de longues jambes dépassant sur le côté. Mais, c'était incroyable... l'intrus lisait ses notes ! Il ne manquait pas de toupet !

Elle toussota :

— Hum, hum, puis-je vous aider ?

— Je te rappelle, Ryan, je dois voir une nouvelle recrue avant la réunion, continua le gêneur.

Sa voix professionnelle et décidée était pourtant grave et mélodieuse, avec un léger accent méditerranéen, et Katie la reconnut aussitôt ! En état de choc, elle dévisagea l'importun qui venait de pivoter pour lui faire face. C'était Alexander Demetri.

« J'ai une hallucination ! » pensa-t-elle.

Quant au visiteur, ayant enfin raccroché, il se renversa dans le fauteuil et lâcha :

— Bonjour, Katie.

Son intonation froide et sardonique, et la lueur inquiétante de son regard n'étaient que trop réelles. Une hallucination ? Allons donc ! C'était un véritable cauchemar !

2.

— Mais qu'est-ce que tu fiches ici ? s'écria Katie, à la fois étourdie et incrédule.

— Eh bien, je t'offre un poste dont tu prétendais ne pas vouloir. Comme le monde est petit, n'est-ce pas ?

— J… je… je ne comprends pas, bredouilla-t-elle, l'esprit emporté dans un tourbillon. Tu voulais m'engager chez Demetri Shipping, non ?

— Demetri possède désormais Tellesta et Madison Brown. J'en ai pris le contrôle voici six semaines, déclara Alexi.

Tout en parlant, il la détailla du regard. Qu'elle était belle ! se dit-il. En chemisier blanc et tailleur noir, Katie portait une tenue strictement professionnelle. Pourtant, sans le vouloir, elle était désirable. Cela tenait à la large ceinture noire qui soulignait sa taille de guêpe, au rouge à lèvres qui veloutait sa bouche… Elle avait toujours été beaucoup trop attirante, pensa-t-il.

Sous son regard scrutateur, Katie se sentit de plus en plus nerveuse. Que pensait-il ? Etait-il content de la revoir, ne fût-ce qu'un peu ?

Elle se reprocha aussitôt sa sottise. Elle n'était qu'une conquête de plus à son palmarès, bon sang ! N'avait-elle donc rien compris ?

— Alors, tu avais déjà racheté ces entreprises quand nous… travaillions ensemble ? demanda-t-elle.

Elle s'était retenue de justesse ! Elle avait failli dire :

« lorsque nous *étions* ensemble ». Mais ils n'avaient jamais formé un véritable couple !

Elle continua :

— Je l'ignorais. Quand j'ai postulé pour ce job, je ne savais pas que je travaillerais pour toi.

— C'est ce que j'ai cru comprendre.

Quelle arrogance ! pensa-t-elle, exaspérée par sa désinvolture. Elle aurait bien aimé le voir perdre pied, ne fût-ce qu'une fois !

Mais plus que contre lui, sa colère était tournée avant tout contre elle-même, car il lui fallait s'avouer qu'une part d'elle-même était contente de le revoir. Et elle détestait sa faiblesse. Elle était si sûre d'en avoir fini avec Alexi !

Elle le trouvait séduisant, soit. Mais après tout, n'importe quelle femme se serait laissé troubler par sa beauté virile. Il les attirait toutes !

Elle s'efforça de ne pas le regarder, de ne pas être sensible à d'absurdes petits détails tels que la longueur de ses cheveux qui effleuraient à présent le col de son veston marine, ou le dessin sensuel de sa bouche, au pli presque cruel. Quand elle se laissait aller à remarquer ces choses, elle se remémorait ce qu'elle avait ressenti dans ses bras, sous ses caresses…

— Est-ce que tu savais que j'étais engagée et que tu me verrais aujourd'hui ? demanda-t-elle.

— Bien sûr, voyons ! dit-il d'un air amusé. Ton nom est apparu sur mon bureau il y a près d'une semaine.

— Qu'allons-nous faire, Alexi ? Je ne peux pas retravailler pour toi !

Il l'examina en plissant les yeux. Une émotion étrange, qu'il n'aurait pas su nommer, s'empara de lui. De la colère, sans doute. Il avait été furieux que Katie ait refusé son offre et quitté l'entreprise sans états d'âme. Si irrationnel que ce fût, il n'avait toujours pas décoléré. Il avait l'habitude d'obtenir ce qu'il voulait, de voir les gens se plier à sa volonté. Or, Katie était partie alors qu'il n'était pas prêt à lui rendre sa liberté.

— Je suis surpris de ta réaction, dit-il, cherchant à mesurer ses propos. J'aurais cru que tu te montrerais plus… professionnelle. Tu viens de signer un contrat de quatre mois avec Madison Brown. Tu dois tout de même tenir à ce job !

Elle le foudroya du regard. De quel droit l'accusait-il de manquer de professionnalisme ? Il n'avait pas précisément respecté les règles professionnelles en couchant avec elle ! Elle se retint de le lui rétorquer, bien entendu. Il aurait souligné à juste titre qu'elle était autant à blâmer que lui. Et puis, à quoi bon revenir sur le passé ?

— Je voulais ce job, oui ! répondit-elle. Mais c'était avant de savoir que tu possédais cette société !

— En quoi cela fait-il une différence ? Personnellement, je ne vois aucun inconvénient à te réengager. Où est le problème ?

Katie sentit la panique la gagner. Pour lui, c'était simple parce qu'il n'était pas impliqué affectivement. Alors que, pour sa part, elle l'était. Pas très profondément, se hâta-t-elle de se rassurer. Cependant, elle n'arrivait pas à adopter une attitude purement pragmatique à l'égard de leur passé commun. C'était une des raisons qui l'avaient poussée à décliner son offre chez Demetri Shipping.

Il avait l'habitude de faire défiler les femmes dans son lit et de les oublier, comprit-elle. Et elle avait beau y avoir souscrit, elle condamnait ces pratiques. Avant Alexi, elle n'avait eu qu'un amant. Mais elle n'allait certes pas le lui révéler.

— Je n'ai aucun problème, prétendit-elle. Je voulais aller de l'avant, c'est tout.

Alexi observa son air déterminé et plein de défi avec contrariété. C'était lui, d'ordinaire, qui prenait les initiatives. Et voici que, pour la deuxième fois, Katie le traitait par la désinvolture. Il n'aimait pas cela du tout !

— Nous avions un bon arrangement, fit-il observer. Il nous convenait très bien.

— Eh bien, les gens changent. Ce qui était bon hier ne l'est pas forcément aujourd'hui.

— Certes. Cela m'amène à m'apercevoir que nous nous ressemblons : nous convenons que nous nous sommes donné du bon temps et que nous passons maintenant à autre chose. Cela ne me pose aucune difficulté. Je t'ai choisie parce que tu es particulièrement apte pour occuper ce poste. Cet engagement est strictement professionnel.

— Je sais ! Je voulais juste m'assurer qu'il en allait de même pour toi !

Elle eut la satisfaction de voir passer dans son regard un éclair de colère, ou simplement de contrariété. En tout cas, elle avait réussi à entamer son impassibilité ! Mais sa jubilation fut de courte durée, car il ajouta en haussant les épaules :

— Sois bien certaine que le travail passe avant tout. Cela a toujours été ma priorité absolue.

Cette déclaration n'était pas de nature à la surprendre, au contraire. Pourtant, elle la blessa, et annihila son sentiment de triomphe. N'ayant pas d'autre choix, elle répondit :

— Dans ce cas, nous voilà d'accord.

— Parfait, dit-il avec un large sourire. Puisque les choses sont claires, nous pouvons repartir comme avant.

Repartir comme avant ? Voilà une tournure qu'elle n'aimait guère et qui lui mettait même les nerfs à vif. Soudain, la réalité de sa situation la frappait de plein fouet : elle avait signé un contrat. Autant dire qu'elle s'était elle-même passé les menottes ! Quant au nouveau job supposé lui faire oublier le passé, il venait d'être réduit en cendres.

— Bon, si nous revenions à nos moutons ? lança Alexi en consultant sa montre. La réunion commence dans cinq minutes. Tu veux qu'on revoie rapidement ton rapport ?

Indignée par sa froideur arrogante, elle lui opposa un refus indirect :

— Je le présenterai à la réunion, comme prévu.

— Tu es bien sûre de toi.

— Ton entreprise m'emploie parce que je suis compétente dans ma partie. Je n'ai pas besoin qu'on me chaperonne !

— Ce n'était nullement mon intention. Mais ce projet est très important. Il me semblait utile d'en discuter.

Si elle comprenait bien, pensa-t-elle, il était passé la voir uniquement à cause de ce projet.

— Nous n'avons pas le temps, riposta-t-elle d'un ton un peu sec. Si tu as des observations, tu pourras les faire tout à l'heure.

— O.K., fit Alexi, serrant les mâchoires.

Il appréciait l'intelligence de Katie, son aptitude à travailler sous pression. S'il lui avait demandé un rapport dans un délai si bref, c'était pour la tester. Et elle avait relevé le défi, comme toujours. Ayant pris connaissance de ses notes, il savait qu'elle tenait les choses bien en main.

— Simple mise en garde, reprit-il. Tu pourrais rencontrer des résistances pendant la réunion. Certains membres du conseil d'administration te trouvent trop jeune pour de telles responsabilités.

— Je vois. C'est bizarre, non ? répondit la jeune femme, masquant son inquiétude. Les jeunes de mon âge réussissent plutôt bien, de nos jours. De plus, j'ai déjà de l'expérience.

— Certes. Ne te fais pas de souci. De toute façon, c'est moi qui ai le dernier mot.

— Je ne me fais *aucun* souci. Je saurai régler le problème, si problème il y a.

— Je n'en doute pas une seconde.

— Bon, je crois que nous avons tout dit. Je te rejoins dans la salle de réunion dans une minute. Juste le temps de souligner certains passages pour ordonner plus facilement mon intervention.

Alexi haussa les épaules, et se leva. Elle avait presque oublié qu'il était si grand. Bien qu'elle fût plutôt élancée, pour une femme, il la dominait du haut de son mètre quatre-vingt-dix ! Les sens exacerbés, l'esprit en alerte, elle soutint son regard alors qu'il se plantait devant elle et laissait tomber d'un ton vaguement sardonique :

— Au fait, je suis ravi de te retrouver.

Elle eut très envie de répliquer que ce n'était pas du tout réciproque, et qu'elle tolérait leur collaboration à contrecœur, mais elle se contint.

— A tout de suite, ajouta-t-il avec un sourire railleur, comme s'il n'était pas dupe.

Dès qu'il eut refermé la porte derrière lui, Katie eut l'impression qu'elle allait se trouver mal. Bon sang ! Comment avait-elle pu commettre un tel faux pas ? Elle avait pourtant effectué des recherches sur Madison Brown ! Nulle part elle n'avait vu, dans les pages financières des journaux, que la société avait été rachetée par Demetri Shipping.

Il fallait qu'elle arrête de s'affoler, ça ne servait à rien, se réprimanda-t-elle en se rasseyant à son bureau. Mais, à l'idée de côtoyer Alexi pendant quatre mois, elle avait des sueurs froides. Comment allait-elle conserver une attitude calme et détachée alors qu'il avait le don de la troubler plus que de raison ? S'il recommençait à lui sourire, à la toucher, à…

« Cela n'arrivera pas », décréta-t-elle en son for intérieur. Elle était résolue à ne pas renouveler son erreur ! Le travail avant tout. N'allait-elle pas affronter, dans une minute à peine, un « peloton » d'hommes d'affaires hostiles ?

D'ailleurs, elle ne verrait probablement pas Alexi autant qu'avant. Il avait deux compagnies supplémentaires à diriger, désormais. Et sans doute avait-il aussi une nouvelle compagne.

Soudain, elle se souvint de quelle façon sa propre mère n'avait cessé de tomber sous le charme d'hommes qui n'en valaient pas la peine. Ceux qui la séduisaient étaient des coureurs de jupons, pour qui les femmes n'étaient que des objets, et jamais des êtres gentils, aimants et attentionnés. N'avait-elle pas juré qu'elle ne suivrait pas le même parcours ?

Renforcée par cette pensée, elle se leva, renfila sa veste, ramassa ses documents, et gagna la salle de réunion.

La majeure partie du conseil y était déjà assemblée

lorsqu'elle fit son entrée. Quelques places étaient encore libres, cependant, et elle prit soin d'occuper le fauteuil le plus éloigné de celui d'Alexi.

Ce dernier était installé au bout de la longue table. Leurs regards se croisèrent, et elle détourna les yeux aussitôt. Pas question de se laisser distraire. Elle tenait à réussir sa présentation.

Dès que les derniers membres du conseil d'administration furent assis, Alexi appela l'attention de tous, faisant naître aussitôt le silence.

— Messieurs, je me réjouis de vous voir presque tous présents bien que cette réunion ait été convoquée sans préavis, commença-t-il. J'aimerais d'abord accueillir parmi nous notre nouveau chef de projet, Katie Connor. Je suis sûr qu'elle s'intégrera à la perfection dans notre équipe, et je compte sur une collaboration étroite et harmonieuse.

De nouveau, Katie croisa son regard. Elle ne recherchait pas du tout une collaboration « étroite et harmonieuse » ! Du moins, pas avec Alexi !

Détournant les yeux une fois de plus, elle s'efforça de se concentrer tandis qu'il présentait les divers membres de son équipe. Puis il lui donna la parole.

Elle se leva en s'adjurant de ne surtout pas le regarder, puis elle entama son exposé.

Calé dans son fauteuil, Alexi l'écouta avec attention. Katie s'exprimait avec assurance, jaugeant la position de l'entreprise sur le marché, et détaillant ses propres propositions pour renforcer ses parts de marché. De toute évidence, elle avait effectué des recherches approfondies avant son entrée en fonction. Il comprenait qu'elle ait eu un choc en le voyant tout à l'heure. Jusqu'ici, il avait réussi à éviter que le rachat de Madison Brown et Tellesta fût révélé dans les médias, afin de déjouer la concurrence. Si cela lui avait de surcroît permis de reprendre Katie dans ses filets, il n'en était pas fâché ! Il avait toujours su qu'elle serait parfaite pour ce job.

Un instant, il laissa errer son regard sur sa silhouette

voluptueuse. Soudain remué par un violent accès de désir, il s'avoua qu'il ne la voulait pas uniquement pour des raisons professionnelles. Sous son apparence collet monté, elle était en réalité passionnée et très sensuelle. Elle avait un corps superbe qu'il avait pris plaisir à explorer. Il l'avait désirée dès qu'il l'avait rencontrée, dès qu'il avait croisé le regard de ses étonnants yeux bleu-mauve, à la fois innocents et provocateurs.

Et il la voulait toujours, pensa-t-il. Jusqu'à l'obsession !

C'était tout de même insensé ! Il aurait pu la remplacer cent fois, et par des femmes plus belles les unes que les autres ! Alors, pourquoi avait-il voulu la récupérer à l'instant même où elle avait mis fin à leur relation ? Vraiment, cela ne lui ressemblait pas.

Depuis son divorce huit ans plus tôt, il n'avait pas eu de véritable relation sentimentale et affective. Il n'était certainement pas près de s'attacher de nouveau à une femme ! Pourtant, il n'avait pas accepté le départ de Katie. Il s'était efforcé de reprendre son rythme habituel, mais, bien qu'il eût racheté deux sociétés et eût un travail insensé, elle n'avait cessé de hanter ses pensées, jour et nuit. La nuit surtout !

En la revoyant, il avait tout à coup déterminé la raison de son obsession : c'était parce que Katie avait écorné son ego, tout simplement. D'habitude, c'était *lui* qui mettait un terme à ses liaisons. Dès que la situation se compliquait, ou qu'il était lassé d'une femme, il passait à autre chose. Or, Katie avait rompu avant qu'il se fût lassé d'elle. Ils avaient encore quelque chose à régler. Et ce quelque chose s'appelait *désir*.

Eh bien, il était facile de remédier au désir sexuel. Il n'avait, pour cela, qu'à remettre Katie dans son lit, et jouir d'elle jusqu'à satiété.

Comme, à ce moment, elle se tournait dans sa direction, il lui sourit. Il vit le feu soudain de son regard et sa rougeur révélatrice. Elle détourna les yeux aussitôt, mais elle n'était pas aussi indifférente qu'elle cherchait à le prétendre ! Il n'aurait pas de mal à la reprendre, et selon ses propres règles, pensa-t-il avec assurance. Ce serait lui, cette fois, qui mettrait le point final à leur liaison !

— Quelqu'un a-t-il des questions ? demanda-t-elle.

Ainsi qu'il l'avait prédit, certains membres du conseil intervinrent, lui donnant du fil à retordre. Elle leur tint tête et il ne tarda pas à constater qu'elle emportait déjà leur conviction.

— Eh bien, merci, Katie, je crois que vous avez tout dit, déclara-t-il d'une voix égale.

Elle acquiesça, et referma son dossier.

— Si vous voulez bien m'excuser, messieurs… Je vous laisse pour me remettre à ma tâche.

— Je vous en prie, fit Alexi. Une dernière chose, toutefois : le bureau de New York se réunit demain, et j'aimerais que vous soyez présente.

— Demain ? A New York ? Vous me prenez de court.

— Cette décision n'a pas été de mon ressort.

— Cette réunion a lieu quand ? demanda-t-elle en ouvrant son agenda.

— Ne vous souciez pas des horaires. Vous pourrez voyager avec moi sur le jet de la compagnie.

Katie tressaillit. Ce futur tête-à-tête avec Alexi n'était pas une bonne nouvelle. Elle aurait aimé pouvoir répondre : « Je n'irai pas, il n'en est pas question ! » Mais cela n'aurait pas été très professionnel… Comme plusieurs membres du conseil s'entretenaient maintenant en aparté, elle aurait souhaité tirer profit du brouhaha pour murmurer à Alexi qu'elle ne pouvait accepter, qu'elle était incapable d'agir comme si rien ne s'était produit entre eux.

Mais sa fierté l'emporta et elle concéda d'une voix tendue :

— Oui, j'imagine.

— Je passe vous prendre ce soir à 19 heures.

Etait-ce un effet de son imagination ou bien le regard noir d'Alexi avait-il laissé transparaître une expression de triomphe ?

Détournant le regard, elle lâcha :

— A tout à l'heure.

Comment aurait-elle pu réagir autrement ? Le travail avant tout.

Alexi avait réussi à la placer dans une situation intenable ! se rendit-elle compte avec fureur.

3.

19 heures approchaient, et Katie n'avait pas cessé d'arpenter son appartement. Elle était nerveuse. Professionnellement, elle était prête à ce voyage. Affectivement, en revanche…

En fait, quand Alexi lui avait téléphoné un peu plus tôt pour préciser l'heure du vol, et celle à laquelle il passerait la prendre, elle avait tenté d'annuler ce déplacement.

— Est-il bien nécessaire que je quitte mon poste ? Ne vaudrait-il pas mieux que je m'adapte ici avant de me familiariser avec le versant américain de l'entreprise ? Sans parler de toute la paperasserie qui m'attend déjà…

— Tu pourras expédier une partie du courrier pendant le voyage, avait tranché Alexi. Je veux que les choses avancent le plus vite possible. Alors, sois prête.

Là-dessus, il avait coupé la communication. Quel toupet ! Il était le patron, d'accord. Mais elle n'était pas pour autant taillable et corvéable à merci ! Il aurait tout de même pu avoir la courtoisie de la prévenir dans un délai raisonnable !

Le vibreur de son mobile bourdonna, signalant l'arrivée d'un SMS. Le message émanait d'Alexi. Qu'il était étrange de revoir son nom sur l'écran après tout ce temps, pensa-t-elle. Elle aurait pourtant parié qu'il avait effacé son numéro de sa mémoire électronique. Pour sa part, elle avait été résolue à supprimer le sien de son répertoire. Mais elle n'était pas parvenue à s'y résoudre.

Elle lut rapidement le message : « Je t'attends dehors. Ne sois pas longue. » Un élan de colère la souleva. Après quatre semaines de silence, il ne trouvait rien de mieux que de lui expédier un ordre !

Cependant, elle se ressaisit : il s'agissait du travail, et de rien d'autre. Quand elle gagna la fenêtre pour regarder à l'extérieur, elle constata que la limousine familière était en effet garée en bordure du trottoir. Quel choix avait-elle ? Envoyer paître Alexi, et perdre le travail qu'elle avait eu tant de peine à trouver ? C'était impossible. Elle accordait la plus grande importance à sa carrière et à l'indépendance qu'elle lui procurait. Elle n'allait pas la compromettre à cause d'une liaison révolue.

Quand elle apparut sur le trottoir, Alexi s'apprêtait justement à la rappeler. Il rangea son mobile dans sa poche avec un sourire de satisfaction. Tout se déroulait pour le mieux. Katie respectait la primauté du travail, comme prévu, et d'ici leur retour à Londres, il l'aurait remise dans son lit ! pensa-t-il en suivant du regard le manège de son chauffeur, qui logeait le bagage de la jeune femme dans le coffre puis lui ouvrait la portière.

— Salut, dit-elle brièvement en s'asseyant sur le siège opposé au sien.

Il sentit les effluves de son parfum, fleuri et léger mais incroyablement sensuel. Elle portait un jean noir et un chemisier blanc, et avait noué ses cheveux sur sa nuque. Elle était belle et en forme. Presque trop en forme pour quelqu'un qui sortait d'une longue journée de travail.

— Tu es en retard, commenta-t-il, sarcastique.

— A peine, répliqua-t-elle. Et estime-toi heureux que je sois là alors que j'ai été prévenue à la dernière minute. J'aurais pu avoir d'autres engagements.

— Ce n'est pas le cas.

— Peu importe. J'ai besoin d'être avertie assez tôt pour des déplacements de ce genre.

— J'en tiendrai compte la prochaine fois.

— Ah, parce que nous serons amenés à effectuer d'autres voyages de ce type ?

— Tout à fait. Il faudra aplanir les problèmes qui ne

manqueront pas de surgir. Et pour ça, rien de tel que le contact personnel.

— Je vois, murmura-t-elle, regardant à travers la vitre.

Elle semblait effrayée, constata Alexi. Pour quelle raison ? Ce ne pouvait pas être à cause du voyage, son travail chez Demetri Shipping l'avait habituée aux déplacements fréquents. Redoutait-elle d'être seule avec lui ?

Pourquoi avait-elle mis fin à leur relation ? se demanda-t-il encore dans un regain de colère. Elle s'était toujours montrée passionnée. Qu'est-ce qui avait bien pu la faire changer ainsi ?

La mallette qu'elle avait posée près d'elle tomba alors que la voiture prenait un virage serré. Il se pencha pour la ramasser en même temps que Katie, et leurs mains se touchèrent à l'instant où elles tentaient de se refermer sur la poignée en cuir.

Katie retira ses doigts comme si elle s'était brûlée, et il remit la mallette en place.

— Merci, murmura-t-elle, fuyant son regard.

— Tout va bien ?

— Oui, pourquoi ?

Mais ses pommettes avaient rosi, et son regard était plus brillant que de coutume. S'il avait le pouvoir de la troubler avec un contact de hasard, qu'en serait-il s'il la caressait ? Avant, ces attouchements avaient toujours provoqué leur embrasement instantané.

Il avait une folle envie de savoir si la magie d'autrefois serait encore au rendez-vous. Il avait une folle envie de se pencher vers elle, de la saisir entre ses bras et de l'embrasser comme un perdu… Il se voyait en train de déboutonner son chemisier… Il se remémorait sa réceptivité, ses élans…

Se dominant avec difficulté, il se cala sur son siège et s'efforça de prendre son mal en patience. Il ne tenait pas à précipiter les choses. Il voulait qu'elle soit ravagée de désir, avide de se donner à lui lorsqu'il la reprendrait !

— As-tu apporté les documents dont tu as parlé ?

— Oui, je les ai, dit-elle en commençant à ouvrir son bagage. Ce n'est pas encore terminé, évidemment, mais…

— Nous nous occuperons de ça dans l'avion.

— Oh, d'accord, entendu.

Un silence s'installa entre eux. Katie jeta un coup d'œil vers Alexi. Dans son costume foncé, il avait tout de l'homme d'affaires énergique qui a brillamment réussi. Pendant un instant, elle eut presque du mal à croire qu'il avait été son amant, qu'il s'était montré tendre avec elle, et lui avait fait passionnément l'amour.

Comme il levait les yeux vers elle, elle détourna précipitamment le regard. Elle ne devait pas se laisser aller à de telles pensées, cela ne lui vaudrait rien de bon !

— Alors, Katie, comment va la vie ? demanda-t-il.

— Très bien. Pourquoi cette question personnelle ?

— Parce que je m'intéresse à ce que tu deviens, dit-il avec amusement. Pour quelle autre raison te la poserais-je ?

— Qui sait, dit-elle, s'efforçant de se détendre bien qu'elle fût mal à l'aise de le voir si proche. Soyons francs, Alexi : tu n'as jamais eu la moindre propension à t'intéresser au quotidien.

— Tu trouves ? Il me semble pourtant que nous avons eu quelques échanges.

Elle n'avait pas très envie de penser aux échanges auxquels il faisait allusion…

— Il n'y a pas eu que le travail entre nous, continua-t-il nonchalamment. Nous avons eu aussi pas mal de petites… récréations.

— Ce n'est pas un sujet à aborder ! s'emporta-t-elle.

— Vraiment ?

— Nous sommes passés à autre chose, je te rappelle.

— Oh, oui, au fait…

Il laissa errer son regard sur ses lèvres, et elle se remémora ce qu'elle avait ressenti quand il l'avait embrassée et caressée… Elle était si intensément vivante, alors ! Envahie d'une nostalgie presque douloureuse, elle se tourna de nouveau vers la vitre, regardant défiler le paysage. Elle avait besoin d'oublier le passé. Alexi n'était pas de ces hommes auxquels on pouvait s'attacher, et leur liaison était terminée. Définitivement.

— C'est bien que nous continuions à travailler en bonne entente, tu ne trouves pas ? reprit-il.

— Oui…

— Si tu me racontais un peu ce que tu es devenue, depuis tout ce temps. Qu'as-tu fait ?

— J'ai passé une semaine en France, chez ma sœur, répondit-elle avec effort.

— J'ignorais que tu en avais une.

— Ah ? Sans doute parce que nos conversations tournaient autour du travail. Tu ne sais pratiquement rien sur moi, en réalité, fit-elle sèchement.

Alexi s'avoua qu'elle venait de toucher une corde sensible. Il était vrai qu'il avait tendance à mettre en avant leur relation professionnelle, et qu'il n'était pas porté sur les conversations sérieuses et introspectives. Mais elle lui ressemblait sur ce point. Il avait noté plus d'une fois qu'elle se réfugiait derrière le travail.

Et l'air de vulnérabilité qu'elle avait parfois, lorsqu'elle ne pensait pas être observée, ne lui avait pas échappé.

— Je sais qu'un homme t'avait fait souffrir, au moment où nous nous sommes connus, dit-il.

Katie fut surprise par cette remarque. Elle avait mentionné Carl une fois, au début de leur liaison. Mais elle n'avait pas eu l'impression qu'Alexi y eût pris garde !

Il continua :

— Voyons, que m'avais-tu dit, déjà ? Ah, oui ! Que tu avais eu une relation sérieuse, et que tu étais fatiguée du romantisme effréné. Qu'une simple relation sexuelle et des conversations légères te suffiraient amplement.

Elle le dévisagea, atterrée. Elle avait bel et bien tenu ces propos la première fois qu'ils avaient couché ensemble ! C'était au moment où Alexi avait revendiqué le fait de ne pas porter son cœur en bandoulière. Pour ne pas être en reste, elle avait lâché ce commentaire désinvolte.

— On peut te faire confiance pour retenir ces choses-là ! murmura-t-elle sans réussir à cacher son embarras. Mais tu ne te rappelles même pas que j'ai une sœur !

Il lui décocha un regard taquin qui la troubla, et elle s'en voulut aussitôt. L'attendrissement n'était pas de mise avec un homme tel que lui !

— Au fait, reprit-il avec décontraction, fais-moi penser à réexaminer nos estimations budgétaires. Il faut aussi qu'on peaufine le calendrier.

— Entendu, répondit-elle sur le même ton, bien qu'elle fût, comme toujours, surprise par sa versatilité.

Il était passé, en deux secondes, de la provocation amoureuse au travail. Les affaires, il n'y avait que ça de vrai pour lui ! pensa-t-elle alors qu'ils arrivaient à l'aéroport.

Elle avait eu l'illusion de pouvoir assumer une liaison avec lui. En réalité, il l'avait troublée et fascinée. Elle s'était mise à imaginer des choses qui n'existaient pas. Oh, Alexi ne lui avait jamais raconté d'histoires, n'avait jamais prétendu qu'elle était spéciale à ses yeux, ni quoi que ce fût de ce genre ! Cependant, ses baisers et son attitude au lit avaient constitué une sorte de mensonge en soi. Tout en devenant dépendante de leurs échanges sensuels, elle s'était fallacieusement convaincue que les émotions n'y entraient pour rien. Mais, à la vérité, elle n'avait pas très bien su séparer les deux.

Ç'avait été une erreur monumentale de sa part. A croire qu'elle avait traversé une période de folie ! Ou alors, elle avait inconsciemment choisi de se mentir pour se prémunir contre un homme qui n'était qu'un bourreau des cœurs, un séducteur invétéré.

Heureusement, elle savait aujourd'hui faire la distinction entre réel et illusion. Alexi, homme d'affaires impitoyable : là était le réel. Alexi, amant chaleureux et passionné : là était l'illusion.

Il ne leur fallut pas longtemps pour être à bord du jet de la compagnie. Katie y avait déjà voyagé avec Alexi, pour assister à une conférence à Paris et elle n'avait aucune envie de se remémorer à quoi ils avaient occupé cette heure de vol…

Elle sortit des documents, et les posa sur le siège proche du sien avant de ranger sa mallette dans le compartiment prévu à cet effet. Puis elle s'assit près du hublot, et boucla sa ceinture de sécurité.

La porte de communication entre la cabine et le cockpit était ouverte. Elle voyait Alexi qui s'entretenait avec le pilote. Qu'il était beau ! pensa-t-elle sans même s'en rendre compte. A trente-cinq ans, il était dans la fleur de l'âge. Son costume sombre mettait en valeur sa silhouette magnifiquement bien découplée, et sa chemise blanche exaltait son teint bistré, ses yeux et ses cheveux noirs.

Elle détourna vivement les yeux alors qu'il revenait vers elle et, ôtant son veston, le flanquait sur le bras du fauteuil. Ayant logé sa valise dans le compartiment à bagages, il lui apprit en souriant :

— La météo est bonne, le vol se déroulera sans turbulences. Nous avancerons le boulot dès que nous aurons décollé, et après, nous pourrons dormir un peu.

Dormir ? A condition qu'elle oublie sa séduction infernale ! ironisa-t-elle intérieurement.

Les vastes sièges qu'ils occupaient étaient convertibles en lits, lui avait expliqué Alexi lors du voyage à Paris. Mais, dans leur hâte, ils s'étaient contentés de rabattre les accoudoirs, et Alexi l'avait prise dans ses bras…

Il fallait qu'elle oublie ça ! se réprimanda-t-elle, sentant monter en elle une excitation indésirable.

Le pilote ferma la porte de séparation, et, un instant plus tard, l'avion roulait pour gagner l'orée de la piste. A travers le hublot, Katie regarda tomber le crépuscule.

— Te rappelles-tu notre voyage à Paris ? demanda soudain Alexi.

— N… non, pas vraiment, mentit-elle.

Devant son sourire, qui indiquait qu'il n'était pas dupe, elle choisit de répondre par le persiflage :

— Je suis surprise que tu t'en souviennes. Une partie

de jambes en l'air de plus ou de moins, quelle différence pour toi ?

— C'est ce que tu penses ? fit-il en haussant les sourcils.

Elle prit un air indifférent. Tout à coup, il énonça quelque chose en grec. Elle était toujours surprise quand il s'exprimait dans sa langue maternelle — car son anglais était parfait. Les modulations de sa belle voix grave ne manquèrent pas de la troubler.

— Traduction ? fit-elle.

— J'ai dit que ce jour-là, notre « partie de jambes en l'air », comme tu l'appelles, a été sensationnelle.

Il rit en la voyant rougir jusqu'à la racine des cheveux.

Il semblait prendre un plaisir pervers à la mettre à cran. Comment allait-elle supporter leur proximité ? Elle ne pourrait jamais être de nouveau à l'aise en sa présence. Se laisser aller serait trop dangereux. Alexi avait l'art de susciter chez elle des comportements qui ne lui ressemblaient pas.

Quelques instants plus tard, ils avaient décollé. Les lumières de Londres ne tardèrent pas à se fondre dans le lointain, et ils purent déboucler leurs ceintures.

Tout en se levant pour prendre sa mallette et sortir des documents, Alexi reprit :

— Au fait, dans quelle région de France vit ta sœur ?

— Dans le Sud-Ouest. Elle habite dans un petit village.

— Elle a épousé un Français ?

— Non. Lucy est célibataire.

Sa sœur n'était pas mieux inspirée qu'elle dans le choix de ses compagnons, se dit-elle. Il fallait croire que c'était un trait de famille… Les erreurs sentimentales de leur mère étaient proverbiales, et toutes deux en avaient subi les rudes conséquences dans leur enfance. Il n'y avait pas lieu de s'étonner si elles ne donnaient pas facilement leur cœur, et étaient d'une indépendance farouche.

Katie s'était juré de ne pas répéter les errements de sa mère. Elle s'était liée avec Carl une fois persuadée que c'était un homme fiable et équilibré. Elle avait attendu d'en être sûre avant de se donner à lui. Mais il s'était avéré qu'il n'avait vu en elle qu'un défi à relever. Après avoir obtenu ce qu'il voulait, il s'était tourné vers une autre conquête.

Elle s'empressa d'infléchir le tour trop personnel de la conversation.

— J'ai réfléchi au moyen de doper notre stratégie pour rentabiliser nos nouvelles options. J'ai pas mal d'idées.

— Vraiment ? Je me disais bien que j'avais des raisons de t'engager.

Etait-ce une plaisanterie ? Ou ne songeait-il déjà plus qu'au travail ? Difficile de savoir, pensa-t-elle en ouvrant son dossier et en développant son point de vue d'une voix brève et énergique, focalisée sur la tâche en cours.

Alexi la regarda mordiller inconsciemment sa lèvre inférieure — une manie qu'elle avait quand elle s'efforçait de se concentrer. Il avait presque oublié, se dit-il, le curieux mélange de professionnalisme et de vulnérabilité qui la caractérisait, son assurance dans le travail et son air pourtant un peu perdu. Il y avait encore une certaine innocence en elle.

C'était d'ailleurs ce qu'il avait pensé quand il avait couché avec elle pour la première fois. En dépit de son attitude affranchie sur les liaisons sans attaches, il avait soupçonné qu'elle s'était exprimée en ces termes pour dissimuler une déception amoureuse.

Il s'était très vite rendu compte que, sans être vierge, elle n'avait pas une grande habitude des relations physiques. Elle avait eu presque peur de se donner à lui, tout en se montrant avide de baisers et de caresses. Ce mélange l'avait fasciné, et il avait été heureux de lui apprendre à recevoir et à donner du plaisir.

En y repensant, il sentait se raviver le désir qu'elle lui inspirait.

Tout en s'efforçant de se concentrer sur ce qu'elle disait, il sentait croître son ardeur et son impatience. Oui, il avait hâte de la remettre dans son lit ! En fait, il se sentait à cran, énervé par la violence de son propre désir. Une situation totalement inédite pour lui.

4.

Katie ouvrit les yeux et regarda par le hublot : les lumières de Manhattan scintillaient sur le velours obscur du ciel.

— L'atterrissage est prévu dans vingt minutes, dit Alexi, rangeant les documents qu'il venait de consulter.

Elle prit conscience, en tressaillant, qu'elle avait dû sommeiller. Comment avait-elle pu y parvenir alors qu'Alexi était assis juste en face ? Elle avait pourtant résisté à un terrible accès de fatigue, et refusé de mettre son fauteuil en position lit pour se reposer, comme il avait tenté de l'en convaincre. Elle n'avait pas voulu baisser sa garde en sa présence… et voici quel était le résultat !

Elle passa les doigts dans ses cheveux, s'efforçant de remettre en place les longues mèches qui s'échappaient de sa chevelure bouclée. Elle devait avoir une mine de déterrée, pensa-t-elle, embarrassée.

— Zut, je ne voulais pas m'endormir… Tu as terminé le planning ?

— Oui, tout est en ordre. Il aurait mieux valu que tu dormes convenablement. J'espère que tu auras les idées claires à la réunion.

Bien entendu, il ne se souciait que du travail, pas de son bien-être ! songea-t-elle, froissée par ce commentaire. Elle répliqua aussitôt :

— Je les aurai autant que toi !

La vivacité de sa réaction le fit sourire. Un instant, il s'autorisa à l'envelopper du regard. Tandis qu'elle dormait pelotonnée auprès de lui, il avait dû s'interdire de la contempler : sa présence le rendait fou ! Et le travail, entre-temps, n'avançait pas. Il avait été fasciné par la perfection de sa peau satinée, l'épaisseur de ses longs cils, le charmant désordre de sa chevelure encadrant son visage. Sans parler de ses courbes voluptueuses…

Relevant les yeux avec effort, il s'aperçut soudain qu'elle était extrêmement pâle.

Katie esquiva le regard d'Alexi, et tenta désespérément de surmonter la nausée qui lui soulevait le cœur. Bon sang, que lui arrivait-il ? Elle n'allait tout de même pas avoir un malaise devant lui ! Ce serait si gênant !

Prise de panique, elle inspira plusieurs fois, et, à son grand soulagement, ses haut-le-cœur se calmèrent. Le nouveau travail, la pile de documents à traiter, et par-dessus tout, le voyage à New York, il n'y avait pas lieu de s'étonner qu'elle ne se sente pas bien ! Elle était surmenée.

Sans compter qu'il n'avait pas été facile de travailler avec Alexi. Depuis leur bref échange d'avant le décollage, ils n'avaient parlé que du travail, et l'aisance de leur ancienne collaboration lui avait grandement fait défaut.

Après une bonne douche et quelques heures de sommeil réparateur, elle se sentirait beaucoup mieux, conclut-elle, consultant sa montre et reprogrammant l'heure en fonction du décalage horaire.

— La réunion a lieu quand ? demanda-t-elle.

— A 9 h 30. Ça nous laisse le temps d'aller à mon appartement pour dormir un peu.

— Ton appartement ? Je croyais que nous résiderions à l'hôtel.

— J'ai un logement à Central Park, c'est bien plus pratique.

Le jet amorça sa descente, et le bruit accru du moteur masqua le silence tendu qui venait de s'installer entre eux. Katie ferma les yeux, tentant de juguler sa panique, essayant de s'imaginer qu'elle était ailleurs. Mais elle n'avait plus qu'une idée en tête : ils allaient se retrouver seuls dans un lieu clos !

Au moment où ils s'apprêtaient à quitter la cabine, elle déclara brusquement :

— Alexi, je crois que je devrais descendre dans un hôtel.

— Pourquoi ça ? fit-il, amusé.

— Parce que… parce que c'est une situation embarrassante.

— Mon appartement comporte plusieurs chambres, tu sais.

— Ce n'est pas de ça que je parle !

— Ah ? De quoi, alors ? Aurais-tu peur d'avoir trop envie de revenir dans mon lit ?

— Comme si je me souciais de ça ! explosa-t-elle, exaspérée et consternée par cette plaisanterie vaniteuse. Cela ne me traverse même pas l'esprit !

— Dans ce cas, je ne comprends pas ton problème. Au fait, tu as rédigé un mémo sur les contraintes environnementales ?

— Euh, oui, bien sûr, balbutia-t-elle, déstabilisée par ce retour abrupt au travail.

— Parfait. Nous aborderons ça à la réunion. Je pense que tes idées seront bien reçues, dit-il en lui passant sa mallette qu'il venait de sortir du compartiment à bagages.

— J'en suis sûre.

Elle préféra ne pas insister au sujet de l'appartement. D'ici qu'il s'imagine qu'elle redoutait de retomber dans ses bras !…

Sa question trop perspicace l'avait désarçonnée. Elle sentait qu'il avait raison, au fond. Dès qu'elle avait affaire à lui, elle perdait son sang-froid. Cela ne lui ressemblait pas du tout. Mais après avoir perdu la tête une première fois, elle tenait à ne pas renouveler cette folie. Elle avait besoin de se tirer de ce mauvais pas le plus vite possible.

— Quand rentrerons-nous à Londres ? s'enquit-elle.

— Demain, je suppose. Cela dépendra du déroulement des réunions, dit-il d'un air impatienté tandis que, la porte de l'avion étant ouverte, il la précédait sur la passerelle puis se mettait à marcher à grands pas.

Tout en s'efforçant de soutenir son allure, elle s'étonna :

— *Les* réunions ? Je croyais qu'il n'y en avait qu'une.

— Non, deux. La première, la plus importante, se tiendra en ville, à notre siège. La deuxième aura lieu cet après-midi sur mon paquebot, l'*Octavia*. Il est à quai, et les comptables sont à bord. Nous les verrons à 15 heures.

— Je vois. Donc, nous pouvons reprendre l'avion dès ce soir.

— En théorie seulement. Je donne une réception au champagne sur l'*Octavia*, et j'aimerais que tu y assistes, ça te donnera l'occasion de rencontrer certaines personnes.

S'il y avait une chose dont elle n'avait pas du tout envie, c'était d'assister à une soirée avec lui !

— Tu ne m'avais pas prévenue qu'il y aurait une réception ! Je n'ai rien à me mettre ! protesta-t-elle.

— Tu achèteras quelque chose dans une boutique du bord.

Pour Alexi, tout était simple. Mais, pour elle, cette soirée était un rappel nostalgique. Elle avait assisté une fois à une telle soirée, sur un de ses bateaux de croisière ancré à Southampton. Elle avait adoré le champagne, et les rencontres faites en sa compagnie. Elle n'avait pas eu la sensation de travailler bien qu'elle dût ensuite rédiger un rapport. Lorsque tout le monde était parti, ils avaient dansé sous les étoiles. Alexi avait ouvert la fermeture à glissière de sa robe et…

Il fallait absolument qu'elle évite cette soirée, pensa-t-elle, affolée par ces souvenirs. C'était dangereux. Ce voyage était dangereux. Elle avait l'impression de traverser un champ de mines.

Mais elle n'eut pas le temps de dire quoi que ce soit, car ils arrivaient devant le préposé du bureau d'immigration. Ensuite, ils gagnèrent la limousine qui les attendait.

— Ça n'a pas été long, commenta Alexi. Nous aurons le temps de dormir une heure ou deux.

Katie détourna les yeux et regarda le ciel de Manhattan. Un mois plus tôt, elle aurait été ravie de découvrir New York en compagnie d'Alexi. Elle aurait guetté avec impatience leurs moments de liberté pour visiter la ville, et l'instant de se retrouver dans ses bras. Mais aujourd'hui…

Alexi répondit à un appel téléphonique, et passa la majeure partie du trajet l'oreille collée à son portable, s'entretenant avec un employé de Londres au sujet de la décoration de la nouvelle chaîne de boutiques de Tellesta International. Avec lui, le travail ne perdait jamais ses droits, se rappela-t-elle. Du temps où ils sortaient ensemble, leurs moments d'intimité avaient toujours dépendu de leurs obligations professionnelles.

Reconnaissant des enseignes et des boutiques qu'elle n'avait vues que dans les magazines ou au cinéma, elle s'aperçut soudain qu'ils roulaient dans la Ve Avenue. La limousine s'arrêta devant un immeuble imposant avec une façade de verre.

Alexi mit fin à la communication, et ils descendirent de voiture, soudain plongés dans l'atmosphère bruyante de la ville. Le trafic était incessant bien qu'on fût à peine aux premières heures du jour.

Ils entrèrent, salués et escortés par un portier jusqu'à l'ascenseur, et furent bientôt emportés vers les étages supérieurs. Ils gardaient le silence, cependant Katie était consciente du regard d'Alexi posé sur elle, et se demandait ce qu'il pouvait penser.

« A-t-il une nouvelle compagne ? » s'interrogea-t-elle soudain. Elle se reprocha aussitôt la stupidité de sa question. Il n'avait pas dû attendre plus d'une journée pour la remplacer, et il sortait sans doute avec une riche et belle héritière ou un mannequin en vue !

Pour sa part, elle n'avait pas levé les yeux sur un autre homme. Mais cela allait changer ! se promit-elle.

— Tu es pâlotte, Katie, dit soudain Alexi.

— Ah ? fit-elle d'un air surpris. C'est sans doute à cause des lumières.

Il acquiesça, et, un instant, leurs regards se croisèrent. Elle regretta aussitôt d'avoir levé la tête. Il avait les plus beaux yeux du monde, d'un brun chocolaté presque noir, incroyablement séduisants, et qui semblaient la transpercer jusqu'à l'âme.

Ce fut presque sans y prendre garde qu'elle le suivit hors de l'ascenseur, et se retrouva dans un vaste appartement donnant sur Central Park.

— Tu veux bien préparer du café pendant que je consulte mes mails ? dit nonchalamment Alexi, posant ses clés sur une table pour appuyer sur l'interrupteur et éclairer les lieux.

Il avait déjà oublié qu'elle était « pâlotte » et lui donnait des ordres ! maugréa-t-elle intérieurement en posant son sac de voyage et en gagnant la cuisine à l'américaine pour remplir la bouilloire électrique.

Elle remarqua que l'endroit avait du style : parquet à larges lames, meubles peu nombreux et épurés.

— C'est le même décorateur qui a arrangé ton appartement de Londres et celui-ci ? s'enquit-elle en sortant des tasses.

Comme il ne répondait pas, elle se retourna et s'aperçut qu'il disparaissait déjà au bout du couloir. Elle prit le même chemin un instant plus tard, avec une tasse de café fumant, et le trouva dans un petit bureau adjacent à une chambre.

— Café noir sans sucre, annonça-t-elle en plaçant la tasse près de lui alors qu'il triait une série de documents.

— Merci, Katie. On a toutes les références des dossiers d'aujourd'hui ?

— Oui, j'ai mis la liste avec les formulaires que j'ai complétés tout à l'heure.

— Parfait. Tu peux aller dormir.

— Quelle chambre puis-je occuper ?

— La mienne se trouve au bout du couloir. Tu n'as qu'à choisir celle qu'il te plaira, répliqua-t-il avec une espièglerie soudaine.

Optant pour la désinvolture, elle répondit :

— N'importe, pourvu que ce ne soit pas la tienne.

Il parut amusé :

— A ta guise. Si c'est ce que tu veux.

Comme il se levait pour contourner son bureau, un signal d'alarme retentit dans l'esprit de la jeune femme.

— Oui, c'est ce que je veux ! lança-t-elle avec force.

— Katie… nous nous connaissons depuis suffisamment longtemps pour renoncer à cette petite comédie, tu ne crois pas ?

— Je ne comprends rien à ce que tu racontes. Je ne joue aucune comédie.

— Vraiment ? lança Alexi en s'appuyant nonchalamment contre le bureau et en l'examinant d'un air songeur. Je crois que c'est tout le contraire. En fait, la persistance de notre attirance sexuelle te rend malade.

Quelle fatuité inouïe ! pensa-t-elle. Elle se réfugia dans la seule attitude qui pût la protéger contre elle-même et lui permettre de préserver sa fierté : la dénégation.

— Je ne vois pas de quoi tu parles !

— Tu en es sûre ? Alors, pourquoi cet air affolé ?

— Affolée, moi ? Tu délires !

Alexi ne manqua pas de saluer cette réplique mensongère d'un sourire railleur.

— Chérie, fit-il, il va bien falloir que nous affrontions ce problème.

— Je ne suis pas ta *chérie*, et il n'y a aucun problème ! explosa-t-elle avec une fureur soudaine.

Elle était en colère contre lui, mais surtout contre elle-même : il venait d'énoncer la stricte vérité, et elle ne voyait pas comment elle parviendrait à collaborer avec lui, considérant ce qu'elle ressentait.

Elle voulut le dépasser pour gagner le seuil, mais il la retint en lui posant la main sur le bras.

— Ecoute, Katie, cessons de jouer à cache-cache. Nous ne nous sommes jamais menti, n'est-ce pas ?

— Sur ce point, tu as raison : il y avait de l'honnêteté entre nous, dit-elle avec feu. Nous savions dès le départ que notre relation ne se prolongerait pas au-delà de la durée de mon contrat avec Demetri Shipping.

— Pourtant, elle a duré, dit-il d'une voix rauque, la

contraignant à pivoter vers lui. Contrairement à toute attente, ça, je te l'accorde. Notre complicité sensuelle est toujours présente…

Elle secoua la tête avec véhémence. Mais, la prenant par le menton, il la força à lever les yeux.

L'effleurement de ses doigts virils sur sa chair fut intensément perturbant. Elle aurait aimé qu'il accentue le contact, glisse sa main dans ses cheveux et, attirant sa tête vers lui, prenne sa bouche. C'était un désir intense, lancinant.

— En fait, elle est encore plus forte, persista-t-il. Le souvenir de ce que nous avons vécu passe dans chaque regard que nous échangeons. C'était là hier, là pendant le voyage, et dans l'ascenseur…

— Tu dis n'importe quoi !

— Je dis la *vérité*. Il ne sert à rien de le nier, ça ne marche pas.

Katie aurait aimé démentir vigoureusement cette affirmation. Mais comment l'aurait-elle pu ? Au contact d'Alexi, ses sens s'étaient emballés, elle était la proie d'un désir dévorant.

Il continua d'une voix rauque :

— La question est : que faisons-nous ?

Assommée, elle déclara d'une voix mal assurée :

— Rien du tout. Nous savons que notre liaison était transitoire. Une fois qu'on est passé à autre chose, on ne revient pas en arrière.

— Mais on ne passe pas à autre chose tant que la magie est encore là. C'est un pas de deux, Katie. Sauf si on rencontre quelqu'un d'autre.

Il marqua un arrêt, puis se força à demander :

— C'est ça qui s'est produit pour toi ?

— Non ! s'exclama-t-elle, incapable de lui mentir. Cela n'a rien à voir.

Il sourit. Elle murmura aussitôt d'une voix enrouée :

— Je refuse que tu continues à faire la loi, c'est tout.

— Mais tu me désires quand même. Je le vois dans

ton regard, dit-il en effleurant doucement son cou et en lui arrachant un frisson de plaisir. En fait, tu aimerais que je te prenne, là, tout de suite…

Sa proximité, son murmure tentateur étaient pour elle à la fois une douceur et un tourment. Oui, elle le voulait. Il était le seul à lui faire éprouver ces choses. Et, en se remémorant leurs échanges passionnés, elle se sentait happée dans un courant de tentation.

Humectant ses lèvres, elle dit avec un regard noyé :

— Alexi, arrête…

— Quoi ? De dire la vérité ?

— Tu es d'une prétention incroyable, murmura-t-elle, les nerfs à fleur de peau. Ton arrogance n'a pas de bornes.

— Si je t'embrassais en souvenir du bon vieux temps, tu ne ressentirais rien, c'est ça ?

Les yeux bleu-mauve de Katie se troublèrent, et il commenta avec satisfaction :

— Ah, tu vois ! Tu es loin d'être indifférente. Notre attirance est loin d'être dissipée.

Comme pour prouver son pouvoir sur elle, il l'enlaça par la taille, l'entourant de ses bras, et elle éprouva aussitôt un délicieux frisson. Elle avait envie qu'il laisse remonter ses doigts, et les pointes de ses seins, déjà raidies, aspiraient à ses caresses.

Il l'enveloppa d'un regard hardi et possessif, jouissant de lire, dans ses prunelles voilées par le trouble, une faim ardente.

— C'est plus fort que nous, dit-il, la caressant d'une manière qui la fit tressaillir.

— Alexi, je t'en prie…

— Oui ? Quoi ?… Je t'écoute…

Sa phrase s'était achevée dans un murmure rauque, révélant qu'il était loin d'être aussi maître de lui qu'il voulait le paraître. Curieusement, ce fut en prenant conscience de cette faiblesse qu'elle sentit s'amenuiser ses propres défenses.

Instinctivement, leurs lèvres se rencontrèrent, et elle l'embrassa.

Envahi d'une sensation de triomphe, il lui accorda un instant l'initiative, savourant sa timidité, sa docilité, son désir. Puis il prit le contrôle des opérations, embrasant sa bouche d'un baiser avide. Maintenant qu'il avait pris l'offensive, il ne voulait plus s'arrêter. Il voulait Katie, avec une violence emportée et impérieuse qu'il n'avait jamais éprouvée. Cette sensation l'ébranla, et le mit aussi en colère contre lui-même. Il n'avait jamais eu *besoin* d'une femme, bon sang ! Il avait toujours su rompre sans états d'âme ! Qu'y avait-il de particulier chez celle-ci, pour qu'il éprouve de telles choses ? Il refusait de se sentir accro ! Et la brutalité même de son propre refus, loin de le calmer, semblait au contraire alimenter sa frénésie.

Katie se pendit à son cou et se noya dans la magie de l'instant. Après tout, quel mal y aurait-il à ce qu'elle se laisse aller, à ce qu'elle fasse l'amour une dernière fois avec Alexi ? Il lui avait tant manqué… elle avait tant besoin de lui ! Quand il commença à déboutonner son chemisier, elle fut incapable de lui résister. Pourtant, une autre émotion se mêlait à son désir : la peur. Elle était effrayée d'être aussi dépendante. D'autant qu'Alexi n'était pas du tout l'homme qu'il lui fallait. Elle n'avait aucune envie qu'il se serve d'elle pour assouvir son fantasme et la jette ensuite au rebut.

— Il ne faut pas…, murmura-t-elle alors qu'il ouvrait la fermeture à glissière de son jean.

— Pourquoi ?

— Parce que ce n'est qu'un coup de chaleur, dit-elle farouchement, choisissant ces mots à dessein, même s'il lui en coûtait. Cela ne signifie rien. Rien du tout.

Un instant, il riva sur elle un regard flamboyant :

— Nous n'avons pas besoin de trouver une signification à ce désir. Ce n'en est pas moins une drogue. Nous le savons tous les deux.

Ces mots n'auraient pas dû avoir le pouvoir de la faire souffrir. Pourtant, elle en fut blessée.

— Arrêtons, souffla-t-elle. Avant que ça aille trop loin !

Ces paroles, prononcées d'une voix frémissante, l'amenèrent à s'écarter d'elle un instant, à tenter de contenir la déferlante de son désir, si difficile que ce fût. A quoi jouait-elle ? se demanda-t-il soudain.

Cherchait-elle à jouer l'effarouchée pour l'émoustiller et user de son empire sur lui ? Eh bien, ce serait peine perdue ! Il ne lui permettrait pas d'avoir le contrôle. C'était lui qui menait le jeu, lui qui décidait s'il en avait assez ou pas…

— Tu ne veux pas vraiment que ça s'arrête, n'est-ce pas ? dit-il. Tu n'attends que ça, au contraire.

Il glissa une main entre ses cuisses avec un à-propos diabolique, et elle s'avoua, dans l'excès de son plaisir, qu'il avait raison. Comment pouvait-il la deviner avec tant de précision et de savoir-faire ?

Comme il s'interrompait, elle rouvrit les yeux.

— Tu as raison, le moment est peut-être mal choisi, dit-il en retirant sa main.

Le cœur battant, les sens affolés, elle se sentit prête à le supplier de continuer, cette fois. Un instant, ils se dévisagèrent. Alexi sourit. Il devinait qu'elle se débattait contre elle-même. Il savait qu'il pouvait la prendre, s'il le voulait, et il avait follement envie de lui faire l'amour.

Il n'en ferait rien, pourtant. Car il ne pouvait se satisfaire que d'une acceptation totale de sa part. Il voulait qu'elle se donne entièrement, et non pour un instant passager, le temps d'assouvir leur envie mutuelle.

Or, la privation était une arme redoutable. Il allait la sevrer, pour le moment. La fête n'en serait ensuite que plus grande. Et c'était lui qui en déterminerait les règles.

Il la regarda rajuster sa tenue avec des mains tremblantes, et déclara suavement :

— L'épreuve du réel est concluante. Nous nous désirons toujours. Et nous déciderons plus tard de la manière de céder à cette attirance. A bord de l'*Octavia*, peut-être.

Il faisait preuve d'une présomption si éhontée qu'elle s'insurgea, soulevée par un élan de révolte :

— Il n'arrivera rien de tel ! Je veux que tu gardes tes distances avec moi !

Cette réplique le fit rire, et elle se sentit plus tourmentée que jamais. Elle avait beau vouloir se réjouir qu'il ait si brusquement battu en retraite, elle n'arrivait pourtant pas à se délivrer du lancinant désir qui la ravageait. Et, pour couronner le tout, il était clair qu'Alexi en avait conscience.

— Je pense ce que je dis, lui martela-t-elle. J'attends tout autre chose d'une relation. Bien plus que tu ne peux donner !

Elle s'aperçut qu'il semblait soudain sur ses gardes, et, si elle avait éprouvé moins de souffrance, elle en aurait ri volontiers.

— Oh, rassure-toi, lui dit-elle avec force, tu es le dernier homme que je choisirais si je voulais m'engager dans la durée. Je n'ai nullement l'intention de jeter mon dévolu sur toi. Alors, bas les pattes ! Laisse-moi tranquille ! Notre petite aventure est terminée !

— Tu feras bien d'en convaincre ton corps, ta peau et tes lèvres, lui répliqua-t-il. Redis ça à ta bouche quand tu m'embrasses, et à tes yeux quand tu me provoques du regard.

— C'est à *toi* que je le dis ! Maintenant !

Sur ces mots, elle le bouscula, passant outre pour quitter la pièce. Elle sortit la tête haute, mais elle tremblait intérieurement. Elle savait pertinemment qu'elle le désirait toujours.

Comment pouvait-elle être si faible ? Comment pouvait-elle s'autoriser de tels sentiments après tout ce qu'elle avait déjà traversé ?

5.

Entre veille et sommeil, Katie ne cessa de penser à Alexi. Il lui manquait. C'était un sentiment familier depuis leur séparation, mais elle avait espéré que cette souffrance s'estomperait. Or, voilà qu'elle était plus vive que jamais.

Elle se retourna en soupirant, sans trop savoir où elle se trouvait exactement. A travers la fenêtre qui lui faisait face, elle entrevoyait un éclat de ciel bleu, et le soleil inondait le lit.

Soudain, elle se redressa en sursaut, rappelée à la réalité : son nouveau travail, le long voyage en avion, son séjour dans l'appartement d'Alexi…

Son cœur se mit à battre à coups redoublés. L'image du visage d'Alexi, lorsqu'elle lui avait dit qu'une liaison passagère n'avait aucun attrait pour elle, venait de s'imposer à son esprit. Elle avait nettement vu dans son regard une expression circonspecte, un malaise. Cela n'avait rien de surprenant, étant donné sa phobie d'un engagement durable.

Heureusement, elle avait préservé sa propre fierté en lui affirmant qu'elle ne voulait pas d'une relation sérieuse avec lui. Et c'était vrai, bon sang ! Elle ne voulait pas s'engager avec un homme qui se lasserait d'elle, une fois que la nouveauté et l'intensité de leur passion réciproque se seraient affadies. Malheureusement, le côté passionné de son caractère ne se satisfaisait pas de paroles raisonnables. Bien qu'elle fût consciente des limites d'une telle relation, elle aspirait à être caressée, embrassée… par Alexi.

« Comme quand on est dépendant d'une drogue, j'imagine », pensa-t-elle. Elle désirait Alexi tout en sachant qu'il ne lui vaudrait rien de bon.

Elle aurait tant aimé se débarrasser de ces sentiments illogiques, irrationnels.

Certes, Alexi faisait merveilleusement bien l'amour. Mais elle ne voulait pas de lui. C'était son corps qui lui jouait des tours, en réalité. Il lui rappelait avec une précision tyrannique tous les plaisirs qu'il avait connus dans ses bras, alors qu'Alexi ne possédait aucune des qualités qu'elle recherchait vraiment chez un homme.

Consultant sa montre, elle s'aperçut avec effarement qu'il était près de 8 heures !

Elle rabattit les draps, et passa son peignoir bleu. Comme sa chambre ne comportait pas de salle de bains adjacente, elle avait prévu de se préparer le plus tôt possible et de regagner sa chambre avant qu'Alexi ne se levât. Et voilà qu'elle avait dormi trop tard !

Elle s'approcha de la porte et tendit l'oreille. Pas un bruit alentour. Il fallait faire vite, pensa-t-elle en prenant sa trousse de toilette et en sortant hâtivement.

Par un manque de chance pervers, il apparut à l'autre bout du couloir à l'instant où elle s'y précipitait, et il s'en fallut de peu qu'elle le percutât.

— Bonjour, dit-il avec un sourire qui la mit sens dessus dessous.

— Bonjour, répondit-elle, hésitant à continuer car sa carrure imposante semblait occuper tout le passage.

Il était déjà habillé de pied en cap, très chic dans un élégant costume en lin clair et une chemise bleu pâle. Elle fut aussitôt sensible au regard qu'il promenait sur elle, un peu trop enveloppant, un peu trop évocateur pour la tranquillité de son esprit et de ses sens.

— Nous devons partir dans trente minutes, dit-il avec nonchalance.

— Je serai prête.

— Je descends prendre un café et un en-cas chez le traiteur du coin. Tu veux que je te rapporte quelque chose ?

— Non, merci.

— Tu en es sûre ?

— Certaine. Et maintenant, si tu veux bien m'excuser, je vais prendre une douche.

— Je t'en prie…

Soucieuse de garder avec lui le plus de distance possible, elle fit observer :

— Ce serait peut-être plus facile si tu t'écartais pour me laisser passer, non ?

— Bon sang, Kats, il y a toute la place qu'il faut ! s'esclaffa-t-il.

Il y avait une éternité qu'il ne lui avait pas donné ce petit nom, « Kats », qu'il lui réservait autrefois quand ils faisaient l'amour. Emue, elle protesta :

— Ne m'appelle pas comme ça !

— Pourquoi ? Ça te plaisait, avant.

— Eh bien, plus maintenant ! Nous avons entamé une nouvelle relation professionnelle. Et nous devons la commencer comme nous entendons la poursuivre.

Il sourit, provoquant en elle un élan de colère. Mais cette colère ne tarda pas à se dissiper sous son regard indolent et scrutateur. Bon sang ! Comment réussissait-il ce tour de passe-passe ? songea-t-elle. Comment arrivait-il à éveiller son désir en un quart de seconde ?

— Tu ne me verrais pas dans cette tenue si ma chambre avait une salle de bains attenante, souligna-t-elle.

— C'est un appartement de quatre chambres, Katie. Et tu as choisi la seule qui n'ait pas de salle de bains adjacente.

— Pourquoi ne m'en as-tu rien dit ?

— Eh bien, nous avions autre chose en tête, n'est-ce pas ?

Il sourit de la voir rougir. Il jubilait de l'asticoter, et de provoquer sa fureur.

— Franchement, tu es impossible ! maugréa-t-elle en le dépassant pour entrer dans la salle de bains et en claquer prestement la porte.

Ayant sorti son gel lavant de sa trousse de toilette, elle

ouvrit la douche et s'apprêta à ôter son peignoir. Soudain, une nausée l'envahit.

Que pouvait-elle bien avoir ? se demanda-t-elle, surprise par ce nouveau malaise. Ce ne pouvait être le manque de sommeil — elle avait bien dormi ; ni la nourriture, puisqu'elle n'avait encore rien avalé ; et elle ne pouvait pas non plus être enceinte, le test avait été négatif.

A peine cette pensée l'eut-elle traversée qu'elle fut prise d'appréhension. Elle n'avait toujours pas ses règles, cela faisait plus de deux mois de retard ! Il ne fallait pas qu'elle s'affole, s'admonesta-t-elle. Les résultats du test étaient clairs, et elle n'avait jamais eu des cycles très réguliers…

Oui, mais tout de même ! Plus de deux mois ! C'était bien la première fois qu'elle avait un retard aussi prononcé…

Elle s'examina dans la glace, frappée d'avoir le teint cireux. Bien qu'elle fût sûre de ne pas être enceinte, elle se dit qu'elle avait peut-être intérêt à faire un deuxième test, histoire de se rassurer tout à fait…

Il régnait une chaleur accablante dans la salle de conférences où un nombre impressionnant de personnes était réuni. Katie se trouvait coincée entre Alexi, qui présidait la rencontre, et un homme trapu qui semblait résolu à empiéter sur son espace vital. Chaque fois qu'elle tentait de s'écarter de lui, son mouvement la rapprochait d'Alexi. Et c'était la dernière chose à laquelle elle voulût consentir.

Décidément, cette réunion était un enfer ! Il était si étrange de se retrouver en contact étroit avec un homme qui vous avait intimement connue. Comment faisait-on pour oublier ces choses ? Comment arrivait-on à partager le même appartement « en tout bien tout honneur » après avoir été amants ?

Et comment ferait-elle si elle découvrait qu'elle attendait un enfant d'Alexi ?

Sa main se crispa sur son stylo tandis qu'elle s'efforçait de se concentrer et de prendre des notes. Alors que, sur les instructions d'Alexi, tout le monde passait à la page du rapport concernant l'extension des parts de marché, elle s'efforça de recouvrer son calme. Elle n'était pas enceinte, voyons ! Il était plus probable qu'elle souffrait de troubles digestifs. D'ailleurs, elle se sentait mieux…

Quant au partage de l'appartement, il ne se prolongerait guère que jusqu'au lendemain. Et puis elle finirait sans doute par s'habituer à être de nouveau en contact avec Alexi, fût-ce sur un tout autre plan.

— Katie, voudrais-tu récapituler tes prévisions ? lui demanda tout à coup Alexi.

— Oui, bien sûr, dit-elle en s'efforçant d'adopter son attitude la plus professionnelle.

Mais elle avait une conscience aiguë de son regard tandis qu'elle se levait et allumait le projecteur, afin d'éclairer son exposé avec des éléments visuels.

Alexi tenta de se focaliser sur les graphiques qu'elle présentait, mais ses pensées ne cessaient de dériver ; Katie était sensationnelle dans ce petit tailleur gris qui dessinait ses courbes…

— Comme vous le voyez, disait-elle en passant au schéma suivant, les ventes montent dans ce secteur, et les estimations des services financiers sont plutôt excitantes.

Pas aussi excitantes que leur baiser de ce matin, pensa-t-il, ni que la vision qu'elle lui avait offerte dans son peignoir court. Il revoyait ses boucles emmêlées cascadant autour de son visage, son corps voluptueux esquissé sous le tissu de soie. Elle était presque trop sexy, bon sang !

Il la suivit du regard tandis qu'elle distribuait des graphiques à chacun des participants. Elle avait à présent une coiffure sévère, ses cheveux ramenés en arrière mettant en valeur l'ovale de son visage et ses pommettes bien dessinées. Elle avait l'air sophistiqué, efficace. Et il la trouvait tout aussi sexy… Il s'imaginait très bien en train de chasser tout le monde de la salle de conférences pour la renverser à même la table et la prendre, là, tout de suite !

Comme si elle avait senti quelque chose, elle leva les

yeux dans sa direction et leurs regards se croisèrent. Ce fut comme si le monde, autour d'eux, venait de se dissiper en fumée.

Puis elle baissa de nouveau les yeux sur ses notes.

Quoi qu'elle pût prétendre, leur attirance sexuelle restait vive. Ce n'était qu'une pulsion, soit, mais elle était d'une force incroyable — jamais il n'avait rien ressenti de tel !

Ainsi, au petit matin, quand ils s'étaient embrassés… Il avait été vraiment secoué. Il avait dû faire appel à tout son empire sur lui-même pour se ressaisir. Quant à Katie, elle avait eu beau feindre l'indifférence, il savait que, s'il l'avait touchée, elle se serait enflammée comme de l'amadou.

Elle affirmait qu'elle cherchait désormais une relation sérieuse. Pour sa part, ce n'était vraiment pas le cas. Il ne croyait pas à l'amour, et cela ne l'intéressait pas. Mais il désirait Katie. Et elle aussi le désirait. Il venait de le lire une fois encore dans son regard.

Ils devaient aller au bout de ce qu'ils avaient commencé. Ensuite, ils pourraient passer à autre chose, pensa-t-il en reportant son attention sur les documents étalés devant lui.

Ce qui était étrange, c'était qu'elle semblait exercer sur lui une sorte de fascination, comme si elle lui avait jeté un sort. Depuis qu'elle l'avait quitté, un mois plus tôt, il était incapable d'aller de l'avant. Chaque fois qu'il décidait de prendre une autre maîtresse pour l'oublier, il voyait surgir dans son esprit la vision de son joli corps parfaitement proportionné, il se remémorait son regard bleu taquin et plein de défi, le sourire si prometteur de ses lèvres… et cela le rendait comme fou.

Il avait *besoin* de cette femme. Il avait besoin de sentir son corps souple contre le sien. « C'est un truc de macho », se dit-il avec colère. Elle l'avait quitté, alors, il voulait la reprendre : question de fierté masculine. Une fois que ce serait fait, ces sentiments se volatiliseraient.

Nom d'un petit bonhomme, il en oubliait le travail ! se rendit-il compte, s'avisant qu'il avait cessé de rester attentif. Ce soir, quand ils en auraient fini avec le travail, il réglerait la situation. Elle renoncerait à ses petits jeux, bon sang ! Il aurait ce qu'il voulait…

En ce moment, elle répondait à un feu roulant de questions. Soudain, elle suggéra :

— Peut-être pourrais-tu expliquer ce point précis, Alexi ?

Saisissant l'expression paniquée de son regard bleu, il s'empressa de rassembler ses notes :

— Oui, bien sûr…

Tout en se lançant dans un exposé concis, il la suivit des yeux tandis qu'elle allait prendre un verre d'eau à la fontaine. Elle aurait pu répondre sans difficulté à la question posée. Alors, pourquoi s'en était-elle défaussée sur lui aussi brusquement ? Et pourquoi cet air affolé ?

Il s'aperçut qu'elle avait pâli, et se leva en la voyant chanceler :

— Katie ? Est-ce que ça va ?

— Oui, pas de problème, affirma-t-elle avec un sourire. C'est juste qu'il fait un peu chaud, ici.

Elle n'avait pas l'air bien du tout, au contraire. Il avait même l'impression qu'elle était au bord de l'évanouissement. Il décida alors de mettre fin à la réunion. Après tout, ils avaient vu l'essentiel. Et l'atmosphère était plutôt étouffante, ici, en effet. L'air conditionné devait être mal réglé.

— Eh bien, messieurs, conclut-il, s'il n'y a pas d'autres questions, nous en resterons là pour le moment.

Il y eut des murmures de désaccord, mais sa décision était prise. Il traita les quelques affaires en suspens, et, un moment plus tard, les participants rassemblaient leurs documents pour quitter les lieux.

Katie lui en fut immensément reconnaissante. Elle avait été prise de vertiges, quelques instants auparavant, et elle avait bien cru qu'elle allait s'évanouir — bien que cela ne lui fût jamais arrivé de sa vie.

— La rencontre s'est bien déroulée, je crois, murmura-t-elle à Alexi qui l'avait rejointe, tandis que, un à un, les membres du conseil franchissaient le seuil.

— Oui, exception faite de ton malaise. Qu'est-ce qui ne va pas, Katie ?

— Il n'y a aucun problème ! s'exclama-t-elle.

Rien ne lui échappait donc jamais ? pensa-t-elle, énervée par la perspicacité de son regard. Mais elle commençait à s'affoler, en réalité. Que lui arrivait-il ? Etait-elle… enceinte ?

Cette éventualité lui traversa l'esprit une fois de plus, et elle s'avoua qu'elle ne saurait réellement pas comment réagir. Alexi serait horrifié d'apprendre qu'elle attendait un enfant de lui, si cela se confirmait ! Lui qui ne voulait déjà pas d'une relation sérieuse…

S'efforçant de paraître désinvolte, elle ajouta :

— Je crois qu'il fait trop chaud, ici, c'est tout.

— Je crois plutôt que tu aurais mieux fait de prendre un petit déjeuner, ce matin.

— Epargne-moi tes leçons de morale ! Et ne te mêle pas de mes affaires.

— Ce sont aussi les miennes. Je n'ai pas envie que tu sois obligée de t'absenter parce que tu ne te nourris pas convenablement ! Nous allons devoir travailler dur, ces prochaines semaines. J'ai besoin que tu sois en forme.

— Merci de t'inquiéter pour moi, c'est touchant, ironisa-t-elle.

— C'est le rôle d'un patron, commenta-t-il avec un sourire espiègle.

Oh, pourquoi était-elle si bouleversée lorsqu'il souriait comme ça ? C'était insensé… Détournant les yeux, elle redirigea la conversation sur le travail — bien résolue à imiter Alexi sur ce point.

— Au fait, le comptable t'a transmis les éléments que nous lui avions demandés ?

— Oui, par courriel. Je t'en ferai faire un tirage, répondit-il, admiratif.

De toute évidence, elle n'allait pas bien. Pourtant, elle restait professionnelle. Bravo !

— Nous verrons ça après le repas, continua-t-il. Nous

déjeunerons à bord de l'*Octavia*. Notre prochaine réunion n'est qu'à 15 heures.

Katie consulta sa montre. Elle ne voulait pas rester avec lui pendant la pause. Elle avait besoin d'acheter un test de grossesse en pharmacie.

— Vas-y, je te rejoins, dit-elle.

— Autant partir ensemble, tu n'as plus grand-chose à faire ici.

— J'aimerais donner mes notes à une dactylo pour qu'elle les mette au net.

— Je confierai ce soin à une secrétaire sur l'*Octavia*.

— Il faut aussi que je fasse les boutiques, fit-elle valoir avec autant de décontraction qu'elle put.

— Si c'est une robe pour la réception que tu veux, les boutiques du bord feront parvenir une sélection dans mes appartements privés. Presque tous les grands stylistes sont représentés, tu trouveras sûrement quelque chose qui te plaira.

— Merci, mais j'ai aussi besoin d'effets personnels.

— Dans ce cas, je te laisse faire tes courses. J'irai au port en taxi. De cette manière, Fred, mon chauffeur, pourra t'emmener où tu le désires et t'attendre devant les boutiques. On se retrouve sur l'*Octavia* pour déjeuner dans… quarante-cinq minutes ?

Katie accusa le coup. Elle avait besoin d'être seule. Mais, après tout, le chauffeur ne verrait rien d'extraordinaire à ce qu'elle s'arrête dans une pharmacie. Ensuite, elle lui demanderait de la déposer devant un grand magasin, où il lui serait possible d'effectuer son test dans les toilettes…

— D'accord, merci, dit-elle.

Tout était bon pour se débarrasser d'Alexi !

6.

Incrédule, Katie regarda fixement la mince barre bleue. Selon le test, elle était *enceinte* ! Comment était-ce possible ? Alors qu'il avait été négatif quatre semaines plus tôt ?

Elle avait peut-être fait le premier test trop tôt. Ou alors, celui-ci était erroné, pensa-t-elle dans son affolement.

Mais, tout au fond d'elle-même, elle sentait que ce résultat était le bon. Conservant la notice explicative, elle jeta le reste. Puis, en état de choc, elle quitta les toilettes des dames pour se mêler aux clients du grand magasin bondé.

Il était étrange, songea-t-elle, de découvrir sa grossesse chez Saks, sur la Ve Avenue. Elle allait de stand en stand, désorientée. Mais l'aurait-elle moins été si elle avait fait cette découverte dans l'appartement d'Alexi ? Ou à bord de l'*Octavia* ? Peut-être aurait-il mieux valu qu'elle connaisse la réponse à l'époque où elle se trouvait encore chez Demetri Shipping, et n'avait pas rompu avec Alexi…

Elle s'avoua que cela n'aurait pas fait grande différence. Dans tous les cas de figure, cela restait une catastrophe !

Grands dieux ! Comment allait-elle lui annoncer la nouvelle ? pensa-t-elle pour la énième fois.

Il valait peut-être mieux ne rien lui dire du tout, en fait. Elle avait peut-être intérêt à entrer secrètement dans une clinique pour régler le problème. C'était, en tout cas, ce qu'Alexi attendrait d'elle, si les rumeurs qui couraient sur la rupture de son mariage étaient exactes.

Il ne lui avait jamais beaucoup parlé de cette union. Elle savait uniquement qu'elle avait duré douze mois en tout et pour tout. Chaque fois qu'elle avait tenté de l'amener à en parler, il s'était fermé comme une huître, ou bien avait changé de sujet. En dépit de sa curiosité intense, elle n'avait pas insisté. Elle devinait qu'il avait aimé Andrea. Sinon, il ne l'aurait pas épousée. Mais leurs objectifs avaient divergé, et cela avait dû le déterminer à se garder d'une nouvelle relation sérieuse. Voilà huit ans qu'il était célibataire désormais.

Tout en marchant, elle s'aperçut qu'elle s'était engagée dans le rayon « enfants et femmes enceintes ». Elle rebroussa chemin aussitôt. Elle ne pouvait pas supporter de voir ces photos de femmes au ventre rond, rayonnantes de bonheur… Et ce petit berceau rose, si attendrissant…

Aurait-elle le cœur d'avorter ?

Et sinon, comment élèverait-elle son bébé ? Elle s'était toujours juré d'avoir un enfant au bon moment, afin de lui donner tout ce dont elle avait manqué dans son enfance ; afin de lui offrir la sécurité et l'amour au sein d'une famille unie. Or, cela impliquait la présence d'un père.

Cette situation était très éloignée de son idéal. D'autant qu'elle avait un travail prenant qui exigeait de nombreuses heures de labeur. Comment pourrait-elle mener de front sa carrière et son rôle de mère ?

La lumière vive du soleil lui blessa les yeux lorsqu'elle ressortit sur le trottoir et se réinstalla dans la limousine qui l'attendait. Comme la voiture se réengageait dans le trafic, elle se rappela l'air circonspect d'Alexi au moment où elle lui avait dit qu'elle recherchait une relation sérieuse. Oui, le mot « paternité » était bien fait pour l'épouvanter. Car un enfant représentait un engagement majeur dans une vie.

Jamais Katie ne s'était sentie aussi seule. Elle éprouva le besoin pressant de se confier, de parler à sa sœur Lucy. C'était la seule qui pouvait comprendre ce qu'elle ressentait en ce moment.

Sans même songer au décalage horaire avec la France, elle sortit son mobile et l'appela. Mais elle n'obtint qu'un répondeur. Déçue, elle raccrocha. On ne pouvait annoncer une telle nouvelle par messagerie interposée.

Les yeux clos, elle tenta de se détendre et de réfléchir. Elle était enceinte de deux mois, si elle calculait bien. Il fallait donc tout d'abord qu'elle voie un médecin pour une visite de contrôle.

Elle prit soudain conscience que le chauffeur s'arrêtait, et, quand il lui ouvrit la portière, une brise tiède et iodée vint lui effleurer le visage. Elle inspira à pleins poumons, puis descendit, marchant vers l'*Octavia*.

Le paquebot était ancré à quelques mètres, superbe avec sa coque si bien dessinée. C'était l'un des plus prestigieux navires de la flotte d'Alexi. Il offrait des équipements luxueux, des salons de réception, un centre commercial, des restaurants gastronomiques de réputation internationale, et même une chapelle. En d'autres circonstances, elle aurait été ravie de monter à bord. Mais, en cet instant, elle ne songeait qu'à échapper à la rencontre qui l'attendait.

Comment pourrait-elle déjeuner avec Alexi comme si de rien n'était ? Auparavant, la situation était tendue, difficile. Mais maintenant, elle était devenue intenable !

Au bas de la passerelle, elle fut accueillie par un marin en uniforme qui demanda à consulter son passeport.

— Bienvenue à bord, mademoiselle Connor, lui dit-il. M. Demetri vous prie de le rejoindre dans ses appartements. Bonne journée !

Elle monta, puis prit l'ascenseur qu'on lui indiqua au bout de la galerie. Dès que les portes s'ouvrirent et qu'elle sortit sur le pont supérieur, sa première pensée fut pour Alexi. Il fallait qu'elle le lui dise.

Ce n'était pas une chose qu'elle pouvait garder secrète. Il s'agissait d'un enfant, d'un être vivant. Elle n'était plus seule en cause. Alexi avait le droit de savoir.

Elle trouva sa suite privée sans difficulté. Alors que, hésitante et pensive sur le seuil, elle cherchait désespérément à se donner une contenance, la porte s'ouvrit toute grande et Alexi, en conversation au téléphone, lui fit signe d'entrer.

— Ce n'est pas la première fois, disait-il d'un ton péremptoire. Je ne peux pas permettre qu'un membre de l'équipe commette des erreurs de cette sorte. Il faut s'en débarrasser tout de suite. Il n'y a pas à tergiverser.

S'en débarrasser tout de suite. Ces mots la heurtèrent de plein fouet et elle prit conscience, avec un coup au cœur, que ce n'était pas du tout son désir. Elle voulait garder ce bébé !

— Rappelez-moi dès que vous aurez réglé la situation, conclut Alexi.

Ayant raccroché, il leva les yeux vers elle. Un instant, ils se dévisagèrent en silence.

— Alors, cette séance de shopping ? dit-il en se débarrassant de son veston.

Un instant distraite par le spectacle de sa haute silhouette athlétique, elle répondit :

— Pas de problème.

— Tu as trouvé ce que tu voulais ?

— Oui, merci, prétendit-elle, troublée par son regard insistant.

Elle regarda autour d'elle. Une porte grande ouverte révélait une chambre avec un vaste lit double — dont elle se hâta de détourner les yeux, se concentrant sur le salon où ils se trouvaient. Ses larges baies donnaient sur un pont privé avec piscine. Les gratte-ciel de Manhattan formaient, en arrière-fond, un décor spectaculaire.

— Tu semblais songeuse, devant la porte.

Elle tressaillit à ce commentaire d'Alexi et demanda, rembrunie :

— Comment ça ?

Il lui désigna la caméra de sécurité placée dans la galerie, et elle comprit qu'il l'avait observée pendant qu'elle attendait devant le seuil.

— Il y en a partout. Ça fait partie des nouvelles mesures de sécurité que j'ai instaurées.

— Merci, Big Brother, commenta-t-elle insolemment.

— C'est parfois utile. Au fait, j'ai commandé notre

repas. Je me suis risqué à choisir pour toi. Salade maison… et une petite assiette de frites en surplus. Est-ce que ça te convient ? acheva-t-il avec un air espiègle.

C'était ce qu'elle avait eu coutume de commander lorsqu'ils déjeunaient entre deux séances de travail — prétendant que les frites seraient son « péché mignon » de l'après-midi. « On en reparlera tout à l'heure », plaisantait Alexi, sachant qu'elles ne dureraient pas jusque-là.

Elle n'avait pas envie de se rappeler ces moments de complicité ni leur passion sensuelle. Car ce n'était qu'une tromperie. Et cela ne l'aidait pas à affronter la situation présente.

— Je n'ai pas très faim, murmura-t-elle avec un haussement d'épaules. Mais je dois me nourrir un peu, tu as raison. Merci.

— Tu ne te sens pas mieux ? s'enquit-il d'un air assombri.

— Si, si, ça va…

Il n'eut pas le temps d'ajouter quoi que ce fût : on frappait à la porte pour leur apporter leur repas. Heureuse de cette diversion, elle regarda le steward installer une table sur le pont, à l'ombre, et y disposer une nappe blanche et de l'argenterie. C'était un décor intime, une invite. Rien qui évoquât un déjeuner de travail.

C'était une bonne occasion de lui parler, pensa-t-elle, le cœur battant, tandis que le personnel se retirait, les laissant en tête à tête.

Alexi ouvrit la porte vitrée pour qu'elle s'engage la première sur le pont, et, tout en avançant, elle répéta mentalement la phrase qu'elle avait méditée : « *Je crois que je suis enceinte. Mais ne t'inquiète pas, je me débrouillerai seule.* »

Cela lui fit l'effet d'une douche glacée. Il serait dur d'être mère célibataire, vraiment dur. Et si elle répétait malgré elle les erreurs que sa mère avait commises ? Et si elle allait de mauvaise rencontre en mauvaise rencontre, et que son bébé ne connaisse jamais ni la sécurité ni l'affection d'un père ?

Il fallait qu'elle se calme ! s'adjura-t-elle. Beaucoup de femmes élevaient seules un, ou même plusieurs enfants, et remarquablement bien. Elle serait comme elles ! Elle ne tenait pas *du tout* de sa mère !

— Je te sers du vin ? demanda Alexi alors qu'ils s'attablaient.

— Non, merci. Nous aurons du travail à abattre, cet après-midi.

— Tu es toujours si raisonnable, commenta-t-il.

Elle avait plutôt l'impression, au contraire, de sombrer dans un océan d'incertitudes et d'irrationalités ! Cependant, elle s'efforça de sourire et de préserver la légèreté de l'ambiance :

— C'est pour ça que tu aimes travailler avec moi, non ? C'est ce que tu prétendais, en tout cas.

— C'est une des raisons, oui… L'autre, c'est que tu maries tellement bien la sensualité et le travail. C'est un mélange rare et irrésistible.

— Ne te moque pas de moi.

Il fronça les sourcils, frappé par son expression vulnérable. Elle semblait tout à coup très jeune, et très fragile.

— Je ne me moquais pas de toi, assura-t-il doucement.

Pendant quelques instants, ils se dévisagèrent, pris dans un courant d'émotions que ni l'un ni l'autre ne parvenait à cerner. Katie n'était consciente que d'une chose : elle avait désespérément envie qu'il la prenne dans ses bras.

Or, si elle l'autorisait à la toucher, à la conduire dans son lit, ils auraient un échange sexuel, mais rien de plus. Alexi ne s'impliquerait pas. Il songerait à sa prochaine conquête.

Le moment n'était sans doute pas si bien choisi qu'elle l'avait pensé pour lui parler, se rendit-elle compte. Elle ne se sentait pas assez forte. Elle avait d'abord besoin de réfléchir. D'être sûre de savoir où elle en était avant d'aborder ce sujet avec lui.

Cherchant une échappatoire, elle se rabattit sur le travail, comme de coutume.

— Est-ce que mes idées ont été bien reçues, à ton avis ? demanda-t-elle, tout en enlevant sa veste.

Alexi ne fut pas dupe de son manège. Il l'observa, le regard attiré malgré lui par l'échancrure de son chemisier, qui laissait entrevoir un soutien-gorge en dentelle. Son excitation monta d'un cran, et il fut tenté de ne pas la laisser s'en tirer si facilement.

Mais, croisant son regard, il y lut, mêlé au désir, un sentiment de détresse qu'il n'y avait jamais vu. Après une hésitation, il lui accorda un répit.

— Certains semblaient douter que tu puisses atteindre de tels objectifs dans un délai si bref. Mais, dans l'ensemble, tes idées ont été très appréciées.

Que pouvait-elle bien avoir en tête ? se demanda-t-il, remplissant leurs verres d'eau fraîche. Il savait qu'elle avait toujours du désir pour lui, mais, soudain, il eut la conviction qu'il y avait autre chose, qu'il ne s'agissait pas seulement pour elle « d'aller de l'avant », comme elle l'avait prétendu.

— Je pense que tu devras assigner un budget plus important à la publicité, ajouta-t-il. Dans ce domaine, tes estimations sont un peu faibles.

— Je ne suis pas d'accord ! protesta-t-elle. C'est une campagne très équilibrée entre chaînes de télévision et presse écrite. Cela suffira pour un lancement initial.

— Mais nous ne voulons pas d'un lancement raisonnable, fit-il. Nous voulons quelque chose d'extravagant qui frappe les esprits.

Là-dessus, il la regarda s'animer alors qu'elle défendait son projet avec enthousiasme. Elle sortit ses notes et les posa près d'elle. « Comme une barricade », pensa-t-il. Eh bien, il n'allait pas lui permettre de se défiler ! Il était temps d'en venir au cœur des choses !

— Nous discuterons de ça plus tard, déclara-t-il. Nous avons d'autres choses à aborder pendant le déjeuner.

Elle fut aussitôt sur ses gardes.

— Si tu fais allusion à ce qui s'est produit entre nous ce matin, je considère qu'il n'y a plus rien à dire.

— Vraiment ?

Elle se sentit rougir devant l'énormité de son propre mensonge. Il y *avait* quelque chose à dire… quelque chose d'*important*, dont il devait être informé !

Comme son mobile sonnait, elle le tira de son sac et consulta l'écran. C'était sa sœur Lucy.

— Excuse-moi, je dois rép…

— Pas question !

Il allongea la main pour lui subtiliser l'appareil et coupa la communication.

— Tu n'as pas le droit ! s'écria-t-elle, se levant d'un bond et le foudroyant du regard.

— Tu rappelleras ton interlocuteur plus tard, décréta-t-il en reposant le téléphone sur la table.

Quelque chose ne tournait pas rond. Quoi ? Il n'en savait rien. Peut-être était-il tout simplement désorienté parce qu'elle soufflait le chaud et le froid. Il n'aimait pas ça ! Il se sentait à cran et mal à l'aise.

— Rassieds-toi, lui ordonna-t-il.

Elle finit par céder à l'intensité implacable de son regard, et obtempéra, le cœur battant la chamade.

— Nous devons tirer les choses au clair, Katie.

— Nous n'y arriverons pas ! Je dois donner ma démission !

Elle avait lancé ces propos comme malgré elle, sans réfléchir. Elle n'avait certes pas projeté de se retrouver enceinte et au chômage. Mais elle trouverait un autre travail, n'importe lequel. Pourvu qu'elle puisse s'en aller !

Oui, c'était évident. Elle ne pouvait pas rester, maintenant qu'elle attendait son enfant. Ce serait un désastre, sinon.

— Cela s'appelle prendre la fuite, Katie, commenta Alexi.

— Cela s'appelle être réaliste, rétorqua-t-elle en le toisant.

— Tu as signé un engagement de quatre mois, voilà où est le réalisme, lui asséna-t-il.

Puis il continua d'un air intrigué et rembruni :

— Katie… Tu viens juste de commencer à travailler sur ce projet. Et tu veux tout plaquer à cause de notre désir réciproque ? Cela ne te ressemble pas.

Alexi paraissait en colère, nota-t-elle. Elle devait lui parler du bébé… tout de suite !

Un léger coup de vent souleva la liasse de documents qu'elle avait posée près d'elle, et soudain, les feuilles s'éparpillèrent sur le pont. Ils se levèrent de concert, entreprenant de les ramasser.

Leurs mains se rencontrèrent au moment où ils saisissaient ensemble le dernier feuillet. Katie écarta la sienne aussitôt, comme au contact d'un objet brûlant. Lentement, ils se redressèrent. Alexi était très proche. Elle se sentit vaciller en avant, prête à tomber dans ses bras.

— Eh bien, fit-il doucement, que se passe-t-il ? Tu ne vas tout de même pas me dire qu'il s'agit seulement du baiser que tu m'as donné ce matin ? Ou de notre attirance persistante ?

Elle remarqua qu'il lui attribuait l'initiative du baiser, et prit conscience, avec humiliation, qu'il avait raison : c'était elle qui s'était jetée dans ses bras.

Alors que son mobile recommençait à sonner, elle alla décrocher. Lorsqu'elle eut Lucy en ligne, elle lui expliqua qu'elle rappellerait plus tard. Tout en parlant, elle suivait du coin de l'œil le manège d'Alexi, qui venait d'ouvrir sa mallette pour y ranger la liasse qu'ils avaient récoltée.

Elle se raidit : il venait d'apercevoir la notice du test qu'elle y avait logée quelques heures plus tôt.

Il la fixa un moment, puis s'en saisit.

— Que fait ce prospectus dans tes papiers ? Katie, que se passe-t-il ?

7.

Alexi fut choqué de la voir pâlir. Tout à coup, il voyait clair ! Se rapprochant d'elle, il lui mit la notice sous les yeux et énonça d'une voix calme, que démentait le feu de son regard :

— Je t'ai posé une question, Katie. Qu'est-ce que c'est que ça ?

Mal à l'aise, elle murmura :

— C'est à cause de ça que je ne peux pas rester… Je suis enceinte, Alexi.

C'était difficile de deviner ce qui se passait dans l'esprit d'Alexi, pensa-t-elle. Il semblait figé, une veine battait à la naissance de son cou.

— Est-ce que le bébé est de moi ? finit-il par demander.

— Bien sûr ! s'écria-t-elle, blessée par cette interrogation.

— Et il y a combien de temps que tu me caches ça ?

— Je ne te le cache pas ! Je viens de te l'apprendre !

— Parce que tu y étais forcée !

Elle avait deviné qu'il serait furieux. Mais à ce point ! C'était à faire peur.

— Ce n'est pas vrai, dit-elle avec lassitude. J'essayais d'y venir, mais je ne savais pas comment m'y prendre.

Comme il demeurait silencieux, elle continua :

— Pour être tout à fait franche, je n'ai pas eu le temps de digérer la nouvelle, moi non plus. J'essayais de réfléchir, de savoir ce que je voulais avant d'en discuter avec toi.

— Et tu comptais le faire quand ? demanda-t-il avec

une hostilité qu'elle ne lui avait jamais connue. Avant de te débarrasser du bébé ou après ?

— Comment oses-tu me dire une chose pareille ! s'écria-t-elle avec colère.

— Et toi, comment oses-tu me cacher une chose pareille ? rétorqua-t-il en lui opposant un visage tendu et réprobateur. C'est pour cette raison que tu as quitté Demetri Shipping ?

— Non ! Je ne savais pas que j'étais enceinte à ce moment-là ! Avant notre séparation j'ai fait un test qui s'est révélé négatif. Cela m'a causé une peur bleue. J'ai pris conscience que notre petite liaison était dangereuse.

Il s'écarta brusquement d'elle. Elle continua :

— Et puis ce matin, j'ai eu des nausées. Après, j'ai failli m'évanouir à la réunion. Je me suis demandé si le test était valable. J'étais affolée. Je suis allée en acheter un autre, et… et… je n'en revenais pas que le résultat soit positif ! Je… je ne savais pas quoi faire…

— Donc, tu as choisi de plaquer ton travail ; d'essayer de t'en aller sans me mettre au courant, fit-il sèchement.

— Arrête, bon sang ! Je ne sais plus où j'en suis ! Je reconnais que ce n'était pas très sensé, mais je suis en état de choc !

Il acquiesça comme s'il consentait à reconnaître cette réalité. Pourtant, le silence qui s'installa entre eux fut terriblement tendu.

— C'est à ça que tu pensais, ce matin, quand tu as dit que tu recherchais une relation sérieuse ? finit-il par demander sans ambages.

— Non ! J'étais à mille lieues d'imaginer la réalité ! Mais tu n'as pas à t'inquiéter, ça ne te concerne pas. C'est mon bébé. Si je décide de le garder, je ne te demanderai rien, bien au contraire ! Tu ne seras tenu à rien.

— Je te conseille d'y réfléchir à deux fois, assena-t-il. Je suis impliqué dans cette affaire, que tu le veuilles ou non !

— Tu ne peux pas me contraindre à prendre une décision qui ne me convient pas ! Je ferai ce qui est bon pour m…

— Il ne s'agit pas seulement de toi ! coupa Alexi avec colère.

— Comme si je ne le savais pas ! Je me sens écrasée par cette nouvelle responsabilité.

Résolu, il enchaîna :

— C'est bien pourquoi nous devons la partager.

— Rien ne nous y oblige !

— Ne t'oppose pas à moi là-dessus, Katie. Parce que tu perdras.

Il avait énoncé cela d'un ton si péremptoire qu'elle se sentit frémir. Se rapprochant de la baie, Alexi contempla les gratte-ciel de Manhattan. Un instant, ils gardèrent le silence.

— Tu ne me forceras pas à avorter si je ne le veux pas ! explosa-t-elle enfin d'une voix frémissante.

— Je n'ai pas mentionné ce mot, lui dit-il avec calme.

— Peut-être, mais je sais ce que tu penses. Tu te dis que tu t'absoudras de ta part de responsabilité en payant une clinique privée et une opération. Tout ce que tu désires, c'est te débarrasser du problème.

— Tu n'as pas la moindre idée de ce que je pense !

— Je te connais, va ! Tu as la phobie de l'engagement. Rien ne te déplairait davantage que de devenir père.

— Je reconnais m'être tenu à l'abri d'une relation sérieuse depuis la fin de mon mariage. Mais cela ne te donne pas le droit de me juger en ce qui concerne la situation présente.

Elle l'examina en plissant les yeux :

— Tu ne voulais pas d'enfants quand tu étais marié. Alors, pourquoi en voudrais-tu maintenant ? Je suis au courant des rumeurs, figure-toi.

— Vraiment ? fit-il en se figeant.

— Oui ! Tu ne voulais pas d'enfants, alors que ton ex-femme en désirait un, déclara Katie qui ne se souciait guère, en ces circonstances, de ce qu'il penserait. Alors, arrête les faux-semblants. Si tu t'imagines que tu vas réussir à m'égarer, et me pousser à entrer dans une clinique, tu te trompes !

— Tu ne sais pas de quoi tu parles, répliqua-t-il avec une fureur rentrée qui lui fit peur.

Momentanément désorientée, elle murmura :

— Désolée, je n'aurais pas dû dire ça.

— Certes pas !

— Tu ne m'as jamais parlé de ton couple, alors je…

— Alors, tu n'as rien trouvé de mieux que de croire aux commérages, lui assena-t-il avec mépris. Soyons clair, Katie : j'aimais ma femme, et j'aurais fait n'importe quoi pour elle. Mais tu as raison, après la rupture de mon mariage, j'ai décidé qu'il valait mieux se tenir à distance de ce genre d'engagement. J'ai décidé de ne plus m'investir dans une relation. Je me contentais parfaitement de liaisons sans lendemain, et je n'avais pas le moins du monde l'intention de fonder une famille.

Katie s'efforça d'ignorer la souffrance diffuse que lui causait cette déclaration. Ne savait-elle pas qu'elle ne représentait rien pour Alexi ?

— Eh bien, tu n'as nul besoin de te soucier de ma grossesse. Car je ne te demande aucun engagement, d'aucune sorte, déclara-t-elle, en redressant le menton. J'ai vu ta réaction ce matin lorsque j'ai parlé d'une relation sérieuse. Cela n'avait rien d'une insinuation, rassure-toi ! J'ignorais que j'étais enceinte à ce moment-là. Et quand j'ai dit que nous deux, ça ne pourrait pas marcher, je le pensais. Ce n'était qu'une passade, ce n'était pas supposé se terminer comme ça !

— Non, en effet, admit-il avec calme. Nous avons pris des précautions. Mais un accident peut toujours arriver. Ce qui compte, c'est ce que nous allons faire à dater de maintenant.

Ils échangèrent un regard tendu, et elle finit par acquiescer, la gorge nouée.

Alexi s'avisa qu'elle semblait lasse, qu'elle était pâle ; et il se rappela qu'elle avait eu un malaise le matin même.

— Tu ferais mieux de t'asseoir, dit-il brusquement.

Elle n'accueillit pas avec plaisir son inquiétude soudaine. Cela ne l'aidait pas à se ressaisir.

— Je ne suis pas malade, tu sais. Inutile de me traiter comme telle.

Il sourit à cette réplique :

— Cela n'entrait pas du tout dans mes intentions, sois-en sûre. Mais tu devrais te mettre à table et manger un morceau. Tu n'as rien avalé de la journée.

Elle n'avait pas envie de manger, et surtout pas en compagnie d'Alexi. Elle avait la gorge serrée par l'émotion, et se sentait incapable d'avaler quoi que ce fût. Pourtant, elle obtempéra, et prit un verre d'eau.

Pendant quelques instants, un silence palpable s'installa entre eux. Puis Alexi demanda d'un ton plus décontracté :

— A quel stade de ta grossesse en es-tu, selon tes estimations ?

— Au deuxième mois. Enfin, je crois. Je me le ferai confirmer par un médecin.

— Je prendrai rendez-vous pour que tu voies Richard Hall cet après-midi, dit Alexi. C'est le médecin du bord, ajouta-t-il en voyant son air dérouté et interrogateur.

— Comme c'est pratique.

— Oui. Et ensuite, nous aviserons.

— On dirait que tu organises une campagne professionnelle, maugréa-t-elle.

— Nous devons être pragmatiques, Katie.

Si elle l'avait pu, elle lui aurait volontiers dit qu'elle aurait donné n'importe quoi pour qu'il oublie les aspects pratiques de la situation et la prenne dans ses bras. Cependant, il avait raison. Aussi hocha-t-elle la tête.

Il continua en consultant sa montre :

— Repose-toi cet après-midi, cela vaudra mieux.

— Je préférerais avoir de l'occupation. De plus, nous avons une réunion à 15 heures.

— Nous avons traité les questions importantes ce matin. Tu peux très bien manquer ce rendez-vous.

Sur ce, son mobile se mit à sonner. Il décrocha, répondant d'un ton impatienté :

— J'arrive dans une minute.

Puis, ayant raccroché, il indiqua à Katie qu'il devait partir, qu'il préviendrait le médecin afin qu'il la voie, et qu'ils discuteraient ensuite.

Katie ne protesta pas. Elle savait que c'était inutile, lorsqu'il se montrait aussi catégorique.

Richard Hall était un homme agréable, d'une cinquantaine d'années. Après avoir examiné Katie, il lui avait annoncé qu'elle était en très bonne santé, et enceinte d'un peu plus de deux mois.

— Félicitations, lui avait-il dit. Vous aurez un cadeau de Noël très spécial : le bébé devrait naître aux alentours du 20 décembre.

Maintenant, allongée sur le lit de la cabine, Katie réfléchissait. Elle essayait d'imaginer son petit appartement avec les décors de Noël habituels, le sapin, les cartes de vœux et le berceau du bébé. Cela lui semblait irréel…

Pourtant, elle désirait cet enfant de toute son âme. Plus le temps passait, plus ce sentiment se renforçait. Et, quoi qu'Alexi pût dire ou faire, elle ne changerait jamais d'avis !

Bien sûr, elle aurait du mal à s'en tirer seule, y compris financièrement. Il valait mieux qu'elle garde son poste auprès d'Alexi, même si ce n'était qu'un CDD de quatre mois. Cela lui permettrait de se constituer un petit pécule pour bien accueillir le bébé à sa naissance. Ensuite, elle devrait trouver un travail à temps partiel.

Malheureusement, toutes ces pensées raisonnables ne l'empêchaient pas de se demander si elle serait assez forte pour continuer à collaborer avec Alexi. Elle demeurait tentée de donner sa démission. Car il allait lui demander de se débarrasser du bébé et, à cela, elle opposerait un refus catégorique.

Quand bien même il aurait accepté sa paternité, ce

n'aurait été que par conformisme et elle ne voulait pas de sa charité !

Elle se rappela sa réaction lorsqu'elle lui avait annoncé la nouvelle. D'abord, il avait été encore plus furieux qu'elle ne l'avait anticipé. Et puis, il avait paru se figer dans une sorte de résignation têtue. C'était affreux.

Des phrases qu'il avait prononcées résonnaient douloureusement dans sa mémoire… *Soyons clairs, Katie : j'aimais ma femme, et j'aurais fait n'importe quoi pour elle. Mais tu as raison, après la rupture de mon mariage, j'ai décidé qu'il valait mieux se tenir à distance de ce genre d'engagement. J'ai décidé de ne plus m'investir dans une relation. Je me contentais parfaitement de liaisons sans lendemain, et je n'avais pas le moins du monde l'intention de fonder une famille.*

— Nous nous débrouillerons sans lui, murmura-t-elle en posant sa main sur son ventre.

Elle se redressa en entendant s'ouvrir la porte de la cabine principale, et se leva, vérifiant son apparence dans le miroir de la coiffeuse. Elle était pâle et ses cheveux étaient un peu en désordre. Elle se peigna avec les doigts, et se pinça les joues pour leur redonner un peu de couleur.

— Katie ? fit la voix d'Alexi, derrière la porte.

Il frappa un coup contre le battant et entra sans attendre de réponse.

— Comment te sens-tu ? demanda-t-il.

— Bien, mentit-elle.

Elle aurait aimé rajouter avec insolence : « Et je suis toujours enceinte ! » Mais elle se contint. Elle maîtrisait mal ses émotions devant le tableau qu'il lui offrait, avec son veston jeté sur l'épaule et sa chemise entrouverte, dans un style décontracté qui le rendait encore plus séduisant et troublant à ses yeux.

Ne sachant que dire, elle s'en tint aux banalités.

— La réunion s'est bien déroulée ?

— Ton projet a impressionné le service financier. Tu apprécieras de savoir qu'ils le soutiennent à cent pour cent.

— Tant mieux.

Alexi avait déposé son veston sur le dossier d'une chaise, et il avait reporté son attention sur elle, à présent. De l'extérieur, on les aurait sûrement pris pour un couple. Mais c'était loin d'être la réalité, et cela la mettait mal à l'aise.

— J'ai vu le médecin, reprit-elle avec gêne.

— Oui, il m'en a informé. Tu es enceinte d'un peu plus de deux mois.

— Il te l'a dit ?

— Cela te pose problème ?

— Oui ! C'est mon bébé, et j'aimerais qu'on respecte ma vie privée.

— Elle est respectée. Et, comme je l'ai précisé à Richard en prenant ce rendez-vous, c'est aussi *mon* bébé.

— Alexi, arrête !

— Arrête quoi ?

— D'essayer de me court-circuiter.

— Te court-circuiter ? répéta-t-il, vaguement amusé.

— Je te connais ! Je sais quel genre de manipulateur tu es. Tu traites cette situation comme s'il s'agissait d'un projet professionnel dont tu as la charge. Eh bien, ce n'est pas ça du tout ! C'est moi qui mène cette affaire.

L'air amusé d'Alexi s'effaça aussitôt.

— Attention, Katie. Je t'ai déjà dit que je ne me laisserais pas évincer. C'est mon enfant. Je suis impliqué, que cela te plaise ou non. Et… je veux ce bébé.

— Tu le *veux* ? fit-elle, le dévisageant avec surprise.

— Oui.

Soupçonneuse, elle insista :

— Tu le veux *vraiment* ?

— Oui, je te le répète.

— Quoi ? Monsieur « je ne m'engage pas » désire endosser la plus grande responsabilité qui soit : un enfant ?

— Pas de persiflage, Katie. Ça ne te va pas.

— Je t'en prie ! Reconnais tout de même que c'est un sacré revirement de ta part.

Il haussa les épaules :

— Chaque jour est un nouveau jour, et nous avons franchi une étape, non ? Il n'y a pas de retour en arrière possible.

Un intense réconfort, un soulagement inattendu envahirent Katie. Elle n'aurait osé espérer entendre de telles paroles. Cédant à son émotion intime, elle murmura :

— Moi aussi, je veux ce bébé. Je le veux tellement que ça me fait presque mal.

— Dans ce cas, nous sommes d'accord, dit-il avec douceur en soutenant son regard. J'en suis heureux, Katie. Cela simplifie tout. Un bébé a besoin d'un père et d'une mère.

Alors qu'elle avait l'impression de se noyer dans son regard, il continua :

— Donc, nous allons nous marier.

— P... pardon ? dit-elle, persuadée d'avoir mal entendu.

Il répéta avec une assurance imperturbable :

— Nous allons nous marier. Dès que je pourrai arranger ça.

Pendant un instant, elle se laissa aller à caresser cette hypothèse. Puis elle murmura :

— Mais... nous ne nous aimons pas.

— Est-ce que ça compte ? demanda-t-il avec gravité. Les sentiments ne font que compliquer les choses, en général.

— Bien sûr que ça compte !

— Katie, l'important, c'est de bien élever notre enfant. Réfléchis, voyons. Tu ne pourras pas t'en tirer toute seule. Tu as un minuscule appartement, en plus.

— Je me débrouillerai très bien ! s'indigna-t-elle.

— Rien ne t'y oblige. Tu attends mon héritier. Je veillerai sur toi.

— En contrôlant ma vie !

— En faisant ce qu'il faut.

— Eh bien, je ne veux pas que tu fasses ce qu'il faut ! s'écria-t-elle, prise d'une inexplicable envie de pleurer. Si c'est l'idée que tu te fais d'une demande en mariage, tu peux la garder pour toi !

Rivant sur elle un regard scrutateur, il rectifia avec calme :

— C'est l'idée que je me fais d'une solution.

— Eh bien, elle ne me plaît pas.

— Qu'est-ce que tu suggères, alors ? Tu préférerais que j'attende la naissance du bébé pour t'attaquer en justice et demander la garde ?

— Tu ne ferais quand même pas ça ! s'exclama-t-elle d'une voix étranglée.

— Je suis prêt à tout, si j'y suis contraint. Je te déconseille de devenir mon ennemie, Katie. Parce que j'ai l'argent, le pouvoir et les relations nécessaires pour aller jusqu'au bout. Et je gagnerai la partie, sois-en sûre.

— Un juge ne te donnera jamais la garde ! Aucun individu sensé n'enlèverait un bébé à sa mère !

— Voyons, quel serait le cas de figure, exactement ? Enlever un bébé à son milieu monoparental pour le transférer dans le nid douillet d'une des plus puissantes familles d'Europe ?

Katie eut l'impression d'étouffer. Son soulagement initial en découvrant qu'Alexi voulait garder le bébé s'était mué en peur panique.

— Je n'arrive pas à croire que tu puisses dire des choses pareilles. Enlever un bébé à sa mère… C'est de la barbarie !

— Je ne tiens pas du tout à en arriver là. J'espère que tu reviendras à des sentiments plus raisonnables.

Des sentiments raisonnables… Il parlait véritablement comme s'il s'agissait d'une négociation d'affaires.

— Tu as peut-être plus d'argent que moi, mais ça ne remplace pas l'amour ! Un juge prendra en considération les deux éléments de l'équation.

— Tu penses que je n'aimerai pas mon enfant ? Tu dois avoir une bien piètre opinion de moi, si tu en es convaincue. Soit, ni toi ni moi ne sommes amoureux l'un de l'autre. Mais cela ne signifie pas que je suis incapable d'amour. Et je veux ce qu'il y a de mieux pour mon enfant, y compris une bonne mère. Une famille aimante.

Déroutée par cette tirade, la jeune femme ne trouva rien à répondre.

— Tu es un élément de cet ensemble, Katie, reprit alors Alexi. Je veux que tu fasses partie de ma vie.

Mais il ne voulait pas d'elle au sens où un homme désire partager la vie d'une femme quand il la demande en mariage, pensa-t-elle.

— Dis plutôt que tu veux une nounou, lâcha-t-elle avec amertume.

— Non, je veux une épouse. Dans mon lit.

Il s'approcha d'elle et lui effleura la joue. C'était une caresse douce, presque tendre, et elle eut envie de se lover dans ses bras, de renverser son visage vers lui pour recevoir un baiser.

Mais elle se reprit aussitôt, s'efforçant de rester concentrée sur l'instant présent.

— Un mariage sans amour ne peut être qu'un échec, affirma-t-elle.

Alexi sentit un élan de colère le soulever. Il n'arrivait pas à croire qu'elle le rejetait ! Il n'avait pensé à rien d'autre tout l'après-midi durant. Et plus il avait réfléchi, plus sa solution lui avait paru sensée. En fait, il ne parvenait pas à comprendre l'intensité douloureuse, lancinante, avec laquelle il voulait Katie. C'était à cause du bébé, bien sûr. Pas parce qu'il la désirait toujours. Il n'avait qu'à claquer des doigts pour obtenir toutes les femmes qu'il voulait, il n'avait pas besoin d'elle. Mais il *l'aurait*, bon sang !

— Nous ne sommes peut-être pas amoureux fous l'un de l'autre, mais nous nous entendons très bien, surtout au lit, fit-il valoir.

Un instant, il posa son regard sur ses lèvres, et elle se remémora ce qui s'était produit entre eux le matin même. Il avait raison. Elle n'avait jamais éprouvé autant de désir pour un homme. Quelle que fût l'émotion qui les jetait l'un vers l'autre, elle allait jusqu'à l'envoûtement.

— Il suffit que je te touche pour que tu t'enflammes, murmura-t-il.

Elle savait qu'il avait raison, mais pour rien au monde elle ne le lui aurait avoué.

— Tu es d'une prétention inimaginable ! s'écria-t-elle.

— Tu as déjà dit ça ce matin… avant de m'embrasser.

Il sourit, regardant la rougeur qui colorait son visage et ses lèvres qui s'entrouvraient comme malgré elles.

— Je suis dans le vrai, Katie. Je sens ton désir quand je te touche, quand je t'embrasse…

Il se rapprocha et, sans lui laisser le loisir de rompre le charme, s'empara de sa bouche. Elle éprouva un élan sensuel si violent qu'elle en fut ébranlée. Elle lui rendit son baiser, le cœur battant, les tempes bourdonnantes. Oui, elle le voulait, elle voulait qu'il la touche, qu'il lui fasse l'amour.

Ce fut lui qui rompit l'envoûtement.

— Ah, tu vois ? fit-il en s'écartant, sourire aux lèvres.

Son assurance et sa fatuité la piquèrent au vif.

— Je ne vois rien du tout, prétendit-elle, tentant de se reprendre.

— Tu veux qu'on réessaie ?

— Alexi, arrête ! s'écria-t-elle, affolée.

— Il est clair que ça marchera entre nous, affirma-t-il avec un petit rire. Alors, pourquoi veux-tu tout compromettre en faisant cavalier seul ?

— Si tu étais quelqu'un de raisonnable, cela ne compromettrait rien !

— Mais je suis raisonnable, Katie. Je te propose le mariage. Je ne veux pas que notre enfant se retrouve tiraillé entre deux parents, à la merci des décisions d'un juge. Je veux qu'il ait l'enfance protégée que j'ai eue moi-même en Grèce.

— Tu l'emmènerais là-bas ? s'exclama-t-elle, horrifiée.

— Evidemment. C'est là que sont ses origines. De plus, j'ai une grande famille. Il sera à l'abri dans ce réseau.

— Et si c'était une fille ? Tu serais peut-être moins empressé.

— Le sexe du bébé n'a aucune importance à mes yeux. Tu penses qu'une fille n'a pas besoin d'un père, c'est ça ?

Cette question atteignit Katie en plein cœur. Elle était

bien placée pour savoir que tout enfant, garçon ou fille, avait besoin de se sentir protégé au sein d'une famille unie.

— Alors, Katie, s'obstina Alexi, vas-tu donner la priorité à notre enfant, ou allons-nous devoir nous battre par avocats interposés ?

— Je vais y réfléchir, renâcla-t-elle, lui tenant tête en s'efforçant de dissimuler sa peur.

— Tu me donneras ta réponse ce soir à la réception.

— Non ! Je refuse d'être bousculée.

— Et moi, je refuse qu'on me fasse lanterner. Je ne suis pas d'un naturel très patient, dès lors que j'ai pris une décision.

A cet instant, on frappa à la porte. Alexi consulta sa montre.

— C'est sûrement la boutique, je leur ai demandé d'apporter une sélection de robes de cocktail. Je les ferai entrer en partant. Et je te retrouve tout à l'heure pour avoir ta réponse. Vers 18 h 30, avant qu'il y ait trop de monde.

Impuissante, Katie le suivit du regard alors qu'il quittait les lieux. Elle savait qu'Alexi était d'un naturel déterminé, elle l'avait souvent constaté dans le travail. Mais elle ne l'avait jamais vu à l'œuvre sur le terrain personnel, intime. C'était décidément un homme redoutable ! S'il l'attaquait au tribunal, il gagnerait !

8.

Accoudé au bastingage du paquebot, Alexi contemplait l'océan, que le soleil couchant embrasait de reflets d'or.

Si, le matin même, quelqu'un lui avait affirmé qu'il ferait une demande en mariage avant la fin de la journée, il lui aurait ri au nez ! Et voilà qu'il attendait la réponse de Katie — qui plus est avec nervosité et impatience, et non une indifférence décontractée.

Il s'était toujours fié à son instinct, dans l'existence, et c'était ce qui lui avait permis de donner à son entreprise familiale l'étendue et la puissance d'une multinationale.

Il n'avait commis qu'une faute : son mariage.

Mais il s'était dit que chacun avait droit à une erreur, et s'était juré de ne jamais renouveler celle-là. Il ne se remarierait pas, il n'aimerait plus.

Il avait été sincère et résolu. Mais la vie avait le don de se rire des hommes et de leurs promesses, de leur ouvrir d'autres voies que celles qu'ils avaient voulu emprunter, et de les contraindre à des choix difficiles.

Soit, ce n'était pas un mariage d'amour. Plus jamais il n'aimerait comme il avait aimé Andrea — de cette forme d'amour qui ne menait qu'à la souffrance.

Mais Katie allait avoir un enfant de lui ! Et il la désirait… il la désirait follement, violemment. Il y avait des semaines qu'il voulait la remettre dans son lit, que cela le rongeait littéralement. Il n'avait pas pu se défaire de cette obsession, même quand elle lui avait déclaré qu'elle voulait une relation plus solide et plus sérieuse.

Lorsqu'il avait découvert qu'elle était enceinte, des émotions farouches l'avaient envahi. Une part de lui-même s'était retrouvée transportée dans le passé. Il n'avait pu regarder Katie sans voir aussi Andrea… et sans se remémorer ce jour lointain où il avait découvert la vérité.

Le passé était révolu, s'était-il dit fermement. Katie et son bébé représentaient l'avenir.

Aussi, quand elle avait affirmé vouloir garder cet enfant, il avait su, sans l'ombre d'un doute, que le mariage était la bonne solution.

Il avait trente-cinq ans, et ne rajeunissait pas. Il faudrait bien qu'il lègue son empire à un héritier, un jour. Son père le lui serinait depuis des lustres.

La tiédeur du soir lui rappela la Grèce, et ses pensées dérivèrent vers sa terre natale. Il y possédait une maison superbe, sur dix arpents en bord de mer, avec une vue spectaculaire, un verger, une piscine. Il en avait hérité de ses grands-parents, et avait espéré y habiter avec sa femme et ses enfants. Mais cela n'avait pas été du goût d'Andrea, qui préférait la vie citadine. La demeure avait donc été fermée pendant toutes ces années. Il ne s'y rendait que très rarement. Elle était trop vaste pour un célibataire. Ses appartements d'Athènes, Londres et New York étaient bien plus pratiques.

Mais voici que tout avait changé ! Soudain, il se surprenait à se demander de quoi le jardin aurait l'air à l'approche de l'été, qui n'était pas loin. Il imagina le verger en fleurs, l'odeur délicieuse des figues mûres… Quoi de plus beau que la Grèce ? pensa-t-il avec nostalgie, se rappelant son enfance idyllique. Oui, c'était ce qu'il voulait pour son fils ou sa fille. Il avait une folle envie de retourner là-bas, tout à coup.

Demain ! Demain, il partirait avec Katie pour Athènes. Mais d'abord, ils se marieraient ici, sur l'*Octavia*, dans la chapelle du bord.

A quoi bon tarder, puisque sa décision était prise ? Il avait déjà vu ses avoués, mis les choses en branle. Un délai de vingt-quatre heures était légalement nécessaire, mais tout était arrangé. Il avait parlé à un juge de paix, au capitaine. Il ne manquait plus que l'accord de Katie. Et il l'aurait !

Se détournant de l'océan, il regarda l'orchestre qui accordait ses instruments en vue de la soirée. Plusieurs buffets étaient dressés, ainsi que des tables pour une centaine d'invités. Une piste de danse avait été aménagée autour de la piscine.

Il donnait cette réception pour remercier son équipe, qui s'était donné du mal afin de terminer à temps les travaux de réaménagement du paquebot. Quelques convives arrivaient déjà : les hommes en smoking, les femmes en robes du soir.

Où était Katie ? Il n'avait pas pu revenir à bord plus tôt et la rejoindre. Le travail l'avait absorbé pendant la majeure partie de l'après-midi. Du coup, il avait préféré se doucher et se changer en ville, c'était plus rapide.

Un de ses associés l'aborda, escorté de son épouse. Il les salua et échangea avec eux quelques propos courtois, mais il avait l'esprit ailleurs. Bon sang ! Où était donc Katie ? Elle aurait dû être déjà là, puisqu'il n'était pas loin de 19 heures ! A l'instant où il allait s'esquiver à sa recherche, elle apparut enfin sur le pont.

Captivé, il la regarda, tandis qu'elle s'avançait, gracieuse, jusqu'au bastingage pour contempler l'horizon. Elle était superbe dans sa robe bustier noire, qui gainait ses formes, exaltant sa silhouette sans défaut et ses jambes sculpturales et élancées. Elle portait lâchées ses opulentes boucles auburn qui effleuraient la chair crémeuse de ses épaules.

Comme si elle avait senti sa présence, elle se retourna, et leurs regards se croisèrent. Il sentit s'enflammer son désir.

S'excusant auprès de ses invités, dont il avait à peine écouté les propos depuis un instant, il se dirigea vers sa proie.

Katie regarda, au-delà des eaux, le profil des gratte-ciel de Manhattan en s'efforçant d'adopter une pose nonchalante. Mais elle était consciente de l'approche d'Alexi, et le regard qu'il venait de lui lancer avait déclenché en elle un tourbillon de peur et de désir.

Il voulait une réponse. Et elle ne la connaissait toujours pas. Ces dernières heures, elle avait essayé de rassembler ses idées, de se dire qu'elle ne devait pas précipiter sa décision. Malheureusement, Alexi n'était pas la patience incarnée ! Et en le voyant venir, si résolu, si chargé d'intention, elle sentit se volatiliser le peu de calme qu'elle avait reconquis.

— Bonsoir, Katie. Tu es en retard !

— Vraiment ? fit-elle avec un haussement d'épaules. J'ai relu mes notes de ce matin, j'ai dû oublier l'heure.

C'était un mensonge éhonté, bien entendu. Elle n'avait cessé de ruminer la demande en mariage d'Alexi.

Il se rembrunit. Il avait toujours apprécié qu'elle fût, comme lui, un bourreau de travail. Mais, à présent, cela le mécontentait.

Il constata qu'elle était à peine maquillée : une touche d'or le long des cils, un soupçon de brillant à lèvres. Elle semblait jeune et naïve, ainsi, le visage presque à nu.

— Ma foi, ça valait la peine d'attendre, murmura-t-il d'une voix rauque. Tu es ravissante.

— Merci, murmura-t-elle en rougissant.

Cela le fit sourire. Il était fasciné par les facettes contrastées de son caractère. Tantôt, c'était une femme d'affaires forte et sûre d'elle ; tantôt, elle redevenait sa jeune maîtresse — celle qui l'accueillait avec une douceur hésitante comme si la violence de leur passion lui faisait peur, celle qui le contentait si merveilleusement au lit.

Comment lui avait-il permis de s'échapper, tout au long de ces dernières semaines ? se demanda-t-il, furieux contre lui-même. Une chose était sûre : cela ne se renouvellerait pas, il y veillerait !

— Alors, as-tu réfléchi à mon offre ? lança-t-il de façon abrupte.

Elle rétorqua, sarcastique :

— De quoi parles-tu ? Du travail, ou de ta demande en mariage ?

— Tu sais pertinemment de quoi il est question.

— Oui, hélas. En revanche, je n'arrive pas à comprendre que tu abordes le mariage comme une négociation d'affaires.

— Mais *c'en est une*, que cela te plaise ou non. C'est un partenariat légal.

— On croirait entendre un avocat, murmura-t-elle. Mais il est vrai que c'est ta formation initiale.

— Qu'est-ce que ça a à voir là-dedans ?

Katie redressa le menton d'un air altier.

— Je n'ai aucune envie d'être piégée dans une union d'affaires glacée, Alexi !

— Chérie, qu'est-ce que tu racontes ? s'esclaffa-t-il. Nos relations sont plus incandescentes que la lave d'un volcan !

Comme il laissait errer son regard sur elle, elle ne perçut que trop la véracité de cette remarque. De quelle façon pouvait-on combattre des sentiments aussi à fleur de peau que les siens ? se demanda-t-elle.

Cependant, elle avait sa fierté. Elle n'était pas sûre de vouloir s'unir à un homme qui ne l'aimait pas. Elle n'était pas sûre de pouvoir le supporter. Fût-ce pour le bien-être de son bébé.

Mais avait-elle les moyens d'agir autrement ? s'interrogea-t-elle avec angoisse.

— Alexi… étais-tu sérieux en prétendant que tu demanderais le droit de garde ?

— Je ne parle jamais à la légère, répondit-il. Mais je ne tiens pas à y être acculé. Je ne veux pas te faire de mal.

— Alors, ne m'en fais pas !

— Ne me contrains pas à t'en faire ! rétorqua-t-il. Il ne s'agit pas seulement de toi, Katie. Il s'agit d'un enfant… de l'héritier de l'empire Demetri !

— C'est tout ce qui compte pour toi, n'est-ce pas ? Régenter la vie de ton précieux héritier.

— Est-ce répréhensible ? D'ailleurs, le verbe « régenter » est bien dur. Je désire être un bon père.

— Et me régenter, moi ?

Il sourit :

— Katie, le contrôle que je veux exercer sur toi est d'une tout autre nature.

Elle savait précisément à quoi il faisait allusion ! Elle ne se rappelait que trop bien le poids de son corps viril sur le sien, sa bouche ravageant la sienne, ses mains caressantes qui la possédaient…

— Il y a une véritable alchimie sexuelle entre nous, continua-t-il doucement. D'ailleurs, voudrais-tu que notre enfant grandisse en côtoyant les partenaires que nous pourrions être amenés à choisir, et qui affecteraient son existence ?

D'un geste instinctif, elle posa sa main sur son ventre. Les mots qu'il venait de prononcer évoquaient le pire de ses cauchemars. Un instant, elle se remémora certains compagnons de sa mère, partenaires de quelques semaines. Elle se rappela l'un d'entre eux, en particulier, qui l'avait prise en grippe alors qu'elle était toute jeune encore.

— Katie ? fit Alexi en la voyant pâlir.

— Tu as raison, murmura-t-elle, je ne veux pas d'une telle situation.

— Alors, laisse-moi prendre soin de vous deux, d'accord ?

Il lui releva le menton, et elle fut contrainte de croiser son regard. Elle connaissait Alexi. Elle savait qu'il était sincère et qu'il tiendrait sa promesse.

— Je peux te donner tout ce que tu souhaites, ajouta-t-il.

« Sauf l'amour », pensa-t-elle. Et elle désirait tant qu'il lui en donne. « Pourquoi ? » se demanda-t-elle. Pourquoi cela revêtait-il une si grande importance à ses yeux ?

Parce qu'elle l'aimait ! comprit-elle, comme si un spot lumineux, ayant soudain jailli sur la vérité, l'éclairait d'un relief spectaculaire.

Voilà pourquoi elle avait eu si peur de rester avec lui ! Voilà pourquoi elle cherchait encore à le fuir !

Tous les hommes qui l'avaient approchée lui avaient fait du mal. Et Alexi était celui qui avait le pouvoir de lui nuire plus encore que tous les autres. Non pas physiquement, mais affectivement. Or, les blessures qu'il était susceptible de lui infliger étaient les plus difficiles à guérir.

L'amour non payé de retour était un sentiment difficile à appréhender et à résoudre. Elle avait tenté inconsciemment de s'en protéger en coupant toutes relations avec Alexi. Cela n'avait pas marché. Et maintenant, elle s'enfonçait davantage. Car comment pouvait-on cesser d'avoir des relations avec le père de son enfant ?

Même si elle refusait de l'épouser, Alexi resterait présent à l'arrière-plan de sa vie.

— Katie, j'ai besoin de connaître ta réponse !

Elle s'écarta de lui, rejetant et aimant à la fois l'assurance obstinée dont il faisait preuve. Si elle répondait non, le regretterait-elle pendant toute son existence ?

Qu'est-ce qui était préférable ? Vivre avec ou sans lui ? Et puis, il y avait le bébé. Il devait avoir la priorité, bien sûr.

— D'accord, laissa-t-elle tomber, dans un murmure.

C'était une réponse circonspecte et presque inaudible. Alexi en éprouva pourtant une sensation d'euphorie extraordinaire, une joie que même la conclusion d'un contrat de plusieurs millions de dollars, après des mois de négociation acharnée, ne lui avait pas fait éprouver. Katie serait à lui !

— Affaire conclue, continua-t-elle rapidement, de crainte de se laisser envahir par le doute. Mais à mes conditions. Nous aurons de longues fiançailles et…

— Pas question ! coupa-t-il, résolu à ne lui laisser aucune échappatoire qui pût lui permettre une nouvelle fois de lui faire faux bond. Ce sera comme je l'ai décidé ou rien.

— Alexi ! s'écria-t-elle, révoltée.

— J'ai pris des dispositions pour que le capitaine Roberto nous marie ici, sur l'*Octavia*, avant notre départ en Grèce demain.

— Hé, attends ! Je…

— Non, Katie ! Tu seras une épouse obéissante et, en échange, je te traiterai avec respect et générosité : voici mes conditions.

Blessée, elle protesta :

— Je ne suis pas une de tes possessions !

— *Pas encore*, riposta-t-il. Mais je veux te posséder, encore et encore.

En voyant la passion qui brûlait dans ses yeux, elle eut soudain une envie folle de se rapprocher de lui. Soit, il n'avait pas d'amour pour elle. Mais il la désirait avec force. Et, lorsqu'il prit ses lèvres avec une fièvre impérieuse, elle fut incapable de le repousser.

Peut-être aimait-elle assez pour deux, pensa-t-elle, en répondant avec emportement à son baiser.

Quand il la relâcha, elle était haletante, secouée de frissons. Tandis que résonnaient autour d'eux la musique et le brouhaha des conversations, Alexi ajouta :

— Je te veux, Katie. Mais nous ferons les choses comme il convient. Ce soir, tu dormiras ici, seule. Demain, nous consommerons notre mariage.

Un officier d'équipage aborda Alexi, et elle saisit cette occasion pour s'écarter.

— Nous sommes prêts pour le feu d'artifice, monsieur. Désirez-vous prononcer quelques mots avant que nous commencions ?

— J'arrive, dit Alexi au marin, le congédiant d'un geste.

Ils se retrouvèrent seuls, de nouveau. Katie était effrayée par l'évolution trop rapide de la situation, effrayée par ses propres sentiments.

— Alexi, souligna-t-elle, le bébé ne naîtra pas avant six mois.

— Nous pourrons mettre ce laps de temps à profit pour mieux faire connaissance, pour savourer notre entente, dit-il en la couvant d'un regard ardent.

Elle eut beau tenter de se persuader qu'elle ne devait pas éprouver tant d'émoi, et qu'elle ne devait pas lui permettre de la traiter en objet sexuel, son corps refusa d'entendre. Alexi sourit en notant son trouble.

— Demain, tu m'appartiendras de nouveau, continua-t-il avec une implacable douceur. La chapelle est réservée pour 15 h 30. Ensuite, nous nous envolerons pour la Grèce, pour une lune de miel de quelques jours. Nous avons bien des choses à rattraper…

Katie n'eut pas le temps d'émettre un commentaire, il s'éloignait déjà. S'accoudant au bastingage, elle tenta de rassembler ses esprits.

Avait-elle eu raison d'accepter ? Elle désirait tant Alexi ! Beaucoup trop…

L'ambiance devenait de plus en plus animée parmi les convives. Une bonne centaine d'invités se massait sur le pont, et l'orchestre jouait un air entraînant. Elle suivit Alexi du regard, tandis qu'il évoluait parmi la foule avec aisance. Il s'approcha de la scène, et échangea quelques mots avec le quatuor à cordes qui allait bientôt prendre la relève de l'orchestre.

Puis, comme les musiciens achevaient leur morceau, il monta sur scène et quelqu'un lui tendit un micro. Une salve d'applaudissements salua son apparition. Katie ne put réprimer un sourire. Tout le monde l'aimait, pensa-t-elle. Il était dur en affaires, mais il avait le don de conquérir la sympathie des gens. Sans doute parce qu'il était juste et fiable. Avec lui, on savait où on allait.

Pour sa part, elle aurait presque préféré qu'il lui eût menti au lieu d'être honnête, qu'il lui eût fait une déclaration d'amour. Mais cela n'entrait pas dans son caractère. Et d'ailleurs, aurait-elle voulu être payée de fausses promesses et de belles paroles ? Sûrement pas !

Il prit la parole, remerciant chaleureusement son équipe, et la foule lui répondit par des hourras bruyants. Puis il enchaîna :

— J'aimerais aussi vous annoncer mes fiançailles avec Katie. Certains d'entre vous la connaissent sans doute, car elle a été chef de projet chez Demetri Shipping pendant plusieurs mois. Désormais, elle travaille avec moi chez Madison Brown. Elle a accepté d'être ma femme, et nous nous marierons demain ici même, sur l'*Octavia*.

Les invités saluèrent cette annonce par des applaudissements déchaînés. Un projecteur, balayant soudain le pont, emprisonna Katie dans son faisceau de lumière.

Elle en fut affreusement gênée. Pourquoi claironnait-il ainsi leur future union ?

Le projecteur s'éteignit assez vite, cependant, et, ayant précisé que le feu d'artifice était imminent, Alexi conclut :

— Le morceau qui va suivre est dédié à ma future épouse… à Katie.

Le quatuor à cordes entama un morceau de musique classique envoûtant et bouleversant, l'un des préférés de Katie. Elle lui avait dit, un jour, combien elle aimait ce morceau, alors qu'ils écoutaient l'enregistrement dans son appartement. Elle fut surprise qu'il eût gardé ce fait à la mémoire. Des larmes lui montèrent aux yeux, et elle s'éloigna de la foule massée autour d'elle. Elle avait besoin d'être seule.

Elle trouva un endroit tranquille, dans l'ombre, du côté de la proue, d'où elle regarda les bouquets d'étincelles du feu d'artifice, qui trouaient les ténèbres.

— Alors, qu'en dis-tu ?

Elle se retourna en tressaillant, au son de la voix d'Alexi, désarçonnée de se retrouver tout près de lui.

— Ta proclamation m'a plutôt secouée ! avoua-t-elle.

— J'ai voulu devancer les commérages. C'est mieux comme ça.

— Je suppose…

— Nous avons oublié quelque chose.

— Ah ? fit-elle en fronçant les sourcils.

Il sortit de sa poche un petit écrin, dont il souleva le couvercle.

— Je l'ai achetée cet après-midi, juste pour le cas où.

Sur un fond de velours noir, un magnifique solitaire étincelait, réverbérant les éclairs de lumière du feu d'artifice.

— Elle est magnifique ! murmura-t-elle.

Puis, levant les yeux vers lui, elle ajouta :

— Tu étais donc si sûr que je répondrais « oui » ?

— J'ai pensé que le bon sens prévaudrait.

« Comme c'est étrange », pensa Katie, la gorge nouée. Le décor était romantique à souhait, la bague une vraie merveille. Et Alexi était l'homme de ses rêves… Pourtant, elle se sentait le cœur brisé.

9.

La première chose qui frappa le regard de Katie, quand elle s'éveilla le lendemain, fut sa bague de fiançailles. Le soleil matinal, dardant ses rayons sur la pierre, y allumait des éclats turquoise et feu.

C'était le jour de son mariage ! pensa-t-elle. Le jour où elle allait épouser Alexander Demetri !

Elle eut l'impression d'être parcourue par un courant électrique. Tout allait trop vite ! La découverte de sa grossesse, d'abord, et puis maintenant, cette noce improvisée. Elle se sentait totalement désorientée, comme si elle dévalait un circuit de montagnes russes. Comme si elle devait être bientôt happée dans une vertigineuse dégringolade.

Elle se leva, se répétant avec véhémence qu'une conclusion malheureuse de cette union n'était pas une fatalité.

La veille, au coucher, elle avait téléphoné à sa sœur pour lui annoncer la nouvelle. Lucy en était d'abord restée sans voix. Puis elle s'était exclamée :

— Tu n'es pas obligée de te marier parce que tu es enceinte ! Je sais que notre enfance a été dure, mais le passé ne doit pas grever ton avenir !

— Lucy, j'essaie juste de faire preuve de sens pratique, avait-elle plaidé avec calme. C'est dur d'élever seule un enfant. Et ma situation financière n'est pas florissante, avec les grosses traites que j'ai à payer pour l'achat de mon appartement. D'ailleurs, Alexi tient à ce mariage, il veut ce bébé. C'est un homme puissant, tu sais, très influent.

— Il te fait chanter pour que tu l'épouses, c'est ça ?

Un instant songeuse au souvenir de cette conversation, Katie regarda machinalement autour d'elle. Dans un coin de la cabine trônait une valise neuve, contenant ce dont elle aurait besoin en Grèce. Et, dans le dressing, une sélection de toilettes parmi lesquelles elle choisirait sa robe de mariée. Toutes ces choses l'attendaient déjà la veille, lorsqu'elle était revenue dans la suite. En fait, elle n'avait pas l'impression d'être soumise à un chantage. Plutôt d'être une femme entretenue. Alexi la traitait comme une… une concubine ! Elle n'avait de prise sur rien.

Mais le plus perturbant, dans cette situation irréelle, était qu'elle ne voulait pas d'un retour en arrière — au demeurant impossible. Elle désirait épouser Alexi parce qu'elle l'aimait.

La veille, elle l'avait avoué à sa sœur. Aussitôt, Lucy s'était détendue :

— Pourquoi ne l'as-tu pas dit plus tôt ? Ça change tout !

Katie ne lui avait pas précisé que ces sentiments n'étaient pas payés de retour, et qu'Alexi l'épousait à cause du bébé. Elle n'avait pas eu le cœur d'en faire part à sa sœur en dépit de leur complicité. C'était trop douloureux. Et sa fierté aurait été mise à mal !

Prise d'un brusque malaise, elle se précipita dans la salle de bains. Etait-ce une manifestation de sa grossesse ou de sa nervosité ? Car elle se demandait sans cesse, depuis la veille, si le parti qu'elle avait choisi était le bon.

Elle s'interrogeait encore au moment où, sortant de la douche, elle examina les vêtements suspendus dans l'armoire. Elle fixa son choix sur la première toilette qu'elle enfila, à la fois habillée et discrète, adaptée à la situation. La veste crème était ravissante avec son encolure en cœur, et la robe droite qu'elle complétait flattait sa silhouette.

Alors qu'elle achevait de se coiffer et de se maquiller, on frappa à la porte. D'abord affolée à l'idée de se retrouver face à Alexi, elle constata avec soulagement, en regardant l'écran de contrôle, que c'était le fleuriste. Il apportait un bouquet de mariée superbe : un mélange de roses et d'orchidées. Elle lut la carte tout en refermant la porte :

« Ces fleurs t'accompagneront quand tu marcheras vers l'autel. Nous nous retrouvons à 15 heures. Alexi. »

Il n'avait même pas réussi à enjoliver la situation sur cette carte, pensa-t-elle. Il n'était pas allé jusqu'à écrire : « Affectueusement, Alexi. »

C'était mieux ainsi, au fond. Oui, il était préférable qu'il soit honnête.

Une fois encore, on frappa à la porte. Elle l'ouvrit toute grande, s'attendant à quelque nouvelle livraison. Mais c'était Alexi qui se trouvait sur le seuil. Il était très beau dans son costume sombre — d'une beauté grevée de tension, presque sombre.

— Déjà ! s'exclama-t-elle, follement troublée. Ta carte disait « 15 heures » ! Serais-tu venu t'assurer que je ne jouerais pas les filles de l'air ?

Elle s'était efforcée de plaisanter, mais sa voix manquait d'assurance.

— C'est ce que tu ressens ? fit Alexi. L'envie de t'enfuir ?

— J'ai plutôt l'impression de flotter dans le brouillard. Tout va trop vite.

— Si cela peut te rassurer, c'est plus ou moins ce que je ressens aussi.

Une idée soudaine la traversa.

— Et c'est pour ça que tu as précipité les choses ? Par peur de changer d'avis ?

— Je ne changerai pas d'avis, Katie. Nous agissons vite à cause du bébé… et parce que nous avons besoin de nous accoutumer à vivre ensemble avant qu'il vienne au monde.

A l'entendre, il ne s'agissait que de faire preuve d'esprit pratique. Mais il y avait aussi ce regard qu'il posait sur elle, comme pour la dévêtir en pensée.

— Tu es ravissante.

— Merci.

— Eh bien, vas-tu m'autoriser à entrer ? Ou allons-nous discuter dans le couloir ?

— Pardon, désolée, dit-elle en lui livrant passage.

— Il faut que tu signes des documents avant la cérémonie, dit-il avec décontraction.

Elle s'aperçut qu'il apportait une chemise cartonnée, et observa avec circonspection :

— Je croyais qu'on signait *après*.

— Ce n'est qu'un accord prénuptial. Rien de bien méchant.

— Je vois, lâcha-t-elle, le cœur battant.

— Ne me regarde pas comme ça. Il faut bien que nous établissions un contrat prénuptial. Les avocats l'exigent pour la protection de l'entreprise.

— Et les affaires passent avant tout, évidemment !

Elle s'était essayée à l'insolence mais, en réalité, elle tentait de masquer sa souffrance.

— C'est une précaution inévitable.

— Bien sûr, fit-elle, feignant l'indifférence.

— Tu vas signer, alors ?

— Ai-je le choix ?

— Non. Mais lis-le soigneusement, et si tu veux changer quelque chose, nous en discuterons.

— Je n'ai pas tellement le temps !

— C'est un contrat honnête et en bonne et due forme, Katie. Vu ton expérience, dix minutes te suffiront pour en prendre connaissance.

— Et il te suffira de trente secondes pour me dire qu'il n'est pas négociable. Je te connais, je t'ai vu à l'œuvre.

— Nous nous connaissons si bien ! répondit-il avec un sourire.

Comme elle restait silencieuse, il la saisit par les bras pour l'attirer plus près, et la caressa doucement. Elle aurait dû se sentir insultée par ses attouchements, qui contrastaient si crûment avec les précautions financières dont il s'entourait. Pourtant, elle était troublée, dominée par son désir.

— Tu le trouveras très acceptable, dit-il. Je t'accorde une pension plus que généreuse pendant toute la durée de notre mariage.

Elle redressa le menton d'un air de défi.

— Tu m'offres un paiement pour services rendus, en quelque sorte ?

— Te voilà bien cynique !

— Mais dans le vrai.

— Si tu tiens à voir les choses sous cet angle…, lâcha-t-il avec un haussement d'épaules. Personnellement, je considère qu'il vaut mieux être prévoyant. Ensuite, nous pourrons nous marier, et commencer notre vie à deux.

Elle vit qu'il fixait ses lèvres, et sentit son cœur s'emballer. Furieuse contre elle-même, elle se dégagea de son étreinte.

— Alors, autant que je le lise tout de suite.

Tandis qu'elle tournait les feuillets, Alexi la contempla, laissant errer son regard sur ses formes gainées par son ravissant tailleur. Il avait hâte de l'en dépouiller.

— Nous devrons rejoindre l'aéroport tout de suite après la cérémonie, murmura-t-il. Le vol jusqu'à Athènes est long, nous serons donc encore à bord pour le petit déjeuner. L'avantage, c'est que la journée ne sera pas trop entamée quand nous débarquerons.

— Je ne vois pas pourquoi nous partons en Grèce. A quoi bon cette parodie de lune de miel ? Nous savons très bien que ce n'est qu'un mariage de convenance.

— Cela ne nous empêche pas de prendre un peu de bon temps. Et c'est l'endroit rêvé pour commencer notre existence de couple marié.

Une partie d'elle-même était séduite mais la peur ne la quittait pas pour autant. Elle tenta de répondre avec désinvolture :

— Tu veux dire : quel meilleur endroit pour consommer notre mariage que le cœur de ton empire financier ?

— Exactement ! approuva Alexi, dont le sourire s'élargit.

Elle prit le stylo qu'il avait posé près du contrat, hésita

un instant, puis, d'une main tremblante, apposa sa signature sur les deux pages du document.

— Tiens, fit-elle en se tournant vers lui. Voilà. Tu as ce que tu veux.

— Pas encore, Katie, murmura-t-il en l'enveloppant d'un regard torride qui la fit frissonner. Pas encore. Mais cela ne saurait tarder.

Alors que le pilote amorçait la descente vers Athènes, Alexi referma son dossier et leva les yeux sur Katie, assise en face de lui. Elle dormait profondément depuis plusieurs heures. Ce n'était pas étonnant, pensa-t-il. Leur séjour à New York avait été riche en péripéties.

Il se remémora son air vulnérable lorsqu'il lui avait passé l'alliance au doigt, dans la chapelle. Le service nuptial avait duré vingt minutes. Pourtant, cet instant ne cessait d'occuper son esprit avec une obstination perturbante.

Il ne comprenait pas la raison de cette obsession, car il n'avait pas le moindre doute au sujet de cette union. Il voulait ce bébé avec une intensité farouche, et était convaincu qu'un enfant avait besoin de ses deux parents. Il désirait aussi Katie, et avec ferveur. Le mariage était donc la solution idéale, se redit-il en la contemplant. Elle était si jeune, si belle.

Soudain, elle ouvrit les yeux, et leurs regards se croisèrent.

— Bon après-midi, madame la marmotte, dit-il avec un sourire.

Un instant, elle lui rendit un sourire ensommeillé et rêveur qui lui rappela la toute première fois où ils avaient fait l'amour. Elle lui avait avoué son émerveillement en s'éveillant auprès de lui. « C'est comme un rêve… », avait-elle murmuré.

« Un rêve classé X », avait-il répondu en riant, ce qui l'avait gênée et fâchée. Mais il l'avait embrassée de nouveau et…

— Quelle heure est-il ? demanda-t-elle.

Refoulant ses souvenirs troublants, il répondit :

— Presque 14 h 30, heure d'Athènes. Nous attendons l'autorisation d'atterrir.

— Je n'arrive pas à croire que j'aie dormi si longtemps !

— Le vol était long, et tu étais fatiguée.

Katie acquiesça. Elle se sentait épuisée affectivement. Sinon, elle n'aurait jamais sombré dans les bras de Morphée.

La gorge serrée, elle se remémora leur mariage. La cérémonie avait été si rapide ! Et elle avait été étonnée qu'il y ait tant de personnes présentes. C'étaient tous des employés qui avaient tenu à leur présenter leurs vœux de bonheur et qui, les croyant amoureux fous, leur avaient déclaré qu'ils formaient un beau couple.

Elle s'était aperçue, non sans souffrance, que leurs propos semblaient parfois amuser Alexi. Et elle s'était sentie gênée. Surtout lorsqu'il l'avait embrassée à la fin de la cérémonie, et que tout le monde avait applaudi.

Un trouble intense l'envahit alors qu'elle se rappelait ce baiser si sensuel. Elle avait cru qu'il l'embrasserait de nouveau ainsi, une fois à bord du jet, mais il n'en avait rien été. En fait, accueillis par un personnel très stylé, ils avaient dîné à une table élégamment dressée et savouré des mets délicieux. Tout cela lui avait semblé si bizarre.

Alexi la regarda alors qu'elle lissait sa toilette. Il avait eu toutes les peines du monde, jusqu'ici, à ne pas la toucher. Mais il tenait à ce que ce soit en Grèce qu'ils fassent l'amour pour la première fois en tant que mari et femme. Il tenait à ce qu'ils aient tout le temps devant eux, à ce que ce soit un moment très spécial.

— Quel est notre programme ? demanda-t-elle.

Mais elle regretta d'avoir parlé aussi étourdiment quand elle vit le regard embrasé qu'il promenait sur elle. Il murmura d'une voix rauque :

— Je vais t'emmener à la maison, t'enlever ce ravissant petit ensemble et… te prendre… te reprendre encore.

Elle s'empourpra. Taquin, il commenta :

— Tu rougis comme une vierge.

— Il est certain que je ne le suis pas, bougonna-t-elle, vu mon état.

— Au fait, comment va bébé ?

— Bien. En tout cas, je n'ai plus de malaises. Ce qui est une sacrée amélioration.

— Avec un peu de chance, il se tiendra comme il faut pendant les mois prochains, et tu pourras te détendre.

— Je n'en sais rien. Je vais avoir une montagne de travail. En fait, j'aurais dû travailler au lieu de dormir.

Alexi éclata de rire :

— Pas de problème, tu es avec le *big boss*. Tu peux profiter de ton congé en toute impunité. Et puis tu vas arrêter de travailler, bien sûr. Je trouverai quelqu'un pour te remplacer.

— Je suis parfaitement capable d'assumer ma charge !

Elle avait besoin de s'occuper et de conserver son indépendance, songea-t-elle.

— Et je veux continuer à travailler après la naissance du bébé, déclara-t-elle avec fermeté.

— Si tu y tiens… Mais ce ne sera pas nécessaire, je t'assure.

— Je tiens à être autonome financièrement, soutint-elle. Je ne veux pas de l'allocation que tu m'as attribuée. En fait, je ne veux rien de toi. Inutile de faire ces yeux-là ! Je parle sérieusement, Alexi. Je refuse ta charité.

— De la charité ? Katie, voyons ! Tu es ma femme, la mère de mon enfant. La charité n'a rien à voir là-dedans. Je tiens à prendre soin de vous deux.

— Je suis parfaitement capable de prendre soin de moi-même !

Un instant, il l'observa, intrigué par la violence de sa réaction. Maintenant qu'il était amené à y réfléchir, il se rendait compte qu'il l'avait toujours vue se comporter avec un grand esprit d'indépendance, en femme qui ne compte que sur elle-même. Autrefois, il avait admiré ce trait de caractère. Maintenant, il s'interrogeait sur les origines de cette attitude. Qu'est-ce qui motivait ce désir de se débrouiller seule, révélateur d'une profonde vulnérabilité ?

— En tant qu'époux, je tiens à te protéger. Et j'en ai les moyens.

— Merci, mais c'est non, dit-elle avec un sourire trop appuyé.

Certes, il voulait la protéger et protéger son enfant. Mais que se passerait-il si sa grossesse tournait mal ? se demanda-t-elle. Elle n'en était qu'au début, il pouvait se produire n'importe quoi d'ici son accouchement. Si elle perdait le bébé, suggérerait-il un divorce rapide ? Cela n'aurait pas été fait pour la surprendre.

C'était une raison de plus pour rester indépendante, se dit-elle.

Alors que le silence s'installait entre eux, elle regarda, par le hublot, le ciel couleur de cobalt et les lignes douces de la côte athénienne inondée de soleil.

Elle se demanda si Alexi l'emmènerait dans son appartement d'Athènes, dont il lui avait parlé lors d'un premier voyage, strictement professionnel, en Grèce. Elle était rentrée seule à Londres car il s'était attardé pour rendre visite à une de ses sœurs, qui venait d'avoir un bébé. Elle avait pensé qu'elle n'avait aucun désir de l'accompagner, ni de connaître sa famille. Mais elle s'avouait à présent qu'elle avait été déçue de ne pas être invitée.

Il fallait qu'elle arrête de ruminer ! se réprimanda-t-elle. Soit, il n'avait pas jugé bon, à l'époque, de la présenter à sa famille. Mais aujourd'hui, la famille d'Alexi, c'était elle ! Peut-être un jour en viendrait-il à l'aimer ?

Elle regarda son mari avec cet espoir au cœur, et demanda :

— Nous séjournerons où ?

— Je possède une maison pas très loin de chez mes parents. J'ai pensé que nous pourrions y passer ces quelques jours.

Tandis que l'avion amorçait sa descente, Katie songea à la nuit à venir…

10.

Aucune limousine n'attendait Alexi à la sortie de l'aéroport. Il se dirigea vers le parking, et ouvrit la portière d'une voiture de sport — une décapotable rouge.

— Elle est à toi ? s'étonna Katie en s'installant sur un siège en cuir capitonné.

— Bien sûr, dit-il avec amusement, se tournant vers elle après avoir logé leurs bagages dans le coffre. J'en ai toujours une, ici. J'aime conduire quand je ne travaille pas.

— Cela ne doit pas t'arriver très souvent !

Il s'installa au volant, et ouvrit le toit. Katie offrit son visage au soleil.

— Tu as toujours été un bourreau de travail ? Ou ça t'a pris sur le coup de la trentaine ? continua-t-elle alors qu'il s'engageait dans le trafic.

Il rit.

— J'ai toujours adoré mon job. Il est excitant et gratifiant. Après mon divorce, il m'a paru préférable à une vie sociale un peu vaine. Et toi ? Tu as toujours eu cette passion du travail ?

— Je te ressemble énormément, en fait. Divorce mis à part, commenta-t-elle en souriant. J'aime relever des défis, comme toi.

— Et ce type… celui qui t'a fait du mal ? Que s'est-il passé, exactement ?

Cette question personnelle inattendue la fit hésiter.

— Ça n'a pas marché, c'est tout. Je pensais qu'il tenait à moi, mais… il s'est avéré que j'avais tort.

Bien qu'elle eût parlé d'un ton léger, Alexi sentit que c'était plus important qu'elle ne le laissait paraître.

— Tu l'aimais ? s'enquit-il.

Katie avait cru aimer Carl. Elle pensait maintenant que ses sentiments pour lui étaient loin, très loin d'avoir égalé ceux qu'elle éprouvait pour Alexi ! Comme il guettait sa réponse, elle dit avec un haussement d'épaules :

— Ça n'a plus guère d'importance, non ?

— J'imagine, murmura Alexi.

Cela n'aurait pas dû en avoir, en effet. Pourtant, étrangement, cela comptait. Bon sang, mais qu'est-ce qui lui prenait ? se dit-il avec colère. Il n'était pas d'un naturel jaloux, et ne le serait jamais. Et puis, ce type faisait partie du passé. Katie était *à lui*, désormais. L'abstinence sexuelle lui portait sur le tempérament, ironisa-t-il intérieurement, s'amusant de sa propre réaction. Il allait rattraper ça avec Katie… au lit… dans la cuisine… n'importe où quand il lui en prendrait l'envie… et cela finirait bien par le calmer !

Alentour, le paysage se modifia subtilement. Ils venaient d'emprunter une route côtière sinueuse, bordée d'un côté par des pentes montagneuses boisées descendant vers la mer. De l'autre côté, on entrevoyait, çà et là, un bout de plage désert et immaculé.

— Comme c'est beau, murmura Katie.

— Oui, dit-il en se garant soudain sur le bas-côté pour répondre à un appel téléphonique.

Tout en se laissant bercer par la voix chaude, incroyablement sensuelle d'Alexi, la jeune femme contempla la côte et, au-delà, les voiles blanches dansant sur l'immensité de la mer turquoise. Juste au creux de la baie, nichée dans le feuillage de la colline, elle apercevait une jolie maison blanche avec un toit de tuiles.

— Que penses-tu de cette villa ? demanda Alexi, qui venait de raccrocher.

— Elle est magnifique.

— Je suis content qu'elle te plaise. Parce que c'est la mienne. Et j'aimerais que tu t'y installes avec moi.

Dominant l'émotion que lui causaient ces paroles, elle s'écria :

— Elle est immense ! Je croyais que tu n'aimais que les nids de célibataire dans des lieux branchés.

— Je les aime, oui. Mais je vais être père de famille, maintenant. Mes priorités ne sont plus les mêmes.

Elle fut si enchantée de cette déclaration qu'elle se sentit troublée. Mais il ne fallait pas qu'elle perde la réalité de vue ! se réprimanda-t-elle. C'était pour le bébé qu'il avait changé d'attitude. Pas pour elle !

— Evidemment, c'est un endroit qui te paraîtra un peu isolé, si tu tiens à poursuivre ta carrière, continua-t-il. Cependant, tu pourrais travailler à Athènes.

— Il faudrait d'abord que je parle grec !

— Je peux t'aider dans ce domaine ! Quelques leçons privées, dit-il en posant ses yeux sur ses lèvres.

Si seulement il pouvait l'aimer ! pensa-t-elle, perturbée par son regard de braise.

Alors qu'il redémarrait, elle tenta de refouler cet élan de nostalgie douloureuse. Cela ne l'aiderait en rien de caresser de tels désirs.

L'allée d'accès de la villa était noyée dans la verdure. Ils roulèrent à travers des jardins bien entretenus, puis prirent un virage, et la maison apparut devant eux dans toute sa splendeur. De près, elle semblait plus immense encore. Quant à la vue sur la côte et la mer, elle était à couper le souffle.

Katie descendit de voiture, et admira les lieux, ébahie. Jamais elle n'aurait imaginé vivre un jour dans cette somptueuse demeure.

— La tradition veut que je te porte dans mes bras pour franchir le seuil, dit Alexi.

— Nous ne sommes pas un couple tradition…

Elle n'eut pas le temps d'en dire plus. Il avait joint le geste à la parole et elle n'eut pas d'autre choix que de se cramponner à son cou viril. Un flot de souvenirs l'envahirent… Elle se remémora leur première nuit d'amour ; la tendresse d'Alexi et, tout à la fois, la domination farouche qu'il avait exercée sur son corps. Ebranlée, en proie au désir, elle lutta pour résister.

— Tu vas me poser, tout de même ? dit-elle alors qu'ils traversaient le vestibule.

— Sûrement pas !

Il continua à marcher, grimpant l'escalier incurvé, traversant le palier et la galerie du premier. Puis, poussant une porte, il pénétra dans une chambre et la déposa à terre.

Un instant, elle demeura plantée devant lui, le cœur battant la chamade. Rivant sur elle un regard brûlant, il leva une main vers sa joue et effleura le contour de sa mâchoire.

— Eh bien, madame Demetri, te voici exactement où je le voulais. C'est ici que je t'ai imaginée pendant toute la journée.

Katie avait anticipé elle aussi cet instant depuis le lever du jour. Et elle désirait tant Alexi ! Cependant, elle était taraudée par la peur. Elle redoutait de trahir ses sentiments véritables. Elle craignait de se donner corps et âme pour le payer chèrement par la suite.

Le souffle court, elle guetta l'instant où ses lèvres, si proches, s'empareraient des siennes pour le baiser passionné auquel elle aspirait. Désespérément, elle tenta de contrecarrer ses propres émotions.

— Moi, prétendit-elle, je n'ai cessé de me défier de toi depuis que nous retravaillons ensemble.

Il lui en avait coûté de proférer ces mots. Cependant, elle n'oubliait pas qu'il n'avait pas cherché à la retenir lorsqu'elle l'avait quitté. Et qu'il n'avait pas voulu d'une vraie relation avec elle avant qu'elle ne lui avoue être enceinte.

Loin d'être démonté, il répliqua en riant :

— Alors, j'ai entièrement rêvé la scène de ce matin ?

Elle se remémora avec embarras leur baiser fou.

— Il… il y a des moments où je n'ai même pas de sympathie pour toi ! maugréa-t-elle.

— Vraiment ? Il n'empêche que tu aimes mon corps, et ce qu'il t'apporte.

Il promena sa main sur sa poitrine, caressant ses seins à travers le tissu. Comme elle fermait les yeux, submergée par des frissons de volupté, il profita de son trouble pour prendre sa bouche avec fougue, plaquant son corps contre le sien. Elle lui rendit aussitôt son baiser avec ardeur.

— Ah, tu vois, murmura-t-il contre ses lèvres. Quoi que tu puisses prétendre, nous avons une complicité sensuelle incroyable et tu me désires toujours.

En parlant, il avait commencé à lui enlever sa veste, qu'il fit glisser de ses épaules et laissa tomber au sol.

— Tu m'appartiens, maintenant, continua-t-il.

Cette déclaration arrogante, accompagnée d'un baiser au creux du cou, embrasa Katie. Elle se laissa aller contre lui, défaillante, savourant son odeur familière et l'étreinte de ses mains qui enserraient sa taille.

Quand, un instant plus tard, il l'eut dépouillée de sa robe, et qu'elle fut devant lui, uniquement vêtue de ses sous-vêtements de soie, il promena son regard sur son corps. Comme elle était belle ! pensa-t-il.

Elle avait perdu un peu de poids depuis leurs derniers ébats, mais sa silhouette avait tout de même conservé sa perfection : ses seins étaient fermes et haut placés, sa taille fine, ses hanches joliment arrondies. En la contemplant, il éprouvait un plaisir inouï.

Katie eut la sensation de fondre sous son regard ardent et approbateur. Quand leurs lèvres se rencontrèrent de nouveau, et qu'il accompagna son baiser de caresses délicieuses, elle fut secouée d'un long frisson et toute pensée rationnelle la déserta. Elle promena ses mains sur son torse, le long de son dos viril, se pressant contre lui dans un élan fiévreux.

Avec un rire rauque, il la souleva dans ses bras pour la déposer sur le lit, et acheva de la dévêtir.

— Ma petite Kats est de retour, murmura-t-il, la caressant et l'embrassant jusqu'à la rendre folle de plaisir.

Elle tenta à son tour de le déshabiller, mais ses doigts

tremblaient tant qu'il dut venir à son aide, enlevant lui-même sa chemise.

— Tu es magnifique, murmura-t-elle, lâchant de petits gémissements sourds alors qu'il caressait les pointes de ses seins.

— Tu aimes ça, n'est-ce pas ?

Les yeux clos, elle se concentra sur ses sensations, aspirant à la complétude.

— J'ai tellement envie de toi… Mais… mais où vas-tu ? murmura-t-elle en rouvrant les yeux alors qu'il venait de s'écarter.

— Nulle part, sois tranquille, lui assura-t-il en riant.

Il avait eu, jusque-là, toutes les peines du monde à se contenir, et, maintenant qu'il la voyait prête, il voulait savourer pleinement ce moment.

— Redis-moi que tu me veux, ordonna-t-il en achevant, étape par étape, de se déshabiller.

— Tu le sais très bien, gémit-elle en coulant vers lui un regard d'invite et de désir.

Au comble de l'excitation, il la rejoignit en murmurant avec élan :

— Tu m'as tant manqué.

A ces mots, la jeune femme ressentit un plaisir d'une acuité inédite, et une joie intense l'envahit alors qu'il roulait sur elle, l'embrassait, la caressait, prenait possession de son corps. Comme elle se pressait contre lui, enroulait ses jambes autour de ses reins, il continua d'une voix sourde :

— Voici la Katie dont j'ai gardé le souvenir…

Quand il entra en elle, il eut la sensation de sombrer. Il avait l'impression d'avoir été sevré, et cherchait confusément à se repaître en la possédant. Il la prit avec des mouvements puissants, murmurant en grec des mots sans suite, s'enfonçant en elle encore et encore, l'emmenant dans un royaume de sensations pures, oublieux du lieu et de l'instant.

Elle cria son nom à plusieurs reprises alors qu'ils exultaient de concert, secoués de frissons de volupté.

Pendant un long moment, ils demeurèrent liés l'un à l'autre, épuisés par l'intensité de leur échange. Katie sentait la chaleur du corps d'Alexi et le serrait contre elle, se blottissant mentalement dans ce cocon de tiédeur et de complicité. Elle avait tant aspiré à cet instant ! Elle était si heureuse d'être de nouveau dans ses bras qu'elle en aurait pleuré, et elle savourait la douceur de son aveu : elle lui avait manqué aussi.

Leur union serait peut-être réussie, après tout. Ils avaient peut-être une chance… Il n'était pas impossible qu'il commence à éprouver un peu d'amour pour elle, après tout, songea-t-elle, souriant dans son bien-être sensuel.

Alexi se détacha très légèrement d'elle, et embrassa du regard ses courbes pulpeuses. Il ne s'était jamais caché qu'il avait envie d'elle. Mais la sauvagerie de son désir l'avait terriblement surpris. Il avait perdu toute emprise sur lui-même ! C'était bien la première fois qu'une telle chose lui arrivait.

Mais il y avait pire à ses yeux : il avait déjà envie de la reprendre. Ce besoin lancinant n'était pas loin de le mettre en colère. Il ne voulait pas éprouver ces sensations ! Il aspirait à se sentir comblé, apaisé. Il souhaitait rompre le sort qu'elle semblait avoir jeté sur lui, et être le maître de ses envies. Il voulait maintenir un contrôle absolu sur ses émotions, bon sang !

Roulant sur elle-même, elle se redressa et posa sur lui son regard bleu si clair.

— Redis-moi que je t'ai manqué.

Cette prière le bouleversa.

— Tu sais très bien que tu m'as manqué, Katie. Tu es drôlement bonne au lit.

Il avait prononcé cette phrase d'un air à demi rembruni, et elle fut atteinte de plein fouet par la vulgarité machiste de ses paroles. Dans ses bras, elle avait oublié le réel, elle avait cru qu'il était sincère en disant qu'elle lui avait manqué. Mais ce n'était pas de son *être* qu'il parlait. C'était son corps qui l'intéressait. Rien de plus. Seigneur, qu'elle était donc stupide ! pensa-t-elle, envahie de honte au souvenir de sa fièvre torride et de son abandon.

Se forçant à s'éloigner d'elle, Alexi demanda :

— Tu veux boire quelque chose ?

— Je prendrais volontiers un verre d'eau.

Elle se hâta de ramasser ses vêtements épars, remit son soutien-gorge et tenta de l'agrafer avec des mains tremblantes. Momentanément distrait par son manège, Alexi la regarda. Il adorait l'air qu'elle avait après l'amour — ses cheveux emmêlés, sa chair rosie…

— On refera l'amour après, lâcha-t-il.

Il remarqua les gestes hâtifs et maladroits avec lesquels elle se rhabillait, lui dissimulant ses formes.

— Je vais prendre une douche et me changer, dit-elle.

Frappé par son expression, il la retint par un bras en demandant :

— Est-ce que ça va ?

— Bien sûr, répondit-elle, les yeux un peu trop brillants, le visage un peu trop pâle.

— Je ne t'ai pas fait mal, au moins ?

Un instant, troublée par sa douceur, elle crut qu'il avait compris ce qu'elle ressentait. Mais, comme il promenait son regard sur elle et l'arrêtait sur son ventre, elle sut qu'il s'inquiétait pour le bébé.

— Je n'ai pas été trop brutal ?

— Non, c'était bien.

— *Bien ?* Il me semble que c'était beaucoup plus que ça.

Ne résistant pas au besoin de lui faire mal, puisqu'elle souffrait, elle lança :

— Tu t'inquiètes de ta performance ? Rassure-toi, tu as été bon. Impeccable.

Elle vit s'assombrir son regard. Il était habitué à ce qu'on vante ses talents au lit, et à être idolâtré par les femmes. Il encaissait mal le coup, c'était clair.

— *Impeccable ?* fit-il.

Elle haussa les épaules et voulut s'esquiver, mais il la happa par le poignet et, d'un petit coup sec, la ramena à lui.

— Redis-moi un peu ça, insista-t-il, la faisant asseoir sur ses genoux.

Seigneur, qu'elle était sexy avec juste ses sous-vêtements et sa veste, et ses longues jambes d'une excitante nudité…

— Alexi, je veux aller me doucher. Je n'ai pas l'énergie de panser ton moral.

— Très drôle ! Eh bien, voyons voir si nous pouvons te redonner un peu d'allant.

Il la serra contre lui et écrasa ses lèvres sur les siennes. Un instant, elle tenta de résister, de rester indifférente. Mais, très vite, la passion reprit le dessus, et elle se mit à l'embrasser avec frénésie.

— Impeccable, disais-tu, murmura Alexi en glissant ses mains sous sa veste et en dégageant ses seins de son soutien-gorge pour en titiller les pointes.

— Arrête, souffla-t-elle, sentant son corps réagir aussitôt et effrayée de céder si facilement.

Mais, déjà, elle oubliait tout pour se concentrer sur son plaisir.

— Continue, l'implora-t-elle comme il retirait sa main.

— C'est bien mon intention, dit-il d'une voix rauque.

Renversant la tête en arrière, Katie s'offrit au jet de la douche. Elle avait besoin de se calmer après leurs débordements de passion. Comment était-il possible qu'Alexi ait sur elle un tel pouvoir sensuel ? se demanda-t-elle. Comment se faisait-il qu'elle se sentît si excitée, si vibrante entre ses bras ? Pourquoi cette passion insensée, et cette complétude après l'amour ? Et pourquoi, ensuite, éprouvait-elle une lancinante tristesse ?

Après leurs premiers ébats emportés, il venait de la prendre avec tant de douceur et de tendresse qu'elle en était émue aux larmes.

« Ce n'est que physique », se rappela-t-elle, farouche. Il avait juste voulu lui prouver son ascendant sexuel. S'il avait été délicat, c'était parce qu'elle était enceinte. Et elle avait tort d'interpréter favorablement son attitude, d'espérer des mots d'amour. Cela ne rimait à rien !

Elle ferma le robinet, sortit de la douche et s'enveloppa dans un ample peignoir en éponge. Puis elle revint dans la chambre qu'il avait quittée une demi-heure plus tôt. Sans doute était-il revenu, car elle voyait à présent leurs bagages près du dressing. Elle ouvrit sa valise, se demandant quoi mettre.

Alexi avait mentionné un souper aux chandelles sur la terrasse. Tous les ingrédients d'une lune de miel romantique étaient au rendez-vous. Mais les sentiments, eux, faisaient défaut. Et puis… Alexi finirait par se lasser d'elle s'il pouvait jouir de son corps vingt-quatre heures sur vingt-quatre. Il était capable de jeter son dévolu sur une autre conquête, et de la reléguer dans un coin — elle, la petite épouse qui lui avait donné un héritier.

Pourquoi se torturait-elle comme ça ? se demanda-t-elle en se laissant tomber sur le lit. Elle devait cesser de ruminer ces pensées.

Devant la porte-fenêtre ouverte sur une large terrasse, la moustiquaire était soulevée par la brise. Songeuse, Katie se leva pour regarder dehors. La nuit était tombée. L'on devinait à peine les silhouettes obscures des cyprès, sur le fond du ciel nocturne et de l'océan qui miroitait au clair de lune. Après avoir aspiré l'air frais à pleins poumons, elle se sentit mieux, et se laissa bercer par le chant des cigales couplé au murmure du ressac.

Elle allait se présenter devant Alexi, et se comporter avec distance et réserve. Elle devait être forte, si elle voulait que leur union réussisse.

Elle enfila une robe estivale à motifs floraux, et se jaugea avec satisfaction dans le miroir. Puis, coiffée et légèrement maquillée, elle descendit au rez-de-chaussée alors que 9 heures approchaient. Le vestibule, illuminé par un grand lustre étincelant, ouvrait de part et d'autre sur deux salons de réception splendides, donnant sur la large terrasse qui ceignait la maison. S'avançant sur le seuil du premier salon, elle aperçut Alexi, perdu dans la contemplation de la mer.

A quoi pensait-il ? se demanda-t-elle. Avait-il vécu ici avec sa première femme ? Y avait-il des souvenirs ?

Comme elle s'apprêtait à revenir sur ses pas pour le laisser seul, il se retourna et l'aperçut.

— Viens donc avec moi sur la terrasse, lui dit-il. C'est une belle soirée.

Elle obéit. Il portait un jean et un T-shirt noirs, et il était si beau, si viril, si débordant de vie, qu'elle en eut l'estomac noué. Si elle l'avait osé, elle lui aurait pris la main. Mais c'était un geste trop possessif et trop intime. Ne devait-elle pas rétablir une distance entre eux pour se protéger ?

— La vue est superbe, murmura-t-elle, contemplant l'immense pelouse qui descendait vers la mer, la plage privée, et le quai où était amarré un petit yacht.

— Oui, c'est un bel endroit.

— Ce yacht t'appartient ?

Il ne répondit pas. Il semblait songeur.

— Alexi ?

— En fait, je l'avais acheté pour Andrea, lâcha-t-il.

Il se retourna vers elle et continua :

— Elle voulait apprendre à naviguer, mais elle n'avait pas de véritable goût pour la mer. Elle s'en est vite lassée. J'aurais dû m'en débarrasser. Je n'en ai pas trouvé le temps.

Ou l'envie, pensa Katie. Peut-être n'arrivait-il pas à se défaire de souvenirs doux-amers.

— Tu as vécu ici avec Andrea, alors ? demanda-t-elle d'un ton qui se voulait léger.

— Pendant quelques mois. C'est une citadine dans l'âme, alors nous sommes retournés à Athènes. Bref… cette maison appartenait à mes grands-parents qui me l'ont léguée. Je venais souvent ici quand j'étais enfant.

— Tu as dû avoir une enfance idyllique.

— Oui. J'ai eu de la chance. Je suis issu d'une grande famille très unie. Je me sentais très protégé. Je veux que notre enfant ressente la même chose.

— Moi aussi.

— Nous avons bien fait de nous marier, tu sais.

Elle hocha la tête. En réalité, elle se demandait s'il le pensait, ou s'il ne cherchait pas plutôt à s'en convaincre. Et à la convaincre elle aussi.

Alexi vit son expression de détresse, et dit avec douceur :

— Nous serons heureux, tu verras. Nous nous y efforcerons.

Heurtée par son pragmatisme, elle eut un accès de colère.

— C'est ça, nous ferons des efforts. Et notre manque d'amour deviendra tolérable comme par magie !

Un silence tendu s'installa. Soudain, la sonnerie du téléphone se mit à retentir. Alexi alla décrocher.

Elle le regarda s'éloigner, puis, de nouveau, se tourna vers la mer. Le yacht oscillait sur les eaux, avec un grincement léger, sous la brise. Tel un souvenir-fantôme du premier mariage d'Alexi, il semblait presque la narguer.

11.

Le coup de fil émanait des parents d'Alexi, désireux d'organiser une grande réception familiale pour célébrer leur mariage. Ce ne fut pas sans une forte appréhension que Katie monta en voiture pour se rendre chez eux, le lendemain après-midi.

— Détends-toi, l'encouragea Alexi alors qu'ils roulaient sur la pittoresque route côtière. Tu n'as rien à redouter.

Apparemment, il s'amusait de sa nervosité ! pensa-t-elle avec agacement.

— Tu as bien dit qu'ils n'étaient pas enchantés de notre mariage, non ? Ça ne te paraît pas une bonne raison de s'inquiéter, peut-être ?

— Ils ne sont pas mécontents que je sois marié. Ils sont contrariés que je l'aie fait en secret, sans les avertir. Ils auraient aimé assister à un mariage en grande pompe, avec danses, musique et tous les à-côtés. Un mariage à la grecque, pour tout dire. Mais je suis déjà passé par là, et ce n'est pas le genre de cérémonie qui convenait pour nous. Ils comprendront quand je leur expliquerai.

— Tu comptes leur apprendre que nous ne nous aimons pas, et qu'une noce en grande pompe n'avait pas lieu d'être ?

— Bien sûr que non ! s'exclama Alexi, rembruni. Je leur expliquerai que c'était une décision précipitée.

— Tu vas les mettre au courant, pour le bébé ?

— C'est mon intention, oui.

— J'aimerais autant que tu t'en abstiennes. Il est encore tôt, il pourrait se produire n'importe quoi. Nous n'aurions pas dû précipiter ce mariage. Nous aurions dû attendre les trois mois de grossesse avérés, pour être sûrs. Ou même patienter jusqu'à la naissance du bébé.

— Katie, tout se passera bien, bon sang !

— Tu n'en sais rien !

— En tout cas, je suis sûr que nous avons agi comme il faut. Alors, arrête de t'angoisser, d'accord ? Ça ne fera aucun bien au bébé que tu te mettes dans ces états.

Elle acquiesça, et tenta de se détendre.

— Si ça t'ennuie, ajouta-t-il doucement, je ne leur en parlerai pas pour le moment. Nous attendrons que tu te sentes prête à leur annoncer cette future naissance.

— Merci. Je crois que ce serait mieux.

Il y eut un silence. Alexi coula un regard vers Katie, tout en conduisant. Ce matin, elle avait pris un court bain de soleil près de la piscine. Dans sa robe blanche, elle avait l'air en forme. Ses lèvres roses brillaient, ses cheveux bruns étaient éclairés de reflets dorés. Pourtant, son air de fragilité le tracassait.

Elle n'avait pas très bien dormi, cette nuit. Elle avait prétendu souffrir du décalage horaire, ce qui n'avait rien d'invraisemblable. Cependant, il était obscurément convaincu que quelque chose de plus profond la tourmentait.

Même quand ils avaient refait l'amour, il avait senti qu'elle rentrait en elle-même, en dépit de sa passion apparente. Il se demanda soudain si elle regrettait leur mariage. L'avait-il poussée à une décision qui la rendait profondément malheureuse ?

Il se rembrunit, pensant qu'ils devaient faire passer l'intérêt du bébé avant tout, et qu'il faudrait qu'elle surmonte ses angoisses.

Ils arrivèrent chez les parents d'Alexi peu avant le coucher du soleil, et Katie se dit qu'elle n'oublierait jamais son premier aperçu de la maison. La demeure, entourée d'un superbe domaine, adossée à une immense forêt que le couchant nimbait de rose, offrait une vue spectaculaire sur la mer.

De nombreuses voitures s'alignaient dans l'allée, et une musique entraînante se répandait par les fenêtres ouvertes.

— La soirée a l'air déjà lancée, commenta Katie comme ils se garaient. Nous sommes en retard ?

— Non. Ils ont sûrement voulu que tout le monde soit là avant nous pour t'accueillir comme il convient. Je t'avertis : j'ai tant d'oncles, de tantes et de cousins qu'ils suffiraient à repeupler la cité perdue d'Atlantis. Alors, ne te tracasse pas si tu ne retiens pas leurs noms ou leur rang dans la famille. Moi-même, je m'y perds, expliqua Alexi en souriant.

Elle comprit ce qu'il voulait dire un instant plus tard, lorsqu'ils eurent traversé le vestibule après avoir salué et embrassé tant de gens qu'elle ne savait déjà plus où elle en était. Les parents d'Alexi se trouvaient dans le patio, veillant sur le barbecue.

Son père, Philip, était un grand et bel homme de soixante-cinq ans, qui avait conservé un physique athlétique et dont les cheveux noirs se teintaient à peine de fils blancs. Helen, sa mère, devait avoir dix ans de moins que son époux. D'une élégance discrète et raffinée dans sa robe noir et blanc, elle n'était ni hautaine, ni guindée et donnait l'impression de quelqu'un à qui pouvoir se confier en cas de besoin. Katie eut aussitôt de la sympathie pour eux.

Elle fut touchée de la réception pleine d'effusion qu'ils réservèrent à leur fils. Elle s'était placée en retrait, mais ils la happèrent dans leurs bras sans façons, l'accueillant comme leur fille.

— Nous sommes si heureux, lui répéta Helen à plusieurs reprises. Bienvenue dans notre famille, Katie.

En quelques minutes, la jeune femme se retrouva attablée devant une quantité impressionnante de victuailles, on lui tendit une flûte de champagne, et tout le monde se mit à lui parler en même temps…

Elle fit la connaissance des sœurs d'Alexi, deux séduisantes brunes. La benjamine, Alesha, avait quinze ans. Julia, à vingt-six ans, était mariée et déjà mère d'une adorable petite Georgia de deux mois. De toute évidence, elles adoraient leur frère. Elles l'étreignirent avec emportement. Puis Julia lui mit sa nièce dans les bras.

Katie ressentit une curieuse impression en le voyant bercer la minuscule petite fille avec douceur et aisance, lui murmurant des mots affectueux d'une voix tendre. Le nabab implacable avait cédé la place à un homme qu'elle n'avait jamais vu, et son amour pour lui en fut décuplé. « Ce sera un bon père, pensa-t-elle en refoulant des larmes d'émotion. Un très bon père… »

Leurs regards se croisèrent et restèrent soudés un instant l'un à l'autre. Il sourit.

— Alors, Katie, raconte-moi tout, insista Helen. Quand t'a-t-il demandée en mariage ? Où t'a-t-il épousée ?

Quantité d'autres questions suivirent. Katie répondit sincèrement :

— J'ai eu l'impression d'être emportée par un tourbillon. Je n'arrive toujours pas à y croire, en fait !

— C'est mon fils tout craché, ça ! Quand il veut quelque chose, il le lui faut tout de suite.

— Et ta famille, Katie ? s'enquit Philip. Tes proches t'attendent en Angleterre pour fêter ça, j'imagine ?

— Je n'ai qu'une sœur, malheureusement, et elle vit en France. Ma mère est morte quand j'avais seize ans, et je n'ai jamais connu mon père.

— Eh bien, tu nous as, maintenant, dit Helen chaleureusement.

— Oui, et je la plains, plaisanta Alexi. Elle entre dans une famille de fous.

— Ne l'écoute pas, Katie, rétorqua Helen en souriant. S'il continue comme ça, je te raconterai les mauvais coups dont il s'est rendu coupable dans son enfance.

Peu à peu, alors que le soleil disparaissait à l'horizon, et que des lanternes scintillantes illuminaient le jardin, d'autres invités arrivèrent, et Katie fut un instant séparée d'Alexi.

Comme c'était étrange, pensa-t-elle, qu'elle se sente

ainsi chez elle, ici. Jamais elle ne s'était sentie acceptée de la sorte. Et elle aimait l'entente affectueuse qui liait Helen et Philip. Ils semblaient toujours amoureux l'un de l'autre après tant d'années de vie commune.

Est-ce qu'Alexi la regarderait un jour ainsi ? se demanda-t-elle, de nouveau au bord des larmes. Décidément, ses hormones lui jouaient des tours ! Elle n'était pas si émotive, d'habitude.

— Ah ! Voici sans doute l'heureuse épouse ! s'écria une femme qui avait soudain surgi près d'elle.

Environ du même âge qu'elle, dotée de longs cheveux blonds et d'une silhouette sublime — qu'elle aimait visiblement exhiber —, dans sa robe noire décolletée, elle se présenta :

— Je suis Natasha Scollini, une cousine éloignée d'Alexi.

— Enchantée, dit poliment Katie.

— Je dois reconnaître que je suis surprise. Vous ne correspondez pas du tout à ce que j'attendais.

Etonnée et agacée par le manque d'élégance de ces propos, Katie demanda sèchement :

— Et vous attendiez quoi ?

— Pardonnez-moi, mais je m'étais imaginé que vous ressembleriez à Andrea. Vous comprenez... Alexi était fou d'elle. Alors, je pensais voir quelqu'un qui lui ressemblerait.

— S'il avait dû épouser un clone d'Andrea, il l'aurait fait il y a huit ans, vous ne croyez pas ?

— Oui, bien sûr. Je n'aurais pas dû dire ça, s'excusa Natasha en souriant. J'ai vu Andrea très récemment, en fait. Elle était de passage à Athènes entre deux rendez-vous. Elle était éblouissante de beauté. Elle vient juste de faire la couverture de *Vogue*.

Julia, la sœur aînée d'Alexi, les rejoignit à ce moment-là, et Natasha aborda quelqu'un d'autre, ne tardant pas à se fondre dans la foule.

— Qu'est-ce qu'elle racontait ? s'enquit Julia sans cacher son antipathie pour Natasha.

— Elle me parlait du succès et de la beauté d'Andrea, dit Katie, pince-sans-rire.

— Tiens donc ! Elle est sûrement jalouse que tu aies épousé Alexi. Quand il a divorcé, elle a cru avoir sa chance avec lui, mais il ne s'est jamais intéressé à elle !

— Je vois, dit Katie, un grand sourire aux lèvres. Et… c'est vrai qu'Andrea est mannequin ?

— Oui. Elle commençait sa carrière quand Alexi l'a connue, et elle travaille pour des couturiers très prestigieux, maintenant.

— Il ne parle jamais d'elle.

— Eh bien, il était plutôt secoué, après leur divorce. C'est bon de le voir heureux de nouveau. Je suis très contente pour vous deux, Katie. Surtout, ne tiens aucun compte des propos de Natasha.

— Ne tiens pas compte de quoi ? demanda Alexi, qui arrivait près d'elles et n'avait entendu qu'une partie du commentaire.

Julia répondit énergiquement :

— De Natasha. Quelle plaie, cette fille !

— Qu'est-ce qu'elle a encore raconté ? voulut savoir Alexi, tout en adressant à Katie ce sourire à la fois taquin et chaleureux qui ne manquait jamais de lui faire tourner la tête.

— Rien d'intéressant, prétendit Katie. Cette fête est très réussie. Tes parents sont adorables d'avoir organisé ça pour nous.

— As-tu envie de danser ?

Elle reporta son regard vers les couples qui évoluaient aux accents d'un air lent, très sentimental. Une nostalgie douloureuse lui étreignit le cœur, et elle répondit fermement :

— Non, merci.

Mais Alexi l'avait prise par la main et l'entraînait, lançant un : « Excuse-nous, Julia ! » à sa sœur. Dès qu'ils parurent sur la piste, ils furent salués par une salve d'applaudissements. Katie eut soudain l'impression d'être la pire des hypocrites de cautionner cette attitude. Toute cette famille croyait Alexi amoureux d'elle… alors qu'il ne l'était pas, et ne le serait jamais.

Elle tenta de s'écarter, mais il l'enlaça en murmurant :

— Détends-toi…

Et il déposa un baiser sur sa joue. C'était sans doute pour satisfaire la galerie qu'il agissait ainsi. Mais c'était si bon qu'elle se laissa aller, s'abandonnant aux fantasmes, rêvant qu'ils venaient de se marier par amour…

— Cette soirée est un grand succès, lui souffla-t-il. Tout le monde t'adore.

« Excepté toi », pensa-t-elle douloureusement, savourant le plaisir doux-amer d'être entre ses bras. Mais, comme les musiciens entamaient une autre ballade romantique, elle s'écarta brusquement, incapable de supporter la situation.

— Est-ce qu'on pourrait s'en aller maintenant ? demanda-t-elle.

Plongeant son regard dans ses yeux bleus, il fut troublé de voir qu'elle semblait malheureuse.

— Est-ce que ça va ? s'enquit-il avec douceur.

— Oui, je suis juste un peu fatiguée…

— C'est vrai qu'il se fait tard. Et puis, c'est notre lune de miel, on nous pardonnera de fuir la société.

Il leur fallut plus de temps qu'elle ne l'avait espéré pour dire au revoir à tout le monde, d'autant que la mère d'Alexi insista pour qu'ils emportent des victuailles.

Lorsqu'ils furent enfin en voiture, Alexi commenta en riant :

— Elle croit que tu n'as pas assez à manger, ma parole. Quant au fait que j'ai une cuisine bien garnie et un chef à domicile, ça lui passe au-dessus de la tête !

— C'est ta mère et elle tient à prendre soin de toi, fit observer gentiment Katie. Ne t'en moque pas. Beaucoup de gens n'ont pas la chance d'avoir ce genre de relations avec leurs parents.

Un silence s'installa entre eux. La nuit était d'un noir d'encre, et seul le faisceau de leurs phares ouvrait un triangle de lumière sur la route.

— Tu as dit tout à l'heure que tu n'avais jamais connu ton père, dit soudain Alexi. Ça a dû être dur.

— Oui.

— Que lui est-il arrivé ?

— Rien. Je suis née, mais je ne l'intéressais pas. Tout le monde n'a pas ton sens du devoir, tu sais.

— Ce n'est pas par sens du devoir que j'accepte cet enfant, Katie. Mes sentiments pour notre bébé sont bien plus profonds.

— Oui, bien sûr.

— Ton père est parti à ta naissance ? Ou il n'a jamais vécu avec ta mère ?

— Ils n'ont jamais été ensemble, dit Katie, levant les yeux vers le ciel constellé d'étoiles.

Le manteau de ténèbres, étrangement, la rassurait, tel un cocon protecteur.

— En fait, avoua-t-elle, Lucy est ma demi-sœur. Maman a divorcé quand elle avait trois ans, et je crois qu'elle ne s'en est jamais remise. Le père de Lucy était le grand amour de sa vie, elle nous l'a dit à plusieurs reprises.

— Et le tien ?

— C'était juste un amant de passage, une liaison dont elle espérait qu'elle lui permettrait de se remettre de la séparation. Quand elle lui a annoncé qu'elle était enceinte, il n'a rien voulu savoir.

De nouveau, il y eut un long silence. Puis elle ajouta :

— L'ironie de la situation, c'est que le père de Lucy serait revenu avec maman si je n'avais pas été là, paraît-il. Il ne voulait pas de moi.

— Allons donc ! protesta Alexi. Il n'aimait pas vraiment ta mère s'il s'est laissé arrêter par le fait qu'elle attendait l'enfant d'un autre. Sinon, il n'en aurait tenu aucun compte. Il t'aurait aimée comme une part d'elle-même.

— Maman n'était pas très rationnelle en ce qui concerne les affaires de cœur… Elle n'a jamais oublié Brian. Et elle n'a pas arrêté de choisir des hommes qui n'étaient pas faits pour elle, qui finissaient par la quitter. Au bout de quelques années, Lucy s'est mise à fuir ce genre de situation en allant vivre de temps à autre chez son père et sa nouvelle épouse. C'étaient les pires moments pour moi. Quand elle n'était pas là, c'était intolérable. Nous dormions dans la même chambre, et je me sentais plus en sécurité avec elle.

Alexi sentit sa gorge se serrer. Dieu seul savait ce qu'elle avait pu subir ! pensa-t-il.

— Je me demande pourquoi je te raconte tout ça, dit Katie, soudain honteuse de s'être épanchée. D'ailleurs, maman était une bonne mère. Elle faisait tout son possible pour Lucy et moi. Ce n'est pas facile d'élever des enfants seule.

Dans un éclair de lucidité, Alexi comprit alors pourquoi Katie était si indépendante de nature. Elle n'avait jamais dû se sentir aimée lorsqu'elle était petite. Sa mère avait voulu la rendre responsable de l'attitude de son ex-mari — un homme incapable en réalité de résoudre leurs différences. C'était cruel. Comment pouvait-on blâmer un enfant d'être né ?

Katie avait dû se sentir très vulnérable lorsqu'elle avait découvert sa grossesse. Et il comprenait qu'elle eût accepté leur mariage pour apporter à leur bébé l'amour et la sécurité dont elle avait manqué. C'était sans doute très important pour elle. Plus important que son propre bonheur.

Un instant, il se remémora le regard qu'elle lui avait adressé au moment où il avait passé l'alliance à son doigt. Il eut un coup au cœur.

De toute évidence, elle n'avait eu aucune envie de l'épouser ! Mais elle s'efforçait désespérément de faire ce qu'il fallait. Elle devait se sentir piégée, malheureuse. Et il avait cristallisé ces sentiments en lui proposant le mariage, en la pressant de prendre une décision.

Alors qu'il se garait devant l'entrée de la villa, il voulut tenter de la réconforter, de la rassurer.

— Ecoute, je sais que ce mariage n'est sûrement pas l'idylle de conte de fées dont tu aurais rêvé. Mais je te promets de veiller sur toi. Toujours.

— Je t'ai déjà dit que je n'ai pas besoin qu'on s'occupe

de moi, dit-elle en déglutissant avec peine, bien qu'elle s'efforçât de prendre un ton léger. Mais de notre bébé, si. Je veux qu'il ou elle ait tout ce que je n'ai pas eu. Et je ne parle pas d'argent.

— Je sais.

Un moment, ils demeurèrent silencieux. Katie aurait aimé qu'il la prenne dans ses bras, ou même, qu'il lui tienne seulement la main. Mais il n'en fit rien. C'était sans doute mieux ainsi. Elle avait les émotions à fleur de peau, et, dans un moment de tendresse, elle aurait sans doute lâché quelque sottise, voire avoué ses sentiments pour lui !

Elle devait être forte. Comme Alexi l'avait rappelé, ce qu'ils vivaient n'était pas une idylle romantique, mais un arrangement. Rien de plus.

12.

— Tirez deux copies de ce document et envoyez-en une à Alexi, s'il vous plaît, dit Katie à sa secrétaire.

— Il est au bureau, aujourd'hui ? s'enquit Petra.

— Il y sera. Son avion arrive vers 14 h 30, et il viendra directement ici après.

Tout en disant cela, Katie éprouva une excitation mêlée d'impatience. Il y avait quatre jours qu'elle n'avait pas vu Alexi, parti en voyage d'affaires à New York. Il lui avait tant manqué !

Elle consulta sa montre, constata qu'il était midi et demi. Décidément, elle comptait les heures ! Elle qui avait juré qu'elle ne dépendrait jamais d'un homme…

En fait, elle était même tentée d'aller l'accueillir à l'aéroport. Ce serait une belle folie ! pensa-t-elle. Alors qu'elle essayait de rester posée, de maintenir une distance entre eux ! En courant se jeter dans ses bras, elle n'aurait abouti qu'à lui faire prendre la poudre d'escampette.

Comme Petra quittait la pièce, elle se leva et se posta près de la fenêtre. Les quelques semaines écoulées, depuis leur mariage, avaient passé en un éclair. Il avait été décidé qu'elle travaillerait au bureau d'Athènes et résiderait dans la villa. Elle aimait bien cet arrangement. Cela valait mieux que d'habiter l'appartement londonien d'Alexi — trop masculin, trop moderne, trop austère, et qui évoquait une époque qu'elle préférait oublier.

Parfois, en rentrant du travail, elle trouvait sur le répondeur des messages d'anciennes petites amies d'Alexi, l'invitant à dîner ou au cinéma. Au début, piquée, elle les avait effacés. Ensuite, elle les avait conservés pour voir sa réaction. Peine perdue. Il les avait supprimés sans même les écouter. Cela l'avait réconfortée, mais il était troublant de constater que des femmes cherchaient encore à renouer avec lui, bien qu'il fût désormais marié.

C'était elle qui avait proposé de travailler à Athènes — elle n'aurait à se rendre à Londres que toutes les deux ou trois semaines. Quant à Alexi, il semblait content d'être basé en Grèce. Il avait déclaré, d'ailleurs, qu'il voulait s'y réinstaller avec le bébé.

Katie aimait la maison de la côte, bien qu'elle fût associée au premier mariage d'Alexi. C'était un lieu paisible qu'elle pourrait marquer de son empreinte personnelle, car Alexi l'y avait encouragée. C'était le foyer qu'elle n'avait jamais eu. Et puis, parfois, quand Alexi était absent, elle recevait la visite de ses parents ou de ses sœurs, et cela lui donnait le sentiment d'y être à l'abri, et entourée d'amour. Même si cet amour ne venait pas de son mari.

Elle se rembrunit à cette pensée récurrente, venue une fois de plus obscurcir son riant horizon. Il fallait qu'elle oublie ça ! s'intima-t-elle.

Elle préféra se demander, plutôt, ce que dirait Alexi en apprenant qu'elle avait acquis un véhicule. Il avait laissé la limousine et le chauffeur à sa disposition. Mais elle était habituée à aller et venir à sa guise, en toute indépendance. Aussi s'était-elle acheté une voiture d'occasion, la veille. Et elle avait pris plaisir, le matin même, à emprunter la belle et pittoresque route côtière.

Comme le téléphone sonnait sur son bureau, elle se hâta de décrocher.

— Salut, c'est moi.

La voix familière et veloutée de son mari lui donna aussitôt le frisson.

— D'où appelles-tu ? fit-elle. Je te croyais encore en avion.

— Il y a un souci technique. Je suis à Paris. En fait, il

y a un problème dans notre succursale, j'ai dû m'y arrêter pour régler ça.

— Je vois, murmura Katie. Quand rentres-tu, alors ?

— Je n'en suis pas sûr. Plutôt demain, probablement.

— Eh bien, on n'y peut pas grand-chose, dit-elle avec une désinvolture qu'elle-même trouva un peu trop forcée.

Alexi allait deviner qu'elle était perturbée par la nouvelle, si elle n'y prenait garde ! Changeant aussitôt de sujet, elle lui annonça qu'elle avait acheté une voiture. Il s'inquiéta de savoir qu'elle s'était aventurée sur la route en lacets, mais elle lui affirma, assez sèchement, que cela ne lui posait pas le moindre problème. Il soupira, résigné.

— Comment va junior ? conclut-il.

C'était la question rituelle qu'il posait chaque fois qu'il téléphonait. C'était son principal, voire son seul souci. Mais elle était contente qu'il se préoccupe de leur bébé.

— Tout va très bien, assura-t-elle. J'ai rendez-vous pour une échographie la semaine prochaine.

— Parfait. Je t'accompagnerai. Bon, il faut que je te quitte, enchaîna Alexi, distrait par quelqu'un qui lui adressait la parole en arrière-fond. A bientôt. Prends soin de toi et du bébé.

Et il raccrocha. Elle reposa le récepteur en tâchant de surmonter sa déception et son sentiment de malaise. La femme qui l'avait interpellé devait être sa secrétaire, ou la comptable... Décidément, cela ne lui ressemblait pas d'être jalouse et soupçonneuse ! songea-t-elle en se remettant au travail.

Elle parvint à se concentrer mais, en rentrant à la maison ce soir-là, elle fut de nouveau prise de doutes. Pourquoi cette halte à Paris ? C'était bizarre... Ce n'était pas leur succursale la plus active. Le personnel y était réduit et il n'y avait pratiquement jamais de problèmes, là-bas. Qu'est-ce qui le retenait dans la capitale française ?

Elle se doucha, et alla se coucher en emportant une tasse de thé pour se détendre. Mais elle ne cessait de ruminer, et finit par se relever.

Andrea est à Paris.

Cette pensée surgit inopinément dans son esprit et s'y fixa. La femme qu'elle avait rencontrée à la soirée lui avait dit qu'Andrea avait un engagement à Paris.

« C'est juste une coïncidence », se raisonna-t-elle. Alexi et Andrea étaient divorcés depuis longtemps. S'ils avaient voulu renouer, ce serait fait depuis belle lurette.

Mais peut-être se revoyaient-ils juste de temps à autre pour coucher ensemble. C'était le genre d'arrangement qui convenait parfaitement à Alexi, songea-t-elle.

Tout à coup, elle ne se sentit pas très bien. Elle alla boire un verre d'eau dans la cuisine, puis sortit sur la terrasse. La nuit était chaude et moite. Elle s'assit sur un transat et contempla la mer, se laissant bercer par le bruit apaisant du ressac.

Elle délirait, pensa-t-elle. Alexi était au travail, et ne tarderait pas à rentrer.

Des éclairs traversèrent soudainement le ciel, le trouant de part en part à plusieurs reprises, accompagnés par des roulements de tonnerre lointains. Elle contempla le spectacle, effrayée et fascinée à la fois par l'étendue argentée et irréelle de la mer fugitivement révélée, et les grondements sonores, presque assourdissants.

Elle rentra dans le salon, et ce fut à cet instant que des douleurs lui nouèrent le ventre — légères d'abord, puis de plus en plus violentes alors qu'elle gagnait l'étage. Elle s'assit sur le bord du lit et inspira profondément. Que se passait-il ? *Allait-elle... perdre son bébé ?*

Plus effrayée par cette idée que par le tonnerre qui explosait maintenant par rafales, elle tenta de se raisonner. Mais une douleur fulgurante la traversa, l'amenant à se plier en deux. Non, pas ça ! Elle ne voulait pas perdre son bébé !

Crispée de souffrance, elle se força à respirer régulièrement, tandis que les échos du tonnerre résonnaient de toutes parts. Les élancements parurent diminuer.

Elle saisit son mobile, posé non loin du lit, et tenta d'appeler Alexi mais elle obtint un message annonçant que la ligne était indisponible. Elle essaya alors de téléphoner à Philip et Helen, mais n'eut pas d'autre réponse que l'enregistrement impersonnel du répondeur. Elle commença à laisser un message, disant qu'elle ne se sentait pas bien, puis elle changea d'avis et raccrocha. A quoi bon les alerter s'ils n'étaient pas là ? Quant à Julia et son mari, ils étaient partis pour quelques jours de congé.

S'efforçant de garder la tête froide, elle constata qu'elle avait nettement moins mal, qu'elle ne perdait pas de sang. Peut-être pouvait-elle gagner l'hôpital où elle était suivie pour sa grossesse, si elle se sentait assez bien pour conduire ?

Elle se mit debout, et s'aperçut avec étonnement qu'elle ne ressentait plus aucune douleur. Malgré tout, il lui sembla préférable de consulter un médecin, pour être sûre. En toute hâte, elle enfila le pantalon en lin qu'elle avait laissé près d'elle sur une chaise, remplaça sa chemise de nuit par un T-shirt, prit son sac, ses clés de contact, et sortit.

Un instant plus tard, elle était en route. Pour le moment, ça allait, se dit-elle en empruntant les virages sinueux. Peut-être n'y avait-il pas lieu de s'inquiéter, après tout…

Des éclairs zébraient l'horizon, trouant les ténèbres. Elle roula prudemment pendant quelques kilomètres. Puis, tout à coup, la pluie se mit à tomber. Torrentielle.

Elle se retrouva comme emprisonnée par le ruissellement de l'eau, isolée du monde, ne distinguant pratiquement plus rien devant elle malgré le battement des essuie-glaces. Elle n'eut pas d'autre solution que de se rabattre à l'aveuglette vers le bas-côté et de se garer. « C'est juste un nuage qui vient de crever, ça va s'arrêter », pensa-t-elle, cherchant à toute force à se rassurer. Mais les minutes s'écoulèrent, et le répit attendu ne vint pas. En fait, l'orage semblait juste au-dessus d'elle, et les coups de tonnerre claquaient comme des salves, lui donnant l'impression de faire trembler la voiture.

La situation n'était pas sûre. Si quelqu'un roulait encore sur la route, il risquait de ne pas voir son véhicule et de la percuter. Même s'il était probable que tout conducteur égaré au milieu de l'orage avait choisi, comme elle, de s'arrêter, elle alluma la petite lumière de l'habitacle. Ça pouvait être utile, se dit-elle. C'était toujours une précaution.

Alors que la pluie diminuait enfin, de nouvelles douleurs se manifestèrent, peu violentes, mais guère rassurantes. Elle posa instinctivement une main sur son ventre. Elle abordait le deuxième trimestre de sa grossesse et, à ce stade, les risques de fausse couche étaient moindres. Avec Alexi, ils avaient même prévu d'annoncer la nouvelle à ses parents ce week-end…

Quand les douleurs s'accentuèrent, elle eut les larmes aux yeux. Elle désirait tant garder cet enfant, devenir mère ! Si elle perdait le bébé, ce serait la fin de ses rêves d'avenir, de sa vie de famille… de son mariage !

Agrippant son mobile, elle appela de nouveau Alexi. Bien qu'il fût loin, à Paris, elle se sentirait mieux si elle pouvait entendre sa voix… Mais elle n'obtint même pas de sonnerie et, en consultant son écran, s'aperçut avec horreur qu'elle n'avait pas de signal. Elle se trouvait sûrement dans un endroit où les montagnes empêchaient toute réception.

Ayant raccroché, elle fondit en larmes. Elle n'en pouvait plus de faire semblant d'être forte, de prétendre vainement que tout irait bien.

La villa était éclairée a giorno quand Alexi y arriva. Pénétrant dans le vestibule, il appela Katie depuis le bas de l'escalier :

— Katie ! Chérie, où es-tu ?

Pas de réponse. Il jeta un coup d'œil dans la cuisine, qui était déserte. Pensant qu'elle s'était peut-être endormie, il mit la bouilloire sur le feu puis jeta un coup d'œil par la fenêtre. L'orage avait été violent. Il avait retardé l'atterrissage à Athènes, et l'avait contraint à faire un long détour en chemin, car la route, inondée en plusieurs endroits, était impraticable. Heureusement, les éléments s'étaient déchaînés en pleine nuit, et non à l'heure où Katie rentrait du bureau. Sinon, il se serait inquiété. Il espérait qu'elle avait acheté une voiture bien révisée et… Au fait, où était le fichu véhicule ? Il n'en avait vu aucun garé dans l'allée. Et il avait beau cligner des yeux et scruter les environs, il ne la repérait toujours pas !

Mû par un sentiment instinctif, il grimpa à l'étage, constata que le lit était défait mais vide, la salle de bains déserte. Une tasse de thé encore pleine, mais froide, se trouvait sur la table de nuit.

— Katie ? fit-il encore en fronçant les sourcils.

Puis il aperçut sa chemise de nuit abandonnée à terre. Il prit son mobile et lui téléphona aussitôt, sans aucun succès. A l'instant même où il coupait la communication, la sonnerie de son portable retentit. Il décrocha, espérant obtenir Katie. Mais c'était sa mère, inquiète, qui lui fit part du contenu du message tronqué qu'elle avait reçu, et précisa qu'elle avait vainement tenté de joindre Katie.

Alexi n'avait pas souvent eu affaire à la peur, dans son existence, mais elle se manifestait maintenant, l'envahissant peu à peu, sournoise et âcre.

— Je viens d'arriver, maman, dit-il, et il n'y a personne.

Si Katie s'était aventurée sur la route par cette tempête, elle gisait peut-être maintenant dans un fossé !

Il ne lui fallut que quelques secondes pour questionner sa mère, et lui arracher le seul renseignement qu'elle pût donner sur la nouvelle voiture : elle était rouge. Puis, lui ayant promis de rappeler dès qu'il aurait du nouveau, il se rua dehors au pas de course.

Si Katie s'était sentie mal, elle avait dû rouler vers Athènes, et un hôpital ! pensa-t-il, déjà au volant, démarrant sans tarder dans cette direction. La pluie s'était arrêtée, mais le tonnerre grondait toujours, et des éclairs, çà et là, déchiraient la nuit.

S'il était arrivé quelque chose à Katie, il ne se le pardonnerait jamais ! Jamais il n'aurait dû la laisser…

Les mains crispées sur le volant, il se rappela leurs

adieux quelques jours plus tôt. Il la voyait encore, le visage levé vers lui, d'une beauté radieuse…

Devant lui, une fourgonnette de la sécurité routière hissait un véhicule hors du fossé à l'aide d'un treuil. Il ralentit, scrutant le petit groupe de personnes en bordure de la route, mais Katie n'était pas parmi eux.

Un agent de police lui fit signe, et il s'arrêta, baissant la vitre.

— La route est très mauvaise au-delà de ce point, monsieur, je vous conseille de rebrousser chemin, annonça le policier.

— Il faut que je continue. Ma femme est peut-être quelque part par là, seule, et elle est enceinte.

Alexi n'attendit même pas la réponse. Il remonta la vitre et redémarra.

Un peu plus loin, il tomba sur un glissement de terrain qui obstruait en partie la chaussée, et qu'il dut contourner pour poursuivre son chemin. Ce fut alors qu'il aperçut une voiture rouge, à demi bloquée par l'éboulement. Elle semblait intacte. Ses phares étaient allumés, ainsi qu'une petite lumière à l'intérieur.

Descendant de voiture sans même couper le moteur, il courut jusqu'à la portière et l'ouvrit.

— Katie ! Katie, chérie, est-ce que ça va ?

Elle était assise en biais sur le siège du passager, les pieds sur le rembourrage, les bras autour de ses genoux blottis contre sa poitrine, la tête inclinée. Elle releva la tête en l'entendant, et il vit qu'elle avait pleuré.

— Katie, est-ce que ça va ? redemanda-t-il d'une voix âpre.

Ses traits parurent se défaire ; elle murmura :

— Je crois que je suis en train de perdre le bébé, Alexi…

— Allons, allons, chérie, ne pleure pas, dit-il, s'agenouillant sur le siège du conducteur. Est-ce que tu peux bouger ?

Elle fit signe que non, et ajouta comme il tentait de téléphoner :

— Ça ne sert à rien, il n'y a pas de signal.

Elle avait raison. Il referma le téléphone, puis, doucement, la souleva peu à peu entre ses bras.

— Je suis désolée… je suis désolée, Alexi, chuchota-t-elle en se lovant contre lui. Je ne savais pas quoi faire… Je sais que tu veux ce bébé… et moi aussi…

Alexi ne s'était jamais senti aussi désemparé, inutile. Il prétendit pourtant :

— Calme-toi, tout ira bien. Je suis là, maintenant… Je vais m'occuper de toi, acheva-t-il, la gorge nouée par une étrange émotion.

— Je ne crois pas que tout ira bien, j'ai des contractions depuis deux heures, souffla-t-elle. Pour le moment, je n'en ai pas, mais ça vient par vagues…

— Nous allons à l'hôpital, et tu auras les meilleurs soins, d'accord ? dit Alexi en souriant légèrement.

Il lui effleura la joue, et elle ferma les yeux, cherchant vainement à refouler un nouvel afflux de larmes.

— Tu dois être forte…

— Je sais, c'est ce que je n'arrête pas de me dire, mais… Si je perds le bébé, ce sera la fin de notre mariage, n'est-ce pas ? Ce n'est pas la peine de faire semblant…

— Tu ne dois pas dire ça ! s'exclama-t-il à mi-voix. Il ne faut pas !

Il la fit glisser sur le siège du passager, l'installant au mieux. Puis, refermant la portière, il contourna la voiture pour se mettre au volant.

Il avait raison, pensa-t-elle, elle n'aurait pas dû dire ça. Cela donnait plus de poids et de réalité aux choses. Et elle avait bien vu à l'expression d'Alexi qu'il ne supportait pas l'idée de perdre le bébé.

Elle serra à son tour les mâchoires, traversée par de nouvelles contractions, s'efforçant de surmonter sa douleur.

13.

Katie était si pâle, et semblait si fragile ! Cette vision hantait Alexi qui ne cessait d'arpenter le couloir d'hôpital.

Elle était en train de subir une échographie, et avait refusé qu'il soit présent. Il avait failli insister, mais elle lui avait adressé un regard suppliant, alors, il n'avait pas eu le cœur d'imposer sa volonté. Il faisait maintenant des allées et venues tel un possédé.

Une infirmière sortit en courant de la chambre, puis la réintégra quelques instants plus tard sans même le regarder. C'était insupportable…

Il passa une main dans ses cheveux, soupira. Il se rendait compte, tout à coup, qu'il avait commis bien des erreurs. Dieu, qu'il avait été aveugle, stupide !

« Si je perds le bébé, ce sera la fin de notre mariage, n'est-ce pas ? » Ces mots résonnaient dans son esprit, encore et encore…

Tout à coup, la porte s'ouvrit et le médecin sortit dans le couloir.

— Vous pouvez la voir, maintenant, lui dit-il. Mais allez-y doucement, elle est très fatiguée.

Katie leva les yeux vers Alexi lorsqu'il entra, et fut frappée par ses traits tirés, son air défait.

Elle déglutit avec difficulté. Elle n'avait pas voulu qu'il soit présent pendant que les médecins effectuaient les tests, car elle ne s'était pas sentie capable de faire face s'ils avaient dû annoncer la mort du bébé. Elle n'aurait jamais pu affronter Alexi sans s'y être préparée, ne fût-ce qu'un peu. Elle avait besoin de toutes ses forces !

— Alexi, ça va… Le cœur de notre bébé bat toujours, murmura-t-elle. Il est vivant…

Elle vit passer sur son visage une expression d'intense soulagement qui l'attendrit.

— Je suis désolée d'avoir refusé que tu restes… je… C'est juste que je n'aurais pas pu supporter ta déception, Alexi… pas en plus du reste…

Il s'assit près d'elle et lui prit la main. Elle continua :

— Rien n'est encore sûr… Ils ont besoin de faire d'autres examens, et ils disent que les prochaines vingt-quatre heures seront cruciales. Mais, au moins, il y a une chance que ça s'arrange, maintenant. Je suis suivie comme il faut.

— Oui, il y a une chance, dit-il en lui serrant très fort la main.

Un instant, il la contempla, se repaissant de sa beauté. Il ne manqua pas de remarquer que, même si elle était pâle et agitée intérieurement, elle avait dans les yeux cette petite lueur qu'il connaissait bien : elle avait recouvré sa combativité.

— Katie, est-ce que tu pourras me pardonner un jour ? lâcha-t-il tout à coup.

— Te pardonner ?

— De t'avoir piégée dans ce mariage. De t'avoir contrainte à accepter une chose dont tu ne voulais pas.

— Mais je veux ce qu'il y a de mieux pour notre bébé ! J'en ai besoin !

— Je sais, dit-il, atteint au cœur par ce cri d'angoisse. Je sais que tu as fait passer le bonheur de notre enfant avant le tien. Je le vois dans ton regard. Quelquefois, je le sens rien qu'à un silence de toi, ou…

— Alexi, ne…

— Et j'ai été si stupide ! coupa-t-il. Ce soir, j'ai compris quelque chose. J'ai compris que je serais encore plus désespéré de te perdre que de perdre notre enfant.

Un instant, elle crut avoir mal entendu. Mais il ajouta d'une voix rauque, qui se brisait presque :

— Je t'aime, Katie.

Elle fut si surprise et si bouleversée que les larmes lui montèrent aux yeux. Elle demanda avec hésitation :

— Est-ce que je rêve ? Ai-je imaginé ce que tu viens de dire ?

Ses paroles arrachèrent un sourire à Alexi.

— Non, tu ne rêves pas. Je crois que je t'ai aimée à l'instant où nous nous sommes rencontrés. Tu t'en souviens ? C'était chez Demetri, au beau milieu de ces fichus dossiers et…

— Bien sûr que je m'en souviens. Mais je ne pense pas que tu sois tombé amoureux… puisque tu m'as laissée partir.

— Et j'ai été un bel imbécile ! J'étais si obnubilé par le passé que je n'ai pas su voir ce que j'avais sous le nez !

— Tu aimais encore Andrea, je m'en rends compte.

Alexi la dévisagea avec étonnement.

— Rien n'est plus éloigné de la vérité ! Je n'aimais plus Andrea, et depuis des années !

— Je n'en crois rien, soutint Katie.

— Enfin voyons, fit-il en serrant ses deux mains entre ses paumes. J'ai été profondément blessé par Andrea, c'est sûr. Je l'aimais quand nous nous sommes mariés. Ou plutôt, j'étais… complètement entiché d'elle, j'imagine.

Elle acquiesça, dissimulant que cet aveu lui faisait mal. Très mal.

— Et tu ne t'en es toujours pas remis, dit-elle.

— Oh, si, j'en suis remis, crois-moi. Cependant, en un sens, tu as raison : mon expérience avec elle a entaché mon jugement. Je ne voulais plus jamais ressentir ce que j'avais éprouvé avec elle. Je ne voulais plus souffrir comme ça.

Katie hocha la tête. Elle ne comprenait que trop bien de quoi il parlait…

— Que s'est-il passé entre vous ? murmura-t-elle. Qu'est-ce qui t'a rendu comme ça ?

Il y eut un silence, et elle crut qu'il ne répondrait pas.

— Tu veux dire… en dehors du fait qu'elle a subi un avortement sans m'avertir ? fit-il soudain.

Il haussa les épaules, mais elle devina qu'il cherchait à minimiser les choses. Elle voyait dans ses yeux que la souffrance était encore là.

— Elle ne m'a même pas prévenu qu'elle était enceinte, continua-t-il. Elle est entrée dans une clinique en prétendant qu'elle se rendait à une séance de pose.

Katie se remémora la réaction d'Alexi quand elle lui avait annoncé sa grossesse, son expression quand il avait pensé qu'elle avait voulu la lui cacher. La vérité lui apparut avec clarté.

— Alexi, je suis désolée… Dire que je t'ai accusé de ne pas vouloir d'enfant… Je me fourvoyais complètement…

— Tu n'y es pour rien, j'aurais dû t'expliquer… mais c'était une chose dont je n'avais envie de parler avec personne.

— Les commérages ont tout déformé, en plus.

— Je préférais encore ça à ce que les gens sachent la vérité. J'ai essayé de comprendre Andrea, tu sais, vraiment essayé. Et je lui ai pardonné. La décision lui appartenait, au bout du compte. C'est la prérogative des femmes. Mais le fait qu'elle ne m'ait rien dit… Apparemment, on lui avait proposé un contrat important qui aurait lancé vraiment sa carrière, et c'était ce qui comptait pour elle.

De nouveau, il y eut un silence. Alexi finit par continuer avec un soupir :

— Quoi qu'il en soit, nous avons laissé ça derrière nous et tenté d'aller de l'avant. Je voulais que notre mariage réussisse, et j'acceptais qu'elle tienne à son métier. Mais à un moment donné, je me suis rendu compte que je ne pouvais pas continuer. Parce qu'Andrea était prête à tout pour réussir… y compris à coucher avec ceux qui pouvaient servir sa carrière.

Katie vit dans son regard de la colère, mais aussi de la souffrance. Soudain, elle s'expliqua sa réticence à s'engager, à mettre son cœur dans la balance. Elle comprit qu'il eût, par fierté, érigé autour de lui des barrières protectrices.

— Alexi, je suis tellement navrée… je n'avais rien imaginé de tout ça.

— Comment l'aurais-tu pu alors que j'avais rendu ce sujet tabou ?

Il secoua la tête, et une expression de tendresse modifia ses traits.

— Dire que, pendant tout ce temps, il y avait dans ma vie une femme douce et aimante, qui était même prête à se sacrifier pour le bonheur de son enfant.

— Alexi, je…

— Non, Katie, laisse-moi terminer : je sais que tu ne voulais pas m'épouser. Mais je t'en prie, essayons de faire en sorte que ça marche ! Donne-moi ma chance. Et même si nous devions perdre cet enfant — ce qu'à Dieu ne plaise —, ne permets pas que ça nous sépare ! Je ne pourrais pas le supporter, vraiment pas.

Essuyant les larmes d'émotion qui roulaient sur ses joues, Katie prit fermement la parole :

— Alexi, écoute-moi. Je ne suis pas aussi altruiste que tu sembles le croire. Je t'assure. Je me suis mariée avec toi parce que j'étais enceinte, c'est vrai. Mais la raison principale, c'est que je t'aimais. Je t'aime. Je t'ai toujours aimé.

Il la regarda d'un air interdit comme s'il peinait à se convaincre de cet aveu.

— Tu ne te sens pas… piégée ? fit-il enfin.

— Oh, Alexi ! Non ! Je voulais seulement que tu me rendes mes sentiments ! Ça me déchirait le cœur de t'aimer à ce point et de penser que je ne serais jamais payée de retour.

— Katie, pardon, murmura-t-il, l'enveloppant de ses bras. Je t'aime tellement…

Il l'embrassa, et elle lui rendit son baiser avec toute la passion dont elle était capable. Puis, comme il s'écartait à demi, elle murmura :

— Dis-le-moi encore… dis-moi combien tu m'aimes…

— Voyons, laisse-moi réfléchir…, fit Alexi avec un sourire taquin. Je t'aime du matin au soir… et peut-être aussi du soir au matin…

Épilogue

La neige recouvrait le sol, et les arbres du verger étaient nappés de givre. Jamais la Grèce n'avait connu un hiver aussi glacial ! Mais le printemps ne tarderait pas à arriver, et avec lui, l'assurance de longues, belles et chaudes journées.

L'avenir s'annonçait si plein de promesses, pensa Katie, souriante, en se détournant de la fenêtre. Un instant, elle embrassa du regard la cheminée où flambait un bon feu, et le groupe installé tout auprès. Sa famille.

Etait-il possible d'avoir tant de chance ? se demandait-elle parfois. Surtout lorsque Alexi lui adressait ce sourire si particulier qu'il ne réservait qu'à elle. Elle regarda l'enfant qu'il tenait dans ses bras, et eut l'impression que son cœur allait éclater de bonheur.

Se rapprochant, elle se pencha pour embrasser son mari.

— Je ne sais pas ce que c'est encore que cette surprise dont tu m'as parlé, mais tu dois arrêter de me couvrir de cadeaux ! Je ne pourrais pas être plus heureuse que je le suis, Alexi. Et ce bonheur me suffit.

Il lui répondit en souriant :

— Il y a tout de même une chose qui rendrait parfaite cette journée. Continue à regarder par la fenêtre et tu verras.

Katie contempla leur fils. Théo Philip Alexander Demetri devait être baptisé dans l'après-midi, à 15 heures. Quoi de plus parfait que cela ?

Sa grossesse avait été difficile, elle avait dû souvent se reposer au lit. Mais Alexi l'avait aidée. Avec son amour et son soutien, elle avait mis au monde un beau garçon plein de santé. Et le petit Théo était si adorable dans sa robe de baptême brodée qui se transmettait dans la famille de génération en génération.

— Tout est *déjà* parfait, soutint-elle. Si parfait que ça me fait presque peur. Il ne manque que ma sœur, bien sûr…

Elle se tut brusquement en entendant une voiture dans l'allée. Puis, levant les yeux vers Alexi :

— Tu n'as pas… ?

— Si, répondit-il. Ce baptême n'aurait pas eu de sens sans Lucy, n'est-ce pas ? En tant que marraine, elle joue un rôle essentiel.

— Oh, Alexi ! Je t'aime tant ! s'exclama Katie, jetant les bras autour de son mari et de son bébé.

Ils restèrent un instant blottis, puis Alexi murmura avant de poser ses lèvres sur celles de sa femme :

— Moi aussi, je t'aime, Katie ! Plus que les mots ne pourraient l'exprimer.

JENNIE LUCAS

Un bébé à Rio

HARLEQUIN

Cet ouvrage a été publié en langue anglaise
sous le titre :
VIRGIN MISTRESS, SCANDALOUS LOVE-CHILD

Ce roman a déjà été publié en mars 2010

83-85, boulevard Vincent-Auriol, 75646 PARIS CEDEX 13.
Service Lectrices — Tél. : 01 45 82 47 47

www.harlequin.fr

1.

Enceinte.

Tout en remontant l'escalier du métro, Ellie Jensen tremblait encore de tout son corps. A peine percevait-elle les cris et les coups de Klaxon vengeurs des chauffeurs de taxi. Après un hiver long et pluvieux, qui avait largement empiété sur le début du printemps, les carrioles des vendeurs de hot dogs et de bretzels étaient réapparues sur les trottoirs, et New York brillait de tous ses feux dans la douceur du mois de mai.

Pourtant, Ellie se sentait glacée jusqu'aux os. Et rien n'avait pu la réchauffer depuis l'instant où, ce matin, elle avait vu apparaître ces deux lignes bleues parallèles sur le test de grossesse…

Enceinte.

Dans six heures, elle serait mariée et voilà qu'elle se retrouvait enceinte.

D'un autre homme.

De son *patron.*

Elle s'arrêta en face du Serrador Building et leva la tête vers le treizième étage, l'estomac tordu d'angoisse.

Diogo Serrador, le magnat de l'acier, l'homme sombre et impitoyable pour qui elle travaillait depuis un an, allait être père.

« Tu n'as pas à craindre de te retrouver enceinte, *querida.* » Elle se rappelait encore sa voix sensuelle dans la nuit chaude, dominant les lointains grondements du carnaval de Rio. « Ne t'en fais pas. Tu ne cours aucun risque », avait-il murmuré contre son oreille.

Et elle l'avait cru.

Comment avait-elle pu être bête à ce point-là ? En dépit de son histoire personnelle, comment avait-elle pu se laisser prendre au plus vieux cliché du monde — une fille débarquant de sa campagne dans la grande ville pleine de dangers, et se laissant séduire par son patron, riche, arrogant et terriblement sexy ?

Elle aurait dû quitter l'entreprise à Noël, en même temps que Timothy. Ou du moins donner son préavis des semaines plus tôt, comme elle le lui avait promis. Au lieu de quoi, elle n'avait cessé de remettre son départ à plus tard. Comme si elle ne pouvait se résoudre à abandonner cette ville qu'elle adorait. Cette vie qu'elle adorait. Cet homme qu'elle…

Inutile de se torturer plus avant. C'était un simple coup de cœur. Ou plutôt, un coup de foudre. Oh, il n'avait pas eu à déployer des trésors d'imagination pour la séduire…

Le cœur serré, elle contempla les oiseaux qui passaient dans le ciel limpide. L'air était doux ; le monde, luisant comme un sou neuf, promesse d'avenir radieux.

Pas pour elle. Diogo était un play-boy notoire, entouré d'une cour de femmes, toutes plus splendides et brillantes les unes que les autres. Il les traitait comme des déesses avant de se débarrasser d'elles sans état d'âme. Et si aucune d'entre elles n'avait réussi à le retenir, il ne fallait pas s'attendre à ce qu'il fasse une exception pour une malheureuse secrétaire terne et mal fagotée. L'annonce de sa grossesse n'allait pas le transformer miraculeusement en père, elle le savait parfaitement. Probablement se contenterait-il de lui proposer l'argent nécessaire pour se faire avorter.

— Non…

Elle stoppa net en se couvrant le visage de ses mains, tandis que les passants qui se pressaient sur le trottoir faisaient un léger détour pour l'éviter. Si rude qu'ait été le choc de se découvrir enceinte, elle aimait déjà ce bébé d'un amour sauvage. Il était à elle. Il était sa famille.

Pourtant, Diogo avait le droit de savoir. Sans nul doute. Elle allait lui apprendre sans ménagement la conséquence qu'avait eue son mensonge, se dit-elle en poussant la large porte tournante, avant de s'engouffrer dans l'ascenseur qui la mena jusqu'au trentième étage. D'un pas déterminé, elle longea les bureaux vitrés situés au fond du hall.

— Vous êtes en retard, lui signala sans aménité Carmen Alvarez, la secrétaire de direction, fidèle à sa réputation de cerbère, au moment où elle arrivait à sa hauteur. Et les chiffres que vous m'avez fournis hier sont tous faux. Que se passe-t-il, ma petite ?

En proie à une nausée, Ellie sentit le sol vaciller sous ses pieds. Deux fois déjà, elle avait manqué d'être malade dans le métro après avoir quitté son minuscule studio de Washington Heights. Voilà des mois qu'elle ne se sentait pas bien, ce qui aurait dû l'alerter. Mais ses cycles avaient toujours été très irréguliers. D'ailleurs, elle ne pouvait pas être enceinte, Diogo Serrador lui avait donné sa parole : « Tu ne cours aucun risque, *querida* ».

— Vous n'êtes pas bien ? lui demanda Mme Alvarez en lui jetant un regard suspicieux. Vous avez fait la fête toute la nuit ?

— La fête ? répéta Ellie avec un petit rire amer.

Ce matin même, comme elle ne pouvait ni remonter la glissière de sa jupe droite noire, ni boutonner son chemisier blanc, elle avait fini par aller à la pharmacie acheter un test de grossesse que lui avait tendu l'adolescent boutonneux qui tenait la caisse.

— Non. Je n'ai pas fait la fête.

— Une peine de cœur alors ? Ça n'a rien d'original, insista Carmen en décrochant le téléphone qui s'était mis à sonner. Bureau de Diogo Serrador, répondit-elle.

Jessica, une autre secrétaire dotée d'un doux accent du Sud, vint frapper discrètement sur l'épaule d'Ellie.

— Vous avez vu la photo de M. Serrador dans les journaux, ce matin ? Il accompagnait Lady Allegra Woodville à une soirée caritative. Elle est si belle et si élégante. Bien sûr, elle est issue d'une famille très distinguée, exactement comme lui, d'ailleurs. Ils ont ça dans le sang, eux, dit-elle en jetant un regard méprisant à Ellie.

La jeune femme serra les dents.

Jamais elle n'aurait dû avouer à personne qu'elle était folle de Diogo. Ni confesser ses peines de cœur après son retour de Rio.

Pour Jessica, travailler n'était qu'un simple passe-temps en attendant de trouver un riche mari, et elle avait depuis longtemps jeté son dévolu sur Diogo. Quand Ellie, forte de sa propre expérience, avait tenté de la mettre en garde, elle avait fait courir des rumeurs désagréables dans tout le bureau, et désormais, la jeune femme était considérée par toute l'équipe comme une gourgandine assoiffée d'argent. Elle qui n'avait jamais embrassé un homme avant que Diogo ne la prenne dans ses bras à Rio !

Dieu merci, elle avait fini par renoncer à ses rêves et par comprendre que sa grand-mère avait raison. Son cœur n'était pas assez dur et son comportement pas assez moderne pour qu'elle survive dans la grande ville. La mort dans l'âme, elle s'était décidée à rentrer.

Trois semaines plus tôt, elle avait dit oui à Timothy.

A Noël, il avait brusquement renoncé à son prestigieux emploi de juriste chez Diogo Serrador pour devenir simple avocat dans la petite ville d'où ils étaient originaires tous les deux. Il avait insisté pour qu'Ellie rentre avec lui, mais elle avait refusé.

Dès demain, pourtant, elle en aurait fini de New York — et de Diogo. Elle épouserait un homme tranquille et respectable, qui l'aimait. Un homme à qui elle pouvait faire confiance.

A condition qu'il veuille encore d'elle maintenant qu'elle était enceinte d'un autre.

Mme Alvarez raccrocha avant de se tourner vers elle.

— Je ne veux pas savoir ce que vous faites de votre

temps libre, mais votre travail est inacceptable. C'est votre dernière chance…

Une voix profonde et bien timbrée, provenant de l'Interphone posé sur l'élégante table de bois foncé, vint l'interrompre. La voix de Diogo.

— Madame Alvarez, pouvez-vous venir immédiatement ?

En l'entendant, Ellie se sentit prise de panique et crut que son cœur allait s'arrêter de battre.

— Oui, monsieur, répondit la secrétaire avant de mettre fin à la communication sans quitter des yeux la jeune femme, avec son joli visage fatigué et sa robe noire sans forme. J'ai l'intention de vous confier une étude approfondie du cours de l'acier en dollars à Changchun. Qu'est-ce que vous attendez ? Dépêchez-vous !

— Non, dit Ellie dans un souffle.

— Pardon ?

Une lueur de surprise mêlée de colère passa dans le regard de Mme Alvarez. Tremblante, mais déterminée, Ellie lui fit face.

— Il faut que je le voie.

— Certainement pas.

— Laissez-la y aller, susurra Jessica. Après l'avoir vue dans cette tenue horrible, il ne pourra que la renvoyer.

Ignorant ce commentaire, Ellie se dirigea vers la porte du bureau.

— Pas question ! s'exclama Mme Alvarez en la menaçant d'un doigt vengeur. C'est la goutte d'eau qui fait déborder le vase ! Contrairement à ce que vous avez l'air de croire, ici, vous n'êtes rien. J'en ai assez de votre incompétence et de votre insolence. Vous pouvez rassembler vos affaires, vous êtes renvoyée. Définitivement.

Dans un mouvement désespéré, Ellie la repoussa de toutes ses forces et se rua dans le bureau de son patron.

Diogo Serrador venait de vivre une semaine infernale. Il avait eu beau travailler sans relâche une année durant et dépenser des millions de dollars pour s'emparer de Trock Nickel Ltd, sa tentative avait échoué.

Parce que l'allié qu'il croyait avoir dans leur équipe de direction lui avait fait défaut.

Parce qu'il avait manqué un rendez-vous de première importance.

Parce qu'une secrétaire s'était trompée en notant la date.

Une erreur de plus — la plus récente — à mettre sur le compte d'Ellie Jensen. Depuis quelques semaines, son efficacité était au plus bas. Elle arrivait en retard. Partait avant l'heure. Prenait d'interminables pauses déjeuner. Passait un temps fou dans les toilettes.

Sans doute à pleurer.

En maugréant, Diogo se mit à arpenter la pièce, face à l'immense baie vitrée d'où l'on découvrait les gratte-ciel du sud de Manhattan et Battery Park. Un instant, il appuya le front à la vitre fraîche pour observer le port de New York et la silhouette de la Statue de la Liberté qui se détachait sur la pâleur du ciel matinal. Il avait engagé Ellie Jensen malgré son inexpérience, sans l'avoir vue, sur recommandation du chef juriste. Elle lui avait semblé suffisamment compétente pour qu'il l'emmène à Rio où il avait un contrat important à signer, à la place de Mme Alvarez qui était souffrante. Oui, Ellie Jensen lui avait paru un élément prometteur.

Dommage qu'il ait commis la bêtise de la séduire.

Diogo serra les dents. *Biskreta*, jamais il n'aurait dû lui demander de l'accompagner au Brésil. Il aurait fallu la renvoyer avant Noël, en même temps que ce fichu juriste qui l'avait trahi. Se rappelant le regard de Timothy Wright quand il avait découvert le pot aux roses, il sentit tous ses muscles se tendre.

— Vous devriez me remercier, monsieur Serrador, avait-il susurré. Je vous ai fait économiser des millions.

Le remercier ? Un homme qui aurait mérité de brûler en enfer !

Il aurait dû se débarrasser également d'Ellie. Comment

faire confiance à une amie de Wright ? Mais sa conscience s'y refusait.

Peut-être d'ailleurs avait-il voulu la garder auprès de lui, il devait bien le reconnaître. Contrairement à la plupart des secrétaires, elle s'était toujours comportée de façon très digne et agréable. Sa présence illuminait le bureau, sans qu'elle s'autorise jamais à colporter des ragots.

Jusqu'au jour où il avait couché avec elle.

Il avait beau savoir qu'elle débarquait de sa campagne, avec ses yeux bleu de Chine, sa superbe chevelure blonde et son corps aux courbes délectables, jamais il n'aurait cru qu'à vingt-quatre ans, elle était encore vierge. S'il l'avait su, il ne l'aurait pas touchée. Les vierges prenaient l'amour trop au sérieux et d'ailleurs, au lit, elles étaient en général ennuyeuses à mourir.

Contrairement à Ellie Jensen qui s'y était révélée époustouflante. Dans la chaleur voluptueuse du Carnaval de Rio, il s'était laissé aller à ses pulsions. Quelle nuit… Rien que d'y repenser, il se sentait excité.

Mais non. Cette histoire était terminée. Le monde était plein de femmes superbes et il n'éprouvait aucun plaisir à briser de jeunes cœurs innocents. Ni à encourager de naïves petites campagnardes à croire qu'elles pourraient le domestiquer.

En entendant du tapage de l'autre côté de la porte, il se retourna, irrité, et pressa de nouveau le bouton de l'Interphone.

— Madame Alvarez ? Que se passe-t-il ?

La porte s'ouvrit brusquement avec fracas.

— Pas trop tôt, maugréa-t-il avant de relever la tête. Si vous voulez bien prendre une lettre…

Mais au lieu de sa secrétaire chevronnée, c'est un véritable ouragan qui fondit sur lui : précisément la femme dont la distraction et l'incompétence venaient de lui coûter un contrat d'un milliard de dollars.

— Il faut que je vous parle, s'écria-t-elle, tout en luttant contre Mme Alvarez. Je vous en prie !

— Mademoiselle Jensen… !

Mais il s'arrêta brusquement dès que son regard se fut posé sur elle.

Ses cheveux blonds étaient tirés en queue-de-cheval et des cernes sombres lui mangeaient le visage. Avec son teint d'une pâleur de cire, elle paraissait malade. Elle portait une robe en forme de sac qui dissimulait son adorable silhouette. Qu'était-il arrivé à la charmante, à l'adorable jeune femme qu'il avait connue naguère ?

Il poussa un soupir. Il aurait dû s'y attendre. Cette fille avait sans aucun doute l'intention de lui avouer qu'elle était amoureuse et de lui demander un rendez-vous.

Exactement ce qu'il tenait à éviter. Il l'aurait bien gardée un peu plus longtemps qu'une nuit, mais il s'était refusé ce plaisir et l'avait volontairement ignorée, espérant qu'elle comprendrait qu'ils ne pouvaient construire un avenir commun.

Pour lui non plus, ça n'avait pas été facile. Il avait souvent été tenté de la faire venir dans son bureau et de lui faire l'amour sur la table, contre le mur, ou sur son canapé de cuir. Mais il se l'était interdit. Il voulait se conduire en gentleman.

Et voilà le résultat.

Trois mois sans avoir couché avec la moindre femme et un contrat d'un milliard qui lui était passé sous le nez.

— Je suis désolée, monsieur ! s'exclama Carmen Alvarez, au comble de la fureur, sans lâcher la manche de la jeune femme. J'ai essayé de l'arrêter…

— Laissez-nous, s'il vous plaît.

— Mais, monsieur…

Il lui jeta un tel regard que Mme Alvarez sortit immédiatement de la pièce en refermant la porte.

— Asseyez-vous, mademoiselle Jensen, dit Diogo, les mains posées sur le vaste bureau de bois sombre.

Elle croisa les bras et lui jeta un regard plein d'amertume.

— Vous pourriez au moins m'appeler Ellie !

Ellie ? Jamais il ne se serait risqué à appeler par son

prénom un membre de son équipe. Ce n'était pas professionnel. D'ailleurs, voilà dix ans que Mme Alvarez était sa secrétaire personnelle, sans qu'il ait jamais été tenté de l'appeler Carmen. Mais évidemment, il ne lui avait pas fait l'amour dans la folie du Carnaval de Rio…

Il repoussa cette pensée.

— Asseyez-vous, répéta-t-il en désignant le siège en face du sien.

Cette fois, la jeune femme obtempéra et s'effondra en tremblant sur la chaise de cuir. Elle croisa les bras en le regardant, l'air si malheureux, presque maladif, qu'il en ressentit un malaise, une sorte de culpabilité, même, qui le troubla.

Maldição, il ne savait pas qu'elle était vierge ! Sinon, jamais il ne l'aurait touchée.

Enfin. Il fallait absolument qu'il se débarrasse d'elle. Son silence était pourtant suffisamment éloquent. D'ailleurs, depuis, il était sorti avec d'autres femmes. Même si c'était simplement lors de soirées d'affaires ou d'événements caritatifs.

Mieux valait se montrer brutal. L'informer qu'il n'avait pas l'intention de se fixer, si douce, pure ou extraordinaire au lit soit-elle.

Avec un peu de chance, elle se plierait à cette décision et redeviendrait la secrétaire compétente qu'elle était naguère. Cette dernière chance, il la lui devait… Et pourtant, si n'importe quel autre membre de son équipe avait commis l'erreur qu'elle avait faite, il l'aurait renvoyé sans état d'âme.

Mais il ne pouvait pas faire ça à Ellie. Pas après l'avoir séduite à Rio sur un coup de tête. Pas après avoir inconsidérément bafoué l'innocence de la seule fille vraiment honnête qu'il ait jamais croisée à New York.

— De quoi teniez-vous tant à discuter avec moi, mademoiselle Jensen ? Qu'y a-t-il de si important pour que vous en soyez presque venue aux mains avec Mme Alvarez ?

— Il faut… que je vous dise quelque chose.

— Oui ?

Elle allait sûrement lui déclarer qu'elle l'aimait, qu'elle ne pouvait vivre sans lui, qu'elle désirait qu'ils emménagent ensemble, ou quelque autre bêtise du même genre. Tout ça, il l'avait déjà entendu.

— J'ai décidé de partir. De démissionner. Immédiatement.

Le soulagement l'envahit. Suivi d'une bouffée incompréhensible de déception.

Déception ? Ridicule. De l'étonnement, voilà tout. Et le regret de perdre une secrétaire compétente. Pourtant…

Il s'assit lourdement sur sa chaise.

— J'en suis désolé, mais je comprends que vous préfériez partir. Je vais vous rédiger une lettre de recommandation qui vous permettra d'être embauchée dans n'importe quelle autre entreprise de cette ville.

— Non. Vous n'avez rien compris. Je n'ai besoin d'aucune recommandation. Je vais me marier.

Il lui jeta un regard stupéfait.

— Vous marier ? s'exclama-t-il, le cœur serré. Mais quand ?

— Cet après-midi.

Si vite ? Il serra les poings.

— C'est très rapide.

— Je sais.

Il reprit son souffle. Donc, ces derniers temps, elle n'était pas déprimée à cause de lui. En la séduisant, il ne lui avait causé aucun tort. Depuis, elle s'était visiblement lancée dans une nouvelle aventure. Chose qu'il aurait dû être ravi d'apprendre.

Et pourtant, il se sentait envahi d'une rage froide. Sans la moindre raison, il avait envie de tordre le cou au type qui ne tarderait pas à mettre Ellie dans son lit pour qu'elle se plie à tous ses caprices. Pour qu'elle lui offre son corps…

— De qui s'agit-il ? s'enquit-il en se raidissant sur sa chaise.

— Qu'est-ce que ça peut vous faire ?

— Rien. Vous avez raison.

Elle le fixa un long moment.

— Pour vous, lança-t-elle, toutes les femmes sont interchangeables. Elles n'ont d'autre utilité que d'organiser votre emploi du temps, vous faire votre café ou réchauffer votre lit.

Réchauffer son lit ? S'il avait suivi ses désirs, ces trois derniers mois, il l'aurait mise dans son lit toutes les nuits. Il essaya de se rappeler pourquoi il ne l'avait pas fait. Par abnégation, sans doute. Il aurait mieux fait d'en profiter. Maintenant, il avait laissé passer sa chance. Définitivement.

Elle n'avait pas mis longtemps à le remplacer.

C'était la première fois qu'une femme qu'il désirait encore le laissait tomber. Alors qu'il croyait s'être comporté comme il le devait, voilà qu'un autre homme recueillait les fruits de son sacrifice.

Tentant de maîtriser sa rage, il se pencha sur son bureau.

— Vous parlez d'utilité, mademoiselle Jensen ? C'est un bien grand mot, si l'on songe qu'à cause de votre distraction, sans doute provoquée par votre petite romance, l'accord avec Trock n'a pas pu être conclu.

— Je vous ai déjà demandé de m'appeler Ellie, s'écria-t-elle. Et je n'en ai pas terminé avec vous.

Il croisa les bras d'un air de martyr, s'exhortant à garder son calme. Lentement, elle se leva, les yeux pleins de larmes, emportée par l'émotion.

— Désolée pour le dossier Trock, Diogo. Mais il y a une chose que vous devez savoir, murmura-t-elle. Je vais avoir un bébé.

Un bébé ? Elle était enceinte d'un autre ? Il lui jeta un regard glacial.

La nouvelle lui coupait le souffle. Comme en écho, une voix de femme lui revenait à la mémoire, une voix qui parlait portugais : « Tu vas m'épouser, n'est-ce pas, Diogo ? Tu vas m'épouser ? » Et puis, plus tard, une voix d'homme, dans la même langue : « Elle est morte, monsieur. Battue à mort… »

— Diogo ?

La voix d'Ellie le ramena au présent.

Enceinte. Ce qui expliquait sa prise de poids, sa pâleur, et ses fréquentes visites aux toilettes. Elle n'y allait pas pour pleurer à cause d'un chagrin d'amour, mais pour calmer ses nausées matinales.

Enceinte. Elle avait donc couché avec un autre. Elle avait noué ses jambes autour de ses reins et l'avait attiré sur son corps nu en poussant des cris d'extase. Combien de fois avaient-ils fait l'amour avant qu'elle ne se retrouve enceinte ? Trois fois par semaine ? Trois fois par jour ?

Il sentait une rage folle monter en lui, semblable à un torrent qui se réveille dans son lit à sec. Depuis qu'ils étaient rentrés de Rio, il avait mené une vie monacale, consacrant ses jours et ses nuits à peaufiner le dossier Trock. Et tandis qu'il se reprochait d'avoir défloré une malheureuse innocente, voilà qu'elle était passée directement dans le lit d'un autre. Comme si cette nuit avec lui n'avait été qu'un tremplin vers la débauche.

Enceinte. Fiancée et sur le point de se marier en toute hâte. La situation lui apparaissait sous un nouveau jour. Il se tourna vers elle avec une moue de mépris.

— Vous jouez merveilleusement la comédie, n'est-ce pas ? Le rôle de la jeune fille douce et innocente. Quand vous avez compris que vous aviez eu beau m'offrir votre virginité, vous n'alliez pas en recevoir le prix que vous attendiez, vous vous êtes dépêchée d'en harponner un autre. Et de tomber enceinte, comme par hasard. Je suppose qu'il est très riche ? Félicitations.

Elle le fixa, bouche bée, de ses grands yeux limpides, aussi bleus qu'un ciel d'été au-dessus de l'Atlantique.

— Vous insinuez que j'ai fait exprès de tomber enceinte ? Et que j'ai utilisé cette grossesse pour forcer un homme à m'épouser ? murmura-t-elle.

— Vous êtes une petite maligne, répliqua-t-il froidement. Je vous croyais différente des autres, mais vous êtes seulement un peu plus futée. *Biskreta,* vous êtes de loin la meilleure comédienne que j'aie jamais rencontrée.

— Comment pouvez-vous penser une chose pareille ?

— Je serais seulement curieux de savoir qui est le malheureux imbécile que vous avez réussi à piéger.

En voyant des larmes briller dans ses yeux, il se raidit pour résister à sa comédie. Des larmes, elle en produisait sans doute à volonté. Jamais plus il ne se laisserait prendre à ce petit jeu. Pendant trois mois, il s'était demandé ce qu'elle pouvait ressentir et s'était refusé à coucher de nouveau avec elle, pour la protéger. Alors que de son côté, elle n'avait qu'une idée en tête : se faire passer la bague au doigt.

— Vous pensez que, pour se marier avec moi, il faut vraiment être un imbécile ?

— Effectivement. Seul un imbécile épouserait une femme qui l'a fait tomber sciemment dans ce genre de piège.

Des larmes roulèrent sur les joues d'Ellie.

— Quelle merveilleuse actrice vous faites !

— Mais vous, Diogo, jamais vous ne mettriez une femme enceinte, n'est-ce pas ? s'exclama-t-elle avec un rire amer en le fixant droit dans les yeux. Vous en êtes convaincu.

— Parfaitement. Et jamais je n'ai rencontré de femme à qui j'aie pu faire confiance, ne serait-ce que le temps que j'ai mis à la conquérir.

— C'est tout ce que vous avez à me dire ? Après m'avoir séduite alors que j'étais vierge ? Après trois mois de silence, vous n'avez que des insultes à la bouche ?

Diogo se sentit envahi par un trouble qu'il tenta d'ignorer. Ellie Jensen n'agissait que par intérêt. La ville regorgeait de femmes de son acabit, qui prétendaient vouloir faire carrière alors qu'elles cherchaient seulement à épouser un homme fortuné.

— Je n'ai qu'une question à vous poser : qu'êtes-vous venue faire dans mon bureau ? Vous avez quitté votre emploi sans préavis. Parfait. Votre travail était devenu tellement nul que je suis ravi de vous voir partir. Alors que faites-vous encore ici ? Craignez-vous à ce point le lit conjugal qui vous attend que vous soyez déjà à la recherche d'un futur amant ? Désolé, mais les femmes mariées ne m'intéressent pas.

— Vous êtes un monstre, balbutia-t-elle en essuyant ses larmes d'un revers de main.

— Non, *querida*. C'est vous qui êtes monstrueuse. En tant que secrétaire, j'avais de l'estime pour vous. Mais je me suis trompé.

En fait, il avait commis bien des erreurs. D'abord concernant Timothy Wright. Puis Ellie. Soudain fatigué, il se passa la main sur la nuque.

— Partez, Ellie. Tout de suite.

— Ne vous en faites pas. Vous ne me reverrez plus, dit-elle en lui jetant un regard accusateur de ses grands yeux bleus.

Un trouble inexplicable envahit Diogo, mais au même moment, on frappa à la porte et un homme de la sécurité apparut sur le seuil.

— Mme Alvarez m'a dit de venir, monsieur Serrador.

— Oui. Veuillez raccompagner Mlle Jensen jusqu'à la sortie, articula Diogo en détournant la tête. Au revoir, Ellie, et bonne chance.

— Bonne chance, répéta-t-elle d'une voix lasse. Au revoir.

Il releva la tête, mais la porte s'était déjà refermée. Seul dans son bureau, il prit une profonde inspiration et se prit la tête à deux mains, le temps de recouvrer sa sérénité. Puis il tenta de se remettre au travail. En vain. Au bout d'une heure, il renonça et appela une actrice superbe à qui il proposa de déjeuner avec lui.

Ce n'est qu'après avoir dégusté son Martini qu'il lui vint soudain à l'esprit que l'enfant d'Ellie pouvait être le sien.

2.

Une journée idéale pour un mariage.

Tandis qu'Ellie se glissait hors de la limousine de location, une bouffée d'air tiède au parfum de cerisier en fleur lui fut apportée par la brise légère. Enivrante et sucrée, comme le bouquet rose et blanc qu'elle tenait à la main. Dans le ciel sans nuage, des oiseaux voletaient en pépiant gaiement au-dessus du clocher.

Une journée idéale pour commencer une vie nouvelle. Une vie d'épouse heureuse et de future mère. Une journée idéale pour oublier définitivement l'existence de Diogo Serrador.

Dans ce cas, pourquoi se sentait-elle si malheureuse ? Pourquoi, depuis six heures, n'arrêtait-elle pas de pleurer, tout au long du trajet sur l'autoroute, puis chez le coiffeur ?

— Calme-toi, lui dit sans aménité sa grand-mère en la prenant par le bras au moment où elles approchaient de l'église.

Les sourcils gris de Lilibeth se froncèrent tandis qu'elle examinait sa petite-fille.

— Tu es prête ?

— Oui, murmura Ellie.

En fait, c'était loin d'être vrai. Durant le voyage depuis Manhattan, elle avait envoyé à Timothy huit messages sans obtenir de réponse. Sans doute était-il très occupé dans son nouveau cabinet florissant, avant leur prochain départ pour l'île d'Aruba, dans les Caraïbes. Leur lune de miel.

Timothy était bien décidé à être riche pour deux, lui

avait-il dit. Quand Ellie lui avait avoué que la richesse ne l'intéressait pas, il avait refusé de la croire. Elle, elle n'avait qu'un seul désir : se sentir en sécurité.

En sécurité. Et ne plus jamais avoir le cœur brisé.

Mais il lui était impossible d'épouser Timothy sans lui avouer qu'elle était enceinte. Impossible… Elle devait lui offrir la possibilité de faire marche arrière. Elle serra les poings. Tout au fond d'elle-même, elle souhaitait même qu'il refuse…

— Attention à tes fleurs ! s'écria sa grand-mère.

— Désolée.

Au fur et à mesure que les minutes s'écoulaient, le cœur d'Ellie battait de plus en plus vite et de plus en plus fort. La tête lui tournait.

— Tu m'as promis que j'aurais le temps de parler avec Timothy avant d'entrer dans l'église, murmura-t-elle d'une voix tremblante.

— Tu y tiens vraiment ? On dit que ça porte malheur de voir son futur mari avant la cérémonie, protesta Lilibeth Conway.

— Grand-mère, s'il te plaît.

— Enfin… Aujourd'hui, c'est toi qui décides. Attends-moi ici.

Ellie se mit à faire les cent pas tout en contemplant les collines moutonnantes et les vertes forêts. Tout n'était pourtant pas beau dans ce paysage où se dressaient encore les cheminées des anciennes aciéries. Flint, en Pennsylvanie, avait beau être à quatre heures de route de Manhattan, ce n'était pas le même monde.

Elle y avait grandi dans la pauvreté tout comme Timothy. En y revenant pour Noël en tant que juriste fortuné, il avait été accueilli en héros. Il s'était déjà acheté la plus belle maison de la ville, qu'il était en train d'aménager pour elle, sans regarder à la dépense. Il était prêt à tout pour qu'elle l'aime, il le lui avait dit. A tout.

Mais avant qu'il l'épouse, elle devait absolument lui avouer qu'elle était enceinte. Pour qu'il puisse décider s'il voulait encore d'elle. Quant à savoir s'il était honnête de se marier avec lui dans ces conditions, elle l'ignorait. Il avait beau lui jurer qu'elle finirait par l'aimer, à l'idée de devenir sa femme elle était prise d'un malaise tenace.

Toutefois, elle aurait eu bien tort de se fier à son instinct, comme le lui prouvait sa courte aventure avec Diogo. La nuit où celui-ci l'avait prise dans ses bras, à Rio, elle s'était sentie tellement bien… Quand il l'avait embrassée dans la rue, dans une explosion de musique tapageuse et de couleurs criardes, pour la première fois de son existence, elle avait vraiment eu l'impression de vivre.

C'était là le danger de la passion. Elle avait pourtant toujours essayé de faire les choix que lui dictait non pas son cœur, mais sa raison. Elle avait soigné sa mère pendant les longues années qu'avait durée sa maladie, tout en passant ses nuits à rêver d'aventures dans des terres lointaines et de baisers échangés avec des hommes scandaleux. Mais l'étreinte de Diogo l'avait brûlée jusqu'au fond du cœur. Avec arrogance, il avait détruit sa vie. Sans même s'en rendre compte.

Elle aurait bien voulu lui dire toute la vérité, mais comment ? Quand elle lui en avait révélé seulement la moitié, il s'était imaginé le pire à son sujet, l'accusant d'être une intrigante intéressée et calculatrice, prête à le piéger en se servant d'un enfant innocent. Et il l'avait froidement et cruellement insultée.

Il ne savait rien d'elle et n'en avait jamais rien su.

Le retour de sa grand-mère interrompit le cours de ses pensées. La vieille dame lui désigna la petite maison près de l'église, qui avait autrefois servi de presbytère.

— Tiens, dit Lilibeth en lui tendant une clé. Le prêtre a bien voulu me la confier pour quelques minutes. Entre, Timothy ne devrait pas tarder.

— Merci, grand-mère, répondit la jeune femme, avant de pénétrer dans une pièce poussiéreuse.

— Ellie !

La voix étouffée de Timothy, clairement teintée d'exaspération, lui parvint à travers la porte.

— Tu sais qu'il y a trois cents personnes qui nous attendent ? Tu as vraiment quelque chose d'important à me dire ?

Elle tremblait encore de tous ses membres au souvenir des mots qu'avait prononcés Diogo. Elle se força à respirer lentement pour se calmer. Il fallait qu'elle l'oublie. Qu'elle l'efface à jamais de sa mémoire et qu'elle se réjouisse de ne plus jamais le revoir.

— Timothy, tu peux entrer, s'il te plaît ?

— Non ! Ça porte malheur.

— C'est une pure superstition.

— Ça m'a pris assez longtemps pour te convaincre de m'épouser, dit-il en riant. Je refuse de tenter le diable.

Allait-elle devoir lui avouer sa grossesse à travers la porte, au risque de choquer le suisse et les derniers invités qui se pressaient vers l'église ?

— Je t'en prie. Il faut absolument que je te parle.

— J'ai hâte de t'entendre. D'ailleurs, plus que quelques minutes et tu pourras me le dire jour et nuit, aussi longtemps que tu en auras envie.

Elle comprit avec horreur qu'il s'attendait à ce qu'elle lui avoue son amour et son front se couvrit d'une sueur glacée. Les choses allaient de mal en pis.

— Timothy, tu n'as pas compris…

— Je t'écoute, dit-il d'une voix ferme.

Elle n'avait plus le choix.

— Je suis enceinte.

Il y eut un silence. Puis la porte s'ouvrit à la volée et Timothy apparut.

Son visage mince était d'une pâleur de cendre, comme s'il avait vu le diable en personne. Il claqua le battant d'un coup de pied et saisit Ellie par le poignet.

— Comment est-ce possible ? Jamais nous n'avons couché ensemble.

Derrière ses lunettes métalliques, ses yeux lançaient des éclairs. Ses traits déformés par la fureur étaient si différents de ceux qu'elle connaissait qu'elle recula d'un pas.

— Excuse-moi, balbutia-t-elle. J'ai commis une erreur. Je n'ai jamais voulu te faire de tort…

— Qui est-ce ? demanda-t-il, la main toujours crispée sur le bras de la jeune femme.

— Ça n'a pas d'importance. Je ne le reverrai jamais.

— Qui est-ce ?

— Tu me fais mal.

— C'est donc pour ça que tu as brusquement accepté de m'épouser, dit-il en la secouant. Parce que tu étais enceinte et que ton amant t'avait abandonnée ?

— Non.

— Si tu as cru que j'accepterais de faire passer cet enfant pour le mien, tu t'es trompée. D'autant plus qu'il ne pouvait pas être de moi, puisque jamais tu n'as accepté que je te touche.

— J'ai commis une erreur ! répéta-t-elle. La pire de ma vie ! Je n'ai découvert que j'étais enceinte que ce matin. Jamais je n'ai eu la moindre intention de te tromper.

— C'est ça, articula-t-il d'une voix sarcastique tout en passant la main dans ses cheveux blonds clairsemés. Sûrement.

— Je comprends parfaitement que tu veuilles annuler le mariage. C'est sans doute ce qu'il y a de mieux à faire…

— Qu'est-ce que tu dis ? Je n'ai pas l'intention d'annuler quoi que ce soit.

— Mais…

— Pas question que tu te défiles. Enceinte ou pas, coupa-t-il d'une voix dure, tu vas m'épouser. Tout de suite.

— Et le bébé ?

— J'y veillerai, lança-t-il avec une grimace avant d'ouvrir la porte à la volée et de s'éloigner.

« J'y veillerai » ? Il accepterait donc de lui servir de père ? Il voulait vraiment l'aider à élever son enfant ?

Abasourdie, elle s'élança hors de la pièce. Elle était

pourtant convaincue qu'il annulerait le mariage. Mais non… Alors…

Alors, il allait vraiment falloir qu'elle se marie. Maintenant. Dans quelques instants, elle deviendrait la femme de Timothy, pour le reste de sa vie. Du parvis où elle se tenait, elle entendait un quatuor à cordes interpréter la fin du Canon en ré majeur de Pachelbel. Ce mariage avait dû coûter une fortune. Timothy avait convié des centaines d'invités. Comme s'il voulait obliger tous ceux qui les avaient traités avec mépris à assister au couronnement du roi et de la reine de la ville.

Lilibeth s'avança vers Ellie et l'embrassa sur la joue avant de poser sur sa tête le voile de tulle.

— Je n'ai pas pu m'empêcher de t'entendre, murmura-t-elle avant d'envoyer en l'air un baiser de ses lèvres rouge orangé. Enceinte ! Je suis si contente pour toi, ma chérie !

Contente de voir Ellie épouser un homme qu'elle n'aimait pas ? Contente que l'homme qu'elle avait aimé se soit comporté comme un monstre d'égoïsme et d'immoralité, refusant la paternité qui lui incombait ?

— Grand-mère, murmura Ellie, je n'aime pas Timothy.

— Tu attends pourtant un enfant de lui.

Les portes de l'église s'ouvrirent et, telle une énorme vague, la marche nuptiale engloutit la jeune femme.

Dans les travées, toutes les têtes se tournèrent vers elle. Debout, en bas de l'allée, elle se mit soudain à trembler et, entre ses mains, son bouquet frémit comme si la terre vacillait sous ses pieds.

— Avance, ordonna sa grand-mère en la prenant par le bras avec un large sourire.

Hébétée, Ellie obéit et remonta l'allée au côté de Lilibeth. Elle sentait qu'elle avait tort. Mais comment faire confiance à son instinct qui l'avait si terriblement trompée ? Elle était tombée amoureuse de l'homme le plus détestable de tout New York. Mais aujourd'hui, peut-être épousait-elle celui qui lui convenait ?

Et puis, elle s'était déjà si mal comportée envers Timothy.

Elle ne pouvait pas, en plus, l'humilier, en s'enfuyant de l'église…

Une forêt de fleurs et de cierges. Et les regards de toutes ces matrones fixés sur elle. Les chuchotements de ces gens qu'elle connaissait depuis son enfance. La vieille Mme Abernathy qui lui avait prédit qu'elle n'arriverait jamais à rien. Candy Gleeson, l'ancienne majorette qui s'était tant moquée de ses vêtements démodés quand elles étaient au lycée, et qui l'avait surnommée la cigogne à cause de son corps gauche et dégingandé. Voilà qu'elles la fixaient toutes maintenant avec envie, comme dans un conte de fées.

Quand elles eurent atteint le chœur, Lilibeth plaça la main d'Ellie dans celle de Timothy qui la prit fermement, tout en lui jetant un regard étrange, presque hagard, de ses yeux bleu pâle.

— Mes bien chers frères, nous sommes aujourd'hui réunis…

En comparaison du tourbillon d'émotions qui l'étreignaient, la cérémonie semblait si paisible. Si vaine. Les belles phrases que prononçait le prêtre avaient si peu à voir avec ce qu'elle ressentait…

Elle, la femme de Timothy ? Pour l'aimer ? Pour partager son lit ? Elever ses enfants ?

Il le fallait. Tout plutôt que d'aimer et d'être rejetée encore et encore. Ce sentiment si dur qu'avait d'ailleurs dû éprouver Timothy qui l'aimait, lui, depuis si longtemps.

Elle apprendrait à aimer ses baisers tièdes. Elle obtiendrait son pardon pour la faute qu'elle avait commise, même si elle devait y consacrer sa vie entière. Oui, elle y parviendrait.

Mais quand elle ferma les yeux, le souvenir de la nuit qu'elle avait passée avec Diogo la submergea. La manière dont il avait impitoyablement posé sa bouche sur ses lèvres virginales, lui ravissant son innocence sans ménagement, en conquérant. La tendresse de son premier baiser, la douceur qu'elle avait timidement rêvé de partager avec son premier amour, Diogo les avait dédaignées, laissant à leur place quelque chose de sombre et d'incandescent qui l'avait brûlée de l'intérieur et réduite en cendres.

Désespérément, elle repoussa cette pensée, tentant de calmer les battements désordonnés de son cœur, les mains crispées sur son bouquet dont les pétales roses et blancs s'effeuillaient lentement sur les dalles de pierre.

— Timothy Alistair Wright, acceptez-vous de prendre pour épouse Ellie Jensen…

Même en cet instant solennel, elle ne pouvait s'empêcher de penser à Diogo.

Ce monstre. Ce menteur.

— … pour vous aimer et vous soutenir l'un l'autre tout au long de votre vie ?

Timothy baissa les yeux vers elle et au même moment, un rayon de lumière vint frapper la monture métallique de ses lunettes, illuminant son visage mince et pâle.

— Oui.

Le prêtre se tourna vers la jeune femme.

— Et vous, Eleanor Ann Jensen, acceptez-vous de prendre pour époux Timothy Wright…

Les portes de l'église s'ouvrirent soudain à la volée, heurtant les murs dans un fracas retentissant.

— Arrêtez !

D'un seul mouvement, la foule se tourna vers le fond de la nef. La bouche d'Ellie s'ouvrit dans un cri silencieux.

Diogo.

Il était encore vêtu comme à New York, d'un élégant costume gris, qui soulignait sa silhouette puissamment musclée, et d'une cravate bleue. Mais il n'avait plus rien de l'homme d'affaires civilisé qu'elle avait connu. L'écho de ses pas retentit sur la pierre usée tandis qu'il remontait l'allée, couvant Ellie d'un regard farouche et terriblement possessif.

— Comment osez-vous vous présenter ici, Serrador ? Vous n'avez pas le droit…

La voix de Timothy avait pris une note aiguë et il dut s'interrompre pour s'éclaircir la gorge.

— Ainsi c'est vous ! s'exclama Diogo, la bouche déformée par une moue méprisante. J'aurais dû m'en douter !

Ellie vit le regard de Diogo s'assombrir. Ses yeux étaient devenus plus noirs qu'un ciel d'orage, prélude à une tempête qui, songea-t-elle en frissonnant, allait tout emporter sur son passage.

— Sortez d'ici, hurla Timothy. Cela ne vous concerne pas.

— Vraiment, lança Diogo en fixant la jeune femme avec une terrifiante intensité. Ellie, ça ne me concerne pas ?

Il savait !

Elle inspira longuement. Elle ne pouvait lui révéler maintenant qu'il était le père de l'enfant qu'elle portait. Jamais Timothy ne réussirait à lui pardonner s'il apprenait que le père était Diogo. A Noël, les deux hommes s'étaient violemment disputés, sans qu'elle ait eu connaissance de la raison de leur querelle. Mais elle savait que Diogo Serrador était dur et froid comme le diamant.

Il se pencha en avant et la fixa droit dans les yeux.

— Est-ce vrai, Ellie ?

Elle détourna le regard en se mordant la lèvre, dissimulant son désarroi dans les plis de son voile. Il le lui arracha et elle poussa un cri, confrontée à son visage si proche, à ses pommettes saillantes, à sa mâchoire anguleuse, à ses narines frémissantes.

Le riche play-boy, le roi international de l'acier avait disparu, laissant place à un barbare brutal qui venait réclamer son dû, sa femme. Comme un éclair perçant la nuit obscure, un torrent de sensualité envahit le corps d'Ellie.

— Dis-moi la vérité.

Incapable de parler, elle secoua la tête, électrisée par le simple contact de ses doigts. Il se pencha sur elle et elle comprit qu'il allait l'embrasser, là, en pleine église. Juste en face du prêtre qui s'apprêtait à la marier à un autre. Pourtant, elle ne put faire un geste pour l'arrêter. Ses genoux tremblaient. Ses doigts gourds laissèrent échapper le bouquet qui glissa au sol dans une pluie de pétales roses.

— Dis-moi la vérité, répéta-t-il d'une voix qui résonna dans toute l'église. Suis-je le père de cet enfant ?

Trois cents personnes retenaient leur souffle. Elle entendit sa grand-mère émettre un petit reniflement d'horreur et sentit peser sur elle les regards des invités et du prêtre. Timothy la fixait, les yeux ronds, ridicule, le visage déformé par la rage et l'humiliation.

— Vous n'avez pas le droit de m'humilier de cette façon lança-t-elle, les joues en feu. Vous êtes un monstre, Diogo. Et un menteur.

— Lui ? lança Timothy en jetant à Ellie un regard rageur. Alors que tu me tiens à distance depuis des années… Tu t'es donnée à ce Serrador ?

— Ainsi, il ne t'a jamais touchée, intervint Diogo avec un sombre sourire. Tu as de curieuses façons de piéger un homme…

— Je n'ai jamais piégé qui que ce soit ! s'écria-t-elle, le cœur au bord des lèvres. Timothy m'aime. Peu lui importe que je sois enceinte. Il a dit qu'il y veillerait.

Les yeux de Diogo se fermèrent à demi et, en un instant, l'expression de son visage changea radicalement.

— Comment « qu'il y veillerait » ? Que veux-tu dire par là ? dit-il en saisissant la jeune femme par le bras.

Elle frémit de tout son corps. Comment pouvait-elle être à ce point sensible au contact de cet homme qui pourtant la terrifiait ? Elle tenta de se dégager.

— Qu'est-ce que ça peut vous faire ? Ce n'est pas votre enfant, puisque vous ne pouvez pas rendre une femme enceinte, n'est-ce pas ? ironisa-t-elle.

Il lui jeta un regard brûlant.

— Je suis le père. Tu ne peux pas le nier.

Certes elle ne pouvait pas le nier. Mais elle savait aussi que Diogo Serrador n'était pas venu là pour endosser la responsabilité de l'enfant qu'il avait engendré. Il ne pouvait simplement pas supporter qu'un autre homme s'aventure sur son territoire. Avec son arrogance, il croyait que tout lui appartenait, y compris les êtres humains. Uniquement pour les utiliser avant de les jeter quand il s'était lassé d'eux.

Il ne méritait pas d'être père.

— Réponds-moi.

La main de Diogo vint se poser sur son décolleté de taffetas blanc, à la naissance de sa poitrine, et le tremblement d'Ellie s'accentua. Elle se mit à haleter. Sur le visage des invités, des gens qu'elle connaissait pour la plupart depuis sa plus tendre enfance, apparurent des expressions diverses. Certains la fixaient avec des regards apitoyés, d'autres avec une ironie malicieuse.

Puis elle aperçut sa grand-mère dont les lèvres orangées tranchaient sur le visage d'une pâleur de craie. Lilibeth était la seule à avoir toujours cru en Ellie. Quand le manque d'amour maternel lui faisait trop mal, c'était elle qui lui faisait des gâteaux pour la consoler. C'était elle qui lui disait que l'intelligence ne se mesure pas aux diplômes. C'était elle qui l'avait soutenue durant toutes les années où elle avait soigné sa mère, minée par la maladie. Et la réussite d'Ellie était devenue celle de Lilibeth.

Mais maintenant, tout n'était plus que ruines. Jamais plus, à l'épicerie, Lilibeth ne pourrait relever fièrement la tête. Par la faute d'Ellie.

— Je… Je…, balbutia celle-ci, au bord du malaise. Je crois que je vais…

Elle ne put achever sa phrase et sentit ses jambes vaciller sous elle. Au moment où elle tombait, Diogo se précipita pour la soulever dans ses bras.

— Lâchez-la ! hurla Timothy.

Sans lui accorder un regard, Diogo fixa Ellie, comme pour lire au plus profond de son âme.

— Cet enfant, chuchota-t-il. Dis-moi…

— Non !

Sous les yeux écarquillés des invités, il hocha la tête en murmurant « *Tá bom* » avant de tourner les talons et de descendre l'allée, portant toujours Ellie dans ses bras, si serrée qu'elle sentait battre son cœur contre sa poitrine.

Comme dans un rêve, l'étrange lumière qui tombait des vitraux brouillait les couleurs éclatantes des robes des invitées tandis que son voile flottait autour d'elle et que sa traîne de taffetas blanc balayait les dalles de pierre. Sans la lâcher, Diogo s'élança hors de l'église, tel un centurion romain enlevant une jeune Sabine.

— Revenez ! glapit Timothy en se lançant à leur poursuite. Elle est à moi, salaud de Brésilien. Tu m'entends ? A moi !

Au dehors, les rayons du soleil printanier giflèrent Ellie en plein visage. Deux des gardes du corps de Diogo refermèrent les portes de l'église à la volée, emprisonnant les invités tandis qu'il la reposait sur le sol.

Brusquement, Timothy surgit face à elle.

— Je n'arrive pas à croire que tu aies pu faire une chose pareille, s'écria-t-il, les yeux humides et injectés de sang, ses lunettes vacillant sur le bout de son nez. Ça fait dix ans que je t'attends et au moment où j'ai enfin réussi à te convaincre, tu t'offres sur un plateau à Serrador, un type qui traite les femmes comme des traînées.

Chaque mot était un clou qu'il lui enfonçait dans le cœur.

— Je…

— Tu es à moi, Ellie, hurla-t-il en se précipitant sur elle. A moi…

Diogo fit un pas pour s'interposer entre eux, les poings serrés, les jambes écartées dans une posture qui montrait qu'il était prêt à tout. En dépit de son costume gris parfaitement coupé, il avait l'air d'un guerrier prêt à se battre et à tuer dès qu'il en aurait l'occasion.

— Non. Ellie n'est pas à toi, et son enfant non plus. Quelle est cette nouvelle machination, Wright ?

Timothy recula, le visage livide de terreur.

— Et maintenant, dit doucement Diogo en se tournant vers la jeune femme et en ramenant sur son front une mèche qui lui masquait le visage, si tu me disais qui est le père de cet enfant ?

— Vous m'aviez juré sur l'honneur que je ne pouvais pas être enceinte, murmura-t-elle.

Les yeux sombres de Diogo restaient rivés aux siens, comme s'il cherchait à percer tous ses secrets, à mettre son âme à nu. Il lui prit le bras, serrant si fort qu'il lui arracha un cri.

— Je suis le père, Ellie. Reconnais-le.

— Je vous hais, lança-t-elle.

— Reconnais-le.

— Très bien, s'écria-t-elle sans pouvoir davantage retenir ses larmes. Vous êtes le père.

Un gémissement s'échappa des lèvres de Timothy. Désespérée, elle se tourna vers lui.

— Je suis désolée… Si désolée…

Comme elle faisait un geste dans sa direction, il se retourna vers Diogo.

— Prends-la, et va au diable. Elle porte ton enfant et elle me dégoûte. Encore une traînée et encore un bâtard…

Le poing de Diogo vint s'écraser sur sa mâchoire. Ellie se mit à hurler tandis que Timothy glissait lourdement dans l'herbe épaisse. En voyant Diogo s'approcher d'elle, le regard brillant de rage, elle eut un mouvement de recul. Mais il resta immobile, la fixant de ses yeux sombres qui s'emplirent soudain de tristesse, comme s'il se trouvait confronté à un fantôme surgi du passé.

Puis, sans un mot, il tourna les talons. Sur un signe de lui, deux berlines noires surgirent au coin de la rue. Un garde ouvrit une portière et Diogo poussa doucement Ellie sur le siège arrière et l'y maintint tandis qu'il bouclait la ceinture de sécurité. En vain, elle tenta d'échapper à son implacable emprise.

Chaque frôlement de ses doigts faisait courir un feu dévorant dans ses veines. Comment se battre contre son propre désir ? Tout en regardant par la vitre arrière, elle reprit son souffle pour tenter de contrôler les battements de son cœur.

— Timothy…

— Il ne risque rien de plus grave qu'un petit mal de tête, coupa Diogo en ricanant. Il aurait mérité bien pire.

Pourquoi ? Qu'avait fait Timothy ? Ellie n'eut pas le courage de le lui demander. Elle avait d'autres soucis en tête.

— Où m'emmenez-vous ?

— A l'aéroport, dit-il en s'asseyant à côté d'elle tandis que le chauffeur démarrait.

A travers la mince étoffe de sa robe de mariée, elle sentait sa cuisse qui se pressait contre la sienne.

Il l'observa de ses yeux sombres comme l'onyx, avant de lui adresser ce demi-sourire qui avait mené tant de femmes à leur perte.

— Maintenant, dit-il, c'est à moi que tu appartiens.

3.

Il n'avait pas fallu longtemps à Ellie pour comprendre qu'elle était aux mains d'un barbare sans foi ni loi.

A peine avaient-ils atteint un petit aéroport niché dans les collines de Pennsylvanie centrale, que Diogo l'avait fait monter dans un énorme jet privé qui les attendait dans un hangar. Sans répondre à ses questions, il l'avait enfermée seule dans une suite, située à l'arrière de l'appareil. Elle avait passé le temps du vol à pleurer, dormir et se servir dans le petit réfrigérateur. En se demandant ce qu'il comptait faire d'elle.

« C'est à moi que tu appartiens. » Qu'avait-il voulu dire ?

Elle frissonna, les mains crispées sur le tulle froissé de son voile. Diogo lui avait bien fait comprendre qu'il n'avait aucune intention de l'épouser. Il ne l'aimait pas, ne la respectait pas davantage, il le lui avait prouvé. Et la vie qu'il menait ne paraissait guère compatible avec les exigences de la paternité. Dans ce cas, pourquoi l'avait-il kidnappée et où l'emmenait-il ?

Elle posa les mains sur son ventre. Une journée avait suffi pour qu'elle se mette à aimer plus que sa propre vie ce petit être qui grandissait en elle. Elle s'était juré de le traiter — ou plutôt de la traiter, car elle était convaincue que c'était une fille — bien différemment de ce que sa mère avait fait avec elle. Avec amour. Elle, elle saurait la protéger.

Elle serra les poings. Diogo croyait peut-être qu'il pouvait encore la faire obéir d'un claquement de doigts, mais il n'était plus son patron. Il n'allait pas tarder à comprendre que leur relation avait changé du tout au tout.

Elle entendit la clé tourner dans la serrure et il entra dans la suite, rasé et habillé de frais. Dans sa chemise blanche et son pantalon noir impeccablement coupé, il semblait détendu et plein d'assurance. Nul doute qu'il ait passé une excellente nuit. Contrairement à elle.

— Bienvenue à Rio de Janeiro, dit-il en souriant, la main tendue. J'espère que tu as bien dormi ?

— Rio ? Non ! s'exclama-t-elle en se dressant sur le lit. Ramenez-moi chez moi !

— Auprès de ton gentil fiancé ? lança-t-il en laissant retomber sa main. Non. Tu vas rester avec moi jusqu'à la naissance du bébé. C'est clair ?

Seule, aux mains du plus impitoyable des hommes, dans une ville aussi étrange qu'exotique ? Ellie laissa échapper un gémissement. Elle voulait rentrer chez elle. Auprès de sa grand-mère. Mettre des milliers de kilomètres entre elle et cet individu qui l'avait abusée sans scrupules, lui avait menti et lui avait brisé le cœur.

— Vous ne pouvez pas me garder ici contre ma volonté, rétorqua-t-elle en relevant fièrement le menton. Dès que je pourrai m'échapper, je rentrerai chez moi.

— Chez toi ? Désormais, c'est ici, dit-il avec un sourire paresseux. Mais attention ! Rio peut être dangereux. Pour ta propre sauvegarde, mieux vaut rester près de moi.

Et qui, désormais, la protégerait de lui ?

— Je ne veux pas rester avec vous, s'écria-t-elle, les yeux rivés à la porte.

— Ici, tu n'as ni amis ni argent. Tu ne parles même pas portugais. Par curiosité, comment t'y prendras-tu pour t'échapper ?

— J'y parviendrai, répondit-elle avec une assurance qu'elle était bien loin d'éprouver.

Au fond, il avait raison. Comment allait-elle se débrouiller pour rentrer chez elle ?

— Oublie Wright, dit-il froidement. Il ne peut t'être

d'aucun secours. Obéis-moi, ça vaudra mieux pour tout le monde. Surtout pour toi.

Lui obéir ?

Elle l'avait fait une fois, pensa-t-elle amèrement, et voilà où son aveuglement l'avait menée.

Sur la promenade qui longeait la plage de Copacabana, il l'avait prise dans ses bras, alors qu'elle était bercée par le rythme lancinant de la samba que reprenait la foule, et l'avait embrassée avec une violence si soudaine qu'elle s'était sentie faiblir.

— Viens avec moi, tout de suite, avait-il murmuré, la bouche tout contre son oreille. Tu ne peux pas me dire non.

Et elle était tombée amoureuse, désespérément, comme une malheureuse innocente qu'elle était. Elle n'avait plus d'autre désir que d'être à lui. De se donner totalement. Pensant naïvement qu'il se donnerait à elle en retour, corps et âme.

Désormais, elle avait cessé de croire en ces rêves à quatre sous. Maintenant qu'elle savait, elle avait décidé de rechercher la sécurité. Mais avec Diogo Serrador, cette sécurité était loin d'être assurée.

— Jamais vous n'épouserez une femme parce qu'elle est enceinte, vous me l'avez dit, s'écria-t-elle, au comble du désespoir. Très bien. Alors, ramenez-moi chez moi. Je ne vous poserai plus de problèmes. Cet enfant ignorera toujours qui est son père !

— Parce que Wright et toi, vous aviez d'autres projets pour lui ? questionna-t-il en fronçant les sourcils.

Elle se souvint des mots que lui avait jetés Timothy, de son regard blessé. Pourtant, il s'était toujours montré bon envers elle. Il lui avait même proposé de veiller sur le bébé. En l'épousant, elle aurait fait un choix raisonnable, mais désormais, tout était anéanti. Les larmes lui montèrent aux yeux.

— C'est un type bien, et je lui avais promis de l'épouser.

— Oublie tout ça, répondit-il avec un petit sourire. Tu ne quitteras pas Rio.

Puis il la fit sortir de l'avion.

Dans le violet sombre de l'aube, elle fut aussitôt enveloppée par la moiteur de l'air tropical et le parfum de fleurs exotiques. Des nuages bas déversaient des trombes d'eau qui rebondissait bruyamment sur les feuilles, noyant le tarmac du petit aéroport privé.

Un garde du corps brandit un parapluie au-dessus de leurs têtes tandis qu'ils descendaient la passerelle, Ellie vacillant sur ses escarpins de satin blanc à talons hauts. Avant que Diogo ne la pousse dans la Bentley gris acier qui les attendait, la traîne de sa robe était complètement trempée.

Après avoir donné ses instructions en portugais au chauffeur, il se carra tranquillement dans son siège de cuir.

— Je vous en prie, supplia Ellie en pleurant. Laissez-moi repartir.

— Auprès de Wright ? demanda-t-il en lui jetant un sombre regard. Il t'a traitée de traînée, mais tu l'aimes encore ?

Submergée par la douleur, elle ferma les yeux.

— Vous ne pouvez pas comprendre, murmura-t-elle. Nous nous connaissons depuis que j'ai quinze ans.

Comment aurait-il pu concevoir sa culpabilité et sa honte ? Elle aurait tant voulu obtenir le pardon de Timothy, après la façon indigne dont elle l'avait traité.

— Jamais plus tu ne le reverras, lança-t-il en la prenant par l'épaule pour l'attirer à lui. Maintenant, c'est à moi que tu appartiens.

Un instant, elle frémit à la tiédeur de ce corps puissant, avant de se dégager, horrifiée du pouvoir qu'il avait sur elle.

— Vous ne vous intéressez à moi que parce que vous avez cru que je vous échappais.

— Ainsi, tu t'imagines que tu pouvais m'échapper. Quelle idée !

— Vous êtes un menteur et un voleur, s'écria-t-elle, le cœur battant. Un play-boy sans cœur. Je préférerais mourir que de me laisser toucher de nouveau.

— Toucher comment ? dit-il en caressant la peau nue de son décolleté, provoquant en elle un frisson électrique. Comme ça ?

— Arrêtez. Je vous en prie.

Il avait suffi qu'il la frôle pour qu'elle se mette à trembler de tous ses membres.

— Quoi, « Je vous en prie » ?

Sa main remonta lentement vers la joue et la bouche d'Ellie avant de redescendre vers sa poitrine gonflée par la grossesse. Les pointes de ses seins se durcirent tandis que les doigts de Diogo s'insinuaient au creux de son décolleté.

— Je vous en prie, arrêtez, balbutia-t-elle, les yeux clos, le souffle court.

— En as-tu réellement envie ?

Sa main courait maintenant sur le taffetas de sa robe, caressant sa peau si sensible qu'elle en devenait presque douloureuse. Doucement, il écarta le tissu avant de baisser la tête et de poser ses lèvres sur ses mamelons dressés et de les agacer de sa langue. Le corps de la jeune femme se cambra violemment dans un mouvement incontrôlable pour se tendre vers lui.

Il ne se trompait pas. Elle le désirait plus que jamais, et durant ces derniers mois, tout le chagrin et la haine qu'elle ressentait n'avaient pas suffi à éteindre ce désir.

Impassible, le chauffeur continuait à conduire, sans paraître voir ni entendre quoi que ce soit. Sans doute parce qu'il avait l'habitude de voir Diogo caresser des femmes sur la banquette arrière. Ellie n'était qu'une maîtresse de plus à ajouter à la liste. Il la séduirait pour se prouver qu'il en était capable, avant de se débarrasser d'elle et de son bébé. Diogo Serrador : un play-boy au cœur de pierre.

Etait-elle devenue folle pour s'abandonner à lui de cette façon ?

— Non, lança-t-elle en faisant un immense effort pour le repousser. J'ai dit non.

Sans cesser de l'embrasser, il leva vers elle des yeux pleins de désir et… Pourtant, il y avait dans ce regard une faille cachée — une émotion qui lui fit comprendre qu'elle aurait pu le réconforter et le sauver…

Elle ! Réconforter et sauver Diogo ? D'où lui venait cette idée ridicule ? Il lui fallait la combattre de toute sa volonté. Non, il n'avait aucun besoin d'être sauvé, ce monstre d'égoïsme et de mensonge, ce triste sire au cœur froid.

Soudain il la lâcha et s'adossa de nouveau à son siège.

— Tu ne mettras pas longtemps à accepter le sort que je te réserve. Jusqu'à ce que naisse mon fils, tu devras te soumettre à ma volonté.

Soudain tétanisée par la peur, elle se dit qu'il n'y avait guère d'alternative et laissa aller sa tête contre la vitre, épuisée. Cela faisait longtemps que son chignon s'était défait et que sa robe n'était plus qu'un chiffon maculé de boue. Elle frissonna en contemplant le ciel sombre, tandis que la Bentley traversait Rio dans le sillage de la berline qui transportait les gardes du corps.

— Qu'allez-vous faire de moi ?

Il ouvrit le *Jornal do Brasil* à la page affaires.

— Je vais te garder avec moi jusqu'à la naissance de mon fils, je te l'ai déjà dit.

— Me garder avec vous ? Prisonnière ? s'enquit-elle d'une voix tremblante.

— Aussi longtemps qu'il le faudra, répondit-il en baissant son journal pour la regarder froidement.

— Et le bébé ?

— Ne t'en fais pas pour lui.

— Comment serait-ce possible ? soupira-t-elle en contemplant la pluie qui battait la vitre. Je suis sa mère.

— Quels sont tes projets, au juste ? Tu avais vraiment l'intention d'être mère ?

Elle se tourna vers lui et soutint son regard scrutateur. Ainsi, il croyait toujours qu'elle avait agi par intérêt et avait tout fait pour se retrouver enceinte.

— Cette grossesse, jamais je ne l'ai désirée. C'est vous qui…

— Autant que je sache, une femme qui se prétend amoureuse ferait n'importe quoi pour garder son amant.

Les joues d'Ellie s'empourprèrent. Dieu merci, il ne se rendait pas compte à quel point elle l'avait aimé.

— N'importe quoi, ajouta-t-il d'un ton tranquille. Même un enfant.

Avait-il en tête de le lui prendre ?

— Non, s'écria-t-elle. Jamais je n'abandonnerai mon bébé !

— Nous verrons bien. En attendant, nous voici arrivés chez nous.

Elle frémit d'angoisse à ces mots. Son appartement, au sommet du Carlton, était une véritable forteresse. Il en possédait les deux derniers étages, l'un pour son usage personnel et celui du dessous pour ses gardes du corps. Après l'y avoir installée, il n'aurait aucun mal à l'y garder prisonnière. Il pourrait alors lui prendre son enfant et faire d'elle ce qu'il voudrait. Elle se trouvait entièrement à sa merci.

C'est là qu'il lui avait ravi sa virginité. Qu'il l'avait fait pleurer de joie. C'est là qu'avait été conçu cet enfant, au cours d'une interminable nuit d'amour. Là qu'il l'avait prise. Dans son lit. Contre le mur. Là qu'elle avait cru mourir de plaisir.

« Tu ne cours aucun risque de te retrouver enceinte, *querida.* »

— Vous n'êtes qu'un menteur, lança-t-elle.

— Jamais je ne t'ai menti.

— Vous m'avez pourtant dit que je ne risquais pas de me retrouver enceinte. La vérité, c'est que vous ne vouliez pas utiliser de préservatif, par égoïsme pur et simple.

Il replia le journal qu'il déposa entre eux sur le siège de cuir.

— Je ne t'ai pas menti.

— Je me suis pourtant retrouvée enceinte.

— J'ai subi une vasectomie en janvier dernier. Mais je ne suis pas allé au rendez-vous de contrôle. Je supposais que l'opération avait réussi. J'ai découvert mon erreur un peu plus tard et j'y ai remédié.

— Remédié ?

— Oui. Désormais, je ne risque plus de provoquer de grossesse.

— Quel soulagement ! lança-t-elle d'une voix amère. Merci d'avoir éclairci ce point. Mais puisque vous étiez si décidé à ne jamais devenir père, pourquoi être venu me chercher ? Si vous m'aviez laissée tranquillement me marier, jamais vous n'auriez vu cet enfant. Vous auriez pu oublier toute cette histoire et retourner à vos actrices et à vos top model.

— Désolé, mais c'était impossible.

— Pourquoi ?

— Parce que c'est mon fils, dit-il en tendant la main pour lui effleurer la joue. Et aussi longtemps que tu seras enceinte, tu seras ma femme.

Sa femme ?

— Que voulez-vous dire ? Vous avez l'intention de m'épouser ?

— Non. Je n'ai pas la vocation du mariage. Et d'ailleurs, jamais je ne me marierais avec une femme qui en aime un autre.

— Je n'aime pas Timothy, dit-elle en le fixant droit dans les yeux.

— Non, mais tu meurs d'envie d'aller le rejoindre ! s'exclama-t-il, le regard rivé sur le diamant qu'elle portait au doigt. Au point d'avoir accepté de l'épouser alors que tu étais enceinte de moi. Sans rien lui avouer. Et tu dis que tu ne l'aimes pas !

— Je n'avais pas le choix, balbutia-t-elle en rougissant.

— C'est maintenant que tu n'as plus le choix, dit-il en prenant doucement une mèche des cheveux blonds d'Ellie pour la ramener derrière son oreille. Mais tu l'oublieras…

Au contact des doigts de Diogo, son sang se mit à courir plus vite dans ses veines et il lui fallut lutter pour ne pas presser sa joue contre la main qui l'effleurait. Ses lèvres s'ouvrirent, esquissant un baiser.

Non ! Jamais plus elle ne se laisserait séduire. Il fallait qu'elle s'enfuie avant qu'il ne lui fasse encore du mal, à elle, ou à leur enfant. Avant qu'elle ne retombe amoureuse et qu'il ne la quitte de nouveau.

Les joues brûlantes, elle serra les poings.

— Vous vous moquez bien de moi et de cet enfant !

— Pas du tout. Je veux veiller sur mon fils. Le protéger.

— De quoi ?

D'elle ? Comme si elle était capable de faire du mal à son propre enfant ?

Une incontrôlable fureur la saisit. Diogo était responsable de l'horrible situation dans laquelle elle se trouvait. Il l'avait rendue enceinte, puis enlevée contre sa volonté, et il osait prétendre que c'était elle qui était dangereuse ? Il fallait absolument qu'elle rentre chez elle. Elle avait besoin de Lilibeth. Elle avait besoin que sa grand-mère la prenne dans ses bras et lui dise que tout allait bien.

Par la vitre, elle aperçut un pâle soleil rose qui perçait les nuages et illuminait le labyrinthe sombre des maisons accrochées au flanc de la colline. Rio était célèbre aussi pour ses favelas. Mais vues sous cet angle, elles ne paraissaient pas si misérables. Dispersées à flanc de coteau, elles ressemblaient davantage à certains quartiers de San Francisco qu'à des taudis accablés par la misère.

Rio peut être dangereux, Diogo l'avait avertie.

Il avait sans doute seulement voulu l'effrayer. Mais elle n'avait plus peur. Elle était simplement écœurée.

Il lui avait brisé le cœur. Il l'avait humiliée au moment où elle allait se marier. Et il l'avait emmenée contre sa volonté dans un pays où il détenait tous les pouvoirs. Elle n'allait pas attendre tranquillement de retomber sous son charme et de se mettre à l'aimer de nouveau. Dès l'instant où elle compterait sur lui, pour elle et pour son enfant, il se fatiguerait de jouer au papa. Il les abandonnerait pour revenir à sa vie de play-boy new-yorkais, profitant de toutes les femmes qui passeraient à sa portée.

S'il s'était fait faire une vasectomie pour être certain de ne jamais être père, comment Ellie aurait-elle pris le risque de lui confier l'enfant qu'elle portait ?

La Bentley s'engagea dans une ruelle encore déserte sous l'averse matinale avant de s'immobiliser à un feu rouge. Tandis que Diogo se penchait pour parler au chauffeur, la jeune femme vit la voiture des gardes du corps continuer sa route devant eux. C'était sa dernière chance d'échapper à ce monstre.

Elle ouvrit la portière à la volée et se mit à courir sous la pluie. Soudain sa robe blanche disparut, engloutie dans le sombre sanctuaire de la favela.

4.

L'obscurité était totale et menaçante. Seules de faibles lueurs, tremblotant derrière des lambeaux de tissu qui avaient depuis longtemps remplacé les vitres cassées aux fenêtres, venaient la percer par endroits. Un enchevêtrement de ruelles au ciment crevassé, luisant sous la pluie, serpentait comme des doigts crochus agrippés à la colline.

A peine Ellie avait-elle tourné le coin de la rue qu'elle comprit qu'elle avait commis une terrible erreur. Trébuchant sur le sol inégal, elle s'affala dans un bruissement de taffetas. Une douleur aiguë au poignet gauche lui arracha un cri involontaire.

— *Onde você está indo ?*

Un homme sortit de l'ombre, puis un autre, plus jeune, qui la contempla en souriant, découvrant des dents noires.

— *Você está perdida, gringa ?*

Elle ne comprit pas, mais à la lueur insolente de son regard qui la déshabillait déjà, elle sut qu'elle était en danger. En s'aidant de sa main valide, elle parvint à se relever.

— Excusez-moi, balbutia-t-elle en reculant. Je vais…

Mais il lui coupa la route tandis qu'un troisième larron émergeait de l'obscurité. Ils l'encerclèrent de si près qu'elle pouvait voir leurs yeux briller dans la pénombre.

— Comme elle est mignonne, la petite mariée, dit le premier en anglais avec un lourd accent. Donne-moi vite ce gros diamant, *gringa*.

De ses mains tremblantes, elle ôta la bague de Timothy et la jeta sur le sol, espérant que cela les distrairait le temps suffisant pour qu'elle puisse s'enfuir. Elle fit demi-tour en courant, mais le jeune homme bloqua net sa course, si près d'elle qu'elle pouvait voir ses gencives édentées et sentir son haleine fétide.

— Et maintenant, continua le premier homme dans son mauvais anglais en s'approchant d'elle, enlève-moi cette robe.

Ellie se mit à hurler.

Soudain, une haute silhouette vint s'interposer. D'un coup de poing, suivi d'un coup de pied, Diogo fit reculer les trois voyous. La férocité qu'Ellie lut dans ses yeux l'effraya, mais elle ne put s'empêcher de s'agripper à lui, terrorisée par les dangers qu'elle venait de courir.

Brusquement, le plus âgé des trois hommes revint vers eux et se mit à examiner Diogo comme s'il le reconnaissait.

— Serrador, lança-t-il avant de cracher sur le sol. *Você está aqui em férias ?*

— *Sai fora,* Carneiro, répondit Diogo avant d'ajouter en anglais : Cette femme est à moi.

L'autre homme se mit à rire, tout en faisant signe à ses compagnons de s'approcher.

— Tu es idiot d'être revenu ici.

D'un bond Diogo se retourna pour affronter ses trois assaillants tout en faisant passer Ellie derrière lui pour lui faire un rempart de son corps. Grâce à une série de coups de pieds souples et acrobatiques, il réussit à se dégager. Puis d'un mouvement d'une extraordinaire fluidité, il fit la roue, frappant du pied Carneiro à la tête, avant d'enfoncer son coude dans l'estomac du plus jeune et d'étendre le dernier sur le sol d'un coup de tête en plein front. En jurant, les trois hommes se relevèrent et se replièrent dans l'ombre. Le cœur battant, Ellie les vit disparaître tandis que Diogo la prenait par l'épaule.

— Petite idiote, gronda-t-il. Ils vont revenir plus nombreux. Je ferais mieux de t'abandonner à ton sort !

— Tant mieux ! J'aime encore mieux ça que de rester avec vous !

Les doigts de Diogo se crispèrent sur son épaule, la faisant frémir malgré elle. Oubliant la douleur de son poignet, elle eut l'impression qu'une vie nouvelle s'insufflait au plus profond de son être.

— Tu as donc envie de te faire violer par une douzaine d'hommes ? hurla-t-il, au comble de la fureur.

A cette pensée, elle blêmit avant de serrer les poings. Mais, quoi qu'il dise, jamais il ne réussirait à l'effrayer.

— Je veux rentrer chez moi.

— Auprès de ton amant ?

— Timothy n'est pas mon amant.

— Mais tu brûles d'aller le retrouver. Même au prix de la vie de notre enfant.

— Jamais je ne risquerai la vie de notre enfant !

— C'est pourtant bien ce que tu as fait. Sais-tu ce qui te serait arrivé si je ne t'avais pas retrouvée à temps ?

Une vague de terreur la submergea. Diogo avait raison. Elle venait de faire courir au bébé un danger mortel.

— Et tout ça sous prétexte que tu es amoureuse, lança-t-il avec une sombre ironie.

— Je ne suis pas amoureuse de lui, s'écria-t-elle. Si j'ai accepté de l'épouser, c'est parce que je ne pouvais pas vous avoir, vous. Je veux rentrer chez moi…

Elle se couvrit le visage de ses mains tandis qu'un éclair zébrait le ciel. A peine sentait-elle la pluie qui ruisselait sur sa robe déjà trempée et sa peau nue. A peine entendait-elle le vent qui se déchaînait à ses oreilles.

Soudain, il la prit dans ses bras.

— Allons, Ellie, souffla-t-il en l'embrassant doucement sur la tempe. Tout va bien. Tout va s'arranger.

Il la serra contre lui en la caressant tendrement. Mais les pleurs de la jeune femme redoublèrent.

Il avait le droit d'être en colère, songea-t-elle. Et s'il n'était pas arrivé à temps ? S'il n'avait pas pu les sauver, elle et son bébé, que serait-il arrivé ? Par sa faute à elle.

— Je ne peux pas croire que j'ai fait une chose pareille, dit-elle. Que j'ai fait courir un tel risque à notre bébé.

— C'est ma faute. Jamais je n'aurais dû te faire peur. Mais maintenant, *querida*, tu es en sécurité. Et lui aussi.

Il la souleva dans ses bras comme si elle ne pesait pas plus qu'une plume. Ils étaient tous les deux trempés jusqu'aux os, et pourtant, jamais Ellie ne s'était sentie aussi en sécurité que blottie contre la poitrine de Diogo, dans cette ruelle sordide. Peut-être avait-il raison ? songea-t-elle en levant les yeux vers son superbe visage. Tout allait s'arranger. Peut-être s'était-elle trompée et pouvait-elle lui faire confiance ?

— Viens, *querida,* murmura-t-il en lui jetant un regard brûlant. Je vais te ramener chez toi.

5.

Ellie cligna des yeux, éblouie par la lumière matinale resplendissant sur l'Océan. Des vendeurs à la sauvette ouvraient des parapluies de couleurs vives sur le sable blanc de Copacabana. Les gens se pressaient déjà sur la plage, pour y travailler ou s'y amuser, vêtus de minuscules Bikini ou de leurs tenues de soirée de la veille. Les Cariocas ne s'arrêtaient jamais de chercher le plaisir… tout comme Diogo.

Diogo ! Elle se redressa brutalement, prenant conscience qu'elle s'était endormie sur son épaule.

— J'ai… J'ai dormi longtemps ?

— Un bon quart d'heure, répondit-il en souriant.

— Oh !

Elle s'empourpra. Que lui arrivait-il ? Jamais elle ne s'était endormie sur l'épaule de Timothy. Pas une seule fois. Evidemment, c'était un homme stable, calme et raisonnable, et, inconséquente comme elle l'était, elle ne pouvait se détendre que sur le siège arrière d'une Bentley à côté d'un play-boy de magazine !

« Je dois être fatiguée, voilà tout ». Son état habituel depuis qu'elle était enceinte. Mais la fatigue pouvait-elle expliquer pourquoi l'homme pondéré qu'était Timothy lui mettait définitivement les nerfs en pelote, alors qu'elle se sentait si détendue avec quelqu'un d'aussi malfaisant que Diogo ?

La Bentley s'arrêta devant la façade décorée du Carlton Palace, un vrai gâteau de mariage construit au début du

XXe siècle dans le style Louis XV et qui abritait à la fois un hôtel de luxe et des appartements privés.

— Tu te souviens de cet endroit ?

Comment aurait-elle pu l'oublier alors qu'il avait hanté ses rêves ? C'était le lieu où il l'avait séduite et où il lui avait fait perdre toute décence, au fur et à mesure qu'il la déshabillait.

Elle frémit en sentant une bouffée brûlante envahir tout son corps et des gouttes de sueur perler entre ses seins.

— Oui.

Une fois qu'elle serait là-haut, plus d'échappatoire. Il ferait d'elle ce qu'il voudrait. S'il voulait la séduire, jamais elle n'aurait la force de lui résister. Il n'aurait qu'à tendre la main…

Il sortit de la Bentley pour venir lui-même lui ouvrir la portière.

— Vous m'aviez dit que vous me rameniez chez moi. Ce n'est pas vrai.

— Je voudrais que, désormais, tu te sentes chez toi ici. Mais tu es trempée et épuisée. On parlera de tout ça plus tard. Pour le moment, tu as besoin de te reposer, de manger et de prendre une bonne douche. Je t'en prie, insista-t-il en constatant qu'elle n'avait pas bougé, accorde-moi la possibilité de te traiter comme tu le mérites.

Une douche et un petit déjeuner… Le paradis. Mais plus séduisant encore était le sourire qu'il lui adressait en lui tendant la main, et qui vainquit ses dernières réserves.

Elle contempla cette main, longue et forte. Il avait des avant-bras puissants et musclés, couverts d'une toison sombre. Une main de battant, il venait de le lui prouver. Mais cette main était tout aussi capable, par ses caresses sensuelles et expertes, de lui faire perdre la tête.

— Très bien, répondit-elle après avoir pris une profonde inspiration. Je vais vous laisser une chance…

La large main enveloppa la sienne pour la tirer hors de la voiture. Elle frémit à ce contact dont elle avait déjà goûté l'ineffable douceur. La dernière fois qu'ils s'étaient trouvés à Rio, il avait si bien joué de son corps virginal que ce seul souvenir lui faisait perdre le souffle.

« Tu es si belle, lui avait-il chuchoté d'une voix rauque. Si tu ne m'appartiens pas, j'en mourrai. » Elle se souvint des plaisirs inimaginables que lui avait procurés sa langue habile, des sensations qui l'avaient bouleversée quand il avait introduit en elle un doigt, puis deux, puis trois… De la façon dont ses caresses l'avaient conduite aux limites de l'excitation, tremblante jusqu'à l'explosion du plaisir. Sous sa bouche, elle s'était cabrée en gémissant, mais il l'avait maintenue fermement sous son corps puissant et si viril… « Diogo, je t'aime… je t'aime… »,

Elle n'arrivait pas à croire que, trois mois plus tôt, elle l'avait laissé la déshabiller et la mener jusqu'à une extase dont elle ignorait l'existence même. Quand il avait compris qu'elle était vierge, il avait voulu renoncer, mais elle ne le lui avait pas permis. Tremblant de sa propre audace, elle l'avait retenu fermement. Comme pour ne plus jamais le laisser partir.

Le temps avait passé depuis. Elle s'était retrouvée enceinte. Il lui avait menti et l'avait ignorée.

Mais dans la ruelle de la favela, quelque chose avait changé. Pourquoi était-il redevenu l'homme charmant qu'elle avait connu ? Soudain, il s'était comporté presque comme si elle comptait pour lui…

Non ! Où pouvaient la mener de telles chimères ?

Sous les hauts plafonds de l'hôtel, il la guida, au milieu des palmiers et des dorures, vers l'élégant comptoir de la réception. Mais tout en le suivant jusqu'à l'ascenseur privé dont il gardait la clé, elle n'eut d'yeux que pour lui. Les portes s'ouvrirent au dernier étage sur un hall que surveillaient deux gardes du corps qui le saluèrent avec respect, sans accorder beaucoup d'attention à la jeune femme.

D'ailleurs, pourquoi l'auraient-ils remarquée ? Sans doute le voyait-il chaque nuit avec une femme différente. Elle n'était que la dernière d'une longue liste et dès demain, une autre viendrait la remplacer.

Cette pensée la glaça.

— Tu frissonnes, remarqua-t-il en la fixant tandis qu'il déverrouillait la porte d'entrée.

— Non. Je me sens très bien.

— Entre. Je vais t'aider à te réchauffer.

A peine entrée, elle se débarrassa de ses escarpins maculés de boue et resta pieds nus sur l'épais tapis blanc. Le décor de l'appartement, sévère et d'une froideur presque minimaliste, n'avait rien de réconfortant. Le verre et le métal étincelaient sur les murs blancs qu'éclairaient de vastes baies vitrées. Au centre de la pièce se dressait une haute cheminée tout aussi blanche.

Le lieu le plus branché où ait jamais pénétré Ellie. Elégant, sans aucun doute, et très coûteux, mais à peu près aussi chaleureux qu'un igloo.

Comme Diogo refermait la porte sur elle, elle tâta avec précaution son poignet endolori. La douleur n'était plus aussi aiguë.

— Tu es blessée ?

— Ce n'est rien. Je suis tombée sur cette main tout à l'heure.

— Montre-moi ça.

Elle tendit le bras en protestant.

— Ça va beaucoup mieux. Vraiment. Je n'ai pas besoin de…

Lorsqu'il la toucha, elle retint son souffle, parcourue par une onde brûlante tandis qu'il l'examinait, mobilisant doucement l'articulation.

— Il n'y a rien de cassé, conclut-il en la lâchant. Comme j'ai passé dix ans à apprendre la *capœira* dans les rues, je suis capable de reconnaître une fracture ou une foulure. Mais si tu as mal, je vais appeler un médecin qui pourra…

— Non. Tout va bien.

Elle ne pouvait détacher son regard de ce visage d'une beauté fascinante. Une mâchoire magnifiquement dessinée. Des pommettes hautes. Un nez légèrement busqué. Des traits de guerrier. Une bouche sensuelle qu'elle aurait tant désiré sentir se poser sur sa peau. Un regard sombre et brûlant.

— Et maintenant, que veux-tu faire ?

— Maintenant ?

Elle s'humecta les lèvres. Ce qu'elle aurait voulu de toute urgence ? Qu'il lui fasse l'amour d'une façon torride. Qu'il lui murmure à l'oreille qu'il la désirait, elle seule et à jamais, et qu'il serait un bon père, un père aimant et que toujours, toujours…

— Ellie ?

— Oui ? Ce que je…

— Tu as envie de prendre un petit déjeuner ? Suis-je bête ! Naturellement, il te faut d'abord enlever ces vêtements !

— Enlever mes vêtements ?

Non ! Elle ne pouvait pas, à aucun prix… Elle recula, serrant contre elle sa robe de mariée trempée. A chaque pas, la traînée humide sur le sol s'élargissait.

— Je ne serai jamais votre maîtresse, Diogo. Je ne veux plus être votre dernière conquête.

— Qu'est-ce qui te laisse croire que j'en aie envie ?

Le cœur d'Ellie fit un bond dans sa poitrine.

— Que pourriez-vous exiger d'autre ?

— Tu attends un enfant de moi. Je veux simplement t'assurer tout le confort dont tu as besoin. Tu es trempée comme une soupe, *querida*. Il te faut une bonne douche, un petit déjeuner et des vêtements secs.

Evidemment. Ellie se serait giflée. Comment avait-elle pu s'imaginer qu'il cherchait à la séduire alors qu'il pouvait avoir autant de femmes superbes qu'il en avait envie. Pas des beautés de pacotille, mais des créatures merveilleuses qui avaient fait des études supérieures et dirigeaient leur propre affaire. Pas des filles qui s'étaient fait mettre à la porte de leur lycée, comme Ellie. Elle en avait les joues brûlantes d'humiliation.

Il s'approcha d'elle et fit un geste en direction de sa robe.

— Non, s'écria-t-elle en reculant, soudain incapable

de supporter qu'il la touche. Je préfère me débrouiller toute seule.

— Cette robe doit peser autant que toi. Viens ici, ordonna-t-il en s'approchant d'elle avec une calme arrogance.

Elle lui échappa et courut dans la pièce à côté. Un pan de mur entièrement vitré offrait une vue époustouflante sur la plage de Copacabana et l'Avenida Atlantica, juste au-dessous. Au centre de la pièce se dressait un vaste lit blanc.

La chambre de Diogo. Le dernier endroit au monde où elle aurait dû se trouver ! En l'apercevant dans l'embrasure de la porte, elle chercha désespérément une issue. En vain. Elle tenta de lui fermer la porte au nez, mais il l'en empêcha sans effort.

— *Obrigada, querida,* lança-t-il avec un sourire entendu. Tu me facilites la tâche.

Il s'avança et l'attira à lui avant de faire glisser la fermeture de sa robe. Ellie frissonna en sentant l'air frais sur sa peau humide. Une fois débarrassée du fardeau humide de l'épais taffetas, elle se sentit considérablement plus légère. Puis elle se rendit compte qu'elle ne portait plus qu'un soutien-gorge de soie blanche et un slip transparent et très moulant. Avec un petit cri, elle tenta de se dissimuler de ses deux mains, ce qui le fit sourire.

— Je peux te voir nue aussi souvent que j'en ai envie, dit-il. Il me suffit de fermer les yeux.

Il se moquait bien de sa pudeur. Une bouffée de colère la saisit.

— Tu as suffisamment de femmes prêtes à sauter dans ton lit pour ne pas avoir besoin de faire appel à tes souvenirs, et d'ailleurs, ça ne me fait ni chaud ni froid.

— Je vois. Tu es loin d'être jalouse, n'est-ce pas *querida* ?

— Absolument, répliqua-t-elle en secouant la tête avec véhémence. Tu peux coucher avec tous les top model que tu veux, ça m'est parfaitement égal. Ce n'est pas comme si j'avais une bonne raison de…

Elle s'arrêta net en voyant Diogo ôter sa chemise blanche

mouillée et la laisser glisser à terre. La vision de son torse puissant, couturé de cicatrices, lui avait coupé le souffle. Sa peau hâlée était couverte d'une toison brune, des épaules jusqu'à son ventre plat. Son pantalon gris trempé tombant sur les hanches, il pénétra dans la salle de bains attenante d'où Ellie ne tarda pas à entendre le bruit de la douche. Une chaleur soudaine l'envahit tout entière. Qu'est-ce qui lui arrivait encore ? Comment pouvait-elle le désirer à ce point alors qu'il ne s'intéressait à elle qu'en raison de sa grossesse ? songea-t-elle en croisant ses bras nus sur sa poitrine frissonnante.

Trois mois plus tôt, Diogo Serrador lui avait tout pris : son innocence et sa confiance en elle et en ses propres rêves. Et elle serait assez stupide pour se laisser faire de nouveau ? D'autant que, désormais, elle risquait bien plus qu'une vulgaire peine de cœur. C'était à son bébé qu'il lui fallait penser dorénavant. Quand Diogo la quitterait, comme il ne manquerait pas de le faire, ce n'est pas simplement elle qu'il abandonnerait, mais il briserait aussi le cœur d'un enfant qui passerait sa vie à se demander pourquoi son père ne l'avait pas assez aimé pour rester.

L'histoire ne faisait que se répéter, songea amèrement Ellie. C'était exactement ce qu'elle avait vécu avec son propre père. Il ne l'aimait sans doute pas assez. A cause d'elle, il avait été contraint d'épouser sa mère et avait tenté de jouer son rôle de père. Plus ou moins. Durant des années, après le travail, il avait passé son temps à regarder des inepties à la télévision en buvant des bières. Et quand Ellie ou sa mère se risquaient à lui poser une question, il les envoyait paître sans ménagement.

Puis, quand sa femme était tombée malade, au moment où elles auraient eu le plus besoin de lui, il avait fait sa valise.

— Désolé, avait-il déclaré à Ellie qui venait d'avoir quinze ans, mais il faut bien que je pense à vivre ma vie tant que je le peux encore.

Elle avait donc dû abandonner le lycée et jouer les infirmières tout en travaillant de nuit au Dairy Burger pour assurer leur subsistance. Quant à sa mère, elle supportait mal la situation et reprochait à sa fille d'être responsable de son mariage et de sa vie ratés.

Ce n'est pas de cette façon qu'Ellie voulait élever son propre enfant.

— Tu as froid.

Elle leva les yeux et crut apercevoir l'écho de son propre chagrin dans les sombres profondeurs du regard de Diogo. Elle fut tentée de se précipiter vers lui, pour le protéger de ce qui causait cette angoisse qu'il dissimulait si bien.

Comme s'il avait besoin d'elle. Elle devait être complètement folle !

— Tu frissonnes.

— Ce n'est rien.

— Laisse-moi te réchauffer, dit-il en tendant la main pour lui caresser la joue.

Il lui ôta son soutien-gorge et son slip avant de la soulever dans ses bras. Trop engourdie pour protester, elle se laissa faire et il la porta dans la salle de bains étincelante de marbre et d'acier. Puis il la déposa dans la vaste douche que ceignait une paroi de verre arrondie. En sentant la caresse de l'eau tiède qui ruisselait sur tout son corps, dans ses cheveux, sur sa gorge, entre ses seins, elle poussa un faible gémissement. L'eau coulait sur son ventre et entre ses jambes, chaude, sensuelle et si vive. Cela faisait si longtemps qu'elle n'avait rien senti d'autre que son cœur brisé. Depuis qu'elle avait accepté d'épouser Timothy, elle avait vécu dans une sorte d'hébétude. Quelle différence cela pouvait-il faire d'être mariée ou pas du moment qu'elle ne savait même plus si elle était vivante ou morte ?

Jusqu'à ce qu'elle découvre qu'elle était enceinte…

Elle entendit Diogo pénétrer à son tour dans la douche.

Le souffle court, elle ferma les yeux, comprenant qu'il était nu. Elle devina son corps dur et musclé à quelques centimètres du sien, ses muscles que caressait le même flux d'eau chaude. Pour lui échapper, elle se rencogna autant qu'elle le put contre la vitre.

— Je t'en prie, ne me touche pas, balbutia-t-elle.

— Tu en as pourtant très envie, *meu amor.* Autant que moi. Ça fait des mois que j'attends ce moment et j'ai failli mourir de cette attente.

Il ne l'avait donc pas oubliée ? Elle lui avait manqué ?

Elle avait beau se dire que ce n'était pas vrai, qu'il n'avait jamais pensé à elle, elle ne put s'empêcher de se pencher vers lui. Ses mains étaient si habiles. Capables de dissiper le stress, la colère et la peur.

Il lui massa doucement les épaules, puis le dos. Puis…

Tout son corps se relâcha quand il la fit tourner entre ses bras. Elle ferma les yeux, comme pour nier sa propre nudité. Comme si son corps ne réclamait pas ses caresses. Comme si elle ne sentait pas celui de Diogo, chaud et dur contre le sien.

Il passa un bras autour de sa taille et enfonça une jambe entre les siennes.

— Ouvre les yeux, *querida.*

— Non.

Il glissa la main le long du dos nu de la jeune femme, contre sa peau tendre et humide. Elle frissonna à ce contact et pressa ses paumes contre la paroi, les jambes chancelantes.

— Que veux-tu de moi ? Après m'avoir ignorée pendant de si longs mois…

— Je l'ai fait pour te protéger. Tu étais vierge. J'ai eu peur que tu ne prennes cette histoire trop au sérieux et que tu n'exiges de moi ce que je ne pouvais te donner.

— Un engagement ?

— Oui.

— Je sais que jamais tu ne t'es engagé envers aucune…, commença-t-elle en ouvrant les yeux.

Dans la douche embuée de vapeur, il lui semblait maintenant bien trop proche, debout devant elle avec ses larges épaules et son corps massif, tout en muscles. Cette virilité brutale l'effrayait. Elle retint son souffle.

Oui, elle avait peur, et pourtant…

Elle le désirait. Terriblement.

— Je ne vois pas ce qu'il y a de changé, reprit-elle.

— Tu es enceinte de moi. Pas question que je te laisse partir. Tant que le bébé n'est pas né, tu m'appartiens.

Ses doigts coururent sur la peau moite de la jeune femme du sillon entre ses seins jusqu'à sa taille et son ventre dont il caressa les récentes rondeurs.

Puis sa bouche se posa sur celle d'Ellie. Son étreinte était aussi brûlante et exigeante que durant le carnaval. Un baiser profond et sauvage qui meurtrit les lèvres de la jeune femme. Alors la fièvre de Diogo s'apaisa et ses bras se firent plus protecteurs. Il caressa ses seins, en faisant dresser les pointes de ses doigts avant de les agacer de sa langue.

Elle ne put s'empêcher de pousser un gémissement. Autour d'elle, le monde vacillait, tout comme son corps ruisselant d'eau et de plaisir. Elle cambra le dos en criant.

— Jamais aucun homme ne t'a touchée de cette façon, murmura-t-il à son oreille. Dis-le-moi.

— Oui, toi, seulement, soupira-t-elle.

— Ellie…

Doux comme une brise, les doigts de Diogo effleurèrent le triangle soyeux entre ses cuisses. Un long frémissement la parcourut. Tremblante, elle s'appuya à la paroi pour tenter de reprendre son souffle dans la vapeur oppressante, tandis que l'eau ruisselait sans cesse sur les courbes de son corps.

Il était là, tout près. Mais elle l'aurait voulu plus près encore. Elle aurait voulu qu'il la soulève dans ses bras, l'appuie à la vitre et s'enfonce en elle jusqu'à lui faire tout oublier. Les chagrins et les regrets. Jusqu'à ce qu'explose en elle ce plaisir qu'elle n'avait jamais plus ressenti depuis le jour où il l'avait abandonnée…

Il continuait à la caresser avec une lenteur délibérée, torturante.

— Je t'en prie…

Il se baissa pour l'embrasser dans le cou et elle sentit que ce baiser marquerait sa peau tendre. Tout comme il l'avait marquée à l'âme, naguère. Et plus profondément encore en lui faisant un enfant.

— Dis-moi ce que tu veux, Ellie. Je veux t'entendre me le dire.

Ce qu'elle voulait ? Elle étouffa un sanglot.

Elle voulait un homme qu'elle puisse aimer. En qui elle et son enfant puissent avoir totalement confiance.

Et c'était impossible. Les larmes lui montèrent aux yeux.

— Ne suffit-il pas que mon enfant n'ait pas de nom lorsqu'il naîtra ? Que je devienne mère sans être mariée et que tout le monde me prenne pour une traînée ? En plus, tu ne rêves que de m'arracher le peu de dignité qui me reste !

Il la fixa, médusé. Dans les brumes de vapeur qui avaient envahi l'espace, l'expression de son visage restait énigmatique, même si son corps puissant se dressait toujours, aussi fier et farouche que celui d'un dieu antique. Un de ces dieux grecs tout-puissants et sans merci, qui séduisaient les jeunes mortelles et les laissaient ensuite mourir après les avoir consumées du feu de leur désir.

— Jamais je n'ai voulu te faire du mal, Ellie, murmura-t-il d'une voix rauque avant d'arrêter l'eau. Jamais.

Sans rien ajouter, il l'entraîna hors de la douche et la sécha avec une épaisse serviette avant de s'essuyer à son tour.

Tout en continuant à trembler de tous ses membres, elle ne pouvait détourner les yeux de son corps parfait, de son torse et de son ventre couverts d'une toison sombre.

Elle ferma les yeux et se dit qu'elle ne voulait pas de lui. Le plaisir qu'il lui offrait était une drogue. Si elle s'y risquait encore, jamais plus elle ne pourrait s'en détacher.

Diogo était un don Juan égoïste qui prenait la femme dont il avait envie et s'en servait jusqu'à avoir épuisé la jouissance qu'elle pouvait lui donner. Puis il la rejetait pour recommencer avec une autre, occupé seulement de son propre désir.

Elle l'entendit quitter la pièce et prêta l'oreille, guettant le claquement de la porte d'entrée. Maintenant qu'elle lui avait refusé cette petite satisfaction, il n'allait pas tarder à aller la chercher auprès d'une autre, plus complaisante.

Elle ferma les yeux. Il n'aurait aucun mal à trouver une femme prête à satisfaire ses désirs. Mille fois plus jolie et plus élégante qu'elle-même ne le serait jamais.

— Ellie.

Elle se retourna et le vit, vêtu d'une chemise noire et d'un jean sombre. Il lui tendit une pile de vêtements et elle découvrit une robe adorable, un slip, un soutien-gorge à sa taille, le tout coupé dans des matières un peu extensibles pour s'adapter à ses formes. Des vêtements de grossesse qui avaient dû coûter une petite fortune.

— Mais où… Comment as-tu… ?

— Mes employés ont acheté une garde-robe en vue de ton séjour ici.

— Mon… séjour ?

— Viens avec moi, lui dit-il avec un sourire qui fit courir en elle un long frisson.

6.

Tout au long du déjeuner, Ellie ne put s'empêcher d'observer Diogo à la dérobée. Assise au soleil sur le balcon qui offrait une vue magnifique sur l'Océan et le Pain de Sucre, elle le regarda déguster son café tout en bavardant tranquillement en portugais avec l'intendante. Puis il s'attaqua avec un plaisir évident au croissant beurré qu'il venait de tartiner de confiture.

Rien à voir avec Timothy qui se nourrissait avec un désintérêt manifeste. Diogo aimait la vie. Jusque dans ses plus minuscules plaisirs.

Assise à côté de lui au soleil matinal, Ellie remplit ses poumons d'un air rafraîchi par la pluie nocturne. Elle se sentait parfaitement bien, songea-t-elle en agitant les orteils dans ses confortables sandales neuves, avant d'accepter de reprendre de l'omelette au jambon et au fromage, comme le lui proposait l'intendante. Pour la première fois depuis longtemps, elle avait une faim de loup.

Pour la première fois depuis longtemps, elle était heureuse.

Elle avala une gorgée d'eau, et après avoir terminé son omelette, dégusta deux croissants au chocolat, tout en grignotant une salade de papaye, de mangues et de baies *açai,* avant de faire glisser le tout avec un jus de *pitanga* aigre-doux. Chaque fois qu'elle levait le nez de son assiette, elle le voyait.

Elle frémit quand leurs regards se croisèrent. Il ne l'avait pas abandonnée quand elle avait refusé de faire l'amour avec lui. Il n'était pas parti en chasse d'une autre femme. Il ne s'était pas mis en colère. Il l'avait simplement emmenée prendre le petit déjeuner au soleil. Comme si elle comptait pour lui.

Elle se mordit la lèvre et essaya de ne plus penser à de pareilles bêtises. Inutile de s'imaginer qu'elle comptait. Inévitablement, il allait les abandonner, elle et son bébé. Mieux valait que son enfant n'ait pas de père du tout.

Grandir entre un père absent et une mère dépressive… Ellie s'était promis que sa vie à elle serait différente. Elle tomberait amoureuse d'un homme qui l'aimerait passionnément en retour. Ils se marieraient et fonderaient une famille. Des enfants. Des petits-enfants. Une histoire d'amour qui durerait aussi longtemps qu'eux.

Mais dans la vraie vie, les choses ne se passaient pas comme ça. Pour elle, du moins. Toutefois, elle aurait été stupide de ne pas profiter de ce moment. Petit déjeuner à Rio avec Diogo. Une splendide matinée ensoleillée. Des gâteaux délicieux et des chaussures confortables. Elle tendit la main vers un autre croissant au chocolat et mordit dedans.

L'intendante resservit du café à Diogo qui lui fit signe de s'éloigner. Quand ils se retrouvèrent seuls sur le balcon, il se pencha vers Ellie.

— La grossesse te va bien.

Elle releva la tête, la bouche pleine, et surprit son regard plein de désir.

— Tu es même plus belle que le jour du Carnaval.

Gênée, elle oublia la serviette de lin qui reposait sur ses genoux et s'essuya les lèvres du dos de la main.

— Merci, murmura-t-elle.

— Comment te sens-tu ?

— Très bien.

A son grand étonnement, c'était vrai. Les nausées qu'elle subissait depuis des mois avaient disparu. En fait, depuis qu'elle était arrivée à Rio et respirait cet air marin parfumé de fleurs exotiques et d'épices, elle était en pleine forme.

— Parfait. J'ai une proposition à te faire, dit-il en souriant.

— Une proposition ? répéta-t-elle en frémissant intérieurement.

Son imagination se mit à battre la campagne. « Je te désire, Ellie, toi et aucune autre. Je veux élever notre enfant avec toi. Je veux t'épouser et te faire l'amour chaque jour, durant tout le reste de notre vie. »

Arrête ! Quand serait-elle enfin débarrassée de ces vieux rêves ? Il n'y a pas si longtemps, elle aurait voulu être la femme de Diogo. Mais comment pouvait-on souhaiter se marier à quelqu'un à qui on ne pouvait pas faire confiance ?

— Ellie, dit-il en reposant sa tasse. Tu es si jeune…

— J'ai vingt-quatre ans, protesta-t-elle.

— Pour moi, c'est très jeune. Ta vie commence, ou presque. Tu n'avais pas la moindre intention d'être enceinte, mais je t'ai fait cet enfant. Je ne veux pas que tu souffres par ma faute.

— Je ne peux pas dire exactement que je souffre…

Il lui adressa un bref sourire sans joie.

— Par ma faute, pendant des mois, tu as été malade. Tu as perdu ton travail. Tu as été empêchée de te marier… Je continue la liste ?

— Où veux-tu en venir ?

— Tout est ma faute. Il faut que je répare.

Elle croisa les doigts sous la table pour empêcher ses mains de trembler.

— Comment pourrais-tu réparer une chose pareille ?

— Je veux que tu me promettes de rester avec moi.

— Que je te promette quoi ?

— De rester. Jusqu'à la naissance du bébé. Après, tu pourras rentrer à New York, ou là où tu voudras. Reprendre ton métier, si tu en as envie. Fréquenter qui tu voudras. Cette grossesse t'a bouleversée, au point que tu as failli te marier avec un homme que tu n'aimais pas. Ça a faussé ton jugement. En te mariant, tu aurais détruit ta vie — et aussi celle de mon fils.

— Où veux-tu en venir, enfin ?

— Après la naissance de notre enfant, tu seras libre,

déclara-t-il avant d'avaler une gorgée de café. Mon fils restera avec moi.

Une main glacée étreignit le cœur d'Ellie.

— Tu veux me voler mon bébé ?

— Pour ton bien, Ellie. Jamais tu n'as désiré être mère.

— C'est faux !

— Je ne suis pas convaincu que tu saches t'occuper correctement de lui.

— Tu n'es pas sérieux, quand même ?

— Si.

— Et toi, crois-tu que tu serais un bon père ? s'exclama-t-elle. Tu n'es jamais chez toi. Tu passes chaque nuit avec une nouvelle femme dans ton lit !

— Ellie, écoute…

— Non ! Toi, écoute, s'écria-t-elle en se levant de table. C'est toi qui n'as pas les capacités requises pour être un bon père. Et je vais m'en aller immédiatement avec mon bébé…

— Arrête.

Elle obéit et l'entendit s'approcher d'elle par-derrière. Il posa les mains sur ses épaules pour la forcer à se tourner vers lui.

— Tu vas rester ici jusqu'à la naissance du bébé. Ce n'est pas négociable. Je ne peux pas prendre le risque de te voir revenir à Timothy Wright ou à un autre type du même genre. Il faut que tu restes ici et que je puisse te surveiller.

Elle ravala ses larmes. Le jour où elle ferait confiance à Diogo, c'est que le soleil brésilien lui aurait vraiment tapé sur la tête !

— Tu veux me garder prisonnière ?

— Je veux te garder en sécurité, rétorqua-t-il froidement. Tu ne connais pas Wright aussi bien que tu le crois.

— Je sais qu'il est mon ami et qu'il y a plus d'honneur et de sens moral dans son seul petit doigt que dans toute ta personne.

— Rien qu'une telle erreur de jugement suffirait à me convaincre que tu n'es pas en état d'élever mon fils. Jamais je ne te ferais confiance.

— Tu ne me ferais pas confiance ? Vraiment, celle-là, elle est bien bonne ! C'est toi qui oses prétendre ça ? Toi, un play-boy gâté, qui n'as jamais eu à se battre pour obtenir quoi que ce soit dans la vie ! Alors que moi, tout ce que je souhaite, tout ce que j'ai toujours souhaité, c'est justement de m'occuper des gens que j'aime !

— Inutile de monter sur tes grands chevaux. Cet enfant, c'est à moi d'en prendre soin. Avec moi, il vivra heureux, en toute sécurité. Et pour compenser les ennuis que je t'ai causés, je ferai de toi une femme plus riche que tu n'as jamais rêvé de l'être.

— Comment ? s'exclama-t-elle, en pleine confusion.

Elle ne voyait pas ce que l'argent venait faire dans ce problème de garde d'enfant.

— Dix millions de dollars, insista-t-il. Quand tu partiras, je te donnerai dix millions de dollars.

Elle sentit monter en elle une irrépressible fureur.

— Jamais !

— Ce n'est pas assez ? dit-il en se penchant sur elle pour la fixer droit dans les yeux. Tu en veux vingt ?

— Jamais je ne la vendrai, à aucun prix !

— Je ne le vendrai, corrigea-t-il d'instinct. Tu dois pourtant avoir un prix. Tu le sais aussi bien que moi. Je te demande simplement de me le dire.

— Je ne veux pas de ton argent. Je veux que tu nous laisses partir.

— Cent millions de dollars. C'est mon dernier mot, Ellie. Je te conseille d'accepter.

Cent millions de dollars.

Elle le contempla, abasourdie. C'était une somme inimaginable. Et il ne plaisantait pas, elle le devinait à son regard. Sur un simple coup de fil de Diogo Serrador, le célèbre milliardaire, les quarante dollars qu'elle possédait sur son compte se transformeraient en cent millions de dollars.

Il croyait vraiment qu'il pouvait lui acheter son bébé. Tant d'arrogance et d'inconscience lui coupaient le souffle. Il existait donc un homme convaincu que tout pouvait se vendre et s'acheter, même la précieuse relation qui unit une mère à son enfant !

— Mais tu ne voulais pas être père ! protesta-t-elle. Tu avais subi une vasectomie. Pourquoi chercher à t'emparer de mon enfant ?

— Si je me suis fait faire une vasectomie, c'est que je voulais être certain qu'aucun enfant ne viendrait au monde sans que je le sache, au risque d'être élevé par quelqu'un qui n'aurait ni la raison ni les moyens de le faire sans qu'il en souffre.

Une bouffée de colère envahit Ellie.

— Tu crois donc qu'il suffit d'être riche pour faire un bon père ? Toi qui n'as jamais réussi à rester plus d'une semaine avec personne ! Tu aurais vite fait de te fatiguer de cet enfant et de l'abandonner. Même si tu me suppliais de le faire, jamais je ne te choisirais comme père de mon enfant !

Il la fusilla du regard.

— Accepte ce contrat, Ellie. Jusqu'à la naissance, je te traiterai comme une reine. Après, tu seras riche et libre de profiter de la vie et d'avoir toutes les aventures que tu voudras. Quelle est ta réponse ?

Il avait donc vraiment la certitude qu'elle était prête à vendre son enfant au plus offrant avant de se lancer à la recherche d'un homme avec qui dépenser ses millions !

— Ma réponse ? C'est facile, lança-t-elle en lui jetant un regard plein de haine. Va au diable !

« Va au diable » ? marmonna Diogo en portugais. Au diable, il y était déjà.

En couchant avec Ellie, une employée, une provinciale, vierge de surcroît, il s'était comporté comme un imbécile. Qu'est-ce qui avait bien pu lui passer par la tête ? Rien, et c'était bien là le problème. Alors qu'il revenait d'une négociation qui avait duré toute la nuit, triomphant et ravi de son acquisition, la voiture qui les ramenait à l'hôtel s'était trouvée prise dans un cortège de rue, sur l'Avenida Atlantica. Des musiciens et des danseurs de samba venus de Copacabana défilaient, à peine vêtus de paillettes et de plumes.

Diogo avait fait descendre Ellie de la voiture et lui avait frayé un chemin jusqu'au Carlton Palace. En passant dans une ruelle ils avaient vu deux hommes et une femme qui faisaient l'amour contre un mur. Tandis que l'un l'embrassait et lui caressait les seins, l'autre était agenouillé entre ses jambes nues.

En vrai Carioca, Diogo n'avait pas été choqué, mais instinctivement, il s'était retourné pour jeter un coup d'œil à la jeune secrétaire qu'il guidait par la main à travers la foule. Bouche bée, elle observait la scène qui se déroulait dans l'allée. Puis elle s'était tournée vers lui et l'avait fixé droit dans les yeux. Comme pour lui demander silencieusement de lui faire l'amour.

Soudain, au rythme haletant des *batucadas* qui emplissait l'air comme un parfum exotique, il avait réellement regardé Ellie Jensen. Elle n'était pas seulement une belle fille, mais une beauté au cœur pur, avec son teint de rose et ses cheveux d'or. Elle lui avait paru si désirable qu'il en avait eu le cœur déchiré. Comme s'il était revenu à l'époque où il avait encore confiance en l'amour et en la fidélité…

Il hocha la tête. L'amour ? *Abestado.* Depuis bien longtemps, il avait cessé de croire à ce conte de fées. Mais à ce moment, il avait désiré Ellie à en mourir.

Durant le Carnaval, les gens oublient toute raison. Ils manquent à leurs promesses sans qu'on les blâme et sans que ça prête à conséquence. Au rythme de cette musique frénétique, Diogo avait un instant perdu la tête, rien de plus.

Il ne se rappelait plus comment ils étaient montés jusqu'à son appartement. Mais il n'avait pas oublié la façon dont elle tremblait sous lui dans le lit. Son cri de douleur et le choc qu'il avait lui-même ressenti en découvrant qu'elle était vierge, non pas seulement en apparence, mais en réalité. Il avait tenté de se retirer, mais elle l'avait retenu en l'embrassant si tendrement qu'il avait été obligé de céder. Il s'était glissé en elle centimètre par centimètre, très lentement, jusqu'à ce qu'il l'entende pousser un autre cri, venu du plus profond d'elle-même. Et il avait recommencé, une fois, puis une deuxième, jusqu'à lui faire monter aux yeux des larmes de plaisir.

Ce n'est qu'à ce moment qu'il s'était autorisé à jouir à son tour, une explosion d'une telle force qu'il s'était effondré sur elle, dans le lit. Puis il lui avait fait l'amour toute la nuit, et plus surprenant encore, il s'était endormi entre ses bras. Il n'avait pas oublié le contact de ce corps tendre et si doux. Sachant que, quand viendrait l'aube, il faudrait qu'il l'abandonne.

Biskreta, la simple évocation de cette nuit suffisait à le mettre dans tous ses états…

Au moment même où il exigeait qu'elle disparaisse en lui laissant l'enfant, il lui suffisait de la regarder pour avoir envie de se retrouver au lit avec elle. Et il la désirait au-delà de toute raison et de toute résistance.

Mais il était impossible de lui faire confiance. Ellie était jeune, naïve et trop crédule. Si Diogo n'avait pas deviné la vérité concernant sa paternité, jamais il n'aurait su ce qui s'était passé. Elle aurait épousé ce salaud de Wright et lui aurait livré son enfant.

Savait-elle à quelle sorte d'homme elle avait affaire ? Et comment, en quelques années, il était devenu si riche, grâce à son ignoble petit trafic ?

— Cent millions de dollars, Ellie, c'est beaucoup d'argent. Beaucoup plus que ce qu'était prêt à t'offrir Wright.

— Je ne vois pas à quoi tu fais allusion, dit-elle, en ouvrant de grands yeux.

— Vraiment ?

— Je ne sais qu'une chose, murmura-t-elle avec une petite moue triste, c'est que je me suis mal comportée avec lui. Voilà des années qu'il est amoureux de moi, sans que je parvienne à lui rendre son amour malgré tous mes efforts. Et je l'ai humilié devant tous les invités…

— Il mériterait un sort bien pire encore ! s'exclama Diogo, soudain hanté par un visage de femme. A Noël, j'ai failli le tuer de mes propres mains.

— Pourquoi ? Qu'est-ce qu'il avait fait ?

— Tu tiens vraiment à le savoir ?

— Oui, dit-elle en posant la main sur son bras.

Il leva les yeux vers elle, sans reconnaître la timide petite secrétaire qu'elle était naguère. Son corps avait changé, lui aussi, et on pouvait désormais y lire d'indéniables signes de sa grossesse. Sa peau pâle rayonnait. Sa poitrine menue avait pris de l'ampleur et gonflait sa robe légère.

Il imaginait le poids de ses seins entre ses mains, leur goût.

Maldiçãon, jamais aucune femme ne lui avait fait un pareil effet. Et elle ne s'en rendait même pas compte... Il était assailli par un désir si puissant qu'il en tremblait. Il aurait voulu l'entraîner dans son lit, la prendre debout contre le mur, la pénétrer encore et encore pour étancher enfin cette soif dévorante...

Il se détourna, les poings serrés. Il fallait qu'il se maîtrise. D'ailleurs, se mettre dans un pareil état ne lui ressemblait pas.

— Ellie, sais-tu comment Wright est devenu aussi riche ?

— Il a très bien su mener sa barque, à Flint.

— Il s'est lancé dans le commerce des enfants. Il achetait leurs bébés aux mères dans le besoin et les revendait à des couples sans enfants assez riches pour accepter ses tarifs prohibitifs.

Elle le fixa un moment, bouche bée, avant de secouer énergiquement la tête.

— Non ! Jamais Timothy n'aurait fait ça !

— Juste avant de l'épouser, tu lui as annoncé que tu attendais un enfant d'un autre homme. Qu'a-t-il fait ?

Une pâleur de cendre envahit le visage de la jeune femme.

— Il m'a dit qu'il y veillerait, souffla-t-elle. Mais je croyais... je croyais qu'il voulait dire...

Elle se couvrit le visage de ses mains.

— Mon Dieu…

Non, elle n'était pas au courant, Diogo en était certain. Jamais elle n'avait eu l'intention de vendre leur enfant. Ni par amour pour Timothy, ni par appât du gain. Elle venait de refuser l'offre de cent millions de dollars qu'il lui avait faite. Combien de femmes se seraient comportées de la sorte ? En tout cas, aucune de celles qu'il connaissait, débutantes avides ou actrices insatiables. Toutes auraient protesté qu'elles étaient de bonnes mères et qu'elles aimaient leur enfant, mais pour cent millions de dollars, elles auraient été trop contentes de lui fourrer le bébé dans les bras.

Ellie Jensen n'était pas guidée par l'intérêt, il en avait la preuve. Elle était seulement stupide et aveugle. Elle lui avait offert sa précieuse virginité tout en sachant qu'il n'avait pas l'intention de l'épouser. Puis elle s'était résignée à se marier à ce salaud sans scrupules de Wright parce qu'elle s'imaginait qu'il serait un bon père pour son enfant.

Comme la plupart des femmes, elle était faible. Mais pas dépourvue de moralité. Elle avait voulu protéger son bébé, tout comme il le désirait lui-même. Elle préférait la sécurité et le bonheur de son enfant à la satisfaction de ses propres désirs.

Voilà qui changeait tout.

— Excuse-moi, Ellie, dit-il tranquillement, mais il fallait que je sache quelle femme tu étais vraiment. Que je sois sûr que tu étais incapable de faire du mal à notre enfant.

— Et maintenant, tu en es convaincu ? demanda-t-elle en s'essuyant les yeux.

Que dire ? Diogo désirait encore protéger son enfant, mais il avait aussi envie d'entraîner Ellie dans son lit. Toutes les nuits. Et de lui faire l'amour jusqu'à ce qu'il soit définitivement rassasié d'elle. Il la prit dans ses bras.

— Je veux que tu restes avec moi, Ellie. Que nous élevions ensemble notre enfant. Je veux te garder dans mon lit aussi longtemps que ça restera agréable.

— Et après ?

Il lui prit le menton pour la forcer à le regarder.

— Nous serons toujours des parents, Ellie, même si nous ne sommes plus des amants.

Une ombre passa sur le visage de la jeune femme.

— Je refuse de te servir de jouet, dit-elle.

— C'est pourtant bien ce qui va arriver, rétorqua-t-il en se penchant sur elle pour l'embrasser.

7.

C'était un baiser tendre et pur, mais, dans son étreinte, Ellie sentait pointer un indéniable désir qui s'accordait au sien. Un feu dévorant prêt à tout consumer sur son passage.

Il l'emprisonna de ses bras, la dominant de toute sa taille, de toute sa carrure. Prise au piège de son propre désir, elle savoura le contact du corps de Diogo, dur et tiède contre le sien. La brise venue de l'océan faisait voler ses longs cheveux blonds et le chaud soleil brésilien lui brûlait la peau. Sa vie entière se jouait dans ce baiser.

Elle se rendit soudain compte qu'elle s'agrippait à lui au moins autant qu'il la retenait. Ses doigts se crispaient sur son dos tandis que sa langue la pénétrait, provoquant un sanglot qui semblait sorti du fond de sa gorge.

Elle aurait dû en finir, elle le savait, mais son corps n'avait qu'un désir : rester encore une minute blotti entre les bras de Diogo.

Pourtant, si forte que fût cette exigence, elle ne pouvait y obéir. Pour elle, faire l'amour supposait une passion totale, tandis que lui n'y cherchait qu'un moment de plaisir qu'il aurait oublié avant que le jour se lève. Ses baisers si sensuels ne pouvaient que la détruire.

— Ellie, chuchota-t-il dans ses cheveux. Viens dans mon lit. Tout de suite.

Le cœur battant, elle pressa sa joue contre sa poitrine.

— Ce ne serait pas raisonnable.

— Pourquoi ?

— Je te l'ai dit. Je ne veux pas être une aventure d'une nuit.

— Pour moi, tu es bien plus qu'une aventure, protesta-t-il en caressant les mèches blondes qui voletaient sur les bras nus de la jeune femme.

— Vraiment ?

— Nous sommes liés à jamais, dit-il en lui adressant un de ses irrésistibles sourires. Tu es la mère de mon enfant.

Rien d'autre.

Le cœur de la jeune femme se serra. Elle aurait pourtant dû s'estimer heureuse que Diogo daigne la garder comme maîtresse et participer activement à l'éducation de leur enfant. Au fond, elle n'en espérait pas tant. Toutefois, cela ne satisfaisait pas son cœur stupide. Elle aurait voulu pouvoir faire l'amour entre ses bras, en toute sécurité. Lui faire entièrement confiance. Etre sûre qu'il ne partirait plus en chasse de toutes ces femmes superbes, avec leurs brillantes carrières et leurs diplômes universitaires…

Il lui releva doucement le menton.

— Ellie, je te respecterai et je te ferai toujours honneur.

— Toi, peut-être, mais les autres ? Tout le monde pensera, comme toi d'ailleurs très récemment encore, que j'ai fait exprès de me retrouver enceinte, par pur intérêt. Tout le monde me traitera de traînée.

— Je tuerais immédiatement tout homme qui oserait tenir de tels propos.

— Peu importe. La vraie question est de savoir si tu ferais un bon père.

— Comment ? s'exclama-t-il en se levant, visiblement outragé.

— Jamais tu n'es resté plus d'une semaine avec la même femme. Comment pourras-tu aimer ton enfant toute ta vie ?

— Ça n'a rien à voir !

— Bien sûr que si. Dans les deux cas, il s'agit d'amour. Et de loyauté.

— Jamais je ne l'abandonnerai, tu m'entends, Ellie ? Parce que moi, je sais ce que signifie être abandonné. Je n'ai pas eu de père. Et quand j'avais huit ans, ma mère m'a laissé pour aller vivre avec son nouvel amant. Jamais je ne ferai une chose pareille à mon enfant.

Elle le contempla, médusée.

— Pourtant, tu es un Serrador. A sa mort, ton père possédait la moitié des mines d'or de cette planète. Tes sœurs ont épousé des membres des familles royales européennes. Tu es né riche, bien avant de faire fortune dans le commerce de l'acier.

— C'est ce qu'on raconte.

— Ce n'est pas vrai ?

— Ce qui est vrai, Ellie, dit-il en la prenant par les bras, c'est que je te veux, toi. Pour élever mon enfant. Et pour être dans mes bras, et dans mon lit. Et ce que je veux, je l'obtiens toujours.

Il posa ses lèvres brûlantes sur celles de la jeune femme, tout en l'attirant à lui.

Elle ne demandait qu'à se rendre, incapable de résister au désir de Diogo. A sa force. A sa puissance.

Tandis que leur baiser se prolongeait, elle noua ses doigts autour de son cou. Ses lèvres étaient la source d'un brasier qui lui consumait le corps. Il lui paraissait plus difficile de le repousser que de s'arrêter volontairement de respirer. Il fallait qu'elle lui cède. Elle n'avait pas le choix.

Le sang pulsait lourdement à ses oreilles lorsqu'elle s'aperçut brusquement qu'un téléphone vibrait dans la poche de Diogo. Il le sortit en jurant pour examiner le numéro. Son expression changea soudain et il s'écarta d'Ellie pour répondre.

— *Bom dia,* dit-il d'une voix chaleureuse. Catia. *Eu vou mais tarde ? Por favor ?*

Ellie l'observa en tentant de reprendre ses esprits, fascinée par ce ton presque implorant, et rougit d'humiliation.

Deux minutes plus tôt, il l'embrassait et tentait de l'entraîner vers son lit, et voilà qu'il l'avait complètement oubliée, interrompant leur baiser pour parler à une autre femme.

Elle devait avoir perdu la tête, songea-t-elle.

— Excuse-moi, dit Diogo à Ellie aussi froidement que si elle était une simple employée, la main plaquée sur le haut-parleur du téléphone. Je reviens tout de suite.

En le voyant s'éloigner, elle ravala ses larmes et se retourna vers la vue sur Copacabana et la mer d'un bleu d'azur. Elle qui était sur le point de se rendre !

Comment avait-elle pu faire confiance à Diogo ? Il n'avait rien de l'homme calme, réfléchi et loyal qu'il lui fallait. Il ne ressemblait pas à Timothy…

Mais Timothy, au fond, ne valait pas mieux.

« Il s'est lancé dans le commerce des enfants. Il achetait leurs bébés aux mères dans le besoin et les revendait à des couples sans enfants, assez riches pour accepter ses tarifs prohibitifs. »

Timothy, un trafiquant d'enfants froid et calculateur ? Elle avait encore du mal à le croire. Même si ces derniers temps, elle ne se sentait plus très à l'aise avec lui. La première fois qu'il l'avait demandée en mariage, elle avait quinze ans et travaillait au Dairy Burger de Flint tout en s'occupant de sa mère. Timothy avait alors vingt-cinq ans et venait d'obtenir son diplôme de droit à Yale. Elle n'en avait pas cru ses oreilles, mais il avait persisté dans sa demande, proposant même d'aider Ellie et sa mère mourante.

Pourtant, elle n'avait pas accepté la charité de Timothy. Elle n'aurait pas jugé loyal de profiter de ses sentiments, ni de lui faire croire que leur relation pouvait évoluer vers autre chose que de l'amitié.

Jusqu'à l'année dernière du moins. Car après le décès de sa mère, Ellie n'avait plus aucune raison de rester à Flint… C'est alors que Timothy lui avait fait une proposition à laquelle elle avait été incapable de résister : un travail à New York.

Peut-être avait-elle eu tort d'accepter. Mais sans son aide, jamais elle n'aurait pu trouver un pareil emploi. Toutes les autres secrétaires de Diogo avaient non seulement le bac, mais des diplômes universitaires. Cependant, contre toute attente, elle s'en était bien sortie. Elle apprenait vite et était appréciée des autres employés.

Du moins jusqu'à ce que Jessica ne répande la rumeur qu'Ellie avait tenté d'obtenir une promotion en couchant avec le patron. Mais au fond, songea-t-elle avec amertume, peut-être n'était-elle qu'une traînée, comme on le lui reprochait ? N'était-elle pas prête à accepter de rester la maîtresse de Diogo, tout en sachant qu'il ne l'épouserait jamais ? Que jamais il ne l'aimerait et que, quand il serait lassé d'elle, il irait voir ailleurs. Tout le monde devait la croire prête à s'arrêter de travailler dès qu'elle aurait enfin réussi à être enceinte du patron.

— *Com licença, querida*, dit Diogo en revenant sur la terrasse. Où en étions-nous ?

— Tu te moques de moi ? s'écria-t-elle en s'écartant pour esquiver le geste qu'il faisait vers elle.

— Tu es fâchée ?

— Juste au moment où tu m'embrassais, tu t'arrêtes pour prendre un appel d'une autre femme.

— Je ne t'appartiens pas, *querida*, lança-t-il en lui jetant un regard glacial. Ne crois pas que tu aies le droit de connaître tous mes secrets.

— Et pourquoi pas ? demanda-t-elle en ravalant des larmes de rage. Depuis la minute où tu m'as séduite, toi, tu t'es comporté comme si je t'appartenais. Comme si j'étais un objet que tu pouvais prendre ou lâcher à ton gré.

Un toussotement leur fit prendre conscience de la présence d'un garde qui venait de pénétrer sur le balcon.

— *Sim ?* dit Diogo en se tournant vers lui.

— *A médica está aqui, senhor.*

Diogo se tourna vers Ellie, les mâchoires serrées, les yeux encore noirs de colère.

— Le médecin est là.

— Le médecin ? répéta-t-elle, désemparée. Mais je n'ai plus mal au poignet, je te l'ai dit.

— Elle n'est pas venue pour ton poignet mais pour notre bébé.

Notre bébé. En l'entendant prononcer ces mots, elle sentit son estomac se nouer. Elle avait beau lutter, elle était soudain prête à tout lui pardonner.

— Puisque tu viens seulement de te rendre compte de ta grossesse, je suppose que tu n'as passé aucune visite prénatale à New York ?

— J'ai juste fait un test de grossesse.

— C'est bien ce que je pensais. Dorénavant, mon fils bénéficiera de ce qui se fait de mieux en matière de suivi médical. Leticia va venir procéder à un examen complet. Une échographie.

Leticia ? Il appelait le médecin par son prénom ?

Brusquement, il lui sourit avec un charme irrésistible.

— Allez, viens. Allons faire connaissance de notre bébé, dit-il en lui tendant la main.

Faire connaissance de leur bébé. Comment résister à une telle proposition ? A contrecœur, Ellie lui prit la main. En sentant les doigts de Diogo se refermer sur les siens, elle fut parcourue d'un long frisson. Pas de simple désir. Quelque chose de plus. Un sentiment de plénitude.

Non ! Elle ne pouvait se laisser aller à imaginer qu'ils formaient une famille. Dans une vraie famille, on s'aimait, on se protégeait, on se faisait confiance. Diogo et Ellie élèveraient peut-être un enfant ensemble, mais ils ne seraient jamais que deux parents solitaires.

Elle avait beau se le répéter, son corps ne voulait pas l'entendre. Tandis qu'il la guidait vers l'intérieur de l'appartement, elle ne pouvait s'empêcher de se sentir merveilleusement bien. Cet homme est fait pour toi, lui disait son corps. Et toi, pour lui.

Diogo lui sourit et le cœur de la jeune femme se dilata comme jamais encore dans sa vie devant son extraordinaire séduction. Une peau mate que venait caresser le soleil.

Des cheveux d'un noir de jais. Il était un ange sombre et brillant, d'une dangereuse beauté.

— *Vôce está pronta, meu amor* ? s'enquit-il en se baissant pour lui baiser le bout des doigts. Viens, mon amour. Allons à la rencontre de notre fils.

8.

Tandis que le médecin procédait à un rapide examen, Diogo sortit du bureau pour passer un appel.

Un appel concernant le travail… ou le plaisir ?

Il ne fallait pas qu'elle pense à ça, se dit Ellie en serrant les poings, les yeux fixés sur le plafond. De toute façon, elle savait qu'il n'accepterait jamais de répondre à ses questions. Elle essaya de se concentrer sur le Dr Carneiro, une trentenaire brune qui préparait maintenant l'échographie.

Encore une maîtresse de Diogo ?

— C'est très aimable à vous de faire une visite à domicile, murmura-t-elle tandis que le Dr Carneiro lui étalait un peu de gel sur le ventre.

— C'est avec plaisir, répondit le médecin dans un anglais teinté d'un léger accent. Je ferais n'importe quoi pour Diogo.

Elle l'appelait donc Diogo ?

— Vous avez beaucoup de chance, mademoiselle Jensen, reprit-elle.

— Vraiment ? répondit Ellie d'un ton pincé.

La jeune brune lui jeta un regard amusé.

— Vous vous imaginez que je suis sa maîtresse ? s'exclama-t-elle en riant. Je suis sa sœur, et la plus proche qu'il ait jamais eue.

— Mais je croyais que votre nom était Carneiro ? répondit Ellie, soulagée.

— C'est vrai. Je ne suis pas une Serrador comme ses demi-sœurs, qui, entre nous, ne seraient même pas dignes de cirer ses chaussures. Non. Ma mère l'a amené chez nous quand il avait huit ans. Elle l'avait trouvé en train de grelotter dans la rue.

— Votre mère l'a sauvé ? Quand sa mère l'a abandonné ?

— Oui, acquiesça le médecin. Mais depuis, il nous l'a bien rendu à tous. C'est lui qui a payé mes études. Et il a engagé mon plus jeune frère, Pedro, comme garde du corps. Il aurait même aidé Mateus, s'il avait consenti à quitter la favela. Mais mon frère aîné est trop fier. Il refuse l'aide de Diogo.

Carneiro. Le nom du chef de bande qui l'avait attaquée dans la favela.

— Je crois que je le connais, dit Ellie.

— Diogo finira bien par réussir à le convaincre, répondit tristement Leticia. Il a mis des années à venir à bout de la loyauté de Pedro, mais il ne renonce jamais. Il finance ma clinique qui soigne gratuitement chaque année des milliers de personnes. Des jeunes mères. Des enfants qui, sans lui, mourraient faute de médicaments. Vous avez de la chance. Tous les hommes ne sont pas aussi honnêtes, ni courageux. Et après ce qui s'est produit à Noël…

— Tu parles de moi, Leticia ?

Diogo se tenait sur le seuil, l'air mi-figue mi-raisin.

— Jamais je ne cesserai de chanter tes louanges, dit le médecin en souriant à son frère adoptif. D'ailleurs, tu arrives à point. Regarde.

Tout en manœuvrant son émetteur sur le ventre d'Ellie, elle désigna l'écran. Soudain, la jeune femme oublia tout en apercevant le cœur minuscule de son bébé qui battait imperceptiblement. Diogo s'assit à côté de la table d'examen, les yeux rivés sur l'écran.

— Cette petite lumière… c'est notre bébé ?

— On voit son cœur qui bat, répondit Leticia. Et ici, les jambes, la colonne vertébrale. La tête. Vous voyez ?

— C'est un garçon ?

— C'est un peu trop tôt pour en être sûr, mais vous voyez ça ? Oui, c'est sans doute un garçon.

— Un garçon ! s'exclama Diogo, ravi.

— Et là, vous voyez… Attendez. Ce n'est pas… Je ne peux pas…

Les sourcils froncés, le médecin se concentra sur l'écran.

— Que se passe-t-il ? Qu'est-ce qui ne va pas ? s'écria Diogo dont la main s'était crispée sur celle d'Ellie.

Son beau visage bouleversé par l'anxiété semblait tout à coup très vulnérable, et la jeune femme comprit qu'il cherchait à lui cacher son angoisse. Une pensée illumina soudain son esprit : il aimait cet enfant tout autant qu'elle.

— Qu'y a-t-il ? s'enquit-elle d'une voix rauque.

Le Dr Carneiro se tourna vers eux, rayonnante.

— Vous allez avoir une fille.

— Une fille ! exulta Ellie en se tournant vers Diogo, triomphante. Tu vois, je te l'avais bien dit que ce serait une fille !

— Pas un garçon ? demanda-t-il, dépité.

— Mais si.

— Comment ?

— Un garçon… et une fille. Elle se cachait derrière son frère. Regardez.

Au départ, Ellie eut bien du mal à décrypter l'embrouillamini de lignes qui remplissait l'écran. Puis elle aperçut un second battement imperceptible. Des bras et des jambes. Un crâne. Un autre bébé.

— Deux cœurs. Des jumeaux. Félicitations.

— Des jumeaux ? balbutia Ellie.

Deux bébés à aimer et à soigner. Deux bébés qui auraient besoin de tout ce que leurs parents pourraient leur donner. Le souffle court, elle leva les yeux vers Diogo. Quelques mois plus tôt, il s'était fait opérer pour ne pas avoir d'enfant et voilà qu'il se retrouvait père de jumeaux. Comment allait-il le prendre ?

— Vous avez déjà choisi les prénoms ? demanda le médecin.

— Non. C'est arrivé si vite, répondit Ellie en cherchant le regard de Diogo. Nous n'avons pas encore eu le temps d'y penser. Nous pourrions peut-être appeler la fille Lilibeth. Ou Lily ?

Il leva les yeux et Ellie fut surprise de voir qu'ils étaient pleins de larmes.

— Nous l'appellerons Ana, déclara-t-il.

— Oh, c'est merveilleux, s'écria sa sœur. Notre mère va être si fière.

— Mais ma grand-mère…, commença Ellie.

— Son nom sera Ana, coupa-t-il froidement.

Ellie serra les dents face à cette démonstration d'égoïsme masculin. Pourtant, si sa mère adoptive l'avait vraiment sauvé quand il mourait de faim sur le trottoir…

— Ana, dit-elle en fermant les yeux. Ana Jensen. Va pour Ana.

— Jensen ? répéta Diogo en lui jetant un regard étonné.

— Tu crois que je vais élever ces enfants à Flint sous un autre nom que le mien ?

— Les élever à Flint ? Tu perds la tête. Tu vas vivre ici même, avec moi.

— Peut-être jusqu'à leur naissance. Mais honnêtement, tu ne t'attends tout de même pas à ce que je passe ma vie enfermée dans cet appartement comme une princesse prisonnière dans sa tour !

— Je m'imaginais simplement que nous allions les élever ensemble. Je suis leur père.

— Oui, et tu auras toujours un droit de visite. Nous mettrons au point un système de garde. Mais nous ne sommes pas mariés et c'est avec moi qu'ils vivront.

Des jumeaux.

Les yeux fixés sur l'écran, Diogo eut pour la première fois une vision claire de la situation. Il avait cru qu'il lui suffirait de ramener Ellie à Rio. Pour s'occuper d'elle. Pour qu'ils soient tous en sécurité. Mais maintenant, il comprenait qu'il s'était trompé. Totalement.

Un fils et une fille. Qui ne porteraient pas son nom. Ses

précieux enfants ne bénéficieraient d'aucune protection. Ils ne seraient que des bâtards. Exactement comme il l'avait lui-même été. Il se rappelait encore la douleur de son enfance. D'abord, il n'avait pas eu de père. Puis il n'avait plus eu de mère. Pas d'argent. Pas de maison. Il avait dû s'endurcir, et vite. Il ne voulait pas que ses enfants subissent le même sort. Il fallait qu'il les protège. Qu'il assure leur sécurité.

Ses mains se crispèrent sur le bord du canapé tandis qu'il levait de nouveau les yeux vers l'écran. Une voix plaintive retentit à ses oreilles, comme échappée à un lointain passé. « Tu vas m'épouser ? Tu vas m'épouser ? »

Dans sa colère, il ne lui avait posé aucune question. L'épouser ? Il avait du mal à croire qu'elle ose essayer de l'attacher alors qu'ils étaient sortis ensemble à peine trois fois durant tous ces mois. « Si tu ne t'occupes pas de moi, je suis fichue », avait-elle continué.

Il ne l'avait plus revue et l'avait très vite oubliée. Jusqu'au jour où, vers Noël de l'année dernière, il avait reçu cet appel d'un avocat brésilien. « On l'a retrouvée, battue à mort. Votre nom figure dans son testament. »

Diogo serra les mâchoires. Il ne commettrait pas deux fois la même erreur. L'enjeu était trop important. Avec Ellie, une chance s'offrait à lui de tout recommencer à zéro. Le bonheur de ses enfants en dépendait.

Laisser Ellie les emmener aux Etats-Unis ? Quelle serait leur vie, déchirée entre deux continents et deux foyers ? Ils connaîtraient à peine leur père. Ils le haïraient peut-être, eux aussi…

Maldição, jura-t-il entre ses dents. Jamais il ne laisserait souffrir ses enfants ! Jamais on ne les lui arracherait. Ils seraient respectés et aimés. Par leurs deux parents.

Ellie n'était pas de ces femmes modernes qui préfèrent élever seules leurs enfants. Elle le lui avait dit, en pleurant. Il allait résoudre ce problème. Pour lui, soudain, tout devenait clair.

— Tu vas m'épouser, lança-t-il en la fixant droit dans les yeux.

— Comment ?

Jamais il n'aurait cru que ce serait si facile à dire.

— Tu vas rester ici. Nous élèverons nos enfants ensemble. Tu seras ma femme, Ellie. C'est tout simple.

Il s'était attendu à ce qu'elle pousse des cris de joie et se jette à son cou en pleurant de gratitude. Il n'en fut rien. Elle hésitait.

— Arrête, Diogo. Nous savons tous les deux que tu n'es pas du genre à te marier.

— J'ai changé d'avis.

— Arrête, s'écria-t-elle en se tournant vers le médecin. Ces bébés sont en bonne santé, n'est-ce pas ? Comme mon cycle était très irrégulier, je n'ai fait que très récemment un test de grossesse. Mais je ne bois pas d'alcool et…

— Pas de souci. Ils ont l'air en pleine forme. La grossesse se passe bien et il suffit que vous preniez soin de vous, répondit le médecin avant de se tourner vers Diogo. Il va falloir que tu l'aides.

— *Sim,* naturellement.

Biskreta, il essayait pourtant de prendre soin d'elle, plus qu'il ne l'avait jamais fait pour aucune autre femme. Il venait même de lui proposer de l'épouser.

— Ellie, poursuivit-il en se penchant vers elle, je ne plaisante pas. Je veux vraiment qu'on se marie.

Elle détourna les yeux. Visiblement, elle ne le croyait pas.

Quelle ironie ! Jamais il n'aurait imaginé qu'il renoncerait si facilement à sa liberté, et voilà qu'il se retrouvait en train de supplier une femme de l'épouser et qu'elle lui opposait un refus.

Mais Ellie lui appartiendrait. Bien sûr, il voulait la garder à cause des enfants. Mais aussi pour lui. Dans la nursery, dans la cuisine. Mais surtout dans son lit.

Son regard revint se poser sur l'écran. Deux cœurs minuscules battaient lentement. Il sentit son propre cœur se gonfler dans sa poitrine. Il regarda le visage tendre et pâle d'Ellie.

— Des jumeaux, dit-elle d'une voix enrouée. Tu sauras t'y prendre ?

— Evidemment.

Pour prendre soin de deux enfants, il fallait bien deux parents. Il ouvrit la bouche pour l'informer qu'ils se marieraient le jour même, qu'elle soit d'accord ou non. Mais il s'arrêta net.

Il avait séduit Ellie. Elle s'était retrouvée enceinte. Il l'avait empêchée de se marier, traînée à Rio. Il avait bouleversé sa vie de fond en comble.

En tant que mère de ses enfants, elle méritait d'être bien traitée. Alors pourquoi ne pas se montrer aimable ? Au lieu d'exiger qu'elle l'épouse, lui faire la cour. Après tout, songea-t-il en souriant, jamais encore aucune femme ne lui avait résisté bien longtemps. Il suffisait de se montrer patient.

— Tout se passera bien, dit-il en lui caressant les cheveux. Tu verras.

Maintenant, il comprenait à quel point ce mariage était indispensable. Qu'importe le refus d'Ellie, ce n'est pas un caprice de femme qui allait l'empêcher de faire ce qu'il voulait. Pourtant, il fallait lui laisser le temps de souffler. Elle avait besoin d'une bonne nuit de sommeil, et les bébés aussi. Mais dès demain, il mettrait en œuvre ses techniques de séduction les plus éprouvées. Il lui raconterait exactement le genre d'histoire que les femmes aiment à entendre. Il réussirait à la convaincre. Il lui ferait vivre une journée de rêve romantique.

Qu'elle le veuille ou non, il ferait d'elle sa femme.

9.

Après avoir reposé son livre sur la grossesse et la coupe vide qui avait contenu une glace à la fraise, Ellie se rencogna dans son lit sous la couverture tout en contemplant la flambée qui illuminait la cheminée. La pluie ruisselait sur les vitres de la chambre. Journées ensoleillées et nuits d'orage, c'était ainsi à Rio. Tout en écoutant les craquements du feu et le sifflement du vent au-dehors, elle ferma les yeux et pencha la tête vers l'oreiller de Diogo.

Quelle étrange journée !

Après l'échographie, il l'avait emmenée faire des courses, insistant pour qu'elle achète tout ce qui était susceptible de rendre son séjour plus confortable. Elle avait vraiment adoré l'après-midi qu'ils avaient passé ensemble. Il avait flirté avec elle, et elle lui avait rendu la pareille.

Puis, au beau milieu du dîner aux chandelles que leur avait servi l'intendante, juste au moment où elle s'attaquait à sa seconde assiette de lasagne et de brocolis, le téléphone avait sonné. Sans la moindre explication, il lui avait posé un baiser sur la tempe et l'avait laissée terminer seule son repas.

Qui avait bien pu l'appeler ? Dieu merci, elle avait eu le bon sens de refuser sa demande en mariage. Sans doute cherchait-il simplement à soulager sa conscience en faisant mine de se comporter en gentleman. Et si elle avait accepté, qu'aurait-il fait ? La même chose sans doute : il aurait filé tout droit dans les bras d'une autre.

Mais après tout, peut-être dramatisait-elle les choses.

Le coup de téléphone pouvait être lié à un problème d'affaires. Car il lui avait bel et bien demandé d'être sa femme. Elle n'arrivait toujours pas à y croire. Le play-boy le plus connu d'Occident l'avait demandée en mariage et elle avait dit non…

Elle se pelotonna sous l'édredon pour essayer de chasser ces pensées déstabilisantes. Des draps émanait une odeur fraîche et propre qui rappelait le discret parfum de son eau de Cologne. Elle ferma les yeux et enfouit son visage dans l'oreiller de Diogo en bâillant. Jamais elle ne s'était sentie si fatiguée.

Pourtant, il ne fallait pas dormir. A n'importe quel moment, il pouvait rentrer et la rejoindre dans ce lit. Elle bâilla. Il fallait qu'elle se tienne prête à résister. Pas seulement à ses tentatives de séduction, mais surtout au perfide désir de son propre corps.

— Ellie ?

Diogo la secouait. Elle s'assit et constata que le feu s'était éteint et qu'on n'entendait plus le sifflement du vent contre les fenêtres.

Le jour était levé. Il ne pleuvait plus, et quand il eut relevé les stores, elle vit qu'une aube rose cendré éclairait l'Atlantique. Avec son pyjama froissé et ses cheveux emmêlés, elle se sentait un peu perdue.

D'autant que Diogo, frais et impeccablement vêtu, toujours aussi séduisant, s'était rasé et changé. Sur une chemise jaune pâle, il portait un jean gris et une veste assortie, magnifiquement coupés, qui mettaient en valeur son corps de guerrier, tout en muscles.

Elle se demanda ce qu'il avait fait pendant la nuit.

Comme elle ne ressentait pas la moindre jalousie, elle n'allait rien lui demander. Peu lui importait qu'il sorte toutes les nuits avec ses top model, au contraire, elle en était ravie car c'était au moins la preuve qu'il ne cherchait pas à la séduire.

— *Bom dia, amorzão.* Je t'apporte ton petit déjeuner, dit-il en soulevant un plateau d'argent décoré d'une rose rouge et chargé d'œufs, de toasts, de jus d'orange et de fruits.

Elle s'aperçut que son estomac criait famine.

Mais au moment où il se penchait au-dessus d'elle pour poser le plateau sur ses genoux, elle perçut l'odeur de son savon et sentit la tiédeur de son corps. Soudain, elle eut à lutter contre une tout autre envie que celle des toasts.

— Tu as bien dormi ?

— Oui, merci, dit-elle en espérant qu'il n'avait pas surpris son regard.

— Comment me trouves-tu ?

— Je ne comprends pas.

— Comme serveur.

— Tu réussirais sans doute à te faire engager sans trop de difficultés au Dairy Burger, répondit-elle en contemplant la rose. Au cas où le marché de l'acier donnerait des signes de faiblesse.

— *Obrigado*, répondit-il en faisant la moue avant de déployer un napperon sur les genoux d'Ellie. Mais j'ai beaucoup à faire aujourd'hui.

— Tu dois aller travailler ?

— Non. Je vais te montrer ma ville. Je voudrais que tu l'aimes autant que moi.

— Pourquoi ?

— Pourquoi pas ? A moins, bien sûr que tu en aies assez des milliardaires qui veulent à tout prix te faire visiter des villes exotiques.

Elle était tentée. Evidemment, elle avait toujours rêvé de voyager en célibataire, mais au fond…

Elle grignota un morceau de toast.

— Ne t'imagine pas que je vais changer d'avis parce que tu m'auras fait visiter la ville, Diogo. Après la naissance des enfants, je les ramènerai chez moi, un point, c'est tout.

— « Chez moi »… Ça peut signifier bien des choses. Une ville. Un bâtiment. Ou une famille, dit-il en prenant la rose dans le vase pour lui en caresser doucement la joue.

Elle frémit de tout son corps à ce contact, avant de sentir son ventre se contracter plus nettement encore que la veille. Cette fois, ce n'était pas les battements de son cœur, mais un des bébés. Elle poussa un petit cri et, écartant le plateau et le drap, elle posa la main sur sa taille. De l'extérieur, on ne pouvait se rendre compte de rien, mais au-dedans…

— Que se passe-t-il ? s'enquit Diogo en se penchant sur elle d'un air inquiet. Veux-tu que j'appelle le médecin ?

— Non. Je crois qu'un des bébés a bougé.

— Vraiment ?

Son expression d'arrogance habituelle avait disparu et il semblait maintenant en plein désarroi. Avec un petit rire, elle lui prit la main et la plaça sur son ventre.

— Ici. Exactement ici.

— Je ne sens rien.

— Ça peut sans doute prendre quelque temps.

— Je peux attendre, déclara-t-il en la fixant tranquillement.

Entre eux, l'atmosphère était soudain devenue électrique et le cœur de la jeune femme se mit à battre la chamade.

— Je ne veux pas être ta maîtresse, Diogo, balbutia-t-elle, le souffle court.

— Je n'y tiens pas non plus, répondit-il avec un petit sourire.

Il ne la désirait donc plus ?

Elle aurait dû se sentir soulagée, mais en l'entendant, elle crut qu'un poing de glace lui serrait le cœur. Elle lui lâcha brusquement la main et le bébé réagit en s'agitant.

Il ne fallait à aucun prix qu'elle lui demande où il était la nuit dernière, songea-t-elle. Elle aurait trop honte…

— Où étais-tu la nuit dernière ?

Quelle idiote ! Elle se serait battue !

— Où j'étais ? Il n'y a que ma femme qui ait le droit de me poser cette question.

— Ta femme éviterait sans doute de le faire. Sinon, elle risquerait d'avoir une attaque.

— Ellie, dit-il en s'agenouillant près du lit, tu n'as

aucune raison d'être jalouse. A peine t'étais-tu endormie que je suis rentré à la maison.

— Où étais-tu allé ? demanda-t-elle en rougissant d'embarras. D'ailleurs, je ne suis pas jalouse.

Naturellement, elle l'était. Désespérément. Cela faisait des mois qu'il lui brisait le cœur quand elle le voyait, de son box, quitter son bureau au bras d'une femme superbe. Jamais la même.

Et ça continuerait une fois qu'elle serait sa femme. Il donnerait son nom aux enfants, coucherait avec elle, paierait ses factures… mais jamais elle n'obtiendrait sa fidélité ni son cœur. Elle y perdrait son âme, à petit feu. Elle lui avait promis de rester jusqu'à la naissance des enfants. Comment survivrait-elle s'il se mettait en tête de la séduire ?

— Laisse-moi te montrer ma ville, Ellie, murmura-t-il en prenant sa petite main dans la sienne. Tu ne le regretteras pas.

Le désir de garder cette main, d'être avec lui aussi longtemps qu'elle le pourrait, emporta ce qui lui restait de bon sens. Ramassant la rose, elle sortit du lit dans son pyjama de coton blanc.

— Très bien, acquiesça-t-elle. Mais en simples amis, rien de plus. D'accord ?

— Mets ça, dit-il en prenant dans le placard une robe de dentelle blanche toute simple.

— Elle est adorable, dit-elle avant de se diriger vers la douche. Mais en simples amis, Diogo. Je ne serai pas ta maîtresse.

— Non, tu ne seras pas ma maîtresse, répondit-il en souriant. Je t'en donne ma parole.

10.

Du pied de la statue du Christ Rédempteur, au-dessus de la jungle de Corcovado, Ellie contemplait Rio. La statue de style Art Déco ouvrait grands ses bras en direction de la ville. Au loin, elle apercevait le Pain de Sucre qui émergeait au-dessus de l'Atlantique.

Une brise parfumée souleva ses cheveux, troublant sa vue au moment où elle se tournait vers Diogo. Comme la statue, il s'était montré toute la journée accueillant et chaleureux, la main toujours tendue vers elle. Ils avaient flâné dans le marché hippy d'Ipanema, dédié aux artistes et aux artisans. Puis, en dépit de ses protestations, il lui avait acheté toute une collection de Bikini dans une boutique de Copacabana. Ils avaient déjeuné de grillades dans une *churrascaria rodízio* typique. Enfin, un téléphérique les avait emmenés au sommet du Pain de Sucre.

Chaque fois qu'elle levait les yeux, son regard rencontrait celui de Diogo qui la jaugeait. Attendant son heure. Un regard torride. Chaque fois, elle avait l'impression de subir un assaut qui lui coupait le souffle. Tous les prétextes étaient bons pour qu'il la touche : l'aider à sortir de la limousine, la guider dans les rues encombrées.

Tandis qu'au pied de l'immense statue, elle contemplait le soleil qui se couchait à l'horizon, teintant les murs blancs de vermillon et d'orangé, elle sentit qu'il s'approchait d'elle par-derrière. Ses bras enlacèrent sa taille et il l'attira contre lui.

Un frémissement la parcourut tout entière. « De simples amis » se répéta-t-elle *in petto*. De simples amis ?

— Si nous redescendions ? proposa-t-elle.

— *Sim*. Mais d'abord, un baiser.

— Un baiser ? Mais tu avais promis…

— Je n'ai jamais promis de ne pas t'embrasser, dit-il en dégageant doucement la nuque de la jeune femme. Disons qu'il s'agit d'un baiser amical.

Les derniers touristes les observaient avec intérêt. Elle se retourna, les mains croisées sur sa poitrine, et prit une profonde inspiration.

— Je t'en prie…

Sa protestation fut vaine. Il baissa la tête et leurs lèvres se rencontrèrent en un baiser plein de fougue et de désir. Le baiser dont elle avait toujours rêvé. Au sommet du monde, avec à ses pieds l'Atlantique scintillant d'azur et toute la beauté de Rio qui se détachait sur les montagnes. Le superbe paysage et les visages des touristes se troublèrent, emportés comme dans un tourbillon par l'intensité de leur étreinte. Perdue dans une brume sensuelle, elle ne remarqua pas leurs sourires approbateurs.

Blottie contre Diogo, elle sentait ses doigts lui caresser doucement les cheveux et le visage, comme si elle était un trésor, le plus précieux au monde. Puis il s'écarta pour la contempler, avec une telle intensité dans ses yeux sombres qu'elle ne put détourner les yeux.

— Tu as très faim, n'est-ce pas ? chuchota-t-il.

Très faim. Jamais elle n'avait eu aussi faim.

— Je…, commença-t-elle, les lèvres tremblantes.

— Viens avec moi, dit-il en la prenant par la main.

Tandis qu'ils traversaient la ville, assis sur les sièges arrière d'un SUV noir rutilant, Diogo ne lui lâcha plus la main. Au dehors, le ciel s'obscurcissait peu à peu, mais elle sentait sa chaleur contre elle, aussi brûlante que celle du soleil.

Le chauffeur s'arrêta au bord de la plage d'Ipanema, devant un élégant restaurant. Diogo l'aida à sortir de la voiture et ils dépassèrent une file de gens qui attendaient à l'extérieur.

— *Boa noite, Senhor Diogo,* dit le portier.

Le restaurant avait beau être bondé, on les installa immédiatement à la meilleure table, sous une véranda avec vue sur le couchant, tout près des vagues qui venaient lécher le rivage. En tournant la tête, on découvrait les hautes montagnes émergeant encore dans la brume du crépuscule.

— Tu avais raison, dit-elle en contemplant la vue. Cette ville ne ressemble à aucune autre. Aussi belle que dangereuse. On ne peut lui résister.

Elle jeta un coup d'œil à son assiette. Diogo avait commandé pour elle un plat traditionnel brésilien : *camarão na moranga,* un sauté d'énormes crevettes et de pommes de terre cuites dans du lait de coco. Elle en savoura chaque délicieuse bouchée et, soudain, une décision s'imposa à elle.

— Je vais rester jusqu'à la naissance des bébés, murmura-t-elle. Je t'en donne ma parole.

— *Tá bom,* approuva-t-il en la fixant droit dans les yeux. Ça vaudra mieux pour tout le monde.

Quand ils quittèrent le restaurant, après avoir dégusté leur dîner, elle se surprit à soupirer d'aise.

— Quelle merveilleuse journée, Diogo. Je regrette presque qu'elle soit si vite terminée.

Il la prit dans ses bras et la contempla d'un air narquois.

— Terminée ? Rien n'est terminé, *querida.*

— Mais il est très tard.

— La nuit ne fait que commencer.

Un vieil immeuble abritait le club le plus torride de Rio, caché dans la favela la plus dangereuse de la ville. Diogo ne semblait pas inquiet, mais Ellie savait que ses gardes du corps avaient insisté pour l'attendre à l'extérieur. En particulier son garde personnel, Pedro Carneiro.

Ellie frissonna. Pedro lui mettait toujours les nerfs à vif, sans doute parce qu'il ressemblait beaucoup à son frère, qui l'avait attaquée dans la favela. Mais Diogo lui faisait confiance. Et contre sa propre volonté, elle commençait elle-même à faire confiance à Diogo.

Ce dernier l'entraîna sur la piste envahie de splendides jeunes Cariocas qui dansaient d'une manière terriblement provocante. Les femmes portaient des robes microscopiques qui ne dissimulaient guère leurs courbes. Les hommes, puissants et musclés, ondulaient du bassin avec une évidente sensualité. Des lampes rouges illuminaient l'air moite de la pièce. L'orchestre attaqua un tango argentin.

Diogo lui baisa la main, mais il ne s'agissait pas d'un geste mondain. Les yeux rivés aux siens, il appuya les lèvres sur ses doigts, comme pour l'avertir de ce que leur promettait la nuit. Tout le corps de la jeune femme frémit.

Il n'allait pas chercher à la séduire, se raisonna-t-elle. Il le lui avait promis.

Mais quand il posa la main sur sa nuque pour l'attirer à lui, elle ne put lui résister davantage. Au rythme de la musique, dans la vapeur rouge, elle sentit le corps de Diogo se coller contre le sien. Bouger contre le sien. Au contact de ses cuisses d'acier qui s'insinuaient entre ses jambes, elle laissa échapper un gémissement.

Il baissa la tête jusqu'à effleurer son visage. Elle avait envie qu'il l'embrasse. Terriblement envie. Au dernier moment, il se détourna.

Quand la musique s'arrêta, le corps d'Ellie était une boule de feu. Pouvait-on mourir de désir ? Elle avait l'impression que, pressé contre celui de Diogo, son corps aurait littéralement pu s'enflammer.

— « De simples amis », chuchota-t-elle en fermant les yeux, haletante. « Des amis »…

Du doigt, il lui releva le menton pour la forcer à croiser son regard.

— Je n'ai jamais voulu être ton ami, *querida,* dit-il en l'effleurant du bout des doigts de la poitrine au bas du ventre. Tu es bien plus pour moi qu'une simple amie.

— Vraiment ?

— Epouse-moi, Ellie, murmura-t-il en se penchant vers elle. Toute ta vie, je te traiterai comme une déesse.

Epouser Diogo ?

Lorsqu'elle le regardait, la tentation devenait terrible. Etre aimée de Diogo Serrador, le beau milliardaire qu'elle avait admiré dès l'instant où elle était devenue sa secrétaire. Elle en avait si longtemps rêvé…

Ainsi, la veille, ce n'était pas une plaisanterie. Il voulait réellement l'épouser. Ellie Jensen de Flint, Pennsylvanie. Parmi toutes les femmes du monde, c'est elle qu'il avait choisie. Son amour…

Ce fut comme si elle recevait une gifle : il ne l'aimait pas. Il ne cherchait qu'à la posséder. Il voulait que les bébés restent à Rio et qu'elle se tienne à sa disposition, prête à sauter dans son lit aussi longtemps qu'il en aurait envie.

Cette journée merveilleuse n'était destinée qu'à la piéger.

Elle ferma les yeux. Même si elle le savait, elle avait pourtant désespérément envie de dire oui.

— Quelle est ta réponse, *meu amor* ? demanda-t-il en lui effleurant la joue. Feras-tu de moi le plus heureux des hommes ? Acceptes-tu de devenir ma femme ?

— Tu ne m'aimes pas, protesta-t-elle en tentant de reprendre le contrôle d'elle-même.

— Laisse-moi m'occuper de toi. Te faire à jamais une vie emplie de confort et de sécurité, répondit-il en la transperçant de son regard sombre. Laisse-moi te donner un plaisir que tu n'as jamais connu.

Elle avait tellement envie d'accepter que tout son corps en tremblait. Etre la femme adorée d'un puissant milliardaire qui prendrait soin d'elle et de leurs enfants. La moindre caresse de Diogo l'embrasait tout entière. Chacun de ses regards la brûlait au plus profond. Et son sourire…

Elle avait beau vouloir se battre, de peur qu'il ne lui brise le cœur, le mot « oui » tremblait sur ses lèvres.

L'espoir s'insinuait en elle : beaucoup de play-boys changeaient complètement en tombant amoureux et restaient fidèles à leurs femmes. Si Diogo ne l'aimait pas encore, peut-être qu'avec le temps…

Soudain, alerté par le vibreur de son téléphone, il le tira de sa poche pour voir le numéro qui s'affichait et l'expression de son visage changea.

— Excuse-moi, dit-il à Ellie avant de parler dans l'appareil d'une voix chaleureuse. Catia…

Il avait abandonné Ellie seule sur la piste.

Autour d'elle, les couples dansaient au rythme de la musique avec une telle sensualité qu'on les devinait follement amoureux. Elle se sentit si humiliée que son cœur se glaça. Elle qui aurait presque vendu son âme pour un baiser ! Comment pouvait-elle être à ce point stupide ?

« Te faire à jamais une vie emplie de confort et de sécurité » ? Il les garderait, elle et ses enfants, comme des jouets sur une étagère, des jouets qu'on sort quand on a envie de s'amuser avec eux. Et il continuerait à voyager à travers le monde pour ses affaires de milliardaire, en séduisant chaque nuit une autre femme sans se soucier de la famille qu'il avait laissée chez lui.

A cause d'une autre, il venait d'interrompre leur baiser et sa demande en mariage. Dans ces conditions, il aurait fallu qu'elle soit complètement folle pour accepter d'être sa femme.

Non. Jamais elle ne se laisserait acheter. Ni avec de l'argent, ni par son fameux pouvoir de séduction. Plutôt vivre dans la pauvreté que devenir le jouet d'un tel homme. Plutôt rester mère célibataire que de l'épouser pour qu'il lui brise le cœur !

Elle qui avait failli accepter après cette journée si merveilleuse et si romantique… Elle ne savait plus qui elle haïssait le plus, Diogo, ou elle-même…

Soudain, sa haute silhouette se dressa devant elle.

— Excuse-moi. Un appel urgent.

— Je comprends. Même sans avoir jamais eu moi-même de maîtresse.

Il la fixa et elle se rendit compte qu'elle souhaitait

désespérément qu'il proteste, qu'il nie tout. Une part d'elle-même, faible et stupide, refusait l'évidence et voulait croire qu'il puisse devenir fidèle. Mais il ne chercha même pas à nier, se contentant de lui adresser un sourire radieux.

— Très bien. Où en étions-nous ? Ah, oui. Tu étais sur le point d'accepter de m'épouser, dit-il en tendant la main vers elle.

Submergée par l'humiliation, le corps en feu, elle recula d'un pas.

— Tu étais sur le point de me ramener à l'aéroport, lança-t-elle. Je veux rentrer chez moi. Tout de suite.

— Tout de suite ? répéta-t-il en serrant les poings avant de s'immobiliser au milieu des couples qui continuaient à danser autour d'eux, faisant onduler leurs corps à demi nus au rythme langoureux de la musique. C'est comme ça que tu tiens ta promesse de rester ici jusqu'à la naissance des enfants ?

Incapable de parler, elle se contenta de hausser les épaules.

— *Tá bom.* Mais souviens-toi, *querida.* Tu ne m'as pas laissé le choix, dit-il en la soulevant dans ses bras au beau milieu de la piste.

— Qu'est-ce que tu fais ?

— Je t'emmène pour t'épouser.

— Quoi ! Non !

Elle avait beau se débattre et pleurer, les autres danseurs étaient si pris par la musique et par l'ambiance de sexe et de plaisir qu'ils ne les avaient même pas remarqués. Quelques-uns pourtant tournèrent la tête vers eux et sourirent d'un air entendu avant de se laisser reprendre le rythme.

Tandis que Diogo la portait vers la Cadillac Escalade qui les attendait, elle l'observa à travers ses larmes. Son visage était de marbre, aussi lointain et glacial que les étoiles qui scintillaient au-dessus d'eux.

— Je t'en prie, supplia-t-elle. Ne fais pas ça !

Il la déposa sur la banquette arrière.

— Puisque tu ne veux pas te montrer raisonnable, je

n'ai pas le choix, dit-il en montant à côté d'elle avant de se pencher pour parler au chauffeur.

— Mais… tu avais promis…

— Et contrairement à toi, je n'ai pas manqué à ma parole, rétorqua-t-il en la toisant froidement. Jamais tu ne seras ma maîtresse. Mais tu vas devenir ma femme, je te le jure.

La nuit était aussi noire que le cœur de Diogo. Au fur et à mesure qu'ils s'enfonçaient dans la jungle, leur SUV se couvrait de boue. Par la vitre entrouverte, Ellie sentait le parfum des fleurs qu'abritait la sombre forêt et entendait les cris inquiétants des singes-araignées et les appels des oiseaux nocturnes. Soudain, elle aperçut, à demi engloutie par la végétation, une petite chapelle en ruine.

— Je ne peux pas t'épouser, balbutia-t-elle désespérément. Je t'en prie !

— Ce sera pour le meilleur, dit-il sans même lui accorder un regard.

— Tu veux dire le meilleur pour toi.

Il se tourna vers elle, mais ses yeux restaient dans l'ombre.

— Je ne comprends pas pourquoi tu persistes à refuser.

— Evidemment ! Aucune femme ne t'a jamais dit non.

— Oui, tu es la première. Mais pourquoi ? Pourquoi veux-tu que nos enfants naissent sans nom et sans père, au risque de briser leur vie ? Et toi, toi qui me désires au point que je sens ton corps s'embraser quand je m'approche, pourquoi persistes-tu à refuser ce dont nous avons autant envie l'un que l'autre ?

— Parce que… Parce que ça ne me suffit pas.

— Mais que veux-tu d'autre ? Plus d'argent ? Je t'ai pourtant offert ce que je n'avais jamais proposé à aucune autre. Je t'ai demandé de devenir ma femme.

— Tu ne m'as rien demandé. Tu m'as forcée, dit-elle en ravalant ses larmes. Je devrais m'estimer heureuse, je suppose. Je suis enceinte, sans le sou, et tu me proposes gentiment de t'occuper de moi. Je devrais sans doute te dire merci ?

— Ça suffit. Tu n'as plus toute ta raison. *Tá bom*. D'ailleurs, toutes ces tergiversations ne changeront rien.

Sur ces mots, il la souleva dans ses bras et la porta dans l'église. Cinq minutes plus tard, Ellie vit arriver le prêtre du village. Il avait les yeux vagues et la démarche chancelante d'un vieil ivrogne, ce qui ne l'empêcha pas de prononcer les paroles rituelles. C'est du moins ce que crut deviner Ellie car il ne parlait que le portugais.

L'homme se tourna vers Diogo et lui posa une question.

— *Sim,* acquiesça celui-ci en inclinant la tête.

Puis le prêtre répéta sa question en s'adressant à Ellie.

— Non, hurla-t-elle. Non !

Interloqué, le curé interrogea Diogo, de son regard noyé d'alcool. Celui-ci haussa les épaules en souriant avant de contempler tendrement sa future épouse et de se lancer dans une longue explication dans sa langue maternelle.

— Ah ! dit le prêtre avant de poser de nouveau la question rituelle à Ellie.

— Qu'est-ce que tu lui as raconté ? demanda-t-elle.

— Je lui ai expliqué que si tu refusais, c'était par une sorte de modestie bien naturelle chez une jeune fille.

— Je porte une robe de grossesse.

— Dieu merci, la plupart des hommes ne font guère de différence entre un début de grossesse et un léger embonpoint.

— Jamais plus je ne te laisserai poser la main sur moi.

— Comme c'est bizarre. Je me souviens qu'il n'y a pas si longtemps tu disais tout le contraire : « Je t'en prie, Diogo, continue. Je t'aime, je t'aime. »

Rouge de honte, elle aurait tout donné pour être engloutie par le sol, ou pour pouvoir le tuer.

— C'était il y a très longtemps. Si jamais tu me touches de nouveau, je te tuerai.

— Quelle terrible menace ! ironisa Diogo tout en laissant son regard s'attarder sur le corps d'Ellie que mettait en valeur sa robe de dentelle blanche. Vais-je risquer ma vie et t'attirer dans mon lit ? Ça vaut peut-être quand même la peine.

D'un geste inconscient, elle remonta son décolleté sur ses seins épanouis. Le vieux prêtre leva la main pour bénir leur mariage. Diogo glissa un simple anneau d'or à son doigt et ce fut tout.

Elle était désormais sa femme. Mme Serrador.

Elle se retrouvait mariée à un homme qui l'avait séduite et épousée sans pitié. Qui lui avait volé à la fois son honneur et son cœur. De qui elle attendait des jumeaux.

Qui l'avait fait trembler de désir. Qui l'avait rendue jadis amoureuse.

Tandis que la voiture s'éloignait de ce minuscule village abandonné par une route sinueuse et défoncée, Ellie se mit à frémir de tout son corps. En regardant la jungle sombre et mystérieuse, elle repensa à la vie de femme qu'elle avait rêvé de mener. Après avoir passé son enfance auprès de parents qui se déchiraient et lui reprochaient d'avoir gâché leur vie, elle s'était juré de ne pas commettre la même erreur.

Pourtant, elle avait été forcée de se marier, exactement comme eux. Diogo ne manquerait pas de la tromper, comme son père avait trompé sa mère. Et puis il la quitterait…

Elle enfouit son visage entre ses mains.

— C'est donc si horrible ? demanda-t-il d'une voix incertaine.

— Pourquoi m'as-tu traitée de cette façon ? balbutia-t-elle en lui jetant un regard plein de haine. Qu'est-ce que je t'ai fait pour mériter ça ?

— Ce que tu m'as fait ? répondit-il en détournant la tête pour fixer la nuit noire. Quand j'avais huit ans, ma mère m'a déposé sur le perron d'une maison, à Barra. Elle a épinglé un mot à ma chemise en me disant que désormais, c'était à mon père de me prendre en charge. Elle ignorait qu'il était mort la semaine précédente, et que ses enfants légitimes n'auraient pas la moindre envie de partager leur toit et leur héritage avec un bâtard qui était une vivante insulte à leur mère.

Ellie le fixa, bouche bée. Jamais elle n'aurait imaginé qu'une mère puisse abandonner son enfant. Oubliant sa colère, elle fut submergée par la pitié.

— Ils ont refusé de te garder ?

— Ma demi-sœur m'a placé dans un orphelinat qui avait tout d'une prison. Pas de nourriture. Pas de vêtements. Alors, je me suis enfui. Maria Carneiro m'a trouvé errant dans la rue et m'a ramené chez elle. Son fils aîné m'a appris à me battre. Mateus m'a tout enseigné et je le considérais comme un dieu. Jusqu'au jour où j'ai compris que j'aspirais à une vie différente de celle que pouvait m'offrir la favela.

Ellie le fixa, incapable de voir autre chose que ce gamin de huit ans avec un mot épinglé sur sa chemise. Terrorisé et abandonné. Déposé sur le perron d'un père qu'il n'avait jamais vu. Rejeté par ses demi-frères et sœurs. Seul…

Rien d'étonnant à ce qu'il ait tenu à s'assurer que ses propres enfants ne subiraient pas le même sort.

Malgré tout ce qu'elle venait de subir, elle ne pouvait s'empêcher de s'apitoyer sur le sort de ce malheureux gamin. Un comble !

— Mais le monde entier te considère comme un Serrador, né avec une cuiller d'argent dans la bouche et qui a fréquenté les meilleures écoles…

— Quand j'ai eu gagné mon premier million, mes demi-sœurs ont décidé de me revoir. Je correspondais d'autant mieux à leurs critères qu'elles s'étaient ruinées à s'acheter comme maris de vrais aristocrates européens, déclara-t-il en se tournant de nouveau vers la vitre. J'ai commencé à payer leurs factures et, du coup, elles m'ont gentiment autorisé à porter le nom de Serrador et attribué une nouvelle biographie qui s'accordait mieux avec l'image qu'elles voulaient donner au public.

— Tu leur as donc pardonné ?

— Pardonné ? s'exclama-t-il en lui jetant un regard incrédule. J'ai pris cette décision par pur intérêt, sachant que je pourrais tirer parti des relations de mon père. En prenant son nom, j'ai accéléré le développement de mon affaire. Je n'avais pas prévu d'avoir d'enfants. Jamais je n'aurais cru…

Il s'interrompit, les mâchoires serrées.

— Jamais je ne supporterai de laisser souffrir un enfant, reprit-il. Pas si je peux le protéger. Pas si je sais…

Une ombre dure passa dans son regard.

— Mais nos enfants n'ont pas souffert, Diogo, dit-elle en lui prenant timidement la main pour la poser sur son ventre. Ils sont en sécurité. Tu le sens ?

La respiration de Diogo s'apaisa et son visage s'éclaira peu à peu, avant de changer de nouveau.

— Ellie, murmura-t-il en enroulant une mèche de cheveux de la jeune femme autour de son doigt, tu me fais me sentir…

Au lieu de terminer sa phrase, il posa soudain sa bouche sur celle d'Ellie, provoquant en elle une bouffée de désir qui l'embrasa tout entière. Nouant ses bras autour de sa nuque, elle se cambra pour mieux mesurer toute la fougue de ce contact.

Le SUV noir continuait sa route à travers la jungle épaisse et obscure, poursuivi par les cris des oiseaux, les hurlements des singes et l'écho assourdi de civilisations anciennes, oubliées depuis des siècles.

11.

Ellie se réveilla quand l'Escalade s'arrêta et comprit immédiatement qu'elle avait passé la nuit la tête posée sur l'épaule de Diogo, tandis qu'ils parcouraient des routes interminables et difficiles.

— Nous y sommes, dit-il en la regardant.

— Où donc ?

Le chauffeur leur ouvrit la porte et Diogo lui prit la main pour la guider loin du véhicule couvert de boue. Elle perçut toute la chaleur et la force de ses doigts, mais aussi la brûlure de son regard. Après avoir remis leurs valises à des employés qui attendaient discrètement, le chauffeur s'éloigna sur la route dans un nuage de poussière.

— Voici Bahia, dit Diogo. Ma maison au bord de la mer. Le lieu que je préfère au monde.

Ellie découvrit une luxueuse villa contemporaine construite sur une falaise qui dominait l'Atlantique et se découpait sur le soleil levant. Deux étages de verre surplombant une forêt de palmiers danseurs et une immense piscine sur une plage de sable blanc.

— Parfait pour une lune de miel, déclara-t-il.

— Une lune de miel ? balbutia-t-elle.

Après avoir passé toute la nuit blottie contre lui, il lui était difficile d'afficher encore un mépris aussi absolu.

— Non, murmura-t-elle d'une voix incertaine. Sûrement pas.

— Mais si, protesta-t-il en la fixant d'un regard qui la fit frémir. Tu vas être ma femme, dans tous les sens du terme.

Il la souleva dans ses bras et lui fit franchir le seuil de la maison que baignaient les reflets roses de l'aube, avant de la déposer sur le lit de sa chambre. Le bruit du ressac parvenait jusqu'à la jeune femme et une brise fraîche et salée lui caressait la peau. A travers la dentelle blanche de sa robe, elle sentit les mains de Diogo se poser sur ses seins.

— Tu m'appartiens, Ellie, murmura-t-il. Et je t'appartiens moi aussi.

— A moi ? Rien qu'à moi ? répondit-elle d'une voix brisée par l'émotion.

— Tant que je suis dans tes bras, *querida*. Je suis tout à toi.

C'était un marché de dupes, elle le savait. En échange d'une éternelle fidélité, il lui offrait quelques instants de loyauté. Mais au contact de ses mains, elle n'avait pas la force de protester contre cette injustice. Chacun de ses nerfs frémissait de désir.

Seul Diogo était capable de la mettre dans cet état.

Il fit glisser la dentelle blanche sur ses seins épanouis qu'il caressa et embrassa longuement. En sentant sa langue sur sa peau, elle fut submergée d'ondes successives de plaisir aussi violentes que les vagues qui venaient se briser sur la plage.

Lentement, il lui enleva sa robe avant de se déshabiller à son tour. Dans sa nudité transfigurée par la lumière qui envahissait la chambre, on aurait dit un dieu grec.

— Tu es magnifique, murmura-t-elle, les joues en feu.

Elle avait beau être mariée et attendre des jumeaux, elle ne pouvait s'empêcher de rougir de sa propre audace.

Ce compliment eut l'air de le surprendre.

— Et toi, tu es superbe, répondit-il en prenant ses seins en coupe entre ses mains avant de laisser ses lèvres descendre au gré des courbes de son corps.

Lorsqu'il caressa son nombril de sa langue, elle fut parcourue d'un long frisson. Il s'arrêta alors pour contempler longuement son ventre.

— Je suis désolé de cette grossesse non désirée,

murmura-t-il à voix basse, désolé de t'avoir forcée à devenir ma femme. Et pourtant… En fait, je ne suis pas si désolé que ça.

Le cœur d'Ellie se mit à battre la chamade. Tandis qu'il l'embrassait, elle sentait ses mains courir sur ses hanches, sur son ventre, à l'intérieur de ses cuisses. Il la serrait si fort, et si tendrement à la fois, qu'elle en fut bouleversée. Mais ce qui l'ébranla plus encore, c'est qu'il ne la touchait pas comme s'il la considérait comme un simple jouet.

Il la touchait comme s'il l'aimait.

Cette sensation produisait un curieux effet sur son esprit et sur son cœur. Chaque caresse l'entraînait bien plus loin que ce lit. Chaque fois que les mains ou les lèvres de Diogo se posaient sur elle, elle sentait qu'elle tombait de nouveau amoureuse et elle redoutait de devoir passer sa vie avec un homme infidèle qui se moquerait d'elle. Mais, lorsqu'il la serra contre son torse nu qu'ombrait une épaisse toison brune, ses réticences s'envolèrent et elle s'abandonna, détendue, entre ses bras tièdes et protecteurs.

— Laisse-moi t'aimer, murmura-t-il.

A chacune de ses caresses, dans son cou, sur ses cuisses, au creux de ses genoux, elle devenait de plus en plus faible.

Son plaisir, sans doute dû à la poussée hormonale liée à son état, devenait presque insupportable et, quand il introduisit la main entre ses jambes elle se cambra désespérément contre lui, en poussant un cri rauque.

Avec une terrible lenteur, il se mit à la caresser au plus profond de son intimité, la faisant se raidir et se tordre à cette voluptueuse torture.

Elle fixa le ventilateur qui tournait en rythme au-dessus d'elle. Non, elle ne pouvait pas se laisser faire. Même si elle était sa femme et se devait de partager son lit, elle ne devait pas se rendre. Pas de cette façon !

La bouche de Diogo se posa délicatement à l'intérieur de ses cuisses, tandis que de sa main libre, il lui caressait les seins.

— Laisse-toi aller, chuchota-t-il d'une voix rauque.

Elle secoua désespérément la tête. Si elle se livrait à lui, elle ne se contenterait pas d'accepter le plaisir qu'il lui offrait. Elle accepterait aussi son destin. Elle l'aimerait totalement, sans réserve.

— Toujours aussi têtue, dit-il en baissant la tête entre ses jambes. On va bien voir qui gagnera à ce petit jeu.

En sentant sa langue s'immiscer en elle, elle se mit à trembler de plaisir et se cabra contre lui en poussant un gémissement de désespoir.

A cet instant, il changea de position pour s'introduire en elle, lentement. Un moment, elle se sentit comme écartelée de plaisir, incapable de maîtriser les frémissements qui l'agitaient. Il continua à s'enfoncer de plus en plus profondément, provoquant une volupté presque douloureuse qui lui arracha un cri qu'elle reconnut à peine comme le sien.

Sous ses doigts, elle sentait vibrer chaque muscle de Diogo. Puis il poussa un cri de plaisir triomphant avant de s'effondrer à côté d'elle.

Elle mit de longues minutes à recouvrer ses esprits. Le souffle court, le corps trempé, elle se rendit compte peu à peu qu'il s'accrochait encore à elle. Comme un homme qui se noie, songea-t-elle avec étonnement, et qui agrippe une planche de salut.

Elle contempla sa chevelure sombre et son beau visage qui se pressait contre sa poitrine. Elle s'était toujours promis, si elle se mariait, d'épouser un homme qui serait pour elle un ami. Un égal. Un partenaire.

Mais ce mariage n'aurait rien d'un paradis. Rien à voir avec ses rêves de gamine romantique. Il serait sombre et primitif. Brûlant comme l'enfer.

Et cet homme… Ce prince noir qui lui avait ravi son innocence… Etait-ce le diable ?

Comment pourrait-elle être heureuse avec lui, sachant qu'elle devrait le partager avec d'autres ? Mais si, par miracle, il lui restait fidèle…

— Diogo…

Il ouvrit les yeux et roula sur le côté.

— Les bébés… Je leur ai fait mal ?

Elle secoua la tête.

— Je me demandais…

Allait-elle oser lui poser la question : *Peux-tu te passer de tes autres femmes et m'être fidèle ?*

Il s'étira sur l'immense lit, souple et satisfait comme un lion repu.

— Viens dormir, dit-il en l'attirant doucement à lui pour qu'elle se blottisse contre sa poitrine.

Elle se sentait bien. Trop bien. En dépit de ses craintes et de sa jalousie, le sommeil la gagnait peu à peu dans le confort et la sécurité des bras de Diogo. Lorsqu'elle ouvrit les yeux, il faisait grand jour et elle resta immobile à écouter le grondement de l'océan et les appels des oiseaux de mer.

Elle aurait voulu rester là, à jamais blottie entre les bras de Diogo.

12.

Elle avait une faim de loup.

Tout près d'elle, elle percevait la respiration lente et régulière de Diogo tandis qu'au dehors les oiseaux chantaient gaiement dans la lumière éclatante. Elle sourit.

Depuis l'aube, son mari lui avait fait l'amour tant de fois qu'ils avaient fini par s'endormir, épuisés, dans les bras l'un de l'autre.

Elle rougit. Oui, Diogo était bien son *mari*. Si étonnant que cela paraisse. Et quelle nuit, ou plutôt quelle matinée de noces, venait-elle de passer !

Son estomac se rappela de nouveau à elle, avec plus d'insistance. Elle posa la main sur son ventre pour rassurer ses bébés : le petit déjeuner était en route. Puis elle se glissa hors du lit et enfila une robe de chambre de coton blanc bien trop grande avant de se diriger vers la cuisine en prenant garde de ne pas réveiller Diogo. Dans un placard, elle trouva du thé et brancha la bouilloire. Puis elle coupa deux épaisses tranches de pain qu'elle mit à griller avant de les tartiner de beurre. Une pour chaque bébé. Après tout, si ses petits chéris réclamaient du beurre et de la confiture de fraise, comment aurait-elle pu ne pas les satisfaire ?

Le sourire aux lèvres, elle prit son thé et ses toasts avant de sortir dans le patio, laissant la porte-fenêtre ouverte derrière elle. Le soleil de l'après-midi étincelait sur l'immense piscine et sur l'océan, au-delà des falaises.

En contemplant le scintillement des vagues sur l'eau

couleur saphir, elle éprouva une émotion qu'elle n'avait jamais ressentie encore.

Le bonheur. Une joie profonde, inexplicable.

Elle huma l'air frais et salé. La plage de sable blanc était paisible et l'océan, d'un bleu de rêve dans la chaude lumière tropicale. Une légère brise inclinait les palmiers sur les lointaines falaises.

Un bourdonnement s'éleva à l'intérieur de la maison, en provenance d'une des tables de nuit. Une vibration qui la transperça jusqu'aux os. Elle perçut la voix étouffée de Diogo :

— Catia ?

Sa sérénité s'évanouit instantanément et ses doigts se crispèrent sur l'anse de sa tasse. Catia… Encore elle. Cette femme ne pouvait donc pas laisser Diogo tranquille, même pendant sa lune de miel ?

Malgré elle, elle se sentit envahie par une bouffée de jalousie et d'humiliation. Son regard se posa sur ses toasts, mais son bel appétit s'était envolé. Elle s'approcha de la porte-fenêtre, cherchant à saisir quelques mots.

— *Tchau,* dit Diogo avant de sortir du lit.

Ellie s'écarta vivement de la porte. Elle ne devait pas avoir l'air de souffrir. Ce n'était pas comme si elle s'attendait à être aimée de Diogo. Ils avaient conclu un simple mariage de convenance pour le bien des enfants. D'ailleurs, au départ, jamais elle n'avait eu l'intention de l'épouser.

Mais la jalousie la taraudait. Elle souffrait tant qu'elle se sentait incapable de dissimuler sa souffrance.

Renonce aux autres femmes. Sois-moi fidèle !

Comment oser formuler une telle demande ?

— Tu es là, dit-il en sortant pour s'approcher d'elle. *Bom dia,* mon épouse aimée.

Il lui posa un petit baiser sur la tempe. En l'observant entre ses cils, Ellie remarqua chez lui une tension qu'il cherchait à dissimuler. Il ne voulait pas qu'elle sache.

Pourquoi ? Pour protéger sa maîtresse secrète ?

— Il y a beaucoup de vagues aujourd'hui, constata-t-il après avoir observé l'océan, accoudé à la rambarde.

Elle déposa sa tasse et s'approcha de lui pour poser doucement les mains sur son dos. Il se retourna.

— Qui est Catia ? chuchota-t-elle. Pourquoi ne cesse-t-elle pas de t'appeler ?

Le beau visage de Diogo se ferma soudain.

— Je ne veux pas en discuter.

— Tu m'as dit un jour que ta femme aurait le droit de savoir.

— Oui, dit-il en se passant la main dans les cheveux. Un jour, je te raconterai, mais pas maintenant.

— Tu ne peux pourtant pas t'attendre honnêtement à ce que j'accepte ce partage, répondit-elle, les yeux pleins de larmes.

— *Querida*...

— Ne m'appelle pas comme ça. Je ne suis quand même pas assez idiote pour croire que tu te soucies vraiment de moi !

— Il faut que tu l'admettes, Ellie. Tu n'as pas le choix. Moi aussi, je devrai bien te partager...

— Jamais je ne...

— Avec nos enfants.

— Ça n'a vraiment rien à voir, protesta-t-elle avec violence.

— Je suis prêt à vous offrir, à toi et à nos enfants, une maison confortable. Tu vivras dans l'aisance, protégée par mon nom. Ne m'en demande pas plus. Pas encore.

— Pourtant, je suis ta femme.

— Il y a des sujets dont un homme ne discute pas. Surtout avec sa femme.

Elle secoua la tête. Jamais elle ne se plierait à sa loi. Pourquoi ne pouvait-il pas tout simplement reconnaître qu'il avait une maîtresse et lui épargner le martyre de l'incertitude ? Quelle était la valeur de ce mariage s'ils ne se montraient pas même honnêtes ?

— Qui est-ce ? Elle est belle ?

— Je refuse d'en parler. Considère que j'ai mes secrets, voilà tout.

Si seulement elle en avait été capable ! Enceinte de jumeaux, mariée à un superbe milliardaire, elle possédait tout ce que désiraient la plupart des femmes. Pourquoi ne pouvait-elle pas s'en contenter sans réclamer, en plus, que Diogo l'aime et qu'il lui soit fidèle ?

— Très bien, dit-elle d'une voix brisée. Garde tes secrets.

— Va t'habiller. Nous rentrons à Rio. Tout de suite.

— Tout de suite ? Mais nous venons d'arriver. Notre lune de miel…

— Notre lune de miel est terminée. J'ai à faire à Rio.

Elle imaginait très bien ce qu'il pouvait avoir à y faire. Avec une rousse piquante aux jambes interminables ou une brune pleine d'expérience et de sensualité avec qui Ellie ne pouvait même pas songer à rivaliser.

Quel était le pouvoir de cette Catia pour que Diogo lui obéisse ainsi au doigt et à l'œil ?

— Je ne veux pas partir.

— Va te préparer, on s'en va dans cinq minutes, dit-il en rentrant dans la maison sans lui accorder un regard.

Ellie se doucha rapidement avant de passer une chemise blanche et un pantalon kaki. Au moment où elle quittait la maison, le cœur en berne, trois employées y entrèrent en riant pour la nettoyer. Tandis qu'elles défaisaient le lit, elle leur jeta un regard furtif. Bientôt ce lieu de rêve serait de nouveau impeccable, comme si leur nuit de noces n'avait jamais existé, et de nouveau prêt à accueillir la prochaine conquête de son propriétaire.

Ravalant son amertume, elle suivit Diogo vers l'hélicoptère qui les attendait sur un aplat, en bordure de la propriété. A peine lui jeta-t-il un regard. Soudain, elle sentit ses jambes flageoler et s'arrêta, la main sur la bouche. Comme s'il avait deviné ce qui se passait, il se retourna et vint immédiatement à son secours.

— Qu'y a-t-il ? Tu es malade ?

— Non. Je crois… je crois que j'ai simplement très

faim. Et soif. Je m'étais préparé des toasts, mais je n'ai pas eu le temps de les manger.

Tandis qu'elle prenait place sur le siège de l'hélicoptère Sikorsky, il donna des ordres à l'un des gardes du corps et une femme de chambre ne tarda pas à arriver, portant un sandwich jambon-fromage, une pomme et une bouteille d'eau gazeuse.

— Bon voyage, *senhora*.

L'évident respect que l'employée témoignait à Ellie laissait à penser qu'elle considérait la nouvelle Mme Serrador comme une grande dame très fortunée. Si elle avait su…

— Si tu as encore soif, il y a du jus de fruits et du lait, cria Diogo pour se faire entendre tandis que l'appareil décollait. Et des fruits secs, des gâteaux et des chips dans ce frigo. Dès que nous serons rentrés, Luisa se fera un plaisir de te préparer ce dont tu as envie.

— Merci, répondit-elle, le cœur lourd.

Mais il avait déjà détourné la tête, et durant leur court trajet jusqu'à Rio, il passa son temps à pianoter sur son ordinateur et à passer des appels professionnels. Comment pouvait-il être si prévenant et gentil et tout à coup redevenir d'une telle froideur ?

En fait, seuls les bébés l'intéressaient. S'il tenait à ce qu'Ellie vive confortablement, c'était pour leur sauvegarde, mais il ne se préoccupait absolument pas de ce qu'elle pouvait ressentir. Sinon, il n'aurait pas mis fin précipitamment à leur lune de miel pour retourner auprès de sa maîtresse.

Quant à tout ce que son corps lui avait promis dans leur lit, ce n'était que pur mensonge et trompeuses caresses.

Sans le voir, elle fixa le paysage qui défilait à leurs pieds. La forêt avait disparu, laissant place à une végétation moins dense. Après avoir terminé sa pomme et son eau gazeuse, elle s'appuya au dossier de son siège en pensant à cette femme. Catia. Comment pouvait-elle avoir sur Diogo une telle emprise ?

Dans son entreprise, tout le monde le considérait comme un don Juan, refusant tout engagement vis-à-vis des femmes. Des secrétaires friandes de ragots avaient établi une liste exhaustive de ses conquêtes. C'est un top model suédois, spécialisé dans les maillots de bain, qui détenait le record de durée. En plein mois de décembre, elle déambulait dans Manhattan sur des talons de douze centimètres, vêtue d'un short moulant et d'un dos nu. Et elle n'avait pourtant réussi à retenir son attention que pendant une semaine.

Si Ebba Södeberg n'avait tenu que huit jours, de quelles qualités devait être dotée cette Catia pour lui faire traverser le Brésil sur un simple appel téléphonique ? Naturellement, ce devait être une beauté. Mais il en fallait plus pour piéger Diogo. Une femme de pouvoir, sophistiquée et élégante, titulaire d'un master de gestion, sans aucun doute, parlant cinq langues, possédant sa propre affaire et voyageant en jet privé. Et bien sûr, au lit, une bombe sexuelle. Rien à voir avec une midinette qui n'avait que deux nuits d'amour à son actif, et avec le même homme.

Catia devait posséder une silhouette de rêve, terriblement sexy, pas du tout comme Ellie qui prenait rapidement du poids en raison de sa grossesse gémellaire.

Elle se tourna vers la vitre en croisant les bras pour lutter contre l'émotion qui la submergeait. Evidemment, elle devait être travaillée par ses hormones pour s'imaginer que, parce que Diogo lui avait fait l'amour avec tant de passion, elle comptait un tant soit peu pour lui. Elle avait été folle de croire que s'il l'avait épousée, ce n'était pas seulement pour donner une mère à ses enfants et pour qu'elle réchauffe son lit à l'occasion. Pour lui, elle n'était qu'une malheureuse petite secrétaire enceinte qui n'avait jamais eu le bac, qui n'avait jamais fréquenté les stylistes à la mode et qui avait depuis longtemps oublié le peu d'espagnol qu'elle avait appris au lycée. Un objet qu'il possédait, parmi d'autres.

Maintenant qu'il avait réussi à s'en emparer, il en était déjà las et cherchait un autre défi à relever.

Alors qu'elle… Ellie retint son souffle tandis que l'hélicoptère atterrissait à Rio. Elle, elle l'aimait.

Il lui avait suffi d'être sa femme un seul jour et de passer une nuit entre ses bras pour se retrouver de nouveau amoureuse. Mais elle comprenait déjà le peu de cas qu'il faisait d'elle pour lui faire subir dès le deuxième jour de leur mariage une telle humiliation.

Elle en tremblait encore lorsqu'ils atterrirent sur le toit de l'immeuble où étaient installés les bureaux de Diogo, en bas duquel Guilherme les attendait au volant de la Bentley.

— Leblon, lança Diogo au chauffeur.

Leblon ? En voyant qu'ils prenaient la direction du Sud, Ellie sentit son cœur se serrer. Ce n'était pas la première fois qu'il l'emmenait dans ce quartier chic. Durant leur voyage d'affaires, en février, Diogo avait annulé à l'improviste une réunion et ordonné au chauffeur de le déposer Rua João Lira. Absorbée par son propre travail et par l'intérêt grandissant que suscitait en elle son patron, Ellie n'y avait pas prêté garde et s'était même sentie soulagée de se retrouver seule cette nuit-là au Carlton Palace pour élaborer la version anglaise des contrats. Mais aujourd'hui…

En février, il voyait donc déjà cette Catia…

Et aujourd'hui, il se souciait si peu des sentiments d'Ellie qu'il ne prenait même pas la peine de se cacher.

Les larmes aux yeux, elle contempla les Cariocas qui jouaient au volley sur la plage de Copacabana tandis que la voiture, après avoir dépassé la pointe sud de Lagoa Rodrigo de Freitas, s'engageait dans Ipanema. De jeunes mères épanouies promenaient leurs poussettes sur le bord de la lagune. Enfin, ils atteignirent Leblon, un quartier neuf peuplé de boutiques luxueuses et de splendides villas. Pourtant, juste derrière, à flanc de colline, projetant leur ombre sordide sur tout ce luxe, s'entassaient les taudis des favelas.

Diogo était exactement comme Rio, séduisant et brutal. S'attendait-il vraiment à ce qu'elle soit si satisfaite d'être sa femme qu'elle ferme les yeux sur ses éternelles infidélités ?

Le chauffeur arrêta la Bentley au bord d'un trottoir.

— Nous sommes arrivés, *senhor*.

Pour la première fois depuis qu'ils avaient quitté Bahia, Diogo regarda Ellie.

— Guilherme va te ramener à la maison.

Elle sentit les larmes lui brûler les yeux.

— Ne pars pas, balbutia-t-elle, la gorge serrée. Pas pour aller la retrouver.

Il la fixa d'un regard sombre.

— Rentre à la maison, Ellie, dit-il avant de claquer la portière.

La Bentley redémarra aussitôt, mais tandis qu'elle s'éloignait, Ellie se retourna et avisa Diogo qui montait une volée d'escaliers pour frapper à une porte extérieure d'un rouge brillant. En voyant une ravissante brune lui ouvrir en souriant, Ellie sentit exploser en elle une rage comme elle en avait rarement éprouvé dans sa vie. Comment pouvait-il oser ?

— Arrêtez, ordonna-t-elle au chauffeur.

— Non, *Senhora* Ellie, répondit l'homme en lui souriant nerveusement dans le rétroviseur. Monsieur m'a donné l'ordre de vous ramener.

Le cœur de la jeune femme battait si fort qu'elle se dit qu'elle mourrait si elle ne disait pas immédiatement à Diogo ce qu'elle pensait de lui — et de cette petite brune par la même occasion. Elle n'était sans doute elle-même ni la plus sexy, ni la plus riche, ni la mieux élevée des femmes, mais elle ne méritait sûrement pas de se faire traiter de cette façon.

— Très bien. Continuez, lança-t-elle en ouvrant la portière avant de descendre sous les yeux horrifiés du chauffeur qui freina brutalement au milieu des embouteillages.

Sans se soucier des Klaxon, elle se précipita sur le trottoir, rouge de colère avant de monter quatre à quatre l'escalier de la maison où avait disparu Diogo.

Elle frappa à la porte. Une première fois. Une seconde.

La porte s'ouvrit sur la petite brune, aussi ravissante, irrésistible et mystérieuse que le redoutait Ellie.

— Que désirez-vous ? s'enquit la jeune femme d'une voix très distinguée en la toisant.

— Vous êtes sans doute Catia, répondit Ellie en se redressant, forte des générations de métallurgistes et de mineurs dont le sang coulait dans ses veines, avant de passer devant la maîtresse de son mari, la tête haute. Dites à Diogo Serrador que sa femme est ici.

13.

— Ellie !

Diogo bondit sur ses pieds, le visage blanc de colère. Quelques instants plus tôt, il était sans doute encore assis sur ce confortable canapé avec sa petite brune, comme chez lui.

— Je ne veux pas de partage, gronda Ellie. Je n'en veux pas !

— *Maldição,* s'exclama Diogo en fronçant les sourcils. Qu'est-ce c'est que cette façon de m'espionner ?

— Tu t'attendais sans doute à ce que j'accepte le premier mensonge que tu voudrais bien me raconter et en plus à ce que je te dise merci ? hurla-t-elle en ravalant ses larmes, les poings serrés. Je suis ta femme, j'ai des sentiments et j'attends de toi que tu… que tu…

Qu'attendait-elle donc ?

Qu'il soit aussi sincère avec elle qu'elle l'était avec lui.

Qu'il l'aime autant qu'elle l'aimait elle-même.

Quelle idiote !

— Va au diable, lança-t-elle en se laissant tomber sur le divan.

En une seconde, il traversa la pièce pour la prendre dans ses bras avec une tendresse inattendue. Puis il l'embrassa doucement sur la tempe en lui caressant les cheveux.

— Elle n'est pas ma maîtresse, Ellie, pas du tout.

— Mais…

— Si j'avais voulu te tromper, je ne t'aurais pas épousée.

Elle le fixa, n'osant croire ces paroles qu'elle avait tant désiré entendre.

— Dans ce cas, que fais-tu ici ?

— Je ne voulais pas que tu saches. J'avais trop… honte.

— Honte ? Mais de quoi ?

Il lui prit le menton pour la forcer à le regarder dans les yeux.

— Quand je t'ai obligée à prendre mon nom, je t'ai donné ma foi. Jamais je ne briserai ma promesse. Jamais.

— Mais ce n'est pas un vrai mariage, protesta-t-elle en secouant la tête.

Il posa ses lèvres sur celles de la jeune femme, en un baiser qui lui fit courir le sang deux fois plus vite dans les veines.

— Pourquoi ne serait-il pas vrai ?

Ellie entendit alors un cri de surprise. En relevant la tête, elle aperçut la jeune brune debout sur le seuil, chargée d'un plateau. Ses yeux lançaient des éclairs. Si elle n'était pas la maîtresse de Diogo, elle aurait certainement bien voulu l'être.

— Parce que sinon, tu ne serais pas ici, avec cette Catia, ta maîtresse.

— Cette jeune femme s'appelle Angelique Price et exerce la profession de nurse.

— Nurse ? répéta Ellie, interloquée.

Comme en réponse à un signal, une petite fille d'environ cinq ans déboula dans la pièce, portant une poupée. Elle s'arrêta net et leva vers Diogo de grands yeux apeurés.

— Qu'est-ce que tu fais là ? s'écria-t-elle dans un anglais hésitant en serrant sa poupée contre son cœur. Va-t'en. Je ne veux pas te voir ici.

— Hello, Catia, répondit-il en s'avançant vers elle. Tu m'as tellement manqué, *minha pequena.* Angelique m'a appelé pour me dire que tu demandais où j'étais. Je suis venu dès que j'ai pu.

— Non ! Je ne veux pas te voir ! Va-t'en !

Il souleva la fillette dans ses bras et la serra contre lui

pour lui faire faire le tour de la pièce. Elle lâcha sa poupée, mais au lieu de glousser comme le font les enfants, elle continua à hurler.

— Non ! Pose-moi par terre. Je ne veux pas te voir !

Elle n'était pas spécialement jolie, avec ses cheveux châtains, ses lunettes aux verres épais, ses dents de travers. Beaucoup trop maigrichonne et sérieuse pour une gamine de cinq ans. Immédiatement, Ellie se sentit attirée par son regard brun qui la fixait avec anxiété.

— Qui est-ce ?

— C'est Ellie, ma femme, répondit-il en caressant doucement les cheveux de l'enfant. Ellie, je te présente Catia, ma fille.

Une heure plus tard, pendant que sa nurse faisait déjeuner Catia dans la cuisine, Ellie et Diogo s'assirent sur le canapé du salon. Malgré tous les efforts de celui-ci, cette visite restait un échec. Plus il tentait de faire du charme à la petite fille et de lui plaire, plus elle hurlait et le repoussait.

— J'ai trouvé Angelique par une agence. Jusqu'à Noël dernier, je ne savais même pas que j'avais une fille, dit-il à Ellie en se passant la main sur le visage. *Maldição,* pendant toutes ces années, elle a vécu à Rio, et je n'étais même pas au courant.

— Où est sa mère ?

— Elle est morte, répondit-il tandis qu'une ombre passait dans son regard sombre.

— Morte ?

— Yasmin était danseuse. Elle était si passionnée, si pleine de vie. Je l'ai rencontrée au Saskatchewan où je construisais une mine. Nous avons passé à peine quelques soirées ensemble. Lors de notre troisième rendez-vous, elle m'a demandé de l'épouser. J'ai cru qu'elle en voulait à mon argent et qu'elle cherchait à me piéger. Alors, je l'ai laissée tomber sans vouloir en savoir davantage.

Il baissa la tête comme un enfant pris en faute.

— Quand je lui ai dit que je ne l'aimais pas, elle m'a répondu que tout était fini entre nous, qu'elle en aimait un autre et qu'elle n'avait pas de temps à perdre avec moi. Il ne m'est même pas venu à l'esprit qu'elle pouvait être enceinte.

— Mon Dieu…, dit Ellie en le regardant, stupéfaite.

— Quand j'ai découvert la vérité concernant Catia, je n'ai pas pu supporter l'idée d'avoir abandonné ma fille pendant cinq ans et j'ai fait le nécessaire pour qu'aucune femme ne puisse être enceinte de moi à mon insu.

— Tu as donc fait pratiquer une vasectomie.

Il acquiesça d'un air las.

— Qu'est-il arrivé à Yasmin ?

— Elle a tenté d'élever l'enfant seule, mais elle s'est blessée en dansant et s'est retrouvée totalement démunie. J'ai découvert plus tard qu'elle avait essayé de me contacter quand Catia avait six mois. Elle m'a envoyé une lettre que je n'ai jamais reçue. C'est Wright qui l'a interceptée pour la menacer.

— Timothy ?

— Oui, répondit-il avec un sourire sans joie.

— Timothy a menacé la mère de ta fille ?

— Quand j'ai tout découvert, à Noël dernier, il a prétendu avoir voulu me protéger. Il a envoyé une lettre à Yasmin l'informant que, si elle tentait de reprendre contact avec moi, il la ferait arrêter pour extorsion de fonds. En revanche, il lui a proposé dix mille dollars en échange de l'enfant.

— Dix mille dollars !

— Terrifiée à l'idée qu'il lui vole l'enfant, elle ne m'a jamais recontacté. Mais comme elle ne possédait ni ressources personnelles ni famille pour l'aider, elle a sombré dans la prostitution de luxe. Elle est décédée au moment de Noël, battue à mort par un client.

— Et Catia ? s'enquit Ellie après avoir repris son souffle.

— Lorsqu'elle recevait ses clients, Yasmin la confiait toujours à une baby-sitter. Catia sait que sa mère est morte, mais elle ne sait pas comment.

— Heureusement… Pauvre petite !

Quelle tragédie ! Et elle qui s'était rendue presque folle à imaginer une superbe maîtresse, alors que sa rivale n'était qu'une malheureuse orpheline…

— Ne t'en fais pas, lui dit Diogo qui s'était mépris sur son silence. Je comprends que Catia est ma fille, pas la tienne. Je ne m'attendais pas à ce que tu m'aides à l'élever.

— C'est ridicule. Elle est ta fille. Elle doit vivre avec nous.

Les yeux de Diogo s'élargirent.

— Tu ne t'y opposerais pas ?

— Bien sûr que non ! Je ne comprends pas que, depuis que tu as obtenu sa garde, tu l'aies confiée à une nurse au lieu de la garder avec toi.

— Je travaille tard et je voyage beaucoup. J'ai cru bien faire en la laissant ici, chez elle.

— Dans la maison où sa mère avait été battue à mort ?

— Tu dois avoir raison, dit-il en enfouissant son visage entre ses poings fermés. En réalité, je voudrais vivre avec elle, mais elle refuse de quitter cette maison. Quand j'essaie de faire ses bagages, elle crie comme si on l'égorgeait en s'accrochant à Angelique.

— Je n'aime pas cette femme, Diogo. Elle ne m'inspire pas confiance.

Et surtout, se dit Ellie, Angelique aurait bien voulu le garder pour elle.

— Catia a perdu sa mère et me connaît à peine. Je n'arrive pas vraiment à communiquer avec elle. J'ai cru que, si je lui accordais quelques mois de délai, elle accepterait la nouvelle vie que je lui offre. Mais là, je suis à bout et je ne sais vraiment plus quoi faire. A moins de proposer à Angelique de venir vivre avec nous.

Angelique, vivre avec eux ?

— Il suffit pourtant d'être ferme.

— Ferme, répéta-t-il avec un sourire désabusé. Avec une gamine de cinq ans ? L'arracher à cette maison, au milieu des pleurs et des hurlements ? Je n'en ai pas le courage. Ellie, je ne sais vraiment pas ce que je dois faire.

Elle le fixa un long moment avant de s'avancer vers lui et de lui caresser les cheveux. Il semblait en plein désarroi. Diogo Serrador, le tigre de Wall Street, le leader mondial de l'acier, n'était plus qu'un homme détruit et désespéré. En sentant la main d'Ellie sur sa tête, il poussa un soupir et se tourna pour offrir sa joue à sa caresse.

Elle se devait d'agir sans le laisser souffrir davantage. Pas plus que cette malheureuse enfant. Il lui fallait régler le problème, réunir ces deux êtres.

— Je vais t'aider, dit-elle d'une voix calme.

Il ouvrit les yeux pour la regarder d'un air terriblement vulnérable. Comme un petit garçon. Elle devina les reproches sans fin qu'il se faisait. Pour la mort de Yasmin. Pour le chagrin de sa fille dont il avait si longtemps ignoré l'existence.

— Qu'allons-nous faire ?

Elle l'embrassa doucement sur le front.

— Je vais lui parler. Tout va bien se passer, Diogo, je te le promets.

La lueur d'espoir qui passa dans ses yeux déchira le cœur de la jeune femme. Elle se dirigea vers la cuisine, mais ni Catia, ni sa nurse ne s'y trouvaient. Elle monta l'escalier et s'arrêta devant une chambre d'où lui parvenaient des voix étouffées.

— Ton papa ne t'aime pas, disait celle d'Angelique. Il est comme cet homme horrible dont je t'ai parlé et qui a fait du mal à ta maman. Avec moi, tu ne risques rien, mais si tu le laisses t'emmener, il te battra. Sauf si je suis avec toi. Alors, ne pars pas d'ici sans moi. Comme ça, je me marierai avec lui et jamais plus je n'aurai besoin de travailler.

La voix de l'enfant était si faible qu'Ellie ne put entendre sa réponse.

— Mais non, reprit la nurse. Ce n'est pas ta nouvelle maman. Ne t'en fais pas. On va se débarrasser d'elle.

Ellie ouvrit la porte à la volée. En voyant l'air arrogant

d'Angelique et les larmes de la fillette, elle fut envahie par une terrible fureur.

— Que lui avez-vous raconté ? lança-t-elle.

— Je ne vois pas ce que vous voulez dire, répondit la jeune femme en souriant d'un air innocent. Je lui disais simplement d'être gentille avec son père. Devons-nous descendre maintenant, madame Serrador ?

Ellie la prit par le poignet.

— Vous êtes vraiment une femme abominable. Vous êtes renvoyée.

— Renvoyée ? Vous ne pouvez pas me renvoyer. Seul, M. Serrador a le droit de le faire.

— Sortez ! cria Ellie. Avant que je ne vous chasse à coups de pied.

La femme s'enfuit en courant et Catia se mit soudain à hurler. Ellie s'agenouilla devant elle.

— Tout va bien, ma chérie, murmura-t-elle. Tout va bien. Angelique est méchante et elle t'a menti. Ton papa t'aime beaucoup. Jamais il ne te fera de mal.

Elle tenta de prendre la fillette dans ses bras, mais celle-ci recula en gémissant.

— Nous voulons que tu viennes vivre dans notre maison, reprit Ellie, bouleversée.

— Non !

Les yeux pleins de larmes, la jeune femme chercha désespérément un moyen de prouver sa bonne foi à la malheureuse enfant.

— Nous voulons te garder avec nous. Tu auras une chambre à toi et des tas de jouets.

— Non, hurla Catia. Je ne veux pas.

— Et bientôt, continua Ellie, tu auras un petit frère et une petite sœur avec qui tu pourras jouer…

Les cris se calmèrent soudain.

— Des bébés ? chuchota la fillette. Un garçon et une fille ?

Ellie acquiesça et lui montra du doigt son petit ventre rebondi.

— Ton père et moi, nous attendons des jumeaux, Catia. Pour le mois de novembre.

— Mais alors, pourquoi vous me voulez, moi aussi ?

Ravalant ses larmes, la jeune femme lui caressa les cheveux.

— Parce que les bébés auront besoin d'une grande sœur pour leur apprendre à jouer.

— Ah bon, ça, je peux le faire. Je leur apprendrai à jouer au ballon, à faire du vélo et plein d'autres choses.

— Je sais, répondit Ellie en lui tendant la main. Nous voulons que tu fasses partie de notre famille, Catia. Nous t'aimons. Nous avons besoin de toi.

— C'est vrai ? demanda la fillette en levant timidement les yeux vers elle.

— Oui, répondit Ellie.

Les larmes roulaient maintenant sur ses joues sans même qu'elle tente de les essuyer. Elle sentait qu'elle adorait déjà cette petite fille qui avait désespérément envie de trouver sa place et d'être protégée et aimée. Tout comme elle-même naguère…

Retenant son souffle, le bras tendu, Ellie attendait.

Timidement Catia plaça sa petite main dans la sienne.

Le cœur d'Ellie déborda de joie.

— Tu ne le regretteras pas, dit-elle, je te le promets. Nous saurons te protéger et te rendre heureuse.

En descendant l'escalier, elles découvrirent Angelique Price, plaidant sa cause auprès de Diogo. Il se tenait près de la cheminée, le visage fermé. Mais Ellie, qui connaissait maintenant le fond de son cœur, savait que cette froide arrogance n'était qu'un masque forgé pour protéger une extrême sensibilité.

Un cœur exactement comme le sien.

— Votre épouse est jalouse de Catia, monsieur Serrador, disait la jolie nurse, la main posée sur le bras de Diogo. Elle n'a pas toute sa raison. Ne la laissez pas me prendre votre enfant. Je suis sûre qu'elle veut lui faire du mal. Elle cherche à se débarrasser de moi pour la mettre en pension, ou pire encore. Si vous aimez votre fille, ne la laissez pas me renvoyer !

En entendant Ellie et Catia, ils levèrent tous deux la tête et le visage de Diogo s'illumina quand il vit la main de sa fille dans celle de la jeune femme.

— Je suis prête, papa. Je veux aller à la maison avec notre famille.

— Oh, *pequena*.

Catia lui tendit ses petites mains, le visage resplendissant, et il se précipita vers elle pour la soulever dans ses bras.

— Il faut absolument quelqu'un pour apprendre à jouer à ces bébés, s'exclama la fillette.

Il la serra contre son cœur tout en regardant Ellie par-dessus son épaule.

— Merci, Ellie, balbutia-t-il, les yeux brillant de larmes.

— Vous ne pouvez pas lui faire confiance ! s'exclama Angelique d'une voix perçante. Pourquoi la croyez-vous elle, et pas moi ?

Sans lâcher Catia, Diogo prit Ellie par la main.

— Il me semble que ma femme vous a donné congé, dit-il froidement. Vous avez cinq secondes pour sortir avant que je ne vous chasse *manu militari*.

— Vous n'oseriez pas !

Mais en le voyant faire un pas dans sa direction, elle s'enfuit à toutes jambes. Diogo se tourna vers sa famille.

— Venez, rentrons à la maison.

Il baisa tendrement la main d'Ellie. Dans ses yeux sombres, la jeune femme découvrit une flamme nouvelle et pleine de promesses.

14.

Je ne vais pas tarder à te l'enlever.

Diogo fixait le billet qu'il tenait entre ses mains.

Au départ, il les avait ignorés. Il avait découvert le premier dans son porte-documents en rentrant d'un voyage à New York, début juin. Le deuxième dans son avion privé en septembre. Et maintenant celui-ci, dans la voiture que sa femme et sa fille utilisaient à Rio.

Guilherme lui avait juré qu'il ignorait comment ce papier avait pu se retrouver dans la Bentley et Diogo le croyait. Néanmoins, il savait déjà intuitivement qui les avait envoyés : Timothy Wright. Le juriste ruiné s'était évanoui dans la nature, pourchassé par la police américaine. Et maintenant, il paraissait déterminé à se venger de son ancien patron qui avait fourni des preuves à son encontre.

Mais comment Wright avait-il pu laisser ces billets dans les lieux si protégés où vivait Diogo ? En dépit de tous ses gardes du corps ? Cet homme était-il un fantôme ou un démon ?

Je ne vais pas tarder à te l'enlever.

Diogo froissa le papier et le jeta dans une poubelle, juste devant le Carlton Palace. Pourquoi ses hommes mettaient-ils si longtemps à découvrir où se cachait Wright ? Pour protéger sa famille, il fallait qu'il situe son ennemi. Il devait en finir. Faire appel à tous ses hommes sans exception et à tous les moyens possibles. Retrouver ce monstre.

En sortant de l'ascenseur, au neuvième étage, il donna à l'équipe de sécurité qui l'attendait de nouvelles instructions. Mais Pedro eut beau lui jurer avoir fait preuve d'une vigilance particulière, il se sentait particulièrement inquiet lorsqu'il poussa la porte de l'appartement.

Deux visages ravis se tournèrent vers lui tandis qu'il entrait dans la cuisine. Catia portait une robe de princesse rose et une tiare. A côté d'elle, Ellie, le ventre très rond, rayonnait dans un haut de jersey noir tout simple sur un pantalon droit.

— Papa, tu arrives juste au bon moment, s'écria Catia. Je viens de finir de préparer le dîner.

Le regard de Diogo se posa successivement sur sa jolie femme, resplendissante, et sur sa fille. Ellie pouvait accoucher à tout moment, et durant les cinq mois passés, Catia s'était extraordinairement épanouie. Son visage irradiait de bonheur sous sa tiare.

— Jamais aucune princesse ne m'a préparé un dîner qui sente aussi bon.

— Mais, papa, ce n'est pas pour te faire à dîner que j'ai mis cette robe. C'est pour aller à une fête chez Beatriz !

Diogo se souvint alors que la fille d'un général brésilien, qui fréquentait la même école privée que Catia, l'avait invitée ainsi que quelques autres amies. De plus en plus, on célébrait Halloween à Rio — les Cariocas ne laissant passer aucune occasion de faire la fête.

— Tu aimes ma tiare ? demanda la fillette. C'est maman et moi qui avons collé nous-mêmes les diamants dessus.

— C'était très amusant, intervint Ellie en prenant l'enfant dans ses bras et en lui tapotant affectueusement la tête avant de regarder Diogo en riant. Autre chose. Je viens de parler à ma grand-mère.

— Oui ? dit-il d'un air innocent.

— Elle a reçu ton cadeau d'anniversaire, et maintenant, elle fait l'envie de toutes ses amies. Tu ne t'es pas moqué d'elle.

— La grand-mère qui t'a élevée mérite ce qui se fait de mieux.

— Je ne sais pas ce qui t'a pris d'envoyer une Ferrari

jaune à une vieille dame de soixante-dix ans, mais depuis toute la Pennsylvanie est en état d'alerte.

— Rien qu'à voir son rouge à lèvres orangé, j'ai compris que j'aurais du mal à l'impressionner.

— Grand-mère dit qu'elle ne s'est jamais autant amusée de sa vie. Mais elle voudrait bien qu'on rentre et elle m'a envoyé la liste de toutes les grandes écoles de New York.

Pourquoi remettre encore le sujet sur le tapis ? songea-t-il avec une pointe d'irritation.

— Il y a ici d'excellentes écoles.

— Je sais, mais quand même, New York…, murmura Ellie d'une voix pleine de regrets.

— Maman ! Ça attache, hurla soudain Catia.

Ellie l'aida à remuer la sauce avant de tendre la cuillère à Diogo. Il goûta avec un évident plaisir.

— *Estava delicioso ! Meus cumprimentos ao chefe.*

— Mes compliments au chef, traduisit Ellie.

— Tu fais des progrès en portugais.

— *Obrigada*, répondit-elle avec un sourire en le regardant d'un air espiègle par-dessus la cuisinière. J'ai un excellent professeur. A propos, j'ai donné congé à Luisa pour la soirée. Pendant que Catia sera à sa soirée-pyjama, nous allons nous retrouver tout seuls.

— Vraiment ?

En voyant l'étincelle qui brillait dans ses yeux, Diogo sentit un frémissement lui parcourir le corps. Même en fin de grossesse, Ellie restait pour lui la femme la plus sexy du monde. Chaque nuit, ils faisaient l'amour, mais ce soir, c'est la soirée tout entière, heure après heure, qui leur appartenait pour s'amuser et faire la fête de la manière la plus adulte qui soit.

Je ne vais pas tarder à te l'enlever.

Il serra les mâchoires en parcourant l'appartement d'un œil critique. Ces derniers mois, Ellie y avait opéré de nombreux changements. Les meubles carrés et les objets de verre et d'acier avaient disparu et les murs, naguère d'un blanc uniforme, étaient maintenant d'un jaune crémeux.

Il y avait des vases pleins de fleurs sur des tables de bois ciré. Des canapés profonds et magnifiquement confortables trônaient dans le grand salon. Et partout où le regard se posait, on voyait des photos de famille : Catia devant la Statue de la Liberté lors d'un récent voyage à New York. Et eux trois, en train de rire dans la maison de la plage, le mois dernier. Jamais cet appartement n'avait tant ressemblé à une vraie maison et Diogo s'était pris à l'aimer de nouveau. Pas pour ses vastes baies et sa vue superbe, mais à cause de Catia… et d'Ellie.

Pourtant, les ouvertures étaient trop grandes. Même en tenant compte des gardes postés à l'extérieur. Et à cause de l'hôtel, n'importe qui pouvait accéder aux étages inférieurs. C'était beaucoup trop risqué. Il fallait absolument renforcer la sécurité.

Et trouver Wright. Immédiatement.

— Je reviens, dit-il soudain à Ellie.

— Il y a quelque chose qui ne va pas ?

Maldição ! Ce n'était pas facile de lui mentir, mais il ne voulait pas qu'elle ait d'autres sujets d'inquiétude que la layette et ses jeux avec Catia. Il ne fallait pas qu'elle sache qu'un fou surgi de son passé leur voulait du mal. Non qu'elle soit trop fragile pour le supporter. Au contraire. En la voyant descendre l'escalier à Leblon, tenant la main de Catia, il avait enfin compris à quel point elle était forte. Ce jour-là, elle avait accompli un miracle et réussi là où lui-même avait si souvent échoué.

Elle avait fait d'eux trois une vraie famille.

— Tout va bien, répondit-il en s'éloignant de peur qu'elle ne lui pose d'autres questions.

Il passa dans son bureau et prit le téléphone pour appeler quelques amis qui travaillaient dans des organismes publics et à Interpol. Mais après avoir raccroché, il n'était toujours pas satisfait. Ses propres hommes finiraient bien par le dénicher, se dit Diogo, mais il eut du mal à apprécier le dîner, pourtant délicieux. Après le repas, il embrassa Catia et salua Pedro, le garde en qui il avait toute confiance, et les accompagna, portant la petite valise de la fillette, jusqu'à la voiture qui les attendait en bas. Tout le quartier était étroitement contrôlé et il savait que sa fille y serait en sécurité.

— Je suis certaine qu'il y a quelque chose qui te tracasse, dit Ellie en le serrant dans ses bras. Pourquoi ne me dis-tu pas ce que c'est ?

— Mon seul problème, dit-il en se tournant vers elle, c'est que ça fait trop longtemps que nous ne nous sommes pas retrouvés en tête à tête tous les deux.

Il la poussa vers la chambre et ils firent l'amour avec une frénésie presque désespérée. Après lui avoir arraché ses vêtements, il la fit monter sur lui pour la pénétrer profondément, et elle le chevaucha ainsi jusqu'à ce que leurs corps haletants soient trempés de sueur. Il ne la lâcha plus et elle finit par s'endormir, blottie contre lui. Mais Diogo ne parvint pas à trouver le sommeil et après avoir passé la nuit à fixer le plafond, il se leva dès la première lueur de l'aube.

— Où vas-tu ?

Il aurait pourtant juré qu'elle dormait. Elle reposait sur les oreillers, nue jusqu'à la ceinture, si belle et si sensuelle qu'il en eut le cœur serré.

— Il faut que j'aille travailler. Le rachat de Vahlo…

— Oublie un peu ton travail et reste avec moi.

— C'est le plus sûr moyen de finir dans la misère.

— Même avec quelques millions de moins, je suis certaine qu'on réussira à s'en sortir.

— C'est Wright.

Malgré lui, ce nom avait franchi ses lèvres.

— Il menace de t'enlever à moi, continua-t-il.

A sa grande surprise, Ellie se mit à rire.

— Timothy ? Evidemment, à neuf mois de grossesse, jamais je n'ai été plus belle ni plus séduisante.

— Exactement, dit-il en se penchant sur le lit pour l'embrasser tendrement sur les lèvres. Il m'envoie des lettres anonymes.

— Dans ce cas, comment sais-tu…

— Je le sais. J'aurais dû le tuer quand j'en avais l'occasion. Tant que je n'aurai pas mis la main sur lui, tu ne dois jamais quitter cet appartement sans Pedro. D'accord ?

Elle hocha la tête avant de tendre la main pour lui caresser les cheveux.

— Pourquoi ne veux-tu pas le reconnaître ?

— Reconnaître quoi ?

— Que tu m'aimes autant que je t'aime, dit-elle en le fixant droit dans les yeux. Moi, je suis tombée amoureuse dès que je suis entrée dans ton bureau et que tu m'as dicté la première note concernant le contrat Trock.

Il recula d'un pas, les mâchoires serrées.

Amoureux d'Ellie ?

L'amour, c'était pour les femmes qui ne connaissaient rien à la vie. Ou pour des hommes trop faibles pour se contrôler.

L'amour vous rendait stupide et vulnérable. Et vous laissait totalement démuni. Il ne pouvait pas se le permettre. L'enjeu était trop important.

— Oui, tu m'aimes, chuchota Ellie en le fixant de ses grands yeux bleus. Je t'en prie. Je voudrais tant que tu me le dises. Ça fait des mois que je l'attends. Je m'imaginais que si je te prouvais de mille façons que je t'aimais, si je te donnais un foyer chaleureux, tu saurais…

— Ellie, pour le moment, j'ai d'autres soucis, lança-t-il en détournant la tête. Il faut que je prenne une douche.

— Diogo ?

— Je ne t'aime pas, tu comprends.

Elle devint pâle comme un linge.

— Non, je ne t'aime pas, répéta-t-il. Et si tu m'aimes, j'en suis désolé. Je n'ai jamais voulu que tu m'aimes. Nous sommes des partenaires, *querida*. Des amis. Au lit, nous nous entendons merveilleusement. Nous avons une famille adorable. Un point, c'est tout. Et personnellement, je trouve que c'est très suffisant.

— Je ne te crois pas, répondit-elle avec passion. Rien

qu'à voir la manière dont tu m'embrasses et dont tu veux me protéger…

Il lui tourna le dos pour se diriger vers la salle de bains.

— Il faut que je me prépare.

Il ne lui fallut que quelques minutes pour prendre sa douche et s'habiller. Quand il revint, Ellie était assise en robe de chambre sur le divan du salon qu'éclairaient les lueurs roses de l'aurore. Les bras croisés, elle fixait le plancher.

Brusquement, il sentit son cœur se serrer.

— Ecoute, Ellie… Nous en parlerons plus tard.

— C'est ça. Plus tard, acquiesça-t-elle d'une voix sourde, sans le regarder.

Oui, il réglerait ce problème plus tard. Pour l'instant, il avait d'autres préoccupations, se dit-il en descendant l'Avenida Rio Branco pour se rendre à son bureau. Il s'entretint d'abord avec Andrew MacCandless, le chef de la sécurité internationale de la compagnie, avant de se plonger dans un rapport concernant les différents lieux où Wright avait été vu la veille. Ce dernier avait loué un avion à New York où il semblait avoir promis à un couple fortuné et sans enfant qu'ils recevraient bientôt des jumeaux nouveau-nés en échange de quatre millions de dollars. Puis, il s'était envolé pour São Paulo.

Des jumeaux nouveau-nés !

— Je vais le retrouver, murmura Diogo, le souffle court.

Il ordonna au chef de la sécurité de faire venir une milice privée s'il le jugeait nécessaire. Cet homme menaçait sa famille. Il fallait se débarrasser de lui.

Au moment où MacCandless se retirait pour exécuter ses ordres, la voix de la secrétaire de Diogo retentit dans l'Interphone.

— Votre épouse est ici, monsieur.

— Ici ?

— La réception vient de m'en aviser. Dois-je la faire monter ?

Il ne répondit pas. Il ne voulait pas voir Ellie pour l'instant. Il n'avait rien à lui dire. Elle l'aimait, mais lui, il ne l'aimait pas. Il ne voulait pas la voir malheureuse. D'abord, ça le tuerait. Et surtout, ça risquait de le distraire. Pourtant…

Jamais encore Ellie n'était venue le surprendre au travail. Il ne pouvait pas la renvoyer.

— Faites-la monter.

Tout en arpentant son bureau, il ne pouvait s'empêcher de penser à elle. Sa femme, si belle et si tendre. La mère de ses enfants. Comment supporter que quelqu'un menace de la lui enlever ? Il savait de quoi Wright était capable. Pourquoi l'avait-il laissé échapper ? S'il arrivait quoi que ce soit à Ellie, ce serait sa faute à lui, Diogo.

Il serra les poings. Il aurait cent fois préféré mourir.

Il l'aimait.

Cette pensée le prit de court. Il l'aimait ?

Elle avait complètement bouleversé sa vie. Autrefois, il vivait froidement. Passant d'une femme à l'autre, consacrant son temps au travail et à d'insignifiants plaisirs. Sans même se rendre compte à quel point il était malheureux — et solitaire. Mais Ellie avait tout changé. Elle avait transformé son appartement glacial en un foyer chaleureux. Elle avait appris à sa fille à aimer et lui avait donné confiance. Elle avait ensoleillé sa vie. Au point qu'il mettait au-dessus de tout son jugement et sa force. L'amour, c'était donc ça ?

Le soir, il ne pouvait plus s'endormir s'ils n'avaient pas fait l'amour. Il ne pouvait se lever le matin sans l'avoir embrassée, ni avoir contemplé son doux visage. Il ne pouvait s'imaginer, rentrant à la maison sans la trouver…

Maldição. Il aimait cette femme. Comment avait-il pu ne pas s'en apercevoir ? Il avait vraiment tout faux. Il ne fallait pas avoir peur de l'amour, bien au contraire. L'amour ne rendait pas un homme vulnérable. Savoir qu'il l'aimait et qu'elle l'aimait, elle aussi, lui donnait plus de courage et de détermination qu'il n'en avait jamais eu de sa vie…

On frappa à la porte et Ellie entra, le visage blême.

— Ellie, s'écria-t-il en se précipitant vers elle pour la

prendre dans ses bras. *Meu amor.* Je suis si content que tu sois là. Il faut que je te dise, ce matin, quand j'ai…

— Ne me touche pas, répliqua-t-elle en reculant d'un pas.

Il resta figé sur place, sans cesser de l'observer. Son expression était si distante, si bizarre. On aurait dit une étrangère.

— Je suis venue te dire adieu. Je m'en vais.

— Quoi ?

— Jamais tu ne m'aimeras, tu me l'as dit très clairement, dit-elle en plongeant dans ceux de Diogo ses yeux immenses, d'un bleu de porcelaine, mais dont le regard recélait comme une fêlure. Alors, je vais rentrer chez moi, à New York.

— Non ! s'exclama-t-il en l'attirant à lui d'un geste farouche.

Impossible. Elle ne partirait pas. Pas maintenant, au moment où il comprenait enfin qu'il l'aimait.

— Ellie, il faut que tu m'écoutes. Jamais je n'aurais dû te parler comme ça, ce matin…

— Je suis contente que tu l'aies fait. Il vaut mieux que je voie la vérité en face.

— Tu es ma femme. Tu es enceinte de mes enfants. Je ne veux pas que tu t'en ailles. Jamais.

— Je n'ai pas le choix, répondit-elle en détournant la tête.

Il prit une profonde inspiration.

— Ellie, je… je t'aime.

Ces mots étranges lui collaient littéralement à la gorge.

— Evidemment, reprit-il à voix basse, c'est toi qui décideras. Je ne t'ordonne pas de rester, je te le demande. Reste. Je t'en prie. Pour moi.

— Je ne peux pas, dit-elle en se dégageant, les larmes aux yeux. Je veux divorcer.

— Divorcer ? lança-t-il en serrant les poings, le souffle coupé. Mais, pourquoi ?

— Je suis amoureuse d'un autre.

— Et qui donc ?

— Timothy.

Il la fixa sans comprendre.

— Jamais tu ne m'as traitée comme je l'aurais voulu. Jamais tu ne m'as offert de fleurs ni lu un poème. Tu ignores tout de l'amour. Timothy, lui, sait ce que c'est.

Chaque mot qu'elle prononçait était comme un coup de poignard enfoncé jusqu'à la garde dans la chair de Diogo. Une bouffée de colère le submergea.

— Timothy Wright est un monstre. Tu ne peux pas l'aimer.

— C'est pourtant le cas. Nous partagerons la garde des bébés et ils porteront ton nom. Mais je veux divorcer.

— Non, hurla-t-il en lui agrippant le bras pour l'attirer à lui. Non, Ellie ! Jamais je ne te laisserai partir !

— Tu me fais mal !

En la voyant grimacer de douleur, il la lâcha.

— Jamais Timothy Wright n'approchera de mes enfants ! Durant ces deux dernières années, il a bâti une fortune en détruisant des vies innocentes.

— Je les protégerai.

— Toi ? Mais tu en es incapable. Tu es aussi faible que je l'imaginais. Tu n'as pas la moindre loyauté envers eux, ni envers…

Il allait dire : « envers moi », quand une pensée horrible lui traversa l'esprit.

— Et que vais-je dire à Catia ? articula-t-il avec peine tant il avait la gorge serrée. Vais-je devoir lui raconter que sa nouvelle mère l'a abandonnée, comme la précédente ?

— Dis-lui…, commença Ellie avant de s'arrêter pour ravaler ses larmes. Dis-lui simplement que je l'aime. Et que j'aurais voulu continuer à veiller sur elle.

Il n'arrivait pas à y croire.

— Non, s'écria-t-il, incapable de maîtriser l'angoisse qui le dévorait, une angoisse qu'il n'avait encore jamais ressentie auparavant. Tu es ma femme. Ellie, j'ai besoin de toi.

— Diogo…

Il la prit dans ses bras et l'embrassa avec passion. Un

baiser profond et sauvage que rendaient amer les larmes de la jeune femme. Il plaqua contre lui son ventre rebondi comme pour créer un cercle de famille absolument parfait.

Puis il s'écarta d'elle pour observer son visage, y cherchant désespérément un signe d'amour ou de confiance. Mais les yeux d'Ellie demeuraient fermés, comme si elle continuait indéfiniment à goûter le baiser qu'ils venaient d'échanger.

— Et à moi, chuchota-t-il, qu'as-tu à me dire ?

Elle ouvrit des yeux pleins de larmes.

— Une seule chose : au revoir.

Il poussa un gémissement, bien décidé à lui rappeler qu'elle était sa femme et la mère de ses enfants. Il la forcerait à rester car elle était à lui.

Puis il comprit qu'il s'était trompé. Ils s'appartenaient l'un à l'autre. Si elle désirait être libre, il ne pouvait la contraindre à rester. Il lui était impossible, désormais, d'ignorer les sentiments d'Ellie pour satisfaire ses propres désirs.

Il l'aimait.

Il reprit son souffle, cherchant à retrouver l'emprise qu'il avait eue sur elle. Il aurait voulu la soulever et la fourrer dans la Bentley pour la ramener à la maison et l'embrasser tout son soûl. L'emprisonner et la forcer à rester jusqu'à ce qu'elle retrouve la raison. Mais il en était incapable.

Un juron mourut sur ses lèvres. L'amour le rendait faible, comme il l'avait toujours redouté. Pourtant, puisqu'il l'aimait, il était bien forcé de la laisser partir. Il serra les poings.

— Jusqu'à la naissance des enfants, Pedro ne te quittera pas d'un pas, dit-il froidement. Après, tu feras ce que tu voudras. Je t'accorderai même le divorce.

— Pedro m'attend déjà.

— *Sai fora,* Ellie, articula-t-il en détournant la tête, les larmes aux yeux. Je ne peux plus supporter de te voir. Ne quitte pas Rio. Mon avocat te contactera.

Au mot « avocat », Ellie sentit tout son corps se raidir. Elle tourna les talons, mais s'arrêta sur le seuil.

— Adieu, Diogo, souffla-t-elle sans le regarder. Je t'aimerai toujours.

Dès qu'elle eut refermé la porte, Diogo s'assit lourdement à son bureau, la tête entre les mains. Il avait été stupide de tomber dans le piège et de lui offrir son cœur. Ce qu'il avait pris pour un amour sincère et passionné n'était qu'une illusion destinée à l'affaiblir. Il avait eu confiance en elle. Il l'avait aimée. Et il avait été convaincu qu'elle l'aimait en retour.

« Je t'aime ». Il se rappelait encore la façon dont le visage d'Ellie s'était illuminé quand elle avait prononcé ces mots.

Il pressa ses poings sur ses yeux fermés. Quel imbécile ! En réalité, jamais elle ne l'avait aimé. Pour elle, tout ça n'avait été qu'un…

Il ouvrit lentement les yeux.

« Dis-lui simplement que je l'aime, avait chuchoté Ellie. Et que j'aurais voulu continuer à veiller sur elle. »

Catia !

Il se précipita sur le téléphone posé sur son bureau. Tout en arpentant la pièce, il appela d'abord Ellie sur son mobile, puis Pedro, sans obtenir de réponse. Il appela la sécurité au rez-de-chaussée où on l'informa que Mme Serrador avait quitté les lieux en compagnie de son garde du corps.

En tremblant, Diogo téléphona à ses hommes postés à l'hôtel. Là encore, personne ne répondit. Il finit par joindre le chef de la sécurité.

— Je viens d'arriver au Carlton Palace, monsieur Serrador, dit l'Australien. Il semble que quelqu'un a endormi tous vos gardes en mettant un produit dans leur café. Ils ne sont pas morts, mais je viens de retrouver Guilherme ligoté dans un placard de l'escalier de service. Il respirait à peine, comme s'il avait été chloroformé. J'ai appelé une ambulance.

— Et Catia ? demanda Diogo, le souffle court.

— Nous ne l'avons pas vue, monsieur Serrador, répondit MacCandless. Nous fouillons l'immeuble. Mais Pedro

Carneiro l'accompagnait, en début de soirée, quand elle a quitté l'hôtel.

Diogo ferma les yeux en poussant un gémissement. Pedro…

Le garde du corps en qui il avait toute confiance et à qui il avait confié sa femme et sa fille. Le frère de son ancien rival de la favela. L'homme qui ne lui avait jamais pardonné de l'avoir abandonné pour réussir dans un monde meilleur.

Il comprenait maintenant comment il avait été trahi. Comment ces billets menaçants étaient arrivés chez lui, à son bureau et dans sa voiture.

Pedro.

Un rugissement sortit de sa gorge.

— Pedro Carneiro nous a trahis, hurla-t-il au responsable de la sécurité. Si nous mettons la main sur lui, nous retrouverons aussi Catia, et Ellie.

Son corps se couvrait d'une sueur froide, et pourtant il ne put s'empêcher de se réjouir. Ellie l'aimait encore, puisqu'elle avait tenté de les préserver.

Il bondit sur ses pieds.

Protéger sa famille, tel était son seul souci.

L'amour l'avait peut-être rendu vulnérable, mais il lui avait aussi donné la force et le courage d'un lion. Il serait mort volontiers pour sauver les siens.

Jamais ce trafiquant d'enfants ne verrait se lever une aube nouvelle !

15.

La voix tranquille d'Ellie s'éleva dans l'obscurité de la pièce.

— Je t'ai obéi. Je lui ai dit que je voulais divorcer parce que je t'aimais. Maintenant, il faut que tu remplisses ta part du contrat et que tu la libères.

Timothy lui sourit, de ce sourire chaleureux qu'elle lui connaissait depuis des années. Mais tout le reste avait changé. Lui qui était naguère mince, pâle et très soigné, ne s'était pas rasé depuis des mois, et ses vêtements étaient sales et déformés.

Il était méconnaissable, bien au-delà de la simple apparence. Jamais Ellie ne l'aurait cru capable de prendre en otage une fillette de six ans pour assouvir sa vengeance. En voyant le visage terrorisé et maculé de larmes de Catia qui s'accrochait à son ours en peluche, la jeune femme avait du mal à comprendre comment elle avait pu se désespérer de la façon dont elle avait traité Timothy Wright.

— Beau travail, reconnut-il en hochant la tête d'un air satisfait. Je savais que tu bondirais sur le premier prétexte pour te débarrasser de lui.

— Dans ce cas, rends-lui sa liberté, dit-elle en le fixant droit dans les yeux.

— Je vais le faire. D'ailleurs, je n'ai jamais adoré les enfants.

Il poussa Catia vers Pedro qui l'attendait près de la porte.

— Ramène-la chez elle. Ou le plus près que tu pourras sans risquer de te faire prendre, dit Timothy avant de se tourner vers Ellie en souriant. Tu vois, je ne suis pas si méchant. C'est toi qui m'as forcé à me comporter de cette façon.

Catia laissa échapper un sanglot et la jeune femme s'agenouilla devant elle pour la serrer dans ses bras.

— Tout va bien. Il va te ramener à l'appartement où tu seras en sécurité. Quant à vous, dit-elle en se tournant vers Pedro, s'il lui arrive quoi que ce soit…

— Il ne lui arrivera rien. Tout ce qui m'intéresse, c'est l'argent. S'il y a quelqu'un à qui il faut vous en prendre, ce n'est pas moi, *senhora,* coupa-t-il en jetant un coup d'œil à Timothy. *Tchau.*

Tandis qu'ils quittaient la pièce, Ellie ferma les yeux, priant pour que la fillette revienne chez son père, saine et sauve. Diogo saurait la retrouver. En cet instant, il avait sûrement compris qu'elle n'avait jamais voulu divorcer. Pas après lui avoir dit qu'elle l'aimerait toujours.

— Enfin seuls, soupira Timothy en souriant.

Ellie contempla les murs de béton et les rideaux déchirés de la vieille maison enfouie au cœur de la favela et sentit son ventre se contracter douloureusement. Depuis le matin, les contractions se succédaient sans répit. Elle avait ressenti la première lorsque Diogo lui avait dit qu'il ne l'aimait pas, et elles s'étaient intensifiées quand Pedro lui avait remis le billet de Timothy.

Elle fixa l'homme qu'elle avait failli épouser lors de cette belle journée de printemps qui lui semblait désormais si lointaine.

— Pourquoi as-tu fait ça ? demanda-t-elle. Pourquoi m'as-tu forcée à dire toutes ces horreurs à Diogo ?

— Je voulais qu'il sache ce que ça fait de perdre ce qu'on aime le plus au monde. Et que ça lui brise le cœur.

— Tu t'es complètement trompé : il ne m'aime pas.

— Je vous ai observés tous les deux pendant des mois. Durant tout ce temps, il n'a jamais regardé une autre femme. Il rentre tous les soirs à 5 heures pile. Et toi, tu te plains qu'il ne t'aime pas ? Il en fait pourtant beaucoup.

Brusquement, le cœur d'Ellie se gonfla de joie. Etait-il vrai que Diogo puisse l'aimer ?

— Diogo Serrador se croit tout-puissant, déclara Timothy avec un ricanement. Il a tout pour lui : le physique, le charme et les milliards. Et pourtant, j'ai réussi à le battre, puisque maintenant, tu m'appartiens.

Elle sentit une nouvelle contraction. Longue et puissante, différente des précédentes. Son corps se couvrit de sueur et ses membres faiblirent. Non, dit-elle aux bébés d'une voix désespérée. Pas tout de suite. Le travail ne devait pas encore commencer. Il fallait qu'elle laisse du temps à Diogo.

Assis sur la vieille couverture élimée qui recouvrait le lit, Timothy leva vers elle des yeux de chien battu.

— Je t'aime tant, Ellie. Je ferais n'importe quoi pour toi. Depuis que je t'ai vue au Dairy Burger avec tes cheveux blonds, aussi rayonnante qu'un ange… Je savais que tu n'étais pas comme les autres. Jamais tu ne t'es moquée de moi. Tu me respectais. Tu m'admirais. J'étais certain que tu serais à moi. Mais tu te faisais tellement de souci pour l'argent. Je savais qu'il fallait que je devienne riche. Pour toi.

— Tu as vraiment fait ça ? Tu t'es vraiment livré à un trafic de bébés ?

Il haussa les épaules.

— D'un côté, il existe des couples sans enfant, ou des femmes, cadres de haut niveau, incapables de renoncer à leur carrière. Tous riches et tous désespérés de ne pas pouvoir faire de bébés. Et de l'autre de pauvres femmes sur le point de donner le jour à des enfants qu'elles ne pourraient pas élever. Je n'ai fait que leur rendre service, et je l'ai fait pour toi, Ellie. Toujours pour toi.

Elle sentit une nausée lui monter aux lèvres. Comment avait-elle pu se tromper à ce point sur la personnalité de cet homme ? Comment ne s'était-elle pas rendu compte qu'il cherchait simplement à s'emparer d'elle ? Comment avait-elle pu penser qu'il l'aimait vraiment ?

— Mais Serrador a détruit tout cela, continua-t-il, avec

un regard sur le ventre d'Ellie qui la fit frissonner. Sans lui, maintenant, c'est de moi que tu serais enceinte. C'est dans mon lit que tu passerais tes nuits. C'est moi que tu désirerais. Moi seul.

— Non, Timothy, protesta-t-elle d'une voix calme. J'ai commis une erreur. Jamais je n'aurais dû accepter de t'épouser. Ce que tu ressens pour moi, ce n'est pas de l'amour. Tu ne sais même pas qui je suis.

— Peut-être as-tu raison, répondit-il avec un sourire qui ressemblait à un rictus. La fille que j'aimais était innocente et pure. Jamais elle ne se serait donnée à un play-boy brésilien comme une fille à matelots.

Le souffle court, elle vit Timothy bondir du lit pour lui prendre le bras.

— Désolé, s'écria-t-il. Je sais que ce n'est pas ta faute. Il t'a violée, il n'y a pas d'autre explication. Mais vois-tu, l'amour vous fait parfois faire des choses insensées. En te voyant enceinte, j'ai cru que je devenais fou. Enfin, ça ne durera pas…

— Que veux-tu dire ?

— Je connais un médecin, ici. En une heure, il te fera accoucher et après ça, tu seras libre de partir avec moi.

Libre ? Le mot la fit frémir. En proie à une nouvelle contraction, elle vacilla sur ses jambes et dut se raccrocher au cadre du lit de peur de tomber.

— Les bébés… ils ne doivent naître que dans deux semaines, balbutia-t-elle.

— Le terme est suffisamment proche pour qu'ils naissent en bonne santé. Leurs futurs parents les attendent à Manhattan. Ils m'ont déjà versé une somme rondelette sans me poser de question. Désormais, je suis riche, Ellie. Pas autant que Serrador, mais assez pour t'acheter tout ce que tu voudras. Jamais plus tu n'auras à travailler. Tout ce que tu auras à faire, c'est de m'aimer toute la journée.

Il fallait absolument qu'elle sorte de là, se dit-elle, les mains crispées sur son ventre tendu. Si les jumeaux naissaient maintenant, il les lui prendrait et ni elle ni Diogo ne les reverraient jamais.

Il fallait qu'elle soit forte. Pour ses enfants. Pour l'homme qu'elle aimait.

— Si tu prends les bébés, Diogo te tuera, dit-elle en s'asseyant sur le lit car ses jambes ne pouvaient plus la porter.

— Jamais il ne me retrouvera. Dès que nous serons partis d'ici, nous disparaîtrons à jamais.

Il fallait absolument qu'elle fasse diversion. Le cœur battant, elle déboutonna le haut de son chemisier pour dévoiler la naissance de ses seins.

— Il fait très chaud ici, dit-elle en faisant mine de s'éventer de la main. Pourquoi ne laisses-tu pas tout simplement les enfants à Diogo ? Après ça, toi et moi, nous pourrons tranquillement partir ensemble.

Timothy s'approcha d'elle, les yeux fixés sur sa poitrine, son front pâle dégoulinant de sueur.

— Je veux faire souffrir Serrador, lança-t-il. Et ces enfants doivent me rapporter quatre millions de dollars. Ensuite, un avion privé nous conduira en Afrique de l'Ouest, quelque part où il ne nous retrouvera jamais.

Ellie tenta de dissimuler sa terreur.

— Pourquoi partir si vite ? demanda-t-elle en s'appuyant au lit. Pourquoi ne pas rester tout simplement ici pour en profiter ?

— Tu as raison, murmura-t-il en enfouissant son visage dans la chevelure de la jeune femme.

Sentant qu'il essayait de lui caresser les seins, elle eut une nausée, mais se força à rester impassible.

Diogo, où es-tu ? pensa-t-elle désespérément. Il était si intelligent, si efficace. Elle savait qu'il réussirait à les retrouver. Mais il fallait qu'elle lui en laisse le temps…

— C'est si bon, souffla Timothy en lui palpant la poitrine à pleines mains. Exactement comme je l'ai toujours imaginé.

Soudain le dégoût submergea Ellie et comme il tentait de l'embrasser, elle ne put s'empêcher de se débattre. Au moment où il se penchait sur elle, elle lui asséna un coup de poing en plein visage.

Il recula d'un pas, sonné, mais quand elle tenta de se ruer vers la porte, il l'empoigna par les cheveux et, avec un grognement de fureur, la jeta sur le lit.

— Ah, c'est comme ça que tu le prends ? Très bien. Tu l'auras voulu, s'écria-t-il en s'emparant d'un couteau posé sur une table.

En le voyant lever sur elle l'arme luisante, elle poussa un hurlement de terreur. Soudain, une ombre se dressa au-dessus d'elle, tel l'ange de la mort. Un mètre quatre-vingt-dix de muscles puissants qui soulevèrent Timothy avant de le jeter sur le sol. Diogo le plaqua sous lui, les traits déformés par la fureur.

— Serrador, bredouilla-t-il en tremblant. Comment ?

Diogo ne répondit pas, mais au-delà de la rage, Ellie lut sur son visage une atroce angoisse. Oui, il avait redouté de la perdre.

Avec l'énergie du désespoir, Timothy parvint à se redresser pour tenter d'asséner un coup de couteau à son rival. Avec un grognement, ce dernier le frappa au visage et le cloua au sol. Puis il s'empara de la lame qu'il enfonça dans la main de son adversaire. Le sang jaillit sans que le visage de Diogo exprime autre chose qu'une terrible colère.

Avec un bruit retentissant, le couteau tomba sur le sol.

— Pitié ! s'écria Timothy en tentant de se protéger le visage. Ne me faites pas de mal !

— J'ai déjà eu pitié de toi, souffla Diogo avant de lui lancer son poing en plein visage. Et ça ne t'a pas empêché de menacer ma femme et mes enfants.

— Diogo, murmura Ellie, je t'en prie. Il ne m'a pas fait de mal. Laisse-le partir.

— Oui, laissez-moi partir, répéta Timothy avant de s'effondrer sur le sol, comme une masse, en gémissant.

Diogo prit une profonde inspiration pour s'efforcer de contrôler la rage qui l'animait.

— Je vais te laisser partir, Wright, dit-il à voix basse.

Parce qu'elle me l'a demandé. Mais si jamais je te recroise sur mon chemin…

— Ça ne se reproduira pas.

Une nouvelle contraction raidit soudain le corps d'Ellie.

— Diogo, souffla-t-elle, aide-moi. Les bébés…

Il se précipita vers elle, et s'agenouillant au bord du lit, lui prit le visage entre ses mains.

— Ellie, que se passe-t-il ?

— Et Catia ? balbutia-t-elle. Tu l'as… retrouvée ?

— Elle est en lieu sûr. Et nous avons retrouvé Pedro. Mais si Wright t'a fait le moindre mal…

— Tout va bien, sanglota-t-elle en se blottissant contre lui. Mais les contractions ont commencé. Les bébés vont naître.

Il la serra dans ses bras à l'étouffer.

— Désormais, *querida,* tu es en sécurité, murmura-t-il à son oreille. Mes gardes du corps vont arriver et nous allons t'emmener à l'hôpital.

— Tu es venu me chercher, dit la jeune femme en lui caressant le visage. Tu as compris que jamais je n'aurais pu te quitter de mon plein gré. Tu sais que je t'aimerai toujours.

— Je l'ai compris, répondit-il en levant vers elle des yeux pleins de larmes. Mais ça m'a pris bien trop longtemps. Pardonne-moi d'avoir été si lâche et si stupide. Je t'aime, Ellie. J'aime ta force, la pureté de ton cœur, ta gaieté. Et je t'aimerai jusqu'à l'heure de ma mort.

Il l'aimait.

Une vague de bonheur la submergea tout entière.

Soudain, elle aperçut Timothy qui se relevait, brandissant un revolver…

— Diogo, hurla-t-elle. Attention !

Sans la lâcher, Diogo se retourna. Mais trop lentement.

— Puisqu'elle ne sera jamais à moi…, souffla Timothy avant de tirer.

Épilogue

— Oh ! Maman ! Regarde la neige !

Le jour se levait, clair et brillant en ce matin de Noël. Toute la nuit, il avait neigé sur New York. Assise sur un canapé, Ellie achevait de nourrir un de ses deux bébés, âgés maintenant de six semaines, tandis que l'autre dormait à ses pieds dans un couffin. La maison était exceptionnellement sombre et silencieuse car les employés étaient en congé. La jeune femme contemplait d'un air songeur les lumières bleues qui scintillaient sur le gigantesque sapin quand elle entendit Catia — désormais devenue officiellement sa fille adoptive — qui battait des mains en riant.

— On peut sortir, maman ? supplia la petite fille en sautillant devant la vaste baie vitrée, comme seules savent le faire les fillettes de six ans. S'il te plaît !

— Mais c'est Noël, protesta Ellie en riant. Tu ne veux pas ouvrir tes cadeaux ?

Catia jeta à l'arbre un coup d'œil hésitant avant de se tourner de nouveau vers la fenêtre.

— Si, mais… Je n'ai jamais encore vu de neige.

Ellie entendit un bruit dans l'escalier. Elle adorait cette maison presque centenaire qui craquait de partout. Surtout quand elle reconnaissait ce pas.

— Diogo ! s'écria-t-elle, envahie de joie en le voyant entrer dans la pièce.

Même vêtu d'un T-shirt blanc et d'un pantalon de pyjama, le menton ombré de barbe naissante et les cheveux en bataille, pour elle, il restait le plus bel homme au monde.

— Ellie !

Ses yeux s'illuminèrent quand il lui sourit et qu'il se pencha pour lui effleurer les lèvres.

— *Feliz Natal, meu amor !*

— Joyeux Noël, répondit-elle en lui caressant la joue.

— Papa ? intervint Catia. On peut aller jouer dans la neige ?

Diogo poussa un grognement en s'étirant et en bâillant.

— Une petite minute, s'il te plaît.

— Merci d'avoir pris en charge Gabriel la nuit dernière, dit Ellie en remarquant les cernes sombres sous les yeux de son mari.

— Pour rien au monde je n'aurais voulu rater ça, répondit-il en adressant une petite grimace au bébé qu'elle tenait dans ses bras.

La vie était prodigieuse, songea-t-elle, au comble du bonheur. Depuis que Diogo lui avait dit qu'il l'aimait, chaque jour était pour elle un nouveau miracle.

A plus d'un titre. Quand Timothy avait levé son arme sur elle, dans la favela, elle avait vraiment cru que leurs vies étaient finies. Mais elle avait senti le corps de Diogo s'enrouler autour du sien pour la protéger, ainsi que les jumeaux. Et au moment où les gardes du corps faisaient irruption dans la pièce, Timothy avait poussé un cri de rage et retourné l'arme contre lui.

Les bébés étaient nés dans la Bentley de Diogo, sur le chemin de l'hôpital. En dépit des difficultés liées à une naissance multiple sur le siège arrière d'une voiture, Ana et Gabriel étaient vigoureux et en parfaite santé. Encore une raison de se montrer reconnaissante en ce magnifique matin de Noël.

Noël à New York… Trois semaines plus tôt, Diogo avait offert à Ellie cet ancien hôtel particulier de neuf chambres, doté d'une cour intérieure, ce qui était extrêmement rare dans l'Upper East Side, et d'un toit en terrasse avec vue sur Central Park. Acheté pour la bagatelle de cinquante millions de dollars.

Décidément, quand il faisait un cadeau, Diogo ne lésinait pas, songea-t-elle avec un petit sourire. Chaque jour, il trouvait un nouveau moyen de lui faire plaisir, sans se rendre compte que, pour elle, il n'existait pas de plus beau cadeau que de se sentir aimée et de contempler leurs enfants.

— Où est Ana ? s'enquit-il.

— Elle dort dans son couffin.

— Elle a bien de la chance, soupira Diogo en bâillant avant de se diriger vers la cuisine pour se verser une tasse de café. Il avait passé la plus grande partie de la nuit avec son fils, car le sommeil ne semblait gagner Gabriel que si son père arpentait le couloir en le tenant serré contre sa poitrine.

Ellie jeta un regard plein d'amour à Ana qui dormait à poings fermés dans son couffin. Elle semblait beaucoup plus raisonnable que son frère, sans doute parce qu'elle était l'aînée. De quatre minutes.

— Papa ! s'impatienta Catia en sautillant sur place.

Elle avait enfilé un manteau sur son pyjama et chaussé une paire de bottes.

— Je peux t'aider si tu veux, déclara Lilibeth en descendant l'escalier. Je te montrerai comment on fait un bonhomme de neige. Laisse-moi seulement le temps de mettre du rouge à lèvres.

— Du rouge à lèvres ? s'étonna Ellie. Mais qui t'attends-tu à trouver au fond de cette cour ?

— Une femme ne sait jamais où elle va rencontrer son prince charmant, répondit Lilibeth. Même si je ne suis libre que jusqu'au trente et un décembre, car Harold Wynn doit m'emmener au bal de l'usine, à Flint.

Ellie ne put s'empêcher de sourire. Depuis qu'ils étaient rentrés aux Etats-Unis, Lilibeth était rayonnante. Toutefois, elle avait tenu à garder sa maison de Flint, même si elle venait souvent passer le week-end à New York pour voir ses petits-enfants et faire des courses dans la Cinquième Avenue. Au volant de sa Ferrari jaune, elle était la reine de sa petite ville et avait reçu Diogo chez elle quand il était venu négocier le rachat de l'ancienne usine.

Après avoir créé une filiale spécialisée dans la vente de métaux à l'étranger, il avait pensé que Flint serait le lieu idéal pour y établir le siège. Comme Ellie ne tenait guère à voyager avec des bébés si petits, Lilibeth l'avait accueilli dans la belle maison qu'elle venait de racheter dans la Grand Rue, une maison qui avait été remise en vente après le suicide de Timothy.

— Je n'ai jamais aimé cet homme, avait-elle déclaré à sa petite-fille quand elle lui avait appris qu'il se livrait à un trafic d'enfants. Je t'ai toujours dit d'attendre de tomber vraiment amoureuse. Heureusement que tu as fini par m'écouter !

Le visage d'Ellie s'assombrit, comme chaque fois qu'elle repensait à la façon dont Timothy s'était donné la mort ce jour horrible, dans la favela, même si elle se sentait soulagée de savoir qu'il ne menacerait jamais plus sa famille et ne volerait plus d'enfants à leurs malheureuses mères.

Tout en serrant plus fort son fils dans ses bras, elle contempla sa grand-mère, si chic aujourd'hui avec son rouge à lèvres orangé et son élégant manteau noir, tandis qu'elle s'élançait hors de la maison pour aller jouer dans la neige avec Catia.

— Papa, viens, toi aussi, insista la fillette en s'arrêtant sur le seuil. Viens tout de suite !

— Je crois qu'il faut vraiment que j'aille faire des boules neige, soupira Diogo. A moins que tu aies besoin de moi ?

En observant son regard plein d'espoir, Ellie lui sourit.

— J'ai toujours besoin de toi. Mais en ce moment, je pense que Catia doit avoir la préférence, dit-elle en contemplant le bébé rassasié qui s'endormait contre sa poitrine. D'ailleurs, il va falloir que je m'occupe de ton fils.

Ils restèrent quelques instants à admirer leurs bébés.

— Merci pour ce cadeau de Noël, le plus beau qu'un homme ait jamais reçu, déclara Diogo en la fixant droit dans les yeux. Je t'aime, Ellie.

Elle ouvrit la bouche pour lui répondre, mais il l'arrêta d'un baiser affamé.

— Tu vas devoir attendre encore un peu pour recevoir ton cadeau de Noël, déclara-t-il avec un sourire entendu.

— Un cadeau ? Mais tu m'as déjà offert cette maison !

— J'ai autre chose en tête, dit-il en la contemplant avec un sourire gourmand.

En comprenant de quoi il s'agissait, elle sentit un frisson de désir au creux de ses reins et son cœur se mit à battre plus vite. Cela faisait si longtemps qu'ils n'avaient pas fait l'amour. Depuis la naissance des bébés, ils n'avaient plus une minute à eux.

— Dès qu'ils seront endormis, je suis à toi, murmura-t-il en se dirigeant vers le placard pour en sortir un manteau de cachemire noir qu'il enfila sur son T-shirt. J'ai toujours rêvé de faire l'amour à une femme qui ne porterait rien d'autre qu'une rivière de diamants de cent carats.

— Mais je ne possède pas…

— Attends de voir ce qu'il y a pour toi sous le sapin, chuchota-t-il malicieusement avant de filer.

Par la fenêtre, Ellie contempla sa grand-mère, son mari et sa fille lancés dans une grande bataille de boules de neige. Jamais elle n'avait connu un tel bonheur. Puis son regard revint se poser sur les jumeaux qui dormaient profondément. Le destin lui avait offert une vie dont elle n'aurait même pas osé rêver. Le destin, et Diogo.

— Moi aussi, je t'aime, chuchota-t-elle.

Prêtant l'oreille au doux sifflement du vent et à la respiration tranquille de ses bébés endormis, elle bénit la nuit lointaine où il l'avait séduite, dans la fièvre de Rio.

CAROLE MORTIMER

Une nouvelle inattendue

HARLEQUIN

Cet ouvrage a été publié en langue anglaise
sous le titre :
PREGNANT BY THE MILLIONAIRE

Traduction française de
CAROLE MASSEAUT

Ce roman a déjà été publié en février 2008

83-85, boulevard Vincent-Auriol, 75646 PARIS CEDEX 13.
Service Lectrices — Tél. : 01 45 82 47 47
www.harlequin.fr

1.

Nick s'éveilla, seul dans son lit.

Il en fut surpris car il était pratiquement certain qu'il ne l'était pas quelques heures auparavant lorsqu'il s'était endormi, comblé et satisfait.

Cela avait à voir avec une déesse…

Avec la déesse Hébé.

Grande et mince, ses longs cheveux raides et blonds encadraient un visage aux yeux d'un marron si clair qu'ils semblaient d'or. D'étranges yeux magnétiques, qui brillaient d'une multitude de secrets…

Nick n'avait pas spécialement envie de connaître ces secrets. Pour lui, Hébé Johnson avait été un simple divertissement, lui ayant permis d'oublier la douleur du passé et la journée qui venait de s'écouler. Du moins pour quelques heures.

Mais où était-elle ? Dehors, il faisait nuit et les draps défaits à côté de lui étaient encore tièdes. Elle ne pouvait donc pas être partie depuis longtemps.

Nick fronça légèrement les sourcils à l'idée qu'elle puisse s'être tout simplement volatilisée dans la nuit. C'était à lui, d'habitude, que revenait cette prérogative : inviter une femme à dîner, coucher avec elle et s'éclipser au petit matin. Le but ? Ne jamais s'impliquer, ne jamais laisser une femme pénétrer dans l'intimité de sa vie.

Evidemment, dans le cas présent, c'était un peu plus compliqué puisque c'était son propre lit qu'ils avaient partagé !

Soudain, Nick se souvint que Hébé partageait son logement avec quelqu'un. C'est pour cela qu'après le dîner, il l'avait invitée à prendre un verre dans son appartement, dérogeant ainsi à l'une de ses règles fondamentales.

A *deux* d'entre elles en fait, se rappela-t-il en grimaçant : Hébé travaillait pour lui à la *Cavendish Gallery*, située deux étages plus bas, au rez-de-chaussée.

Mais aux grands maux les grands remèdes ! Il avait eu besoin de se perdre dans la beauté féline de ce corps grand, fin et parfait, et il l'avait fait. Sa douleur en avait été anesthésiée, voire totalement gommée tant il avait été ébloui et ensorcelé. Car Hébé était différente de ces femmes sophistiquées qui traversaient d'habitude sa vie.

Nick soupira en se remémorant la soirée de la veille. A présent, il devait avant tout oublier cette nuit torride. Il se leva, tourna le dos aux draps enchevêtrés et quitta la pièce.

Pour s'arrêter net en réalisant qu'il n'était pas seul.

En effet, Hébé sortait de la cuisine, un verre d'eau à la main, sa nudité voilée de sa seule chevelure dorée qui lui frôlait les reins.

Nick se sentit instantanément empli de désir à la vue de ce corps parfait, ces longues jambes fuselées, cette taille fine, ces hanches joliment dessinées et cette poitrine haute et ferme aux tétons roses, dressés, comme suppliant d'être embrassés. Encore et encore…

Quelques mois plus tôt, il avait remarqué la jeune femme à la galerie, mais il n'avait jamais vraiment eu l'occasion de lui parler. Jusqu'à hier.

Et maintenant, il la désirait. De nouveau.

— Que faites-vous ? lui demanda-t-il d'une voix rauque, tout en s'approchant d'elle à pas feutrés.

Aussitôt, Hébé sentit sa respiration s'accélérer. Au fond, elle ne savait toujours pas très bien comment elle avait pu accepter de suivre Nick Cavendish dans son appartement… Puis dans son lit… Puis dans ses bras.

Ce qu'elle savait, en revanche, c'est que cet homme l'avait fascinée depuis le moment où elle l'avait rencontré, pensa-t-elle en se rappelant chacun des baisers et chacune des caresses de la nuit précédente. La vérité, c'est qu'elle avait été perdue dès l'instant où il l'avait touchée et serrée contre lui.

Mais peut-être était-elle déjà perdue avant cela…

Le charismatique Nick Cavendish était américain. Il possédait la galerie d'art londonienne dans laquelle elle travaillait, ainsi que deux autres galeries, l'une à Paris et l'autre à New York. Elle savait qu'il avait un appartement au dernier étage de chacune d'entre elles, ce qui lui permettait de répartir son temps de manière égale entre ces trois villes.

Hébé travaillait déjà depuis plusieurs semaines à la galerie quand elle avait pour la première fois croisé le regard de son énigmatique patron.

Ce jour-là, il traversait la salle ouest de la galerie, en bombardant d'instructions l'un de ses directeurs. Il dégageait une impression d'énergie sans limites, et Hébé, sans comprendre ce qui lui arrivait, avait eu la sensation que son cœur s'arrêtait de battre.

Brun, les cheveux un peu longs rejetés en arrière, Nick Cavendish avait le teint mat et les yeux d'un bleu profond. Son corps souple et musclé de plus d'un mètre quatre-vingts dégageait la même puissance retenue que celle d'un tigre en cage. Et représentait la même menace de danger !

Mais jamais elle n'avait osé imaginer, même dans ses rêves les plus fous, que Nick puisse un jour la remarquer…

Pourtant la rencontre s'était produite la veille au soir : alors qu'elle quittait la galerie, Hébé l'avait malencontreusement bousculé. Mais au lieu du regard dédaigneux auquel elle s'attendait, Nick avait éclaté de rire, et tous deux s'étaient excusés. Puis, à sa grande surprise, il l'avait invitée à se joindre à lui pour le dîner, invoquant le fait qu'elle travaillait à la galerie depuis plusieurs semaines maintenant et qu'il était temps qu'ils fassent connaissance.

Qu'ils fassent connaissance !

Hébé était sûre que pas un centimètre de son corps n'avait échappé à l'assiduité des mains et de la bouche de Nick. Le souvenir de l'intimité qu'ils avaient partagée cette nuit lui fit monter le rouge aux joues.

— J'avais soif… J'espère que cela ne vous dérange pas, lui répondit-elle d'une voix sourde, en lui montrant le verre dans lequel elle venait de boire.

Nick plongea son regard dans celui de la jeune femme. Il avait soif lui aussi, mais ce n'était certainement pas d'eau… Il prit le verre des mains de Hébé, le posa sur la table et se pencha pour déposer un baiser sur la poitrine de la jeune femme. Tandis qu'il léchait le mamelon durci, il sentait le désir l'envahir. Hébé gémissait doucement, se cambrant contre lui. Ses yeux brillants étaient comme de l'or en fusion.

Elle était si belle… Nick n'avait qu'une envie, se perdre en elle une fois encore. Mais, cette fois-ci, ce n'était pas pour oublier les douloureux souvenirs : il la désirait avec une ardeur sauvage.

Il se redressa pour la prendre dans ses bras, et captura sa bouche.

Hébé tremblait lorsque Nick la déposa sur les draps défaits. Son désir était si fort qu'elle sentait des ondes de chaleur et de feu à travers tout son corps. Elle fit courir fiévreusement ses doigts le long du large dos de Nick, avant d'effleurer son sexe en se frayant un chemin vers ses cuisses. Elle aima le sentir dur contre sa main, et le gémissement qu'émit Nick lui assura qu'il aimait cela aussi.

La jeune femme commença à embrasser son torse et Nick se laissa glisser contre les oreillers tandis qu'elle descendait vers le creux de son ventre, puis plus bas, jusqu'à atteindre ses cuisses fermes.

Nick se sentit chavirer lorsque Hébé promena sensuellement sa langue sur sa peau brûlante, et il sut qu'il ne pourrait résister très longtemps. Il voulait retrouver la chaleur de Hébé, il voulait être en elle et que tous deux connaissent de nouveau le plaisir intense qu'ils avaient déjà partagé durant la nuit.

Nick allongea la jeune femme sur le dos avant de la

pénétrer lentement. Elle commença à bouger doucement sous lui, l'amenant ainsi plus profondément en elle.

Quelques minutes plus tard — à moins que ce ne fût des heures ? —, la respiration de Hébé devint plus haletante. Elle sentait monter en elle une vague chaude de plaisir. Son corps frémit et se mit à trembler lorsque la vague la submergea brusquement, pour l'emporter avec elle.

Puis Nick, à son tour, la rejoignit dans l'extase.

De toute sa vie, Hébé n'avait jamais rien connu de tel. Elle sourit intérieurement, réalisant combien elle se sentait heureuse, détendue et comblée. A tel point qu'elle aurait très bien pu tomber totalement, éperdument amoureuse de cet homme. Si ce n'était déjà fait…

Elle se sentait proche de Nick comme jamais elle ne l'avait été de personne. Mais qu'allait-il se passer demain dimanche ? Peut-être pourraient-ils prendre le petit déjeuner ensemble, avant de faire encore l'amour… Puis se promener dans le parc voisin, avant de faire de nouveau l'amour. Enfin, ils pourraient…

Ravie et épuisée, Hébé sombra dans le sommeil.

Nick, à son côté, ne dormait pas. Son corps était parfaitement apaisé, mais son esprit était en pleine ébullition.

Certes, Hébé Johnson était belle et désirable, et sa sensualité était irrésistible. Mais c'était justement parce qu'elle était tout cela qu'il *devait* lui résister. Il ne voulait pas entrer dans la prison dorée d'une femme, quelle qu'elle soit, il ne voulait pas de cette douillette unité qui se resserrerait sur lui jusqu'à ce qu'il étouffe. Plus jamais. Et c'était cette douleur et ce désespoir qu'il avait essayé si fort d'effacer la nuit dernière.

De toute façon, Hébé était toujours son employée. Intouchable, donc. Même s'il avait déjà fait beaucoup plus que la toucher !

Nick avait connu de nombreuses femmes depuis son divorce, deux ans auparavant. Il invitait celles-ci à dîner, couchait avec elles puis les quittait, sans états d'âme. Aucune de ses relations n'avait duré assez longtemps pour que puisse s'installer un quelconque lien, encore moins un lien affectif. Et comme il s'était toujours douté que quitter une employée serait un petit peu plus compliqué, il avait avec soin évité de se retrouver dans cette situation. Jusqu'à cette nuit.

Pourtant, il savait qu'il devait le faire : partir sans regarder en arrière.

Bien sûr, le plus simple serait de renvoyer Hébé de la galerie. Mais cette solution ne plaisait guère à Nick : il ne lui semblait pas juste qu'elle perde son travail parce qu'elle avait passé la nuit avec lui. La plupart des femmes ne pensaient-elles pas au contraire que coucher avec le patron leur *garantissait* un emploi ?

Il se tourna légèrement pour la regarder dormir entre ses bras. Etait-ce la raison pour laquelle Hébé avait si volontiers passé la soirée avec lui ? La raison pour laquelle elle l'avait accompagné chez lui et lui avait fait l'amour ?

Si c'était le cas, elle en serait pour ses frais !

Rien ni personne ne retiendraient plus Nick Cavendish — et encore moins une sirène blonde aux yeux d'or.

Hébé se sentit intimidée lorsque, quelques heures plus tard, elle pénétra dans la cuisine ultramoderne et spacieuse de Nick Cavendish.

Elle s'était réveillée seule dans l'immense lit à baldaquin, dont les draps en désordre témoignaient de la nuit qu'ils venaient de passer. Après avoir ramassé ses vêtements épars, elle s'était rendue dans la luxueuse salle de bains pour se doucher et s'habiller, avant de partir à la recherche de Nick.

Il était là, vêtu d'un jean délavé et d'un T-shirt noir. Il préparait du café et lui tournait le dos.

Troublée, Hébé observa ses muscles rouler sous le tissu. Ses cheveux étaient rejetés en arrière et ondulaient sur sa nuque.

Agé de trente-huit ans — soit douze de plus qu'elle —, il était sans aucun doute le plus bel homme qu'elle ait jamais vu. Son corps n'avait pas un gramme de graisse superflue, et ses mains — qui l'avaient si délicieusement caressée — étaient longues et effilées.

Enfin, il faisait l'amour avec un talent qui révélait une expérience qu'elle était loin de posséder.

Nick, bien sûr, avait été marié. Pendant cinq ans, si l'on en croyait Kate, une autre employée de la galerie, qui l'avait dit à Hébé trois mois plus tôt, lors de la deuxième visite de leur patron. Ce jour-là, il était arrivé en trombe, avait fait claquer ses ordres et était aussitôt parti terroriser ses employés parisiens. Kate lui avait aussi expliqué que Nick avait eu un petit garçon durant son mariage, qui était mort à l'âge de quatre ans. Ce tragique événement avait précipité la rupture et le divorce de ses parents, deux ans auparavant.

Hébé l'avait observé à la dérobée durant ses visites éclair à la galerie. Certes, elle l'avait vu sombre et maussade, comme lors de sa deuxième visite, mais elle l'avait aussi vu sourire. Une fois, il avait même éclaté de rire, et son visage s'était adouci pour presque ressembler à celui d'un petit garçon, si ce n'était cet insondable puits de souffrance que l'on devinait derrière ces yeux au bleu intense…

Nick se retourna. Il avait senti plus qu'entendu Hébé entrer dans la cuisine. La jeune femme se tenait silencieuse dans l'embrasure de la porte tandis qu'il continuait de préparer le café, retardant ainsi le moment où ils auraient à parler. Il avait toujours estimé qu'il ne servait pas à grand-chose de faire la conversation à une femme une fois que l'on avait passé la nuit avec elle. De quoi était-on censé parler, d'ailleurs ? Du temps ? De tennis ? De golf ? Aucun de ces sujets ne semblait vraiment adapté à la situation !

Il restait cependant une possibilité : parler du moment où l'on allait se revoir. Mais c'était une chose que Nick ne pouvait pas faire. Il savait que cela avait été une terrible erreur de passer la nuit avec Hébé Johnson et il n'avait pas l'intention d'aggraver la situation en prétendant que cette aventure avait un quelconque avenir.

Hébé était vêtue du chemisier noir et du pantalon ajusté qu'elle portait la veille. Ses cheveux soyeux tombaient sur ses épaules. Troublé, Nick remarqua la légère rougeur que sa barbe et ses baisers avaient laissée sur sa peau délicate et satinée.

Il ne devait pas penser à cela ! Il ne voulait pas penser à l'intensité et à la fièvre avec lesquelles Hébé s'était abandonnée dans ses bras. Sinon, il savait qu'il n'aurait qu'une envie, l'emmener une fois encore dans son lit.

— Prête à partir ? demanda-t-il d'un ton dédaigneux. Ou voulez-vous une tasse de café avant ?

Hébé fut surprise de sa brutalité. Il avait donc tellement hâte de se débarrasser d'elle ? Et elle qui s'était imaginé passer la journée avec lui, à parler, à rire et à faire l'amour !

— Non… non, merci, répondit-elle avec hésitation, en se demandant si c'était vraiment ce qu'il voulait : qu'elle s'en aille, maintenant que la nuit était derrière eux.

Un silence gêné s'ensuivit.

Mais qu'attendait-elle ? s'impatienta Nick. Il lui avait offert du café, elle l'avait refusé : ce serait maintenant plus simple pour tous les deux si elle pouvait juste…

— Je… pense qu'il vaudrait mieux que je parte, déclara Hébé d'un ton qui ressemblait plus à une question qu'à une affirmation.

Comme si elle espérait qu'il allait lui demander de rester…

— On risque de s'inquiéter chez moi, ajouta-t-elle.

Nick se rendit alors compte qu'il n'avait pas jugé bon, la veille, lui demander si son colocataire était un homme ou une femme. En fait, il était trop occupé à tenter d'anesthésier sa propre douleur pour s'y intéresser.

Curieusement, il se demandait maintenant si Hébé Johnson était fiancée, ou si elle avait un petit ami régulier. Certes, elle ne semblait pas être le genre de femme à avoir des relations extraconjugales. Mais, en même temps, la veille au soir, elle lui avait tout d'abord donné l'impression de ne pas être le genre de femme à aller au lit avec un homme qu'elle connaissait à peine — et on pouvait dire qu'il s'était trompé !

Hébé commençait à se sentir terriblement embarrassée ; en réalité, elle n'avait aucune idée de l'attitude qu'il fallait avoir le lendemain d'une nuit d'amour. Peut-être y avait-il trop longtemps qu'elle n'avait plus connu ce genre de « lendemain » !

Elle n'était cependant pas une oie blanche — elle avait eu un petit ami lorsqu'elle était à l'université, des années auparavant. Mais, jusqu'à aujourd'hui, jamais elle n'était restée une nuit entière dans l'appartement d'un homme. Et le fait que cet homme soit Nick Cavendish, son employeur depuis quatre mois, rendait la situation doublement inconfortable.

— Vous êtes sûre de ne pas vouloir de café ? lui demanda-t-il de nouveau, tout en se servant une tasse — elle nota qu'il le prenait noir, sans sucre.

En voyant Nick s'asseoir pour boire une gorgée du liquide brûlant, sans même la regarder, Hébé réalisa avec un pincement au cœur que sa question n'était que simple politesse. Ce fut pour elle le signal qu'il était temps de mettre un terme à une situation qui devenait de plus en plus gênante.

— Eh bien, j'y vais, lança-t-elle d'un ton qu'elle espérait plein d'entrain. Je… vous remercie pour le dîner.

« Et pour le reste aussi », eut-elle envie d'ajouter. Seigneur, elle était si mal à l'aise ! Si c'était ainsi que l'on se sentait « le lendemain », elle ne voulait plus jamais revivre ce genre de moment !

Nick constata, non sans une certaine culpabilité irritée, combien sa grossièreté déroutait la jeune femme. Ses étonnants yeux aux reflets d'or étaient agrandis par la déception, et ses joues avaient pâli. Mais qu'espérait-elle, pour l'amour du ciel ? Qu'il lui fasse des déclarations d'amour éternel ? On était dans la vraie vie, enfin, pas dans un conte de fées ! Et ils étaient adultes, plus des adolescents romantiques.

Le moment qu'ils avaient passé tous les deux avait été agréable, point. Cela n'allait pas plus loin.

— Je dois me rendre à New York tout à l'heure, lui annonça-t-il, mais je vous rappellerai, d'accord ?

Il savait dès à présent qu'il ne le ferait pas. Cette aventure avec une employée avait été une erreur dès le départ, et il n'allait certainement pas s'enferrer dans cette situation ! De plus, il savait que s'il la revoyait, il aurait de nouveau envie d'elle. Rien qu'en cet instant, alors qu'il ne pouvait s'empêcher de contempler sa bouche sensuelle, ses longs cheveux blonds et les élégantes courbes de son corps, Nick sentait une onde de désir monter en lui — sensation contre laquelle il n'aurait pas la force de lutter longtemps, il le savait.

Hébé comprit que Nick souhaitait *vraiment* ne plus la voir. Elle n'était pas naïve à ce point... Lorsqu'un homme disait « je vous rappelle » à une femme avec qui il avait passé la nuit sans même lui demander son numéro de téléphone signifiait qu'il n'avait aucune intention de la rappeler !

Bien sûr, c'était un peu différent dans le cas de Nick : il pouvait, s'il le voulait, avoir ses coordonnées par le biais de la galerie. Mais l'attitude dédaigneuse qu'il avait ce matin lui laissait penser qu'il ne ferait pas la démarche.

La manière dont il la congédiait après les heures qu'ils avaient passées à faire l'amour était pour Hébé l'expérience la plus humiliante de sa vie.

Il lui fallait partir d'ici le plus vite possible !

Soudain, Nick comprit que Hébé était sur le point de quitter la pièce, sans même le gratifier d'un au revoir. Et alors, c'était ce qu'il voulait, non ? Il fronça involontairement les sourcils en se rendant compte qu'il n'aimait pas qu'elle parte ainsi. C'était lui qui disait adieu d'habitude, pas le contraire.

Il se leva en souriant légèrement, et traversa la pièce pour mettre ses bras autour de la taille de Hébé et l'attirer à lui.

— Au revoir, Hébé, lui murmura-t-il à l'oreille.

Il se sentait, malgré lui, plein de désir pour elle.

Elle leva son visage vers le sien. Du haut de son mètre quatre-vingts, il la dominait d'une dizaine de centimètres. Les yeux d'or de la jeune femme étaient envahis d'incertitude.

Mon Dieu, qu'elle est belle ! pensa Nick en réprimant un gémissement.

Peut-être pourraient-ils se revoir, après tout…

« Non ! Ne sois pas idiot, Nick ! » se reprocha-t-il avec impatience. Il valait mieux laisser les choses telles qu'elles étaient et espérer qu'avec le temps, ils parviendraient tous deux à oublier la nuit qu'ils venaient de passer…

Oui, c'était exactement ce qu'il avait l'intention de faire !

2.

Six semaines plus tard, Hébé attendait toujours le coup de téléphone de Nick Cavendish.

Elle avait été stupide d'espérer qu'il l'appellerait. Les conversations qu'elle avait eues avec Kate, récemment, lui avaient confirmé que Nick, depuis la fin de son mariage, ne s'impliquait jamais sérieusement avec ses conquêtes. Elle avait aussi appris que, si celles-ci avaient été nombreuses, jamais aucune n'avait été une employée de la *Cavendish Gallery.*

Ou, alors, elles ne l'avaient plus été *après*, songea Hébé, non sans amertume.

En fait, elle avait plus ou moins passé ces dernières semaines à attendre qu'on lui signifie son renvoi de la galerie. Certes, on ne se débarrassait pas des gens comme ça de nos jours, mais, s'il l'avait voulu, Nick Cavendish aurait certainement trouvé un moyen de le faire !

Savoir qu'il revenait à la galerie londonienne dans une semaine pour assister à l'inauguration d'une exposition n'aidait en rien Hébé à se concentrer sur son travail. Elle avait passé la matinée à laisser tomber les objets de ses mains et semblait incapable de coordonner ses gestes. Bien sûr, elle connaissait la raison de son anxiété, et plus la date de l'arrivée de Nick approchait, plus elle se sentait tendue et angoissée. Peut-être aurait-elle dû se mettre en arrêt maladie quelques jours…

Elle était en train de préparer les cartons d'invitation

pour l'exposition à venir, lorsqu'elle entendit une voix murmurer à son oreille.

— Hébé ?

Elle se retourna brusquement et les cartons s'échappèrent de ses mains.

— Je suis désolée, bafouilla-t-elle tout en se baissant pour les ramasser d'une main tremblante.

Elle profita de ces quelques instants pour tenter de recouvrer son sang-froid. Nick n'était attendu que la *semaine prochaine* !

— Que faites-vous ici ? lui demanda Hébé en se redressant lentement, l'or de ses yeux accentué par la pâleur de son visage.

— Peut-être l'avez-vous oublié, répondit Nick d'un ton gentiment moqueur, mais il se trouve que je possède cette galerie, ainsi qu'un appartement au dernier étage de l'immeuble. Je peux donc venir chaque fois que j'en ai envie.

Evidemment… Mais si elle avait été au courant du retour anticipé de Nick, jamais elle n'aurait réagi comme elle venait de le faire. Elle avait décidé, pendant ces six semaines de silence, qu'elle serait calme et détendue lorsqu'elle le reverrait et qu'elle ne ferait aucune allusion à la nuit qu'ils avaient passée ensemble. Et, maintenant, elle se sentait totalement prise au dépourvu.

— Allons dans mon bureau, dit-il d'un ton soudain impatient. Il faut que je vous parle.

Bronzé, vêtu d'un costume gris foncé, une cravate de soie gris perle impeccablement nouée autour du col de sa chemise d'un blanc éclatant, Nick Cavendish avait l'aisance d'un millionnaire parfaitement sûr de lui, propriétaire de trois prestigieuses galeries d'art.

En le voyant ainsi devant elle, Hébé se demanda comment elle avait pu imaginer une seule seconde qu'il pourrait sérieusement s'intéresser à elle.

— Hébé ! s'exclama-t-il en fronçant les sourcils.

Elle prit une profonde inspiration et décida de se comporter le plus naturellement possible. Du moins autant qu'elle le pouvait face à celui qui hantait ses jours et ses nuits depuis plus d'un mois…

— Que puis-je pour vous, M. Cavendish ? lui demanda-t-elle d'un ton posé.

— Pouvez-vous me suivre dans mon bureau ? répéta-t-il. Maintenant.

Et, sans même attendre la réponse, il tourna les talons et quitta la pièce à grandes enjambées.

Kate, qui travaillait à côté, lança un regard interrogateur à Hébé en la voyant traverser la galerie derrière Nick. La jeune femme lui répondit d'un haussement d'épaules qui signifiait : « je ne sais pas ».

Car elle n'avait vraiment aucune idée de ce que Nick lui voulait. Elle n'avait parlé à personne du dîner ni de la nuit qu'ils avaient passée ensemble, et elle n'avait pas essayé de le contacter. Alors, quel était le problème ?

Plus elle y songeait, plus Hébé se sentait en colère tandis qu'ils montaient en silence les escaliers qui conduisaient au bureau de Nick, situé au deuxième étage. Espérait-il qu'elle aurait quitté son travail avant qu'il ne revienne, à cause de cette fameuse nuit ? Sinon, pourquoi serait-il si désagréable ?

Hébé ne put s'empêcher de penser à l'injustice de tout cela. Elle adorait son travail et s'entendait bien avec ses collègues. De plus, ce qui était arrivé n'était quand même pas sa faute à elle !

Nick scruta la jeune femme avec irritation tandis qu'il refermait la porte de son bureau. Il devina, en voyant ses joues rouges et ses yeux brillants, qu'elle était indignée.

— Qu'est-ce qui vous met en colère ? lui demanda-t-il en s'asseyant sur le bord de son superbe bureau en marbre. Est-ce parce que j'ai été grossier aujourd'hui ou parce que je ne vous ai pas appelée depuis deux mois ?

— Depuis six semaines, rectifia-t-elle d'un ton abrupt.

— Peu importe, rétorqua Nick.

En vérité, il savait exactement depuis combien de

temps il ne l'avait pas vue, mais il était hors de question de le lui dire.

Au début, il avait été persuadé qu'il pourrait faire avec Hébé Johnson ce qu'il faisait avec toutes les femmes qu'il avait connues depuis deux ans : passer un moment avec elles puis les oublier. Mais, pour une raison inexpliquée, tel n'avait pas été le cas. Il n'avait cessé de penser à ses yeux d'or et à son corps magnifique. Et cela l'agaçait terriblement.

Aux éclairs que lançaient ses yeux et à la manière dont ses lèvres sensuelles s'étaient crispées, Nick comprit que son attitude faussement désinvolte n'avait fait qu'exacerber la colère de la jeune femme. Mais cela ne le dérangeait absolument pas.

Pas au niveau professionnel, en tout cas.

Et, sur un plan plus personnel, il jugeait cela plutôt sexy !

Nick trouvait Hébé particulièrement belle aujourd'hui. Elle était vêtue d'un chemisier beige et d'une jupe noire serrée à la taille qui couvrait ses longues jambes fuselées jusqu'aux genoux.

Et lui qui avait pensé pouvoir l'oublier ! Il n'y était pas parvenu, et ce avant même d'avoir vu le tableau…

Il jeta un coup d'œil vers celui-ci. Il l'avait placé sur un chevalet, dans un coin de la pièce, et l'avait recouvert d'un drap pour le protéger. Et aussi afin que Hébé ne le voie pas avant qu'il ne l'ait décidé…

— Excusez-moi, vous étiez censé me téléphoner ? interrogea la jeune femme d'un ton détaché.

— Oublions cela pour le moment, répondit-il sèchement. Parlez-moi plutôt d'Andrew Southern.

Hébé fronça les sourcils. Pourquoi Nick lui demandait-il cela ? Cherchait-il un prétexte pour la renvoyer ?

— Anglais, né en 1953, commença-t-elle. A commencé à peindre à l'âge de vingt ans, surtout des portraits. Puis s'est intéressé aux paysages et plus récemment aux territoires sauvages de l'Alaska. Il…

— Je ne vous ai pas demandé une biographie, Hébé !

l'interrompit brusquement Nick, en se levant d'un bond de son bureau. Je vous ai demandé ce que *vous* saviez de lui !

— Moi ? s'étonna Hébé en clignant des yeux et en reculant d'un pas, surprise. Je viens juste de vous dire ce que je savais de lui…

— Ne soyez pas si timorée, la coupa-t-il de nouveau abruptement. Je ne vous demande pas des détails, je veux juste savoir si vous le connaissez. Et si vous pouvez le contacter personnellement.

Hébé ne savait plus que penser. Elle admirait Andrew Southern, bien sûr, mais elle ne l'avait jamais rencontré, ni de manière professionnelle, ni de manière personnelle.

Frustré, Nick comprit soudain que la jeune femme n'allait pas admettre sa relation avec l'artiste. Mais était-ce étonnant ? Cet homme avait l'âge d'être son père. C'était peut-être la raison pour laquelle elle avait tant de mal à en parler…

Cela faisait des années que Nick Cavendish essayait de rencontrer Andrew Southern. Or, malgré la renommée de son nom et de sa galerie, il n'y était jamais parvenu. Et voilà qu'aujourd'hui, Hébé semblait être *la* personne qui pouvait enfin permettre cette entrevue.

— Ecoutez, reprit-il d'une voix plus douce, nous reprendrons cette conversation à un autre moment, d'accord ? Je reconnais avoir franchi la frontière employeur-employé avec vous il y a six semaines, mais vous devez reconnaître que je n'étais pas le seul responsable, non ?

Hébé le regarda avec dédain. Si c'était là une tentative pour s'excuser de la nuit qu'ils avaient passée ensemble, ou pour l'absence de coup de téléphone, le résultat était plutôt navrant… Pendant six semaines, elle avait attendu, se désespérant qu'il ne l'appelle pas. Et maintenant qu'il était là, il n'évoquait leur nuit que comme un bref moment de plaisir mutuel, tout en ne souhaitant parler que d'Andrew Southern — un artiste à la réputation mondiale qui vivait en reclus depuis une trentaine d'années !

Elle le toisa froidement.

— Puis-je partir, maintenant ?

— Bien sûr que non ! s'écria Nick.

Il s'interrompit quelques secondes pour prendre une longue inspiration.

— Essayez-vous délibérément de m'irriter ?

— Il semblerait que j'y arrive sans même essayer ! répliqua-t-elle d'un ton ironique.

Nick se détendit légèrement, un imperceptible sourire aux lèvres.

— Je comprends mieux pourquoi je vous ai trouvée si attirante cette nuit-là, murmura-t-il doucement.

Ce n'était pas ce que Hébé voulait entendre. Pas ici. Pas maintenant.

La première semaine après le départ de Nick, elle n'avait cessé de se couvrir de reproches, tout en espérant ardemment qu'il l'appelle afin de dissiper toutes ces pensées négatives. Puis elle avait essayé de se rassurer en se disant que l'on était au XXIe siècle, et non plus au Moyen Age : elle n'avait rien fait de mal en faisant l'amour à un homme qu'elle avait désiré ! Mais plus les jours et les semaines avaient passé, plus ses doutes étaient devenus intenses.

Et maintenant qu'elle se tenait devant Nick, la jeune femme n'était plus sûre de rien.

— Je pense qu'il serait préférable que l'on oublie tous deux ce qui s'est passé, ne croyez-vous pas ? dit-elle avec froideur.

Nick se sentit profondément exaspéré. Certes, il avait été impatient qu'elle quitte son appartement, six semaines auparavant, et il ne l'avait pas appelée comme il l'avait promis. Mais il trouvait très désagréable qu'elle désire tourner la page avec cette froide détermination.

Ou alors était-elle en train de… ?

Il fit un pas vers Hébé, et, plongeant son regard dans celui de la jeune fille, fit courir ses doigts le long de sa joue.

— Suis-je si facile à oublier, Hébé ? murmura-t-il tout en sachant qu'il faisait une erreur. Nos étreintes sont-elles si simples à effacer ? Ou bien le souvenir de nos caresses vous a-t-il maintenu éveillée toutes ces nuits ?

Elle le regarda, visiblement interloquée, et ses lèvres s'entrouvrirent légèrement.

Nick caressa alors la douce bouche de la jeune femme, avant de descendre le long de sa gorge, vers le profond décolleté de son corsage et les courbes généreuses de sa poitrine.

Aussitôt, Hébé sentit ses mamelons devenir durs et sensibles, et ses jambes se dérober sous elle. Instinctivement, elle s'accrocha aux larges épaules de Nick.

Mais aussi soudainement qu'il s'était approché, il s'écarta, son beau visage n'affichant plus qu'un profond mépris.

— Vous êtes une femme très sensuelle, n'est-ce pas ? dit-il d'un ton songeur, en allant de nouveau s'appuyer contre son bureau.

— M. Cavendish…

— Voyons, Hébé, l'interrompit-il d'un ton sarcastique, vous n'allez quand même pas m'appeler « monsieur » après la manière dont vous vous êtes abandonnée l'autre nuit ?

Hébé sentit ses joues s'empourprer de colère. Pourquoi lui infligeait-il cela ? Quel plaisir pervers tirait-il à la rabaisser ?

Elle se redressa en lui lançant un regard indigné.

— Il me semble que vous vous êtes également abandonné ! répliqua-t-elle, furieuse.

A présent, elle se moquait de savoir s'il cherchait un moyen de la renvoyer de la galerie. Qu'il le fasse, cela n'avait aucune importance.

Nick eut un sourire narquois.

— Je suis flatté de voir que, parmi tous vos amants, vous vous souvenez encore de moi.

Parmi tous ses amants ? Mais de quoi parlait-il ? Avant lui, elle n'avait eu qu'une seule liaison, et c'était il y a cinq ans ! Autant dire une éternité !

— Cessons ce petit jeu, ordonna-t-il tout en se levant de son bureau.

— Avec plaisir, répondit-elle d'un ton cinglant. Puis-je retourner à mon poste, maintenant ?

Elle savait que, si elle ne sortait pas tout de suite de la pièce, elle ne pourrait contenir bien longtemps les larmes d'humiliation qu'elle sentait perler à ses paupières.

— Non, vous feriez mieux de…

Nick s'immobilisa et prit une profonde inspiration. Bien sûr, elle ne faisait cela que pour le défier… Etait-ce parce qu'elle avait compris qu'il était au courant de sa relation avec Andrew Southern ? C'était sûrement cela. Certes, c'était un artiste reconnu, mais il n'en avait pas moins la cinquantaine, et Hébé avait juste vingt-six ans.

— Bon, d'accord, commença-t-il d'un ton plus posé, j'admets que votre aventure avec Andrew Southern ne me regarde pas…

— Ma *quoi* ? demanda-t-elle, apparemment incrédule, les yeux écarquillés.

— Je comprends que ce soit de l'histoire ancienne, mais…

— Ancienne ! Mais je vous l'ai dit, je ne connais même pas Andrew Southern ! protesta Hébé.

— Il y a des preuves du contraire.

— Des preuves ? s'exclama la jeune femme, visiblement abasourdie. Ecoutez, Nick, je n'ai aucune idée de ce dont vous parlez. Peut-être est-ce à cause du décalage horaire, vous êtes perturbé, mais…

— Je suis rentré de New York la semaine dernière, poursuivit-il d'une voix douce. J'avais été informé de la vente, en présence éventuelle de l'artiste, d'un tableau d'Andrew Southern dans le nord de l'Angleterre. Comme vous vous en doutez, je n'allais laisser personne d'autre que la *Cavendish Gallery* acquérir cette œuvre. Imaginez ma surprise lorsque j'ai découvert le sujet même du tableau !

Hébé secoua la tête. Elle n'y comprenait rien. Sauf que Nick était rentré depuis une semaine, et qu'il n'avait rien fait pour tenter de la joindre.

— Le sujet du tableau ?… répéta-t-elle en fronçant les sourcils.

— Oui. C'est un portrait. Le portrait d'une femme. Une très belle femme, d'ailleurs, ajouta-t-il en appuyant ses propos d'un hochement de tête.

— C'est l'un de ses premiers travaux ?

— Non. Il s'agit d'un tableau récent, peint dans les cinq dernières années.

— Mais je croyais qu'il ne peignait plus de portraits depuis…

— Apparemment, cette femme l'a beaucoup inspiré ! la coupa-t-il sèchement.

Hébé n'aimait pas la manière dont Nick l'observait. Elle haussa les épaules.

— Pour autant que je sache, Andrew Southern n'a pas peint de portrait depuis plus de vingt ans.

— Mettriez-vous en doute mon professionnalisme, Hébé ? demanda Nick d'un ton cassant.

Non, certainement pas ! Et dans aucun domaine… Hébé ne savait que trop bien quel merveilleux amant il était. Et elle savait aussi qu'il n'aurait jamais pu bâtir la réputation mondiale de la *Cavendish Gallery* s'il n'avait eu ce savoir exceptionnel dans le domaine de l'art.

Soudain, Nick traversa la pièce à grandes enjambées et retira le drap qui voilait le tableau. Ce faisant, il ne cessa d'observer la jeune femme : il voulait voir sa réaction lorsqu'elle découvrirait le portrait.

Les yeux de Hébé s'écarquillèrent comme elle fixait, ébahie, le tableau.

Ce portrait était le sien… Assise de côté sur une chaise, la jeune femme du tableau était vêtue d'une robe moulante bleu nuit, ses cheveux dorés ondoyant le long de son dos. Mais c'est l'expression de son visage qui retenait l'attention. Un sourire discret se dessinait sur ses lèvres sensuelles légèrement entrouvertes, et ses yeux d'or, à demi fermés, suggéraient un état de grande excitation. Sa poitrine se dressait fièrement sous sa robe, qui était si proche du corps qu'il était difficile de croire qu'elle pouvait porter quoi que ce soit dessous.

— Qui est-ce ?

Hébé avait parlé dans un murmure. Nick s'étonna de l'extrême pâleur de la jeune femme.

— Enfin, Hébé ! dit-il avec impatience. Vous savez très bien que c'est *vous* !

Il était évident que la jeune femme n'avait jamais songé que ce portrait, dont chaque coup de pinceau témoignait de l'amour qu'avait éprouvé le peintre pour le modèle, puisse un jour être vu du grand public. Et, en fait, cela aurait pu ne jamais se passer si le commissaire-priseur d'une vente aux enchères locale n'avait reconnu la signature d'Andrew Southern : un cygne et un S. L'homme avait alors appelé l'un de ses amis à Londres pour savoir si ce tableau pouvait intéresser les grands marchands d'art, et Nick, averti, avait réussi à lui arracher la promesse que personne ne le verrait avant lui.

Un coup d'œil lui avait suffi pour reconnaître le style incomparable de Southern : il lui fallait ce portrait. A tout prix.

Il avait fallu du temps et beaucoup de patience pour négocier avec le vendeur et le commissaire-priseur, mais il avait enfin pu ramener son trophée à Londres ce matin même. Et la première chose qu'il avait faite avait été de parler à Hébé Johnson.

La femme du portrait. Et aussi la maîtresse d'Andrew à l'époque où le tableau avait été peint.

Hébé s'approcha et tendit une main tremblante vers la toile. Sa respiration était hachée.

— Qui est-ce ? répéta-t-elle, la voix empreinte d'émotion.

Nick recula d'un pas.

— Pour l'amour du ciel, Hébé, c'est vous !

— Non, ce n'est pas moi !

Hébé se retourna pour lui faire face. Elle sentait son cœur battre à tout rompre dans sa poitrine.

— Regardez bien, Nick ! ajouta-t-elle. Elle a une marque de naissance. Juste là.

Elle désigna du doigt une marque rose, située en haut de l'un des seins, juste au-dessus du décolleté de la robe.

— Et maintenant, regardez.

D'un geste, elle écarta son corsage pour dévoiler sa propre poitrine.

Il n'y avait aucune marque…

Hébé ne savait pas qui était la femme du portrait, mais elle savait que ce n'était pas elle.

Alors, si ce n'était pas elle, qui… ?

Non, ce n'était pas possible !

Est-ce que… ?

C'est alors que tout devint noir.

3.

Nick n'eut que le temps de rattraper Hébé. Il la porta et la déposa sur le canapé en cuir, de l'autre côté de la pièce.

Il avait espéré une réaction de sa part face au portrait, mais certainement pas de cette nature-là !

La jeune femme émit un faible gémissement et Nick s'inclina vers elle. Elle ouvrit les yeux pour les refermer aussitôt, comme si le voir lui était insupportable.

Le tableau… Hébé tressaillit en repensant au portrait. Elle ne savait plus que penser. Si la femme était vraiment qui elle croyait, alors…

— Tenez.

Hébé ouvrit les yeux et vit Nick lui tendre un verre d'eau avant de replacer la bouteille dans le Frigidaire, habilement dissimulé dans un meuble en chêne.

Qui s'évanouissait ainsi de nos jours, à part les personnes malades, affamées, ou celles qui avaient reçu un coup sur la tête ? Hébé n'était certainement pas malade. Elle n'avait pas non plus reçu de coup sur la tête, sauf peut-être de manière métaphorique. Il ne restait plus que la faim.

— Avez-vous déjeuné aujourd'hui ? l'interrogea-t-il.

— En fait, non.

Hébé se releva, et, s'asseyant sur le bord du canapé, but une gorgée d'eau fraîche.

Nick secoua la tête. Il ouvrit de nouveau le Frigidaire et prit une barre de chocolat qu'il lui tendit.

— Mangez, ordonna-t-il. Cela vous fera du bien.

Hébé regarda de nouveau le tableau tout en portant à ses lèvres deux carrés de chocolat.

La femme qui y était représentée était très belle, beaucoup plus belle qu'elle. Comment Nick ne pouvait-il le voir ? Elle était aussi très sensuelle, avec ses yeux d'or à demi fermés, comme pour protéger un secret connu d'elle seule.

Hébé mangea deux autres carrés avant de demander d'une voix sourde :

— Où avez-vous eu ce portrait ?

— Je vous l'ai dit, dans le nord de l'Angleterre, répondit Nick en se redressant et en arpentant nerveusement la pièce.

La jeune femme lui lança un regard exaspéré :

— Ne pourriez-vous pas être un peu plus précis ? A qui l'avez-vous acheté ?

— Je l'ai acheté à un jeune couple qui a reçu une vieille maison en héritage, répondit-il. Celle-ci avait appartenu au grand-oncle du mari, ou quelque chose comme ça. Et ils ont trouvé le tableau, accroché dans la chambre du vieil homme.

En disant cela, Nick ne pouvait s'empêcher d'éprouver un certain dégoût. Imaginer cet homme s'extasier sur le portrait d'une femme — Hébé ! — qui avait l'âge d'être sa fille, voire sa petite-fille, ne le mettait pas particulièrement à l'aise.

Mais le jeune couple ne savait rien de la femme du tableau : ni qui elle était, ni comment le grand-oncle s'était procuré le tableau. Ce que Nick, lui, ne savait pas, c'était pourquoi ce portrait était dans la chambre d'un vieil homme et non dans celle du peintre qui l'avait exécuté avec tant d'amour.

Apparemment, Hébé semblait elle aussi incapable de répondre à cette question.

Elle s'humecta les lèvres.

— Comment s'appelait cet homme ?

— Quelle différence cela fait-il de connaître son nom ? répliqua sèchement Nick. Il avait votre portrait, c'est ce qui compte, non ?

— Non. Car quoi que vous pensiez, je ne suis pas la femme du portrait ! Andrew Southern ne peut pas avoir peint mon portrait puisque je ne l'ai jamais rencontré. En revanche, il semblerait qu'il ait rencontré ma mère…

Elle avait ajouté cela d'une voix si basse que Nick avait eu du mal à l'entendre.

Sa mère ? Le prenait-elle pour un idiot ? C'était *elle*, évidemment. Ce ne pouvait être personne d'autre. A moins que…

— Vous voulez dire que vous ressemblez trait pour trait à votre mère au même âge ?

— C'est une question à laquelle il m'est très difficile de répondre…

— Et pourquoi ? l'interrompit-il brutalement.

Elle leva vers lui ses yeux d'or.

— C'est plus difficile lorsque l'on a été adoptée.

Nick s'arrêta net et la regarda avec méfiance. Pensait-elle vraiment lui faire croire que… ? Et pourquoi pas ?

Il vint se placer devant le tableau et observa celui-ci avec attention. Jusqu'à présent, les similitudes lui avaient sauté aux yeux ; maintenant, il cherchait les différences.

Il y avait la marque de naissance, bien sûr. Mais elle ne prouvait rien. Et peut-être était-ce Andrew Southern lui-même qui avait pris quelque liberté poétique en la peignant au-dessus de la poitrine de la jeune femme. Il y avait aussi la sensualité qui se dégageait de cette femme, et Nick connaissait celle de Hébé. Elle avait eu le même regard lorsqu'ils avaient fait l'amour, cette nuit-là.

La bague…

La femme portait une bague avec une émeraude et un diamant à l'annulaire de la main gauche. Il en déduisit aussitôt que ce n'était pas à Andrew Southern que Hébé avait été fiancée, mais au défunt propriétaire du portrait. Pour quelle autre raison, sinon, celui-ci aurait-il conservé un tableau d'une telle valeur, si ce n'était pour contrarier sa future femme et l'amant de celle-ci ? Hébé ne portait pas cette bague… Il était donc facile d'imaginer qu'en voyant le tableau, son fiancé avait tout compris de la relation qui l'unissait à Andrew Southern, et rompu leurs fiançailles. On pouvait lire un tel désir sur le visage de la jeune femme qui donnait l'impression qu'elle venait de quitter les bras de son amant… Et Nick connaissait Hébé dans ces moments-là.

Non, vraiment, rien dans ce tableau ne plaidait en faveur de Hébé.

Mais quel intérêt avait-elle à mentir ? Etait-ce parce qu'il l'avait percée à jour ? Ou espérait-elle, après avoir laissé s'échapper deux hommes fortunés, avoir maintenant une liaison sérieuse avec lui ?

Il se tourna vers elle, un sourire ironique aux lèvres.

— C'est une idée intéressante, Hébé, mais difficile à croire, non ?

— Pourquoi ? demanda-t-elle en se redressant, sur la défensive.

Nick hocha la tête.

— Parce que c'est un peu trop facile, voilà pourquoi.

— Un peu trop facile pour qui ?

Hébé ne pouvait empêcher sa voix de trembler. Ce n'était certainement pas facile pour elle !

Il y avait longtemps que ses parents lui avaient appris qu'elle avait été adoptée. Elle les aimait profondément, et pour ne pas les chagriner, n'avait jamais cherché à retrouver ses parents biologiques. De plus, à quoi cela aurait-il servi ? Ils n'avaient pas voulu d'elle lorsqu'elle était née, pourquoi voudraient-ils la rencontrer aujourd'hui ?

— Ecoutez, je me fiche de savoir si vous avez posé pour ce peintre ou non, rétorqua Nick. Tout ce qui m'intéresse, c'est de le rencontrer.

La rudesse avec laquelle il avait parlé fit légèrement vaciller Hébé.

— Eh bien, si vous le trouvez, avertissez-moi, lui répondit-elle sur le même ton. J'aimerais, moi aussi, lui parler !

— Je m'en doute. Car vous n'êtes pas très bavarde lorsque vous faites l'amour.

— Les insultes ne nous mèneront nulle part, répliqua la jeune femme d'une voix mal assurée.

Le chocolat semblait ne pas avoir été très efficace pour atténuer le choc de la découverte, pensa-t-elle avec amertume. A vrai dire, elle se sentait nauséeuse à présent. Mais, en même temps, ce n'était pas tous les jours que l'on était confronté à un portrait pouvant être celui de la mère qu'on n'avait jamais connue.

Andrew Southern était visiblement amoureux de cette femme lorsqu'il l'avait peinte… Cela voulait-il dire qu'il était le père de Hébé ? Ou que son père était l'homme qui avait gardé le portrait pendant toutes ces années ?

Hébé aurait aimé avoir des réponses à ces questions, mais, pour l'instant, elle devait tenter de convaincre Nick…

Elle prit une profonde inspiration.

— Vous pouvez penser ce que vous voulez, je *sais* que cette femme n'est pas moi, et c'est ce qui importe.

— Vous imaginez vraiment que je vais vous croire ? S'il s'agit bien de votre mère, ce tableau a au moins vingt-six ou vingt-sept ans !

— Il me semble que ça correspond exactement à l'époque où Andrew Southern peignait encore des portraits. De toute façon, Nick, ce n'est pas ce que vous croyez qui est important. Ce qui compte, c'est ce que *je* sais.

Et elle songea qu'il fallait vraiment qu'elle rencontre Andrew Southern…

Mais si même un homme tel que Nick Cavendish, propriétaire de la prestigieuse *Cavendish Gallery*, n'arrivait pas à approcher le peintre, alors comment pourrait-elle y parvenir ?

Il fallait pourtant qu'elle trouve un moyen.

Il fallait aussi qu'elle en parle à ses parents adoptifs. Elle ne pouvait se mettre à rechercher les personnes qui l'avaient conçue sans les en informer. Ils lui avaient donné tout l'amour dont elle avait eu besoin, et l'avaient toujours encouragée à avoir son propre jugement. Hébé savait qu'ils comprendraient et qu'ils l'aideraient à retrouver la femme du portrait.

— Bien, je crois que je vais y aller, maintenant, dit-elle d'une voix sourde.

Elle posa le verre d'eau sur la table basse qui se trouvait devant elle et se leva. Mais à peine fut-elle debout que la tête lui tourna et qu'elle se sentit au bord du malaise.

— Mais qu'est-ce qui ne va pas à la fin ? s'exclama Nick, agacé, en l'attrapant par le bras.

— Je vous l'ai dit, je n'ai pas déjeuné aujourd'hui, répondit Hébé, tout en tentant de se dégager.

Tout son corps frémissait au simple contact des doigts de Nick. Et elle qui pensait le haïr !

— Venez à l'étage avec moi, déclara-t-il d'un ton ferme.

— A l'étage ? répéta Hébé, visiblement interloquée.

— N'ayez pas peur. Je ne vais pas profiter de la situation pour vous sauter dessus. Vous avez des étourdissements parce que vous n'avez rien mangé aujourd'hui, et vous trouverez chez moi de quoi vous restaurer.

— Si vous acceptez de me donner ma journée, je pense que je pourrais rentrer chez moi et me préparer moi-même un repas.

Elle avait parlé d'un ton décidé : il n'était pas question qu'elle aille dans l'appartement de Nick. La journée avait été suffisamment humiliante !

Nick serra les dents.

— Non, Hébé, je n'accepte pas de vous donner votre journée. Un, vous n'avez pas l'air capable de rentrer chez vous. Deux, je n'ai pas fini de vous parler.

— Je vous l'ai dit, répéta-t-elle avec obstination, je ne connais pas Andrew Southern, je ne sais pas où il est, ni comment vous pourriez faire pour le rencontrer. Et, pourtant, j'aimerais le savoir autant que vous !

Nick fronça les sourcils : espérait-elle vraiment le convaincre ainsi ?

— Nous en reparlerons après que vous ayez mangé, déclara-t-il en l'entraînant dans le couloir.

Hébé ne dit mot lorsqu'ils entrèrent dans l'ascenseur privé qui les mena au second étage. Pour la deuxième fois, elle allait pénétrer dans l'intimité de la vie de Nick.

— Est-ce qu'une omelette vous conviendrait ? lança-t-il sèchement, en se rendant dans la cuisine.

Il allait lui préparer un repas, obtenir les réponses à ses questions et, ensuite, elle pourrait partir. Mais lorsqu'il se retourna, Nick s'aperçut que Hébé n'était pas derrière lui.

Mais où diable était-elle ?

Il revint sur ses pas, entra dans la salle à manger et y découvrit la jeune femme qui avait pris dans ses mains un cadre qu'elle regardait attentivement.

— Que faites-vous ? lui demanda-t-il froidement, le visage dénué de toute expression.

Surprise, Hébé faillit laisser tomber la photographie. C'était celle d'un superbe petit garçon, qui faisait une grimace à l'objectif. Un petit garçon qui avait les mêmes cheveux noirs et les mêmes yeux bleus que Nick.

Ce dernier traversa la pièce et lui arracha la photographie des mains. Ses yeux bleus étaient glacés lorsqu'il la regarda.

Hébé déglutit avec difficulté.

— Excusez-moi. Il… il est vraiment très beau.

— Oui, il l'était, acquiesça-t-il d'un ton dur.

— Je suis désolée.

Nick reposa avec précaution la photographie à l'endroit où l'avait prise Hébé, et lança à celle-ci un regard acéré.

— Vous savez qui c'est ?

— Je… Oui, admit-elle. On m'a dit que vous aviez eu un petit garçon.

— Luke, dit-il dans un souffle. Il se prénommait Luke.

— Je suis vraiment désolée, répéta Hébé d'une voix sourde. Je n'aurais pas dû… Je vous jure que je n'avais pas l'intention de…

— De fouiner ? D'aller mettre votre nez dans des endroits qui ne vous regardent pas ?

Hébé chancela devant la vigueur de l'attaque.

— Ce n'est pas cela, protesta-t-elle doucement, j'ai juste vu la photographie et…

Et quoi ? N'avait-il pas raison ? N'avait-elle pas fouiné, après tout ? Oui, peut-être, mais elle n'avait pas voulu mettre Nick en colère. Elle avait été seulement curieuse, voilà tout.

— Je vous demande pardon, s'excusa-t-elle une fois encore, avant de passer devant lui pour se rendre dans la cuisine.

Il lui semblait préférable que Nick reste seul quelques instants…

En effet, celui-ci était moins tendu et son visage avait repris couleur lorsqu'il pénétra dans la cuisine, quelques minutes plus tard.

— J'ai sorti les œufs et le lait du Frigidaire, indiqua Hébé. Je ne sais pas si vous avez besoin d'autre chose.

Nick enleva sa veste de costume et la posa sur le dossier d'un des tabourets de bar, avant de se saisir de l'une des poêles suspendues à un rail, au-dessus de la table de travail.

— Fromage ou champignons ? demanda-t-il sèchement comme il cassait les œufs dans un bol.

Hébé fit la grimace.

— Nature, si cela ne vous dérange pas.

Elle ne pouvait s'empêcher de trouver la situation étrange : elle était de nouveau dans l'appartement de Nick Cavendish, et il était en train de cuisiner pour elle !

Nick serra les dents. Il regrettait maintenant amèrement d'avoir invité Hébé dans son appartement.

Jamais il n'avait parlé de Luke. A personne. Il ne le pouvait pas.

Trois ans après, la douleur d'avoir perdu son fils était encore si forte qu'il lui était impossible de l'évoquer. Et c'était la raison pour laquelle il avait cessé de voir Sally, son ex-femme : aucun des deux ne semblait pouvoir penser à autre chose lorsqu'ils se rencontraient, et, pourtant, ils étaient incapables de mettre des mots sur ce qu'ils ressentaient, tant leur souffrance était grande.

Il versa l'omelette dans la poêle avant de se retourner.

— Vous trouverez un couteau et une fourchette… Mais que se passe-t-il ? s'exclama-t-il comme Hébé passait devant lui en courant, livide, une main pressée contre sa bouche.

Elle n'eut que le temps d'arriver dans la salle de bains. L'odeur des œufs frits lui avait soulevé le cœur.

— Tenez, murmura Nick derrière elle, quelques secondes plus tard, en posant une serviette mouillée sur son front.

Tout cela était tellement humiliant !

Hébé prit la serviette qu'elle maintint elle-même contre son visage.

— Vous sentez-vous mieux, maintenant ?

— Oui… Merci, répondit-elle sans oser le regarder. Je vais me nettoyer le visage et ensuite je m'en irai.

— Je ne crois pas. Je pense que vous allez rester ici encore un petit moment, déclara Nick d'une voix tendue.

Hébé leva vers lui des yeux agrandis par la stupéfaction.

— Mais je vous promets que ça va beaucoup mieux, maintenant.

— Je n'en doute pas. C'est curieux, mais, en général, les femmes dans votre état se sentent toujours mieux après avoir été malades.

Hébé fronça les sourcils.

— Mon état ?

Nick prit une profonde inspiration et dit d'un ton cassant :

— A moins de me tromper, ce que sincèrement j'espère, je pense que votre évanouissement de tout à l'heure et maintenant votre nausée ne peuvent indiquer qu'une seule chose.

La jeune femme cligna des yeux. S'appuyant d'une main au rebord du lavabo, elle se redressa lentement.

— Une seule chose ?

— Vous êtes enceinte, Hébé ! déclara-t-il avec brutalité.

Il regarda le ventre de la jeune femme, et ajouta, sans parvenir à dissimuler sa colère :

— Et, à mon avis, vous êtes enceinte de six semaines.

Enceinte !

Mais ce n'était pas possible !

Est-ce que… ?

4.

Nick, lui, n'avait aucun doute. Il n'avait pas oublié la raison pour laquelle une femme pouvait parfois perdre connaissance.

Sally s'était quelquefois évanouie, au début de sa grossesse. Et, chaque matin, pendant trois mois, elle s'était réveillée nauséeuse…

Il en était maintenant pratiquement certain : Hébé Johnson attendait *son* enfant.

— Je croyais que vous preniez la pilule, dit-il d'un ton exaspéré.

— Comment ?

La jeune femme se retourna lentement. Elle avait l'air hébétée et son visage était livide.

— Sortons au moins de cette salle de bains, dit-il.

Et, la saisissant par le bras, il la conduisit dans sa chambre, où il la fit asseoir sur une chaise.

— Et maintenant, reprit-il froidement, je veux savoir si vous prenez la pilule.

Sans répondre, Hébé cligna des yeux.

— C'est pourtant simple ! s'impatienta-t-il. Utilisiez-vous un moyen de contraception lorsque nous avons fait l'amour ensemble il y a six semaines ?

Elle prit une profonde inspiration pour tenter de maîtriser sa panique. Bien sûr qu'elle n'était pas enceinte, même si on racontait qu'« il suffisait d'une fois » ! Elle avait passé *une seule nuit* dans les bras de Nick, elle ne pouvait pas être enceinte !

Elle se redressa sur sa chaise, déterminée à reprendre le contrôle de la situation.

— Non, je n'en utilisais pas, mais cela ne veut pas dire…

— Et pourquoi ne preniez-vous rien ? l'interrompit Nick. Quel âge avez-vous, Hébé ? Vingt-cinq, vingt-six ans ?

— Vingt-six, confirma-t-elle sèchement, en sentant une vague de colère monter en elle. Mais je n'ai personne dans ma vie, et je ne vais certainement pas prendre la pilule juste pour le cas où je rencontrerais un homme avec qui j'aurais envie de coucher !

— C'est pourtant exactement ce qui s'est passé !

Nick était visiblement excédé, et Hébé se sentit pâlir encore un peu plus.

— Mais ce n'était pas prévu…, murmura-t-elle.

— Ah bon ? fit-il d'un ton glacé. Il me semble me souvenir que c'est *vous* qui m'avez bousculé ce soir-là.

Hébé se figea et sentit son sang se glacer dans ses veines.

— Que voulez-vous dire ? demanda-t-elle lentement.

Nick hocha la tête.

— Vous n'êtes pas la première femme à tenter de piéger un homme de cette manière. Qu'espériez-vous ? Que je vous donne de l'argent ?

— Comment osez-vous ? dit-elle dans un souffle.

Il ne pouvait pas penser…

— Arrêtez, Hébé ! répliqua-t-il d'un ton méprisant. La scène de la vierge effarouchée ne vous va pas du tout !

Elle le regarda froidement.

— Pourquoi rejetez-vous toute la faute sur moi ? Je ne me rappelle pas que vous ayez utilisé quoi que ce soit vous non plus, ce soir-là.

— Parce que personne ne m'a demandé de le faire ! rétorqua Nick avec dédain.

Il savait que la jeune femme venait de marquer un point, mais il n'était pas d'humeur à l'admettre. En tout cas, pas maintenant.

— Je ne pensais pas que j'allais être enceinte ! le coupa-t-elle en se levant avec impatience. Et, d'ailleurs, je ne suis pas enceinte. Toute cette conversation n'a aucun sens ! J'ai juste mangé quelque chose qui ne m'a pas réussi…

— Vous n'avez rien mangé de la journée, lui rappela Nick. Mais je connais le moyen de tirer tout cela au clair.

Et, brusquement, il sortit de la chambre.

Hébé le suivit rapidement, en se demandant ce qu'il avait l'intention de faire. Lorsqu'elle arriva dans la cuisine, il était en train d'enfiler sa veste.

— Où allez-vous ?

— Je vais à la pharmacie acheter un test de grossesse. Notre conversation n'a en effet aucun intérêt tant que nous ne savons pas si vous êtes enceinte ou non.

Il attrapa ses clés de voiture.

— Je ne serai pas là quand vous reviendrez, l'informa calmement Hébé.

Nick s'arrêta dans l'encadrement de la porte. Son visage était impénétrable lorsqu'il se retourna vers elle.

— Vous feriez mieux d'être là, dit-il d'un ton menaçant.

— Vous n'avez donc plus peur que je fouille partout ?

— Touchez à quoi que ce soit, et je vous promets que vous le regretterez.

Il avait accompagné ces mots d'un sourire glacé.

Hébé savait qu'il ne plaisantait pas. Mais cela ne l'empêcha pas, à peine fut-elle certaine que Nick avait bien quitté l'appartement, de rejoindre le rez-de-chaussée, de récupérer son sac et son manteau, et de quitter la galerie.

Qu'il la licencie s'il le voulait, elle s'en moquait à présent ! Il avait sans doute l'habitude que l'on obtempère lorsqu'il donnait des ordres, mais il était hors de question qu'elle obéisse à un homme qui l'insultait de la sorte !

De plus, il fallait qu'elle passe quelques coups de téléphone, et elle ne pouvait le faire depuis l'appartement de Nick. Elle avait en effet gardé de nombreux amis du temps de l'université, qui, comme elle, travaillaient maintenant dans des galeries ou des agences artistiques. Et elle était persuadée que l'un d'entre eux pourrait lui donner des informations sur l'agent d'Andrew Southern.

Hébé était déterminée à retrouver l'artiste, même si Nick semblait penser que c'était une chose impossible.

Où sa mère pouvait-elle se trouver aujourd'hui ? se demanda-t-elle, profondément troublée. Vivait-elle en Angleterre ? Avait-elle un mari, des enfants ?

Probablement.

Hébé n'avait pas l'intention de perturber sa vie. Elle avait juste besoin de savoir.

Andrew Southern était-il son père ?

Si c'était le cas, pourquoi n'avait-il pas épousé sa mère alors qu'elle attendait un enfant ?

Pourquoi elle, Hébé, avait-elle été abandonnée ?

Après une demi-douzaine d'appels, la jeune femme réussit enfin à découvrir qui était l'agent d'Andrew Southern. Elle composa alors son numéro et eut une secrétaire qui l'invita à prendre rendez-vous avec M. Gillespie. Toutefois, ajouta-t-elle, il y avait à son avis très peu de chances pour que celui-ci puisse l'aider à rencontrer le peintre.

Malgré tout, Hébé prit rendez-vous pour le lendemain. Elle se disait qu'au pire, elle pourrait toujours remettre une lettre à l'agent, voire une photographie d'elle-même, qu'il pourrait faire passer à l'artiste reclus. Si celui-ci avait été amoureux de sa mère, il aurait sûrement envie d'en savoir plus.

C'est du moins ce qu'elle espérait…

Nick tambourinait à la porte de l'appartement de la jeune femme. Découvrir que Hébé ne l'avait pas attendu, l'avait mis hors de lui.

A quoi jouait-elle ?

Oui, il était furieux. A cause d'elle. A cause de lui. A cause du fait qu'il était de plus en plus convaincu que Hébé était enceinte.

Si vraiment la jeune femme n'avait personne d'autre dans

sa vie — comme elle l'avait si vigoureusement affirmé ! —, alors il garderait le bébé... Une petite fille qui ressemblerait à Hébé. Ou un petit garçon qui ressemblerait à Luke et qui lui ressemblerait...

Il était en train de lever le poing pour frapper de nouveau à la porte lorsque celle-ci s'ouvrit brusquement.

— Ce n'est pas la peine de tout casser, lui dit Hébé en le regardant froidement. J'étais en train de manger un sandwich lorsque j'ai entendu vos... coups !

— Quelle sorte de sandwich ? Est-ce que vous réalisez qu'il faut faire attention à ce que l'on mange lorsqu'on est enceinte ? lui demanda-t-il tout en passant devant elle afin de pénétrer dans l'appartement.

Celui-ci se trouvait au deuxième étage d'un vieil immeuble victorien. De grandes baies vitrées donnaient sur une large avenue. Le salon, dont les murs étaient peints en jaune, était clair et ensoleillé. Un tapis multicolore recouvrait le plancher de bois. Le canapé et les fauteuils étaient égayés de coussins chatoyants.

Nick se retourna pour regarder Hébé. Elle avait meilleure mine que lorsqu'il l'avait laissée un peu plus tôt. Ses joues avaient repris leurs couleurs et ses yeux d'or leur éclat unique.

Il sortit de sa poche un sac en papier qu'il lui tendit.

— Tenez.

Hébé savait parfaitement ce que contenait ce sac et elle n'avait aucune envie de le prendre.

— Je ne me souviens pas vous avoir invité à entrer.

— Vous ne l'avez pas fait, confirma Nick en s'approchant de la table où était posé le sandwich entamé, afin de vérifier de quoi celui-ci était composé. Du fromage... C'est bien, vous devez surveiller votre apport en calcium.

— Nick...

— Hébé ?

— Ne pensez-vous pas que tout cela va un peu trop loin ? Que vous m'avez assez insultée ? Je vous l'ai dit :

je me suis sentie mal car je n'ai rien mangé aujourd'hui. C'est la seule et unique raison.

Nick posa le sac en papier sur la table, à côté du sandwich.

— Eh bien, nous allons le savoir tout de suite. Vous pouvez faire ce test à n'importe quel moment de la journée, vous aurez un résultat fiable.

— Un résultat négatif, vous voulez dire ?

— Hébé. Vous ne prenez pas la pilule. Je n'ai pris aucune précaution moi non plus. Etes-vous allée voir un médecin pour avoir la pilule du lendemain ?

— Certainement pas !

— C'est bien ce que je pensais... Avez-vous eu vos règles depuis la nuit que nous avons passée ensemble ?

Embarrassée, Hébé sentit ses joues s'empourprer.

— Ecoutez, je...

— Avez-vous eu vos règles ? insista-t-il.

Les *avait*-elle eues ? La jeune femme n'avait jamais vraiment eu de cycle régulier, elle avait donc tendance à ne pas faire attention aux dates. Mais, en y réfléchissant, elle n'avait pas l'impression que...

Elle attrapa le sac en papier et quitta la pièce d'un pas déterminé. Elle allait le faire, ce test, elle allait prouver à Nick une fois pour toutes qu'elle n'était pas enceinte. Et ensuite, avec un peu de chance, il s'en irait et la laisserait tranquille !

Bleu.

Le petit trait au milieu de la fenêtre était bleu.

Positif.

Hébé s'assit sur le rebord de la baignoire. Haletante, elle essaya de contrôler sa respiration afin de ne pas s'évanouir de nouveau.

Elle avait utilisé les deux tests que contenait le sac, persuadée, à la lecture du premier, que c'était une erreur. Et le second avait aussi un trait bleu au milieu de la fenêtre.

Elle était enceinte de Nick Cavendish.

Un bébé dont il ne voulait sûrement pas.

Et *elle*, en voulait-elle ?

Elle n'avait jamais sérieusement songé au fait d'avoir un enfant, et lorsqu'elle l'avait fait, elle avait imaginé ce bébé comme étant le fruit d'un mariage d'amour. Pas le résultat d'une seule nuit passée dans les bras de Nick Cavendish.

Qu'allait-elle faire maintenant ?

— Hébé, est-ce que ça va ?

Un léger coup sur la porte accompagna la question de Nick.

La jeune femme se redressa. Comment allait-elle lui annoncer la nouvelle ? Elle pouvait toujours mentir, bien sûr, lui dire que le résultat était négatif. Mais il ne la croirait pas. Il *savait* qu'elle était enceinte.

— Hébé ? répéta Nick d'un ton insistant.

La jeune femme prit une profonde inspiration.

— Allez-vous-en, finit-elle par articuler.

— Ouvrez la porte, ordonna Nick. Soit vous ouvrez cette porte, soit je l'enfonce !

— C'est du harcèlement, déclara-t-elle fermement.

— Comme vous voulez…

Hébé comprit qu'il allait mettre sa menace à exécution.

— D'accord, je suis enceinte ! cria-t-elle. Vous aviez raison et j'avais tort !

Sa voix se brisa alors qu'elle réalisait l'ampleur de ce qui était en train de lui arriver.

Il était hors de question qu'elle demande de l'aide à Nick. Pas après la manière dont il l'avait traitée. Cependant, elle n'avait aucune idée de ce qui allait se passer… Même si, pour l'instant, elle gardait son travail à la galerie, elle serait obligée de s'arrêter au septième mois. Ses parents accepteraient de l'aider, elle en était sûre, mais…

Hébé n'eut pas le temps d'aller plus loin dans ses réflexions : Nick venait de faire voler la porte en éclats.

— Vous venez de casser la porte, murmura-t-elle d'un air incrédule.

— Je vous avais prévenue.

— Vous n'aviez aucun droit de faire cela ! s'exclama-t-elle, indignée. Vous n'aviez pas besoin…

— Si, la coupa-t-il. Vous ne vouliez pas ouvrir la porte, et je ne savais pas ce que vous faisiez à l'intérieur.

— C'est une salle de bains, Nick. A votre avis, que pouvais-je faire dans une salle de bains ?

— Je n'avais aucun moyen de le savoir. Et je vous avertis, Hébé, ne remettez jamais une porte verrouillée entre nous deux.

La jeune femme le fixa. Est-ce que le monde était devenu fou ? Est-ce que *son* monde était devenu fou ?

Elle ne voulait pas en entendre davantage. Elle devinait les reproches que Nick, persuadé qu'elle avait tout fait pour tomber enceinte cette nuit-là, allait lui faire.

Hébé se leva et passa devant lui sans le regarder. Le salon était exactement dans l'état dans lequel elle l'avait laissé ce matin. Elle seule avait changé.

Elle attendait un enfant. De Nick Cavendish.

— Alors ? lança-t-elle avec défi. Quand allez-vous recommencer à m'accuser d'être une femme vénale ? D'être tombée enceinte afin de pouvoir mettre la main sur votre immense fortune ? C'est bien ce que vous pensez, non ?

Nick l'observait, les yeux plissés. Oui, c'était exactement ce qu'il pensait lorsqu'il était allé à la pharmacie acheter le test. Et c'était encore ce qu'il pensait maintenant.

C'était juste que cela n'avait plus d'importance.

Car Hébé allait avoir un enfant. *Son* enfant. Et peu importait la raison pour laquelle elle était enceinte, cet enfant serait autant le sien que celui de la jeune femme.

— Ce n'est pas la peine de me répondre, continua-t-elle. Je sais ce que vous pensez. Mais n'avez-vous pas envie de savoir ce que *moi* je pense ?

Les yeux de Hébé brillaient comme de l'or en fusion.

Curieusement, Nick sentit sa colère retomber. Elle était vraiment très belle. Et il savait que la maternité allait la rendre plus belle encore.

— Si, répondit-il en allant s'asseoir dans l'un des fauteuils. J'aimerais beaucoup savoir ce que vous pensez.

— Je n'en doute pas, rétorqua-t-elle sans chercher à cacher son dédain. On ne peut pas dire que vous m'ayez beaucoup écoutée jusqu'à présent.

Ne pouvait-elle comprendre que c'était parce qu'il était lui-même en état de choc ? se demanda-t-il. Parce qu'il n'arrivait pas à croire, même s'il avait affirmé le contraire, que Hébé pouvait être enceinte de son enfant ?

Nick avait adoré être le père de Luke. La mort soudaine de celui-ci l'avait laissé totalement dévasté. Et, maintenant, il semblait avoir une seconde chance… Jamais il n'avait songé à avoir un autre enfant. Mais à présent que l'opportunité se présentait, il désirait ce bébé. Plus que tout au monde. Il lui fallait juste un peu de temps…

— Je vous écoute, assura-t-il d'un ton bourru.

Elle prit une profonde inspiration.

— Ce bébé est le mien, Nick, et…

— C'est aussi le mien, remarqua-t-il calmement.

— Mais vous ne pouvez pas en être sûr ! ironisa-t-elle en arpentant nerveusement la pièce. Comment pouvez-vous être sûr que je ne suis pas allée avec un autre homme depuis la nuit que nous avons passée ensemble ?

Nick ne bougea pas, mais il sentit un nerf tressaillir au-dessus de sa mâchoire.

— L'avez-vous fait ?

— Bien sûr que non ! Mais vous n'avez aucun, absolument *aucun* moyen de le savoir.

Il l'observa pendant de longues secondes.

— Un médecin sera capable de nous dire depuis combien de temps vous êtes enceinte.

— C'est ce que vous voulez faire ?

— Si vous le désirez, nous pouvons aussi faire ces examens.

— Si je le désire ?

— Hébé, c'est un moyen d'être sûr que ce bébé est bien le mien !

La jeune femme se figea.

— Etes-vous en train de me dire que vous allez essayer de m'enlever mon enfant ?

— Pas du tout ! Mais c'est simple. Si vous voulez mettre la main sur mon « immense fortune », alors il vous faudra compter avec moi.

— Mais je ne *veux* pas de votre argent ! protesta-t-elle vigoureusement. Il ne m'intéresse pas plus que vous ne m'intéressez !

— Que cela vous plaise ou non, Hébé, j'ai maintenant une responsabilité envers vous et l'enfant.

Une responsabilité envers elle ? Voilà donc ce qu'elle était devenue… Après toutes ces années à se battre pour être indépendante et subvenir à ses propres besoins ?

Non, elle ne voulait pas être réduite à cela…

— Je n'ai ni envie ni besoin de votre aide, je vous remercie, déclara-t-elle sèchement.

— N'avez-vous pas compris ? s'exclama Nick entre ses dents. Je ne vous demande pas votre avis, je vous *dis* ce qui va se passer !

Hébé le regarda, stupéfaite.

— Comment ça ?

— Je vais vous épouser, lui annonça-t-il d'un ton décidé, dès que les formalités seront remplies.

Nick ? L'*épouser ?*

Il ne pouvait pas être sérieux !

5.

Nick vit les yeux de Hébé se remplir d'effroi.

Ce n'était pas exactement la réponse qu'il avait espérée !

La plupart des femmes qu'il connaissait auraient bondi de joie à l'idée de l'épouser. Hébé, elle, le dévisageait comme s'il venait une fois encore de l'insulter !

— Voyons, ce n'est pas si grave, dit-il d'un ton moqueur. Vous n'aurez plus besoin de travailler, vous pourrez dépenser des fortunes à redécorer mon appartement… Ou nous pourrions même acheter une maison ! Ce serait bien que le bébé ait un jardin pour jouer…

— Arrêtez ! l'interrompit violemment la jeune femme. Il n'est pas question que je me marie avec vous !

— Oh si, Hébé !

— Non ! Je ne veux pas vous épouser. Je ne vous connais pas ! D'ailleurs, vous non plus vous ne me connaissez pas. Et vous n'aimez pas le peu que vous savez de moi !

Nick eut un imperceptible sourire tandis qu'il admirait la svelte silhouette de la jeune femme.

— Il y a pourtant des choses que j'apprécie chez vous !

Hébé le regarda, déconcertée. Elle savait qu'il faisait semblant de ne pas comprendre ce qu'elle voulait dire en ne s'intéressant qu'à son physique. Bien sûr, ils s'étaient parfaitement entendus cette nuit-là, mais cela n'avait rien à voir avec l'engagement que représentait le mariage. Il ne pensait qu'aux nuits — il y avait aussi les jours, les semaines, les années à vivre côte à côte.

Nick se leva et s'approcha d'elle.

— Non…, murmura Hébé en reculant d'un pas.

Il ne prêta aucune attention à sa protestation.Il la prit dans ses bras et se pencha vers elle.

Hébé se sentit fondre et ne put lui opposer aucune résistance. Ses mamelons se durcirent contre son torse puissant, tandis qu'il effleurait ses lèvres de la langue, avant de prendre pleine possession de sa bouche. Puis il descendit vers sa gorge, ses mains soulevant fébrilement son T-shirt. Il baissa la tête et prit entre ses dents un téton brûlant, qu'il mordilla sensuellement tout en laissant sa main descendre entre les jambes de Hébé. Malgré le jean et la soie de sa culotte, la jeune femme frissonna de plaisir au contact de ses doigts.

Nick répondit à son attente en pressant plus fortement sa paume contre elle, pendant que sa bouche se saisissait de l'autre mamelon qu'il aspira avidement.

Sans qu'elle puisse rien y faire, Hébé sentit le plaisir monter en elle, et elle savait qu'elle ne pourrait le contenir plus longtemps. Il la submergea alors, en longues vagues délicieuses, la laissant sans force.

Epuisée, elle se laissa lentement aller contre l'épaule de Nick.

Que venait-elle de faire ?

Nick se redressa lentement et remit le T-shirt de la jeune femme en place tout en observant le bien-être qu'il pouvait lire sur son visage. Lui-même se sentait plein de désir, mais il n'avait aucune intention de le satisfaire. C'était le plaisir de Hébé qui lui importait pour l'instant. Il voulait lui montrer ce qu'il pourrait lui offrir chaque fois qu'elle le désirerait lorsqu'ils seraient mariés.

— Mais, et vous ? s'inquiéta Hébé.

— Je n'en ai pas envie. C'était pour vous. Je vous mets au défi de me dire que vous ne voulez pas de moi après cela, murmura-t-il d'une voix rauque.

Il sentit Hébé se raidir avant qu'elle ne se détache brusquement de lui.

Il n'avait pas voulu la blesser. Il voulait simplement

qu'elle comprenne ce qu'ils pouvaient avoir en commun, en plus du bébé qu'elle portait. De *son* bébé ! Et il allait tout faire pour que Hébé admette qu'il n'allait pas seulement participer financièrement à l'éducation de leur enfant, mais qu'il allait l'épouser.

Hébé secoua la tête. Il fallait qu'elle se ressaisisse. Et qu'elle lui fasse comprendre qu'elle ne pouvait se marier avec lui.

— Ce n'était que du sexe, Nick, répliqua-t-elle froidement.

— C'est un début.

— Non ! Le mariage est fait pour les gens qui s'aiment et qui veulent vivre ensemble le restant de leur vie…

— Ou pour ceux qui ont déjà fait un bébé ensemble, remarqua-t-il ironiquement.

Hébé ferma les yeux. Ils avaient fait un bébé ensemble, c'est vrai. Avait-elle le droit de priver son enfant de l'un de ses parents ?

Mieux valait ça que deux parents qui ne s'aimaient pas ! Sauf qu'elle *aimait* Nick…

C'était impossible de le nier. La fascination qu'elle avait toujours éprouvée pour lui s'était transformée en amour lors de la nuit qu'ils avaient passée ensemble, six semaines auparavant.

La nuit où ils avaient conçu leur enfant.

Elle savait qu'elle aurait été folle de joie à l'idée d'épouser Nick si celui-ci l'avait aimée en retour. Mais ce n'était pas le cas. Il était persuadé qu'elle n'était intéressée que par son argent.

— Pourquoi devrions-nous nous marier ? demanda-t-elle en fronçant les sourcils.

— Vous préféreriez que nous habitions simplement ensemble ?

— Non, bien sûr que non ! Je me demande juste pourquoi vous tenez tant à m'épouser.

— Peut-être est-ce parce que je mets un point d'honneur à épouser les mères de mes enfants, ironisa Nick.

Hébé le regarda attentivement. Pensait-il que *cet* enfant pouvait remplacer celui qu'il avait perdu ?

— Je me rends compte à quel point cela a dû être éprouvant de perdre Luke…

— Ah bon ?

Les yeux de Nick se durcirent, puis, lentement, il reconnut :

— Oui, ça l'a été. Dévastateur. Mais c'était il y a trois ans, et personne n'y peut rien changer.

— Exactement, approuva Hébé, soulagée que ce soit Nick lui-même qui ait prononcé ces mots. Et ce bébé ne peut pas le remplacer…

— Vous croyez que c'est ce que je souhaite faire ? Le remplacer ? On ne remplace pas quelqu'un, pas plus qu'on ne le ramène à la vie ! Hébé, avez-vous la *moindre* idée de la signification de la nuit que nous avons passée ensemble, il y a six semaines ?

— Eh bien, je suis enceinte, si c'est ce que vous voulez dire…

— Non, ce n'est *pas* ce que je veux dire ! s'exclama Nick en s'éloignant d'elle, le visage empourpré par la colère. Ce jour-là, il y a six semaines, était le jour de l'anniversaire de la mort de Luke. Le jour où, il y a exactement trois ans, un chauffard qui avait bu un peu trop de vin au déjeuner a perdu le contrôle de son véhicule et a percuté les passants d'une rue commerçante de New York. Luke et Sally se trouvaient parmi eux. Sally a été grièvement blessée et Luke… Luke était mort avant même que les secours n'arrivent.

Sa voix trahissait tant de douleur… Hébé songea combien perdre son fils d'une manière aussi stupide avait dû être insupportable. Elle imagina le coup de téléphone, la voix inconnue annonçant l'état grave de sa femme et la mort de son enfant.

Et ce bébé — le bébé de Hébé — avait été conçu le jour même de l'anniversaire de la mort du petit garçon…

Cela avait quelque chose de sinistre. Comme si…

Non, elle ne voulait pas y penser. Ce n'était qu'une coïncidence. Ou peut-être un peu plus… Nick avait sûrement eu besoin d'avoir une femme dans son lit ce soir-là, pour tenter d'oublier son chagrin.

Et à cause de ce besoin, Hébé était aujourd'hui enceinte.

— Je suis vraiment désolée. Je comprends combien cela a dû être terrible pour vous… Et pour Sally, ajouta-t-elle doucement. Mais je ne peux pas vous épouser, Nick. Aujourd'hui, les gens ne se marient plus pour cette seule raison.

— Si l'on considère le fait que vous ayez été adoptée, il semblerait, en effet, qu'on n'agisse pas ainsi dans votre famille ! la coupa-t-il d'un ton cinglant.

Hébé le regarda, stupéfaite.

— Ce que vous venez de dire est impardonnable !

— C'est vrai, je l'avoue, admit-il en passant une main nerveuse dans ses cheveux épais. Et je vous prie de m'excuser. Mais j'ai vraiment l'intention de vous épouser, Hébé. Je ne veux pas être un père à mi-temps, un père que l'on ne voie que les week-ends et pour les vacances. Je veux que mon enfant vive avec moi sous mon toit.

— Et moi, avez-vous pensé à ce que je veux ?

Il la regarda avec attention.

— Vous avez été élevée par deux personnes qui vous aimaient, non ? Des parents qui vous ont apporté tout l'amour que votre vraie mère pensait ne pas pouvoir vous apporter.

— Oui…, reconnut Hébé, sans trop savoir où allait la mener cette conversation.

— Vous ne vous êtes donc pas retrouvée seule, avec une mère obligée de vous mettre à la crèche pour pouvoir travailler et gagner de quoi vous élever. Ni avec un père que vous auriez vu de temps à autre, ce qui vous aurait laissée chaque fois un peu plus triste…

— Ce n'est pas ainsi que les choses se passeront pour nous ! l'interrompit la jeune femme, en comprenant enfin où il voulait en venir.

— En effet, pas si je vous donne l'argent nécessaire pour que vous puissiez vivre comme vous le désirez. Mais ce n'est pas ce que je vais faire, Hébé. Je vais vous épouser. J'ai l'intention d'être présent chaque jour de la vie de mon enfant. J'ai l'intention d'être là chaque matin à son réveil, pour l'embrasser et le cajoler. Et chaque soir, pour lui raconter une histoire et le consoler s'il a du chagrin.

— Et sa mère ? Qu'allez-vous faire de moi une fois que vous m'aurez épousée ?

— Je vous ai déjà montré ce que nous avions en commun, répondit-il d'un ton moqueur. C'est là tout ce que j'ai à donner.

Hébé ne pouvait nier l'intensité du désir qu'il faisait monter en elle. Ni celui qu'elle provoquait chez lui. Mais était-ce suffisant pour constituer les bases d'un mariage ?

— Vous est-il venu à l'esprit que, maintenant que je connais vos conditions, je pourrais ne pas *vouloir* de cet enfant ?

— Je préfère ne pas vous dire ce que vous m'inspireriez si vous faisiez cela ! répliqua Nick, le visage figé de colère.

La jeune femme poussa un soupir. Il n'avait jamais été question pour elle d'envisager un avortement, et, apparemment, il n'en était pas question pour Nick non plus.

— Non, reconnut-elle, je ne pourrais jamais faire une chose pareille. C'était juste une parole en l'air. Mais je n'arrive pas à mettre de l'ordre dans mes pensées. Tout va si vite. Je ne sais même pas qui je suis vraiment !

— Eh bien, nous trouverons ensemble.

— Que voulez-vous dire ?

Elle le regardait d'un air méfiant.

— Voyons, Hébé, c'est évident. Vous attendez un enfant, mais vous ne connaissez pas vos vrais parents — ni leurs antécédents médicaux. Pour son bien, je pense qu'il serait important que nous découvrions tout cela. Ne croyez-vous pas ?

Pour le bien-être de l'enfant…

Evidemment. Comment pouvait-elle avoir songé un instant

qu'il lui proposait son aide pour une autre raison ? Après tout, il était persuadé qu'elle était la femme du portrait, et qu'elle avait tout fait pour être enceinte !

— Si, acquiesça-t-elle faiblement.

Elle n'avait aucune intention de lui révéler qu'elle avait rendez-vous avec l'agent d'Andrew Southern le lendemain, et qu'elle allait essayer d'en savoir un peu plus sur cette femme qu'elle pensait être sa mère, et sur la nature de sa relation avec Andrew Southern.

— La première chose à faire est de parler à vos parents, déclara Nick en appuyant ses propos d'un hochement de tête. Ils doivent avoir des informations sur vos parents biologiques.

— Ils n'en ont aucune, sinon ils m'en auraient déjà fait part.

— Vous croyez ?

— Bien sûr, répondit Hébé avec impatience. Pour quelle raison m'auraient-ils caché quoi que ce soit ?

Nick haussa les épaules.

— Peut-être souhaitaient-ils pour vous une enfance sereine, sans que vous soyez déchirée entre deux foyers, comme cela aurait été le cas s'ils vous avaient aidée à retrouver vos vrais parents. Je ne sais pas, Hébé. Mais je pense que nous devrions aller leur parler.

— Vous avez peut-être raison. J'irai les voir ce week-end…

— *Nous* irons les voir ce week-end, la reprit Nick avec fermeté. A partir de maintenant, il va falloir que vous vous habituiez à ce que ce soit *nous* pour tout, Hébé.

« Nous »… Hébé et Nick Cavendish.

— Je m'occuperai des formalités du mariage dès demain, continua-t-il. Nous sommes jeudi, je pense qu'il vaudrait mieux que vous vous reposiez le reste de la semaine. Nous irons voir vos parents samedi, et vous déménagerez vos affaires chez moi — chez nous ! — dimanche.

— Je n'emménagerai pas chez vous ! Ni dimanche ni

jamais ! Et je ne me marierai pas non plus avec vous ! protesta Hébé avec véhémence.

— Bien sûr que si.

— Ce que je désire ne mérite-t-il donc aucune considération ?

— Mais vous avez ce que vous désirez, Hébé, fit-il d'un ton sarcastique. Et même plus !

— Vous ne pouvez pas m'obliger…

— Calmez-vous, ce n'est pas bon pour le bébé.

Le bébé. Il n'y avait que cela qui importait. Et il n'y aurait jamais que cela…

— Je vais vous épouser, Hébé, je suis très sérieux. Vous croyez vraiment que je vais vous laisser dépouiller notre enfant de tout ce que je suis en mesure de lui offrir ? Ou voulez-vous que cela dégénère ?

Hébé cligna des yeux : le sol semblait se dérober sous ses pieds.

— Que voulez-vous dire ? murmura-t-elle.

— Que je me battrai pour la garde de l'enfant. D'ailleurs, si vous continuez à vous opposer à moi, je contacte mes avocats afin qu'ils mettent en route la procédure.

— Vous ne feriez pas ça ?…

— Si je n'ai pas le choix, si.

— Même si cela suppose que j'en vienne à vous haïr ?

— Oui, répondit-il d'un ton déterminé.

Nick réprima un soupir. Hébé l'observait comme si elle ne l'avait jamais vu, ou comme si elle aurait préféré ne jamais le rencontrer !

Elle détourna la tête.

— J'aimerais bien être seule un moment, si cela ne vous dérange pas, lança-t-elle sèchement.

Cela dérangeait Nick : il n'avait aucune envie de la quitter. Même pour un moment. N'allait-elle pas en profiter pour tenter de s'enfuir ?

— Nous allons nous marier, Hébé, déclara-t-il doucement. Et vous allez emménager chez moi. Puis nous irons voir vos parents, samedi. Et ne croyez surtout pas que vous pourrez vous enfuir.

La manière dont elle pâlit fit comprendre à Nick que c'était exactement ce qu'elle avait eu l'intention de faire.

Elle leva sur lui un regard voilé.

— Vous parlez sérieusement ?

— Le plus sérieusement du monde !

La jeune femme hocha la tête.

— J'appelle mes parents et je les préviens de notre venue samedi après-midi.

— Et vous emménagez chez moi dimanche ?

— Chaque chose en son temps, d'accord ? soupira-t-elle.

Elle était si pâle... Soudain, Nick réalisa qu'elle venait d'avoir une journée particulièrement éprouvante. Peut-être n'aurait-il pas dû lui parler comme il l'avait fait. Même s'ils étaient vrais, les mots qu'il avait employés étaient durs.

Mais il n'avait pas eu le choix. Dans ce combat pour son enfant, il utiliserait toutes les armes qu'il avait à sa disposition.

Peut-être n'aurait-il pas dû non plus la caresser comme il l'avait fait. Après tout, elle était enceinte. Pourtant, il ne l'avait pas fait pour lui prouver quelque chose, comme elle semblait le penser. Il l'avait fait car il avait eu besoin de la serrer, de lui donner du plaisir, et il en avait eu envie dès qu'il l'avait vue à la galerie, un peu plus tôt cet après-midi.

Et même avant...

Car il avait eu beau tout faire pour l'oublier, Hébé n'avait jamais quitté son esprit.

Peut-être parce qu'ils avaient fait l'amour d'une façon si délicieuse...

Cependant, cela n'expliquait pas pourquoi il n'avait cessé de repenser au visage délicat de la jeune femme, à la beauté de ses surprenants yeux d'or, à la manière dont une fossette se dessinait sur sa joue lorsqu'elle souriait, à son rire...

Puis, il avait vu le portrait.

Alors, il s'était senti pris d'une rage incontrôlable. Car,

sur le tableau, le visage de Hébé avait exactement la même expression que celle qui l'avait enivré, lorsqu'il lui avait fait l'amour quelques semaines plus tôt.

Dès lors, il lui avait fallu ce portrait, à n'importe quel prix, afin que personne d'autre ne puisse le voir.

A cet instant, il avait aussi compris qu'il voulait être le seul à pouvoir contempler Hébé lorsqu'elle s'abandonnait *dans la réalité* — qu'il la voulait dans son lit pour toujours !

Certes, il n'avait pas envisagé que cela se passerait de cette manière, mais le résultat était le même. Et n'était-ce pas mieux ? Ainsi, il n'avait pas eu à dévoiler ses véritables sentiments. Il allait épouser Hébé, qu'elle le veuille ou non.

— D'accord, dit-il enfin. Je vous appelle demain soir et je vous informe de ce que j'ai pu faire au sujet du mariage. Peut-être pourrions-nous sortir dîner en ville ?

Hébé lui lança un sourire ironique.

— Il me semble que nous avons passé le stade des rendez-vous !

— Vous l'avez dit vous-même, nous devons apprendre à nous connaître. Et si je ne me trompe pas, nous avons exactement sept mois et demi pour le faire.

Il ne se trompait pas, songea Hébé qui avait l'impression d'être prise au piège.

Une seule chose la rassérénait quelque peu. Demain, à cette heure-ci, elle aurait rencontré David Gillespie, l'agent d'Andrew Southern. Et une fois qu'elle aurait eu les réponses à ses questions, elle prendrait un plaisir infini à annoncer à Nick à quel point il s'était trompé sur elle ! Par rapport au portrait, en tout cas…

Par rapport à sa grossesse, elle ne pouvait — et ne voulait — rien changer.

Ce qui signifiait qu'elle devait soit épouser Nick, soit se battre contre lui. Mais n'était-elle pas certaine de perdre, face à un homme qui possédait une telle fortune ?

Oui, décidément, le piège se refermait sur elle !

6.

Lorsqu'elle ouvrit la porte à Nick, le lendemain soir, Hébé savait qu'elle n'était pas davantage prête à accepter son sort qu'elle ne l'était la veille.

Mais elle avait pris sa journée, comme Nick le lui avait suggéré, et en avait profité pour se rendre à son rendez-vous avec David Gillespie.

Un rendez-vous qui s'était avéré aussi frustrant que ce que lui avait laissé entrevoir la secrétaire.

Non, lui avait dit M. Gillespie, il ne pouvait absolument pas donner à Hébé l'adresse d'Andrew Southern. Ni son numéro de téléphone. Non, cela importait peu que sa mère ait été une amie de longue date de l'artiste, il ne pouvait communiquer les coordonnées du peintre.

Hébé avait essayé de parler du portrait, sans grand succès. Il n'était pas référencé dans le catalogue de l'artiste, l'avait informé l'agent, ce devait donc être un faux.

Cependant, il voulait bien faire passer la lettre de la jeune femme à M. Southern. Tout en l'avertissant qu'il y avait peu de chances qu'elle reçoive une réponse…

Hébé ne partageait pas son avis. Elle avait choisi avec soin les mots de cette lettre et elle y avait joint une photographie récente d'elle-même. Si l'artiste ne prenait pas la peine de lui répondre, c'était qu'il n'était pas l'homme qu'elle imaginait.

— Vous êtes superbe, murmura Nick.

La jeune femme était vêtue d'une robe noire ajustée qui lui arrivait juste au-dessus des genoux.

Puis il déposa un baiser sur ses lèvres.

Ce baiser surprit Hébé, mais elle ne put s'empêcher d'y répondre de manière instinctive, avant de recouvrer ses esprits et de se reculer brusquement. Comment pouvait-elle oublier que cet homme voulait la forcer à l'épouser !

— Il n'y a aucune raison de jouer la comédie lorsque nous sommes seuls, lui dit-elle d'un ton cassant.

— Qui joue la comédie ? demanda Nick en plongeant son regard bleu acier dans celui de la jeune femme.

Il était particulièrement beau ce soir avec sa chemise de soie noire et sa veste grise, son pantalon noir à taille basse tombant parfaitement sur ses chaussures en cuir.

— Il se trouve que j'aime vous embrasser et je sais que vous aimez cela aussi. Or, si l'on considère où nous mènent généralement nos baisers, le meilleur moment pour le faire semble justement être lorsque nous ne sommes que tous les deux !

Hébé se sentit rougir.

— Je vous informe que ma colocataire est déjà sortie, vous n'avez donc personne à impressionner ! insista-t-elle pourtant avec mépris.

Nick haussa les sourcils.

— J'en arrive à me demander si cette invisible colocataire existe vraiment !

— Oh si, elle existe ! Bien… Sortons-nous dîner, maintenant ?

Tout en parlant, Hébé se rendit compte qu'elle n'était même pas sûre de pouvoir avaler quoi que ce soit. Elle s'était sentie mal toute la journée.

Elle s'apercevait qu'être enceinte n'était pas forcément agréable tout le temps. En fait, elle se sentait aussi nauséeuse que le jour où, enfant, elle avait pris le bateau pour Calais avec ses parents.

Mais, heureusement, elle avait lu dans un magazine que cela ne durait que quelque temps : les nausées disparaissaient après trois mois. Plus que six semaines à tenir !

— Oui, allons-y, décida Nick. Nous aurons moins de chances de nous disputer au milieu d'un restaurant bondé !

Hébé leva vers lui un regard interrogateur.

— En êtes-vous sûr ?

Il esquissa un sourire.

— Pas vraiment, non. Comment vous sentez-vous aujourd'hui ?

Tout en faisant mine de ne pas comprendre la question, Hébé prit sa veste de soie crème.

— Comment ça ?

— Comment allez-vous d'une manière générale !

— Eh bien, je n'ai pas changé d'avis quant au mariage, si c'est ce que vous voulez savoir, murmura-t-elle en glissant ses bras dans les manches de la veste qu'il lui tendait.

— Hébé, pourrions-nous au moins ne pas nous quereller dès le début de la soirée ?

— C'est vous qui avez voulu savoir !

— Mais je parlais de vos nausées, répliqua-t-il avec impatience.

— Alors pourquoi ne pas l'avoir demandé tout de suite ? Je n'ai été malade que quatre fois aujourd'hui, ce qui n'est pas mal si l'on considère que je n'ai rien pu manger ni boire de la journée.

Nick fronça les sourcils en entendant ces mots. Il avait remarqué la pâleur de la jeune femme lorsqu'elle lui avait ouvert la porte, mais il avait mis cela sur le compte de la tension.

— Sally, mon ex-femme, a consulté quelqu'un ici lorsqu'elle était enceinte de Luke. Je pense que vous devriez prendre rendez-vous avec lui…

— Il n'en est pas question ! éclata Hébé, je ne veux voir aucun des spécialistes que consultait votre femme !

Nick fut surpris par sa réaction.

— Et pourquoi pas ? Ce spécialiste est le meilleur qui soit.

— Je n'en doute pas, mais Sally était votre femme, et je ne suis que… que…

— La femme qui va bientôt devenir mon épouse, dit-il d'un ton sans réplique.

Est-ce que tout allait être aussi difficile avec Hébé ? Probablement, songea-t-il. Mais il n'allait pas abandonner pour autant.

— Hébé, il va falloir vous y faire. Vous, le bébé que vous attendez et moi sommes désormais une famille. Il n'y a rien d'autre à ajouter.

— Si vous pensez vraiment que les choses sont aussi simples !

Bien sûr qu'il ne le pensait pas ! N'avait-il pas constaté combien Hébé pouvait être têtue ? Il pensait juste que plus vite ils seraient mariés, mieux ce serait pour eux.

Et pour le bébé !

Il ne put réprimer un sourire à la pensée que Hébé attendait son enfant. C'était un miracle, et même s'il n'appréciait pas la méthode employée par la jeune femme, il ne pouvait s'empêcher de s'en réjouir.

— Allons-y, ordonna-t-il en la prenant fermement par le bras. Nous éplucherons le menu jusqu'à ce que nous trouvions quelque chose susceptible de rester dans votre estomac !

Bruschetta aux olives. Ce fut finalement ce que choisit Hébé, après une commande d'asperges dont la seule odeur l'avait écœurée.

— C'est mieux ? demanda Nick avec un soulagement perceptible.

Apparemment, il n'avait pas l'habitude de dîner avec des convives aussi difficiles, pensa Hébé. Pourtant, d'ordinaire, elle mangeait de tout — mais c'était avant !

Heureusement, le maître d'hôtel de ce restaurant chic ne sembla pas s'offusquer des hésitations de la jeune femme, et le serveur changea les assiettes sans aucun signe d'agacement.

Cela avait certains avantages de sortir avec Nick Cavendish !

— Voulez-vous que je commande autre chose ? proposa-t-il en constatant qu'elle avait dévoré le pain et les olives.

— Attendons un peu, on ne sait jamais… J'espère que ce n'est pas un sourire que je vois sur vos lèvres ?

Nick se ressaisit aussitôt.

— Pas du tout ; je suis juste ravi que vous ayez trouvé quelque chose que vous pouvez avaler.

— Croyez-moi, être enceinte n'est pas aussi sensationnel qu'on le prétend, murmura Hébé d'un ton maussade.

— Peu de choses le sont.

— J'espère que ce n'est pas encore une attaque dirigée contre moi ?

— Pas du tout. D'ailleurs, j'ai laissé mes armes à la maison, ce soir… Avez-vous appelé vos parents ?

Hébé soupira. Oui, elle l'avait fait. Et cela n'avait pas été facile. Elle ne pouvait quand même pas leur annoncer qu'elle était enceinte lors d'un simple coup de téléphone ! Mais à peine avait-elle mentionné le fait de venir avec un ami que sa mère s'était montrée débordante d'enthousiasme. A croire qu'elle avait déjà choisi la couleur des robes des demoiselles d'honneur !

Ce qui posait un problème supplémentaire à Hébé…

Il *fallait* qu'elle épouse Nick si elle ne voulait pas perdre la garde de son enfant, mais elle n'avait aucune envie que ses parents connaissent la vraie raison de son mariage. Elle savait qu'elle ne pourrait pas cacher sa grossesse très longtemps, mais ce n'était pas ce qui la dérangeait. Ce qu'elle ne voulait pas, c'était qu'ils s'aperçoivent que Nick ne l'aimait pas. Ils avaient toujours rêvé d'un mariage romantique pour leur fille unique : une robe blanche vaporeuse, des fleurs d'oranger et des corbeilles pleines de confettis.

Le mariage qu'avait évoqué Nick semblait se résumer à un simple passage à la mairie !

Pourtant, même cela n'aurait pas été si grave s'il n'avait manqué le principal ingrédient d'un mariage…

L'amour.

— Hébé ? interrogea prudemment Nick.

Elle laissa échapper un profond soupir.

— Oui, je les ai appelés. Je les ai prévenus que nous viendrions les voir samedi. Ils ont évidemment tout de suite compris.

Nick se demanda pourquoi Hébé n'avait pas l'air plus réjoui. Elle allait pourtant avoir ce qu'elle désirait, accéder à sa fortune. Certes, l'idée de mariage avait dû être un choc pour elle mais, comme il le lui avait fait remarquer, les choses se passaient rarement comme on le souhaitait.

Cela se vérifiait pour lui aussi…

Il s'était promis, à la suite de son divorce avec Sally, de ne plus jamais tomber amoureux, encore moins de se marier de nouveau. Mais il avait tout de suite réalisé, après la nuit qu'ils avaient passée ensemble, que ce serait différent avec Hébé.

Il n'avait pas cessé de songer à elle toutes ces semaines où il était à New York. Il n'avait même pas regardé une autre femme. En fait, il n'avait attendu qu'une chose : la revoir à son retour à Londres.

Bien sûr, il n'avait pas prévu la découverte du portrait. Ni qu'elle serait enceinte. Avait-elle vraiment tout manigancé ? se demanda-t-il. Il n'en était plus si sûr, et c'était le problème…

Mais, au moins, il voulait donner une chance à ce mariage. Pourquoi ne comprenait-elle pas que, s'il le souhaitait, il pourrait obtenir la garde de l'enfant dès sa naissance et qu'elle se trouverait alors dans une situation beaucoup moins envieuse que celle qu'il lui proposait à présent ?

— Peu importe qu'ils aient compris, assura-t-il en portant la main à la poche de sa veste d'où il sortit une petite boîte en velours qu'il plaça devant Hébé, sur la table. Ceci va peut-être vous aider à retrouver le sourire.

La réaction de Hébé ne fut pas exactement celle que Nick avait espérée. Elle fixa l'écrin comme si celui-ci était sur le point de lui sauter à la gorge et de la mordre. Etait-elle déçue de ne pas avoir choisi elle-même sa bague de fiançailles ? se demanda-t-il avec cynisme.

Quel idiot il avait été de vouloir lui offrir ce bijou ! Pourquoi avait-il voulu se persuader à tout prix que Hébé n'avait, après tout, peut-être pas fait exprès de tomber enceinte ?

— Pour l'amour du ciel, ouvrez cette boîte, s'impatienta-t-il. Je suis sûr que vous allez apprécier ce qu'il y a à l'intérieur. Et si cela ne vous convient pas, nous pourrons toujours changer.

Il fronça les sourcils. Bon sang, il avait été stupide de croire que la sensualité avec laquelle elle lui avait fait l'amour relevait d'autre chose que qu'un simple intérêt pour son compte en banque !

Hébé soupira et tendit la main vers la boîte. Elle était certaine, maintenant, de savoir ce qu'elle contenait : une bague de fiançailles. Une chose qu'elle n'avait absolument pas prévue.

Elle scruta Nick en cherchant sur son visage impassible un signe montrant que ce bijou signifiait pour lui autre chose qu'une simple marque de possession. La froideur de son regard bleu et la dureté de son sourire lui firent comprendre que ce n'était pas le cas.

Elle souleva alors le couvercle et ses yeux s'écarquillèrent tandis que sa respiration restait bloquée dans ses poumons.

C'était le plus gros diamant qu'elle avait jamais vu. Il faisait sûrement plusieurs carats, et était encerclé d'une demi-douzaine de diamants légèrement plus petits. Cette bague devait valoir une fortune, même si ce n'était qu'une goutte d'eau pour Nick Cavendish.

Elle referma la boîte d'un mouvement brusque.

— Pourquoi m'offrez-vous cette bague ?

— A votre avis ?

— Cherchez-vous à m'insulter ?

Tout en prononçant ces mots, Hébé poussa l'écrin vers Nick puis ôta ses mains de la table, lui faisant ainsi comprendre qu'il ne pouvait l'obliger à accepter ce dont elle ne voulait pas.

— Vous auriez peut-être préféré un saphir ? Ou une émeraude ? Si vous voulez, nous pouvons aller demain au magasin…

— Je ne me rappelle pas vous avoir demandé une bague de fiançailles, rétorqua-t-elle avec force. Et cela… *cela*… Vous ne cherchez qu'à m'offenser, n'est-ce pas ?

— Qu'est-ce qui ne va pas ? Elle n'est pas assez grosse ? Je suis sûr que nous pourrions…

— Pas assez grosse ? Mais si les diamants avaient été plus gros, ils auraient aveuglé tous les clients du restaurant ! explosa-t-elle.

Il était hors de question qu'elle porte cette bague ! Elle pouvait tout aussi bien se promener avec un néon au-dessus de la tête proclamant : « Cette femme vient juste de se faire acheter ! »

Car c'était bien là ce que Nick pensait avoir fait.

— Voulez-vous bien parler moins fort ? murmura-t-il comme plusieurs des clients regardaient dans leur direction avec curiosité. Dites-moi ce qui ne va pas avec la bague et nous la changerons.

Hébé lui lança un regard furieux.

— Si le diamant avait été huit fois, ou même quatre fois plus petit, j'aurais éventuellement — je dis bien éventuellement — pu l'accepter. Mais ça… ce n'est pas une bague, c'est une chaîne ! Maintenant, si vous le permettez, j'aimerais bien m'en aller.

Et elle posa sa serviette sur la table.

— Très bien, si c'est ce que vous voulez.

Nick demanda l'addition. Il savait qu'elle ne voulait pas se marier avec lui, mais avait-elle besoin de le lui rappeler avec tant de véhémence ? Pourquoi n'arrivait-elle pas à comprendre que le seul moyen pour elle d'accéder à sa fortune était de l'épouser ? Qu'est-ce qui n'allait pas chez elle ?

*
* *

Hébé pouvait percevoir la contrariété de Nick. Il avait probablement espéré qu'elle s'emparerait du bijou avec avidité, se dit-elle avec une cruelle ironie.

Mais elle détestait cette bague, et tout ce qu'elle représentait. Ne pouvait-il le comprendre ?

— Peut-être pourriez-vous rendre la bague et vous faire rembourser ? suggéra-t-elle, tandis qu'ils s'approchaient de la voiture de Nick.

C'était une superbe voiture de sport rouge. Le genre de voitures que Hébé n'avait jamais vu ailleurs que dans les magazines.

— Ne vous en faites pas pour cela, répondit-il en lui ouvrant la porte côté passager.

En s'installant sur le siège, Hébé se dit qu'il fallait absolument qu'elle reparle avec lui de la visite à ses parents. Elle devait en effet le convaincre de présenter cette union comme un mariage d'amour et non comme un simple mariage de convenance.

— Vous avez une magnifique voiture, dit-elle.

— Je vous achèterai la même, si vous le désirez, proposa-t-il d'un ton cassant.

— Et pourquoi feriez-vous cela ?

— Oh, arrêtez votre comédie ! J'ai vraiment du mal à y croire.

Hébé sentit la colère la submerger de nouveau.

— D'accord, achetez-moi la même ! dit-elle brusquement, en réalisant que rien de ce qu'elle pouvait dire ou faire ne convaincrait cet homme cynique qu'elle n'était pas intéressée par sa fortune. Vous êtes conscient que, dans six mois, il vous faudra me sortir de cette voiture avec un ouvre-boîtes !

Dans *six* mois… Lorsqu'elle serait enceinte de presque huit mois de leur enfant…

Ce bébé auquel elle avait eu le temps de penser toutes ces heures où elle avait été seule, aujourd'hui, dans son appartement. Tout y avait été si calme qu'elle avait pu imaginer le minuscule cœur qui battait à l'intérieur d'elle. Elle avait alors posé ses mains de manière protectrice sur son ventre plat et avait eu l'impression d'entendre le bébé chuchoter « je suis là... ».

Elle regarda furtivement Nick en songeant qu'elle aurait aimé partager ce moment avec lui. Mais elle savait que c'était impossible.

— Je suis sûr que vous trouverez une solution, répliqua Nick avec impatience.

Leur relation n'était plus un champ de bataille, c'était un champ de mines !

Hébé semblait penser de même, car elle resta silencieuse tout le temps que dura le trajet jusqu'à son appartement.

Une fois chez elle, Hébé enleva sa veste avant de regarder Nick avec méfiance.

— Qu'y a-t-il ? demanda-t-il.

La jeune femme se mordit la lèvre.

Nick aurait préféré ne pas voir ! La sensualité des lèvres de Hébé le fascinait, et il n'avait qu'une envie : les embrasser. Peut-être après tout était-ce le moyen de se rapprocher de Hébé, d'établir entre eux un rapport moins conflictuel ?

Mais avant qu'il ait pu faire un pas, elle déclara :

— Il faut que je vous parle de la visite à mes parents, demain.

— Ce n'est pas la peine, rétorqua-t-il sèchement. Je suppose qu'ils ne seraient pas ravis de connaître la vraie raison de notre mariage ? Et qu'il serait préférable qu'ils croient que nous nous aimons ?

Hébé rougit.

— Ils... ils ne pourraient pas comprendre.

Bien sûr qu'ils ne pourraient pas comprendre combien leur fille s'était montrée calculatrice pour parvenir à ses fins ! pensa Nick avec cynisme. Tout comme ses propres parents ne le pourraient pas non plus. Pourtant, il savait que ceux-ci accueilleraient la jeune femme à bras ouverts : elle portait leur petit-fils ou leur petite-fille, et ce serait pour eux une raison amplement suffisante.

Ils apprécieraient aussi probablement Hébé pour ce qu'elle était, reconnut-il à contrecœur. Agréable et chaleureuse, si l'on oubliait sa vénalité. Dire qu'elle avait refusé la bague ! Elle n'avait pas fait tant d'histoires lorsqu'il lui avait proposé une voiture de sport !

Oui, sans nul doute, Hébé était une femme cupide, et le plus vite il l'admettrait, le mieux ce serait.

Il haussa les épaules.

— Ce n'est pas un problème pour moi. Mais peut-être aurez-vous plus de mal à prétendre être amoureuse de moi ?

Hébé ferma les yeux afin que Nick ne puisse y lire à quel point elle n'aurait pas besoin de faire semblant... Elle l'aimait. A la folie.

Et elle aimait déjà le bébé qui grandissait en elle.

Peut-être, ne put-elle s'empêcher d'espérer, qu'avec le temps, Nick finirait par l'aimer ? Car elle allait l'épouser. C'était sa seule chance de lui prouver combien il s'était trompé sur elle.

— Je suis sûre que je pourrais m'en sortir, rétorqua-t-elle d'un ton neutre. Après tout, nous savons tous deux combien vous pouvez être charmant lorsque vous le voulez bien. Maintenant, si vous pouviez me laisser, je suis vraiment épuisée et j'aimerais beaucoup aller me coucher...

Troublée, elle constata que Nick l'observait d'un air songeur.

Il n'était pas question qu'il reste là ce soir, si c'était ce qu'il espérait ! Elle lui fermerait même la porte de sa chambre jusqu'au jour de leur mariage. Peut-être, d'ici là, aurait-elle réussi à le convaincre de son honnêteté ?

— Aucun problème, déclara sèchement Nick. Je n'ai pas eu le temps de finir mon dîner tout à l'heure, je vais donc en profiter pour trouver un endroit où manger. Cela ne vous ennuie pas que je parte tout de suite ?

Si ! Cela l'ennuyait énormément, pensa Hébé avec amertume. Mais, après tout, elle n'était sans doute que l'une des nombreuses femmes qu'il connaissait à Londres. L'une d'entre elles serait sûrement ravie de l'accueillir pour un dîner tardif…

Hébé réalisa que tous deux n'avaient pas abordé la question de la fidélité dans le mariage. Or, imaginer Nick dans les bras d'une autre femme lui était insupportable. Mais si elle lui en parlait, il se moquerait sûrement d'elle !

— Pas du tout, allez-y, lui répondit-elle avec fierté.

— C'est bien ce que je pensais. Mais sachez, Hébé, que lorsque nous serons mariés, je serai le *seul* homme dans votre vie. Et dans votre lit. Est-ce clair ?

— Cela vaut aussi pour vous ? osa-t-elle demander.

— Oh oui…, murmura-t-il en s'approchant d'elle et en la prenant dans ses bras. Rendez-moi heureux dans votre lit, et je vous promets que j'y resterai.

Et il déposa un baiser sur ses lèvres.

Ce n'était pas exactement la réponse qu'attendait Hébé, mais, dans les bras de Nick, elle perdait tous ses moyens.

Il prit le visage de la jeune femme entre ses mains et son baiser se fit plus profond. Aussitôt, Hébé sentit une vague de désir, irrésistible, monter en elle. Lorsque Nick s'écarta, elle sentit tout son corps trembler.

— Décidément, chuchota-t-il, ce ne sera guère difficile de faire semblant d'être amoureux de vous… Voulez-vous vraiment que je m'en aille ?

Non, pensa-t-elle, éperdue, elle n'avait aucune envie qu'il parte. Au contraire, elle aurait voulu se fondre à tout jamais dans ses bras.

Mais il avait dit « faire semblant »… Voilà tout ce que serait l'amour de Nick pour elle : une comédie.

— Oui, dit-elle alors d'une voix sourde.

— Tant pis pour vous…, murmura-t-il encore d'une voix rauque qui la fit frissonner.

Oui, tant pis pour elle, songea-t-elle en le regardant quitter l'appartement, sans un regard.

Seigneur, pensa-t-elle avec effroi, comment allait-elle pouvoir supporter d'être mariée à un homme qui n'était que mépris ? Un homme qui n'avait qu'à la toucher pour la faire vibrer au plus profond de son être…

7.

— N'ayez pas l'air si inquiet, lui dit Nick d'un ton moqueur, alors que Hébé prenait place à côté de lui dans la voiture. Ne vous ai-je pas prouvé hier soir que j'étais capable d'offrir à vos parents une magnifique interprétation de mon rôle d'amoureux éperdu ? J'espère que vous ferez de même lorsque vous rencontrerez mes propres parents !

La jeune femme le regarda avec surprise.

— Je vais rencontrer vos parents ?

— Bien sûr. Mes parents mais aussi le reste du clan Cavendish. N'oubliez pas que ma résidence principale se trouve à New York.

— Vous espérez que je vais emménager là-bas avec vous ?

Hébé se sentait décontenancée. Elle avait cru vivre à Londres avec Nick, jamais elle ne s'était imaginé qu'il voulait…

Soudain, Nick réalisa avec agacement que la jeune femme n'avait aucune envie de venir vivre à New York avec lui. Encore une erreur de sa part !

— Je pensais que la plupart des femmes adoreraient vivre aux Etats-Unis, dit-il d'un ton sec. Mais, si vous préférez, nous achèterons une maison en Angleterre. L'endroit où j'habite n'a aucune importance pour moi.

En réalité, plus il y songeait, plus lui semblait bonne l'idée d'avoir une maison dans la banlieue londonienne, avec un jardin pour leur enfant.

Hébé lui lança un regard interrogateur.

— Vous le feriez vraiment ?

— Pourquoi pas ? Il est très facile de voyager depuis Londres.

Bien sûr, pensa Hébé en se rembrunissant. Et lorsqu'il en aurait assez d'elle, il pourrait toujours aller à Paris ou à New York afin de rendre visite à l'une de ses « amies » !

— C'est parfait, conclut-elle sèchement en se tournant vers la fenêtre.

Cette visite à ses parents était un vrai calvaire pour elle. Comment allait-elle les convaincre que son mariage était bien un mariage d'amour, alors qu'elle ne cessait de se disputer avec Nick ?

— Nous sommes presque arrivés.

Elle se tourna et vit que Nick lui tendait l'écrin qu'il avait voulu lui offrir la veille. Elle se figea.

— Je vous l'ai dit, je n'en veux pas ! s'écria-t-elle.

Même pour tenter de convaincre ses parents, il était hors de question qu'elle porte cette… cette bague insultante !

— Pouvez-vous m'aider, Hébé ? dit Nick comme s'il n'avait rien entendu. J'ai besoin de mes deux mains pour conduire !

Elle prit l'écrin avec répugnance.

— Ouvrez-le, maintenant ! s'impatienta Nick.

Elle lui lança un regard méfiant avant de soulever le couvercle. A l'intérieur se trouvait un anneau d'or surmonté d'une pierre jaune qu'entouraient six diamants plus petits.

— C'est un saphir jaune. Sa couleur m'a rappelé celle de vos yeux.

Des yeux qui se remplirent instantanément de larmes, au grand dam de Hébé. Voilà une autre chose qu'elle découvrait en ce moment : la grossesse rendait particulièrement sensible !

Cette bague était d'un grand raffinement — exactement le genre de bague qu'elle aurait pu elle-même choisir.

— Elle est magnifique, dit-elle dans un souffle.

— Alors, mettez-la !

Elle sortit délicatement la bague de son écrin et la glissa à l'annulaire de sa main gauche. Elle lui allait parfaitement.

— Avez-vous réussi à vous faire rembourser l'autre ? demanda-t-elle timidement.

— Je n'ai pas essayé. Je la garde pour notre dixième anniversaire de mariage ou la naissance de notre quatrième enfant.

Notre quatrième enfant ? Nick envisageait-il vraiment un avenir à leur union ? se demanda Hébé, le cœur battant.

— Cette bague est vraiment très belle. Merci, Nick, dit-elle doucement.

— Vous acceptez donc mon cadeau ?

— Bien sûr.

La voix de la jeune femme se brisa, et elle ne put retenir plus longtemps les larmes qui perlaient à ses yeux.

Nick lui lança un regard surpris avant d'arrêter la voiture sur le bas-côté de la route. Il mit le point mort et se tourna vers elle.

— Vous savez, nous pouvons nous contenter de trois enfants si l'idée d'en avoir quatre vous effraie à ce point, dit-il en plaisantant avant de prendre la jeune femme dans ses bras.

Les sanglots de Hébé redoublèrent.

Nick fronça les sourcils. Pourrait-il un jour provoquer *autre chose* que de la colère ou des larmes chez cette femme ? Elle avait l'air si fragile, dans ces moments-là, qu'il n'avait qu'une envie, la protéger.

— La seule chose dont vous allez convaincre vos parents, c'est que je vous bats, si vous arrivez devant eux avec ces yeux rougis par les pleurs.

Il fut récompensé d'un timide sourire quand Hébé levavers lui ses yeux d'or.

Elle était toujours aussi belle, malgré les larmes. Nick sentit soudain qu'il pourrait se noyer dans ce regard…

Mais cela ne l'avancerait à rien, se raisonna-t-il avant de relâcher son étreinte, le visage aussi fermé.

*
* *

Dix minutes plus tard, quand Nick rencontra les parents de Hébé, il comprit mieux pourquoi celle-ci tenait tant à les ménager.

Henry Johnson était un homme grand, mince, le dos légèrement voûté. Ancien professeur à l'université de Cambridge, il était maintenant à la retraite. Jeanne, son épouse, était une femme toute en rondeurs, qui s'était toujours occupée de son foyer et avait su rendre sa maison aussi chaleureuse qu'elle l'était elle-même.

— Oh, ma chérie, elle est magnifique ! s'exclama la mère de la jeune femme alors que celle-ci lui montrait sa bague.

Henry Johnson prit sa fille dans ses bras.

— Tu en as mis du temps pour nous présenter ce jeune homme, la gronda-t-il affectueusement.

— C'est ma faute, monsieur, déclara Nick en lui serrant la main. Tout est arrivé si vite. Hébé m'a ébloui dès notre première rencontre !

Henry eut un hochement de tête, comme pour indiquer qu'il imaginait parfaitement ce qui pouvait arriver à un homme qui rencontrait sa fille.

Ils étaient un peu plus âgés que ce qu'avait supposé Nick et devaient avoir une soixantaine d'années. Ce qui signifiait qu'ils étaient trentenaires lorsqu'ils avaient adopté Hébé. Il se demanda pourquoi ils avaient mis tant de temps à se décider.

Puis ils s'assirent autour de la table du salon où Jeanne leur servit un thé.

Lorsque Henry s'excusa de ne pas avoir de champagne pour fêter l'événement, Nick remarqua que Hébé tressaillit.

Décidément, elle avait perdu ses talents de dissimulatrice…

— Ne vous en faites pas, dit-il alors tout en prenant la soucoupe et la tasse que lui tendait le vieil homme. De toute façon, Hébé ne peut pas boire de champagne en ce moment. Et elle ne le pourra pas pendant encore sept mois, jusqu'à la naissance du bébé.

Qu'elle se débrouille maintenant ! pensa-t-il avec colère.

Hébé lui jeta un regard interrogateur. Pourquoi avait-il fait cela ? Les yeux durs et intransigeants de Nick lui firent comprendre qu'il ne voulait lui laisser aucune porte de sortie : elle lui appartenait, et le bébé était le sien.

— Maman, papa, se lança alors la jeune femme en se tournant anxieusement vers ses parents. Je ne pensais pas vous l'annoncer d'une manière aussi abrupte, mais oui, Nick et moi attendons un enfant pour le début de l'année prochaine.

Elle lança à Nick un regard noir avant de traverser la pièce pour étreindre les mains de sa mère.

— Ce qui signifie que nous allons nous marier très bientôt, ajouta Nick. Mes avocats s'occupent déjà des formalités.

Ses *avocats* ?

Pour quelle raison faisait-il intervenir ses avocats dans les préparatifs du mariage ? Espérait-il lui faire signer un quelconque accord prénuptial, froid et calculé ?

Eh bien, il en serait pour ses frais !

Mais ce n'était pas le moment d'en discuter avec lui. Elle était trop occupée à tenter d'apaiser ses parents, encore sous le choc de la nouvelle, pour se soucier de Nick et de ses projets machiavéliques.

— Un petit cognac nous fera certainement du bien, proposa Henry d'une voix faible, en se levant pour aller chercher trois verres dans le placard.

La mère de Hébé fut la première à se remettre de ses émotions. Elle serra affectueusement les mains de sa fille dans les siennes.

— Eh bien, je suppose qu'il était temps que je devienne grand-mère…

— J'espère que vous n'allez pas emmener notre fille aux Etats-Unis ? s'inquiéta soudain Henry.

— Non, le rassura aussitôt Nick. Hébé souhaite rester en Angleterre, et cela me convient parfaitement. D'ailleurs, tous les souhaits de Hébé me conviennent.

Visiblement rassuré, Henry lui adressa un sourire bienveillant. S'il savait comme il se trompait..., pensa Hébé, le cœur serré. Nick ne souhaitait pas prendre soin d'elle, il ne voulait que le bébé qu'elle portait.

Mais elle ne pouvait afficher aucune de ses inquiétudes devant ses parents.

— Nick et moi tenons évidemment à ce que vous veniez à notre mariage à Londres. D'ailleurs, vous serez probablement nos seuls invités !

Elle n'avait aucune idée des arrangements pris par Nick avec ses avocats, mais elle savait une chose : il n'était pas question de faire une grande cérémonie.

— Pas du tout, Hébé, la corrigea Nick d'une voix douce. Vous pourrez inviter votre colocataire et tous les amis que vous souhaitez. Et j'ai décidé de fermer la galerie pour la journée, le personnel pourra donc venir. Il y aura aussi mes parents, bien sûr, ainsi que ma petite sœur et sa famille.

Hébé n'arrivait pas à le croire ! Elle s'était attendue à un mariage dans la plus stricte intimité, et voilà que Nick annonçait qu'il avait invité des tas de gens !

— Je voulais vous faire une surprise, chérie, murmura-t-il en se penchant pour déposer un léger baiser sur les lèvres de la jeune femme.

Puis il passa un bras autour de sa taille.

Un geste d'affection pour donner le change devant ses parents, bien sûr, songea Hébé. Tout comme ce mariage en grande pompe.

— La réception se déroulera dans l'un des plus grands hôtels de la ville, continua-t-il tout en maintenant la jeune femme contre lui. Je pense qu'il serait aussi simple que je vous y réserve une suite pour quelques nuits. Je suis sûr que Hébé sera ravie d'avoir sa mère auprès d'elle pour l'aider le jour J. N'est-ce pas, chérie ?

Il sourit à la jeune femme avant de reprendre :

— Il reste juste un petit problème à résoudre. Je sais bien sûr que Hébé a été adoptée... Nous nous demandions juste si vous aviez quelques informations sur ses parents biologiques ? Etant donné que nous attendons un enfant, cela me semble important, conclut-il avec un sourire parfaitement charmeur.

Un sourire qui fut loin de convaincre Hébé. Ni ses parents… Son père avait froncé les sourcils et sa mère les regardait tout à tour d'un air inquiet.

— Que voulez-vous savoir exactement ? l'interrogea Henry d'une voix méfiante.

— J'aimerais par exemple avoir le dossier médical de Hébé. Les antécédents médicaux de ses parents biologiques, si vous les connaissez…

Nick pouvait sentir la tension qui régnait soudain dans la pièce. Hébé la ressentait-elle aussi ? Il lui semblait pourtant qu'il venait de formuler une demande parfaitement légitime…

— Peut-être connaissez-vous le nom de la mère de Hébé ? Ou celui de son père ?

— Non, répondit lentement Henry, je ne crois pas qu'il ait jamais été mentionné devant nous.

Etait-ce juste le fruit de son imagination, ou la réponse de Henry avait-elle été ambiguë ?

— Je vous l'avais dit, Nick. Papa et maman ne savent rien à ce sujet, intervint Hébé tout en adressant un sourire qui se voulait rassurant à ses parents. Nick se sent tellement concerné par le bébé… Je lui ai pourtant assuré que j'étais en parfaite santé, et qu'il n'y avait donc aucun souci à se faire.

Mais Nick ne comptait pas en rester là.

— Lorsque l'on adopte un enfant, il arrive que l'on recueille des informations sur l'état de santé des parents biologiques, n'est-ce pas ?

— Cela arrive, admit Henry avec réserve.

— Mais pas dans le cas de Hébé ?

— Non.

On pouvait lire du défi sur le visage de l'ancien professeur.

L'atmosphère, jusqu'à présent conviviale et chaleureuse, était maintenant tendue et chargée de méfiance.

Pourquoi ? Que cherchaient à cacher les parents de Hébé ?

— Bien, dit enfin Nick. De toute façon, les médecins sauront nous dire s'il y a le moindre problème.

Hébé toussota avec nervosité.

— Nick a découvert un tableau la semaine dernière, dit-elle, visiblement désireuse de changer de sujet. Un portrait d'Andrew Southern. Vous connaissez ce peintre ?

Nick se raidit. Pourquoi abordait-elle ce point ? Elle n'avait quand même pas l'intention de montrer ce portrait à ses parents ?

— Bien sûr, nous le connaissons, répondit son père. Ses œuvres valent une petite fortune, il me semble ?

— Oh, mais Nick a justement une fortune colossale, n'est-ce pas, chéri ?

Hébé lui lança un regard de défi. Il n'avait pas hésité à se servir de ses parents pour la manipuler, c'était maintenant son tour d'en faire autant !

Par ailleurs, elle n'était pas sûre de recevoir un jour une réponse d'Andrew Southern à sa lettre, et elle avait besoin de plus d'informations pour pouvoir continuer ses recherches sur l'origine du portrait. Il lui manquait un renseignement qu'il ne lui avait pas encore révélé…

Hébé se tourna vers ses parents.

— C'est un portrait qui a été peint il y a plus de vingt ans, et personne ne l'avait jamais vu jusqu'à aujourd'hui. Nick est ravi d'avoir mis la main dessus !

— Comment avez-vous fait pour le trouver ? interrogea Jeanne.

— Je l'ai déniché dans le nord de l'Angleterre, éluda Nick, visiblement peu désireux de prolonger cette conversation.

Mais Hébé ne comptait pas abandonner aussi facilement.

— Oui. Chez un homme qui s'appelle… Quel est son nom, déjà ?

— Je ne vous l'ai pas donné, répondit-il sèchement. Et d'ailleurs, je suis sûr que tout cela n'intéresse pas vos parents.

— Au contraire ! s'écria Jeanne. C'est très excitant !

— Pas tant que ça, vous savez. L'homme est mort, ses héritiers ont trouvé le tableau et l'ont vendu. Fin de l'histoire.

— Allez-vous l'exposer dans l'une de vos galeries ?

— Non ! s'exclama Nick avec force.

Hébé fronça les sourcils. S'il n'avait pas l'intention de l'exposer, qu'allait-il faire de ce portrait ?

— Non, répéta-t-il en réussissant à contrôler sa voix. Il se trouve que j'aime ce portrait et que je souhaite le garder.

— Comme c'est charmant ! J'espère que vous nous laisserez le voir lorsque nous viendrons à Londres, s'enquit Jeanne en toute innocence.

Hébé s'amusait de plus en plus de l'embarras de Nick.

— Ce qui est encore plus étonnant au sujet de ce tableau, c'est qu'il n'apparaît dans aucun des catalogues de l'artiste, ajouta-t-elle.

Surpris, Nick se tourna vers la jeune femme. Comment savait-elle cela ? Avait-elle fait des recherches ? Et si oui, pourquoi ? Elle *savait* qu'Andrew Southern avait peint ce portrait d'elle, qu'il figure ou non dans les catalogues. Où voulait-elle en venir ?

— C'est peut-être un faux, suggéra Jeanne.

— Oh non ! assura Nick, ce tableau est absolument authentique !

— Dissimulé dans le grenier d'un vieil homme depuis plus de vingt ans, renchérit Hébé d'un ton malicieux.

Elle n'abandonnait pas, constata Nick avec agacement. Apparemment, elle cherchait quelque chose, mais quoi ? Et pourquoi ?

— Cet homme s'appelait Jacob Gardner et il…

Nick rattrapa de justesse la soucoupe et la tasse que Jeanne venait de laisser échapper.

— Tout va bien ? demanda-t-il avec une sollicitude inquiète.

— Je suis vraiment maladroite, s'excusa Jeanne en se levant précipitamment pour reprendre la tasse des mains de Nick. Je vais tout ramener dans la cuisine, cela évitera d'autres accidents !

Puis elle quitta la pièce, suivie quelques secondes plus tard par son mari.

Ce n'était plus une impression. Nick était maintenant persuadé que le couple cachait quelque chose… Mais il n'avait aucune idée de ce que ce pouvait être.

Et en voyant l'expression de Hébé, il comprit que celle-ci était aussi déconcertée que lui-même. L'information qu'elle venait de lui arracher, le nom de Jacob Gardner, allait peut-être avoir des répercussions qu'elle n'avait pas soupçonnées…

8.

— Vos parents cachent quelque chose, déclara Nick sur le chemin du retour, un peu plus tard dans la soirée.

Hébé lui jeta un regard maussade. Il avait raison, bien sûr, même si elle avait du mal à l'admettre. Ses parents *lui* cachaient quelque chose.

Sauf qu'elle n'avait pas la moindre idée de ce que c'était.

Une fois revenus dans le salon, ils avaient changé de sujet et la conversation avait tourné autour des préparatifs du mariage prochain — ce qui avait rendu Hébé quelque peu nerveuse.

— C'est faux, protesta-t-elle. C'est juste le fruit de votre imagination.

Mais, en même temps, elle songeait qu'elle aurait avec ses parents une conversation sérieuse sur ce qui venait de se passer, lors de leur visite à Londres.

— Parlez-moi plutôt de ces formalités sur lesquelles travaillent vos avocats, reprit-elle d'un ton cinglant. J'espère qu'il ne s'agit pas d'un contrat de mariage…

Nick leva les sourcils.

— Le signeriez-vous si c'était le cas ?

— Certainement pas !

— C'est bien ce que je pensais, ironisa-t-il. Puisque vous tenez à le savoir, mes avocats sont en train de s'occuper des formalités que nécessitent le fait que je sois un citoyen américain se mariant en Angleterre. Cette conversation ne me semble donc pas d'un très grand intérêt, ne pensez-vous pas ?

Il avait raison, se dit Hébé en tournant la tête afin que Nick ne puisse la voir rougir d'embarras. Cependant, elle se sentait mieux maintenant qu'elle savait que ses avocats ne travaillaient que sur les détails administratifs du mariage.

Elle pensa de nouveau à l'étrange attitude de ses parents. Bien sûr, elle avait tout fait pour que Nick lui révèle le nom de Jacob Gardner, mais elle ne s'attendait certainement pas à une telle réaction de ses parents.

— Je suppose que vous aviez une raison de faire ça ? demanda Nick avec froideur.

Hébé fronça les sourcils.

— Je ne sais absolument pas de quoi vous parlez, répliqua-t-elle sèchement.

— Vraiment ? Vos parents étaient évidemment au courant de vos fiançailles avec Jacob Gardner, et ils auraient préféré que je n'en sache rien.

— Je n'ai jamais été fiancée à un homme du nom de Jacob Gardner ! protesta-t-elle, indignée. Je ne connaissais même pas le nom de cet homme jusqu'à ce que vous le prononciez.

— Voyons, Hébé, vos parents, eux, le connaissaient, observa-t-il calmement. Vous avez donc dû leur en parler.

Oui, ses parents connaissaient ce nom, Hébé l'avait compris à leur réaction de panique. Mais elle ne savait absolument pas pourquoi ni comment. De même qu'elle ne pouvait saisir les raisons pour lesquelles Nick pensait qu'elle avait été fiancée à Jacob Gardner. Un homme plutôt âgé, comme il l'avait lui-même constaté.

Elle secoua la tête.

— J'avoue ne pas savoir ce qui vous fait penser que j'aie pu être un jour fiancée à cet homme !

— C'est plutôt simple, si l'on y réfléchit bien, répondit Nick en haussant les épaules. Andrew Southern a peint ce portrait, un portrait qui est resté en la possession de Jacob Gardner jusqu'à son décès. Sur ce portrait, vous portez une bague de fiançailles, faite de diamants et d'émeraudes, si mes souvenirs sont bons.

Bien entendu, Hébé avait remarqué la bague sur le tableau. Mais elle n'aurait jamais pu penser que Nick...

— Vous étiez fiancée à Jacob Gardner, et vous avez eu une liaison avec Andrew Southern, poursuivit-il. Admettez-le une fois pour toutes, et passons à autre chose.

Hébé eut un petit rire triste.

— Voyons si j'ai bien compris, dit-elle. Selon vous, j'ai été fiancée à Jacob Gardner, un homme suffisamment riche pour pouvoir commander un portrait de moi à Andrew Southern, et je l'ai quitté pour celui-ci, probablement après avoir découvert qu'il était le plus riche des deux. Et comme chacune de mes relations avec ces hommes s'est soldée par un échec, je me suis mise en tête de piéger le propriétaire de la *Cavendish Gallery* ! Dites-moi si je me trompe, Nick ?

Non, elle ne se trompait pas, pensa Nick avec rage. Il était furieux ! Il aurait tellement voulu n'éprouver pour cette femme que de la haine ! Mais, au lieu de cela, il ne désirait qu'une chose : lui faire l'amour.

— Où allons-nous ? l'interrogea Hébé en s'apercevant qu'ils ne prenaient pas la direction de son appartement.

— Chez moi.

Hébé déglutit avec difficulté. Elle n'aimait pas du tout l'humeur maussade de Nick et n'avait aucune envie de se retrouver dans l'intimité avec lui. Depuis cette conversation à propos de Jacob Gardner et Andrew Southern, elle avait l'impression d'avoir affaire à un étranger. Ce qu'il était, d'une certaine manière !

— Pourquoi ? demanda-t-elle.

Nick lui jeta un bref regard narquois.

— Peut-être ai-je envie de passer un moment avec ma fiancée ?

— Je ne crois pas que ce soit une bonne idée.

Nick prit une profonde inspiration.

— Je ne vais pas vous faire de mal, Hébé, finit-il par dire.

Peut-être pas physiquement, pensa-t-elle, mais, affectivement, cet homme allait la réduire en miettes si elle ne se protégeait pas.

— C'est même l'inverse, murmura-t-il. Je ne veux vous faire que du bien.

Malgré elle, Hébé sentit une vague de plaisir monter en elle.

— J'aimerais rentrer directement chez moi, déclara-t-elle d'un ton ferme.

— Ainsi, vous ne voulez pas passer un moment seule avec moi ? demanda-t-il d'une voix tendue.

— Mais nous sommes seuls en ce moment ! Il semble juste que nous ayons quelque difficulté à communiquer.

— Je suis d'accord, nous communiquons beaucoup mieux lorsque nous sommes dans un lit, ironisa-t-il.

Et il n'aspirait qu'à une chose : être dans un lit avec Hébé. Il voulait sentir son parfum, la toucher, la caresser.

Il ne se souvenait pas avoir désiré une femme avec tant de ferveur. Jamais.

La nuit précédente, il était resté éveillé à attendre le moment où il la retrouverait. A l'aube, il avait fini par s'avouer qu'il était amoureux de Hébé. Amoureux d'une femme dont il se méfiait.

C'était de la folie !

Mais c'était une folie contre laquelle il ne pouvait pas lutter. Il aimait Hébé. Et même si elle n'avait pas été enceinte, il aurait fait en sorte qu'elle devienne sienne.

Pourtant, il ne comprenait toujours pas pourquoi la jeune femme avait agi comme elle l'avait fait devant ses parents.

— Hébé ?

— Que voulez-vous ? répondit-elle avec lassitude, en laissant aller sa tête contre l'appuie-tête.

— Je ne veux pas… Oh, et puis oublions cela, je ne vais pas vous supplier !

Hébé lui lança un regard perplexe. Comment pouvait-il avoir envie de lui faire l'amour alors qu'il était persuadé qu'elle avait eu une liaison avec un homme suffisamment âgé pour être son père, et une autre avec un homme qui aurait pu être son grand-père ?

Elle soupira.

— Nous allons bientôt être mariés, Nick. Ne pouvez-vous attendre jusque-là ?

Il serra les dents.

— Et pourquoi le ferais-je ?

— Parce que je ne suis pas un objet dont vous pouvez disposer quand vous le souhaitez !

— Je ne vous ai jamais prise pour un objet !

— C'est pourtant bien ce que vous venez de faire à l'instant ! s'écria-t-elle.

Nick fit un effort surhumain pour reporter toute son attention sur la route. Si les choses se passaient comme il le voulait — et elles se passeraient ainsi ! —, dans quelques semaines ils seraient mariés. Et alors elle serait bien obligée de partager son lit.

— Par ici, indiqua sèchement Nick à Hébé, avant de la conduire dans la chambre voisine.

Il posa la valise sur le lit et se tourna vers la jeune femme. Elle n'avait pas l'air très en forme, observa-t-il.

Après avoir déposé Hébé chez elle la veille au soir, il avait appelé ses parents, puis sa sœur Natalie, afin de les informer de son mariage. Natalie avait été stupéfaite de la rapidité avec laquelle il se remariait, mais elle avait mieux compris lorsqu'il lui avait parlé du bébé… Une nouvelle qui avait fait pleurer sa mère de bonheur. Mais il n'avait pu répondre au flot de questions dont les deux femmes l'avaient submergé au sujet de sa future épouse. Il avait alors réalisé à quel point Hébé et lui avaient besoin, avant d'être mariés, de prendre un peu de temps et de recul pour apprendre à se connaître.

— Après notre conversation d'hier soir, commença-t-il, j'ai pensé que ce serait mieux pour tous les deux que vous ayez votre propre chambre.

Hébé ne savait pas vraiment comment réagir. Elle avait très mal dormi et ses pensées lui semblaient particulièrement confuses aujourd'hui.

Bien sûr, c'était ce qu'elle avait voulu… Faire chambre à part jusqu'au mariage. Mais, en même temps, elle mourait d'envie de faire l'amour avec Nick. Les moments d'intimité physique n'étaient-ils pas les seuls où ils arrivaient à se comprendre ?

Pour ajouter à son désarroi, elle ne savait absolument pas comment se comporter avec ses parents. Bien sûr, elle n'avait pas l'intention d'aborder un sujet aussi délicat avec eux au téléphone. Elle allait donc devoir attendre qu'ils viennent à son mariage pour leur parler.

Plus elle y songeait, moins elle trouvait de réponses à leur étrange comportement.

Jacob Gardner avait vécu dans le nord de l'Angleterre, et, pour autant qu'elle le sache, ses parents n'avaient jamais quitté Cambridge où son père avait fait toute sa carrière.

De plus, en vingt-six ans, jamais Hébé ne les avait entendu dire qu'ils avaient rencontré ou fréquenté un homme du nom de Jacob Gardner.

Pourtant, leur réaction ne laissait aucun doute : ils avaient déjà entendu ce nom. Peut-être même connaissaient-ils cet homme. Alors, pourquoi ne s'étaient-ils pas amusés de la coïncidence plutôt que de réagir comme ils l'avaient fait ?

Elle avait retourné ces pensées dans sa tête toute la nuit, ce qui ne l'avait pas aidée à se détendre. Les sentiments ambigus qu'elle portait à Nick non plus !

Leur relation, déjà fragile, n'avait aucune chance s'il persistait à croire qu'elle avait eu une liaison avec deux hommes fortunés, des hommes qu'elle n'avait jamais rencontrés de toute sa vie !

— C'est très aimable à vous, merci, dit-elle en s'obligeant à se concentrer sur son nouvel environnement.

C'était vraiment une belle chambre. De style Louis XV, elle disposait d'un lit à baldaquin aux tentures rouges et or, et d'un mobilier cossu. Rien à voir avec l'ameublement austère de la chambre de Nick.

Sally avait-elle déjà dormi ici ?

Elle n'était pas sûre de pouvoir le supporter…

— J'ai acheté ma galerie londonienne il y a seulement deux ans, déclara Nick, comme s'il avait le pouvoir de lire dans ses pensées.

Puis, ouvrant une porte qui séparait leurs deux chambres, il ajouta d'un ton gentiment moqueur :

— Je pense que vous vous souvenez de la salle de bains ?

C'était une pièce aussi grande que les chambres, avec une spacieuse cabine de douche vitrée dans un coin, un large miroir et deux lavabos le long d'un mur noir, tandis que l'autre mur était occupé par la plus grande baignoire que Hébé ait jamais vue.

— Vous pouvez prendre un bain, si vous le désirez, lui proposa Nick en surprenant son regard. J'ai des papiers à remplir, de toute façon.

« Il semblerait que l'on n'ait plus besoin de tes services, Hébé », songea la jeune femme en se retrouvant seule dans la salle de bains, quelques secondes plus tard. Aujourd'hui, Nick lui semblait plus lointain qu'il ne l'avait jamais été.

Hébé soupira. Sans compter que les adieux avec Gina, sa colocataire, avaient été particulièrement bouleversants, les deux jeunes femmes ayant partagé le même appartement pendant plus d'un an.

Allons, un bon bain chaud l'aiderait sûrement à se détendre.

Quel bonheur, pensa-t-elle quelques instants plus tard après s'être glissée dans la mousse chaude et parfumée, la tête reposant sur l'un des moelleux oreillers de bain qui se trouvaient sur le rebord.

Elle aurait presque pu s'endormir si elle s'était laissée aller…

*
* *

Une heure plus tard, Nick ouvrit doucement la porte de la salle de bains. Cela faisait un certain temps que Hébé s'y trouvait et il commençait à s'inquiéter.

La jeune femme s'était assoupie.

Il s'approcha doucement et s'assit sur le bord de la baignoire.

Hébé se raidit quand les lèvres de Nick frôlèrent les siennes, puis elle se détendit quand elle sentit ses mains caresser ses seins. Ses longs doigts frôlaient délicatement les tétons durcis, puis les pressaient plus fortement… Cette douce torture déclencha un véritable feu entre ses cuisses. Instinctivement, Hébé ouvrit les jambes. Le mouvement des mains de Nick et la tiédeur de l'eau l'amenaient presque au plaisir.

Qu'était-il en train de lui faire ?

La main de Nick abandonna la poitrine de la jeune femme pour descendre le long de son ventre, jusqu'en haut de ses cuisses, où il caressa avec une extrême douceur le cœur de sa féminité.

Hébé, au comble de l'excitation, rejeta la tête en arrière.

— Demande-le-moi, Hébé, dit-il d'une voix rauque. Demande-moi de continuer à te caresser.

A ce moment, elle aurait pu le supplier s'il lui avait demandé de le faire, tant elle avait besoin du contact de ses mains et du soulagement que lui seul pouvait lui offrir.

— S'il te plaît, Nick, murmura-t-elle d'un ton pressant. S'il te plaît !

Les lèvres de Nick capturèrent avec fougue celles de la jeune femme, qui se cambra. Le rythme de ses caresses s'accéléra et elle s'abandonna au plaisir qui s'empara brusquement de tout son corps.

Elle se sentait comblée comme elle ne l'avait jamais été.

Nick continuait de la caresser. Il voulait lui donner du plaisir encore et encore, jusqu'à ce qu'il soit sûr qu'elle était pleinement, entièrement sienne.

Rapidement, Hébé ne put plus contrôler son excitation

et son deuxième orgasme fut si intense que tout son corps fut parcouru de tremblements.

— Arrête, Nick, murmura-t-elle. Je n'en peux plus.

— Oh si, tu peux, affirma-t-il doucement en pénétrant tout habillé dans le bain.

Il prit alors possession de la bouche de la jeune femme, cherchant sa langue de la sienne, tout en ne cessant de caresser sa poitrine et ses mamelons durcis par le désir.

— Je te veux, Nick, soupira-t-elle. Je te veux en moi, maintenant…

La violence de son plaisir lui arracha un sanglot de volupté.

— Viens en moi, le supplia-t-elle après avoir repris son souffle. S'il te plaît !

Mon Dieu, qu'elle était belle ainsi, songea Nick comme il se levait et la prenait dans ses bras, pour la porter dans la chambre. Il aurait voulu lui faire l'amour toute la journée. Toute la semaine ! Il aurait souhaité que cela ne s'arrête jamais !

Hébé, à genoux sur le lit, entreprit de le dévêtir. Ses lèvres parcoururent la peau frémissante de ses épaules tandis qu'elle lui ôtait sa chemise trempée. Elle regarda Nick de ses yeux d'or puis embrassa son torse jusqu'à son nombril où sa langue s'attarda sensuellement.

Mon Dieu… Il n'avait jamais connu cela avant.

Elle fit glisser son jean et caressa doucement son sexe tout en lui embrassant l'intérieur des cuisses, de sa bouche chaude et humide. Nick laissa échapper un gémissement.

— De quoi as-tu envie, Nick ? lui demanda-t-elle en continuant de l'embrasser, effleurant maintenant son sexe de la langue. Dis-moi ce que tu veux.

— Pour l'amour du ciel…

— Dis-le-moi, répéta-t-elle doucement.

— Hébé, dit-il dans un souffle. Je t'en prie…

Les lèvres de la jeune femme venaient à peine de le toucher qu'il se sentit sur le point d'exploser. Par peur de ne pouvoir se contrôler plus longtemps, il l'écarta avec douceur avant de s'allonger près d'elle sur le lit. Alors, avec une sensualité provocante, Hébé vint s'asseoir sur lui.

D'abord elle bougea lentement, soutenant le regard de Nick. Puis elle accéléra.

Soudain, elle se cambra d'extase au-dessus de lui, tandis qu'il la rejoignait dans le plaisir, un plaisir brûlant et intense. Puis elle se laissa retomber sur son torse.

C'était inimaginable… incroyable.

Faire l'amour avec Hébé était l'expérience la plus érotique de sa vie. Il entoura la jeune femme de ses bras, la longue chevelure dorée de celle-ci reposant sur son torse, et laissa se calmer les battements de son cœur.

Il savait, au plus profond de lui-même, que sa vie ne serait plus jamais comme avant.

Il avait été marié pendant cinq ans, il avait connu des femmes avant et après son mariage, mais jamais il n'avait connu une femme comme Hébé Johnson.

Elle était magnifique, enchanteresse.

Il la serra plus fort contre lui, effrayé à l'idée qu'il puisse un jour la perdre. Cela n'arriverait jamais… Il la voulait à son côté. Et quelles que soient les raisons pour lesquelles elle l'épousait, il voulait qu'elle reste auprès de lui. Toujours.

— Nous qui devions résister jusqu'au mariage…, murmura-t-elle d'un ton moqueur.

— Tu m'as dit que tu me voulais, et je ne peux pas m'empêcher de te toucher. Hébé… Oh, zut ! maugréa-t-il en entendant la sonnerie du téléphone posé sur la table de nuit.

— Ne décroche pas, dit Hébé.

Elle redoutait tant de voir se terminer cette merveilleuse intimité… Il lui semblait que plus ils resteraient ainsi, dans leur propre monde, sans aucune influence extérieure, plus ils pourraient apprendre à se connaître et à se comprendre.

Le téléphone continua de retentir. A la dixième sonnerie, Hébé sourit doucement.

— Vas-y, réponds. Ce doit être important.

— J'espère que ça l'est !

Il l'embrassa tendrement sur les lèvres avant de prendre le combiné.

— Oui ? Quoi ?

Nick se redressa brusquement, les traits du visage soudain tendus.

— Attendez une seconde, dit-il à son interlocuteur d'un ton brusque, avant de se tourner vers Hébé. Je prends l'appel dans l'autre pièce.

Puis il se leva et quitta la chambre.

Hébé le regarda s'éloigner tout en admirant la perfection de son corps fin et musclé. Quand il reviendrait, ils auraient une discussion. Ou plutôt *elle* parlerait, et Nick l'écouterait. Et, cette fois, il la croirait. Il le *fallait*.

Dix minutes plus tard, Nick n'avait toujours pas reparu. Hébé sourit en réalisant qu'ils avaient eu tellement envie l'un de l'autre qu'ils s'étaient allongés sur le lit, encore ruisselants d'eau. Les draps étaient tout humides à présent.

Elle se leva, à la recherche de draps secs. Il devait y en avoir quelque part dans l'appartement. Et s'ils devaient dormir ensemble ce soir, il fallait qu'elle…

Soudain, elle entendit la voix de Nick dans le salon.

— C'est parfait, Sally.

Hébé s'immobilisa brusquement et comprit que ce devait être son ex-femme au téléphone. Un appel que Nick avait délibérément choisi de ne pas prendre devant elle…

Mais pourquoi son ex-femme, de qui il était divorcé depuis maintenant deux ans, l'appelait-elle ?

— Oui, bien sûr, je viens te voir dès que je rentre à New York. Je suis d'accord avec toi, ça fait trop longtemps. Il est temps d'oublier le passé et de parler. Je suis vraiment heureux que l'on essaie de nouveau. Et, Sally… tu ne peux pas savoir comme je suis content que tu m'aies appelé.

Hébé battit précipitamment en retraite — pas dans la chambre de Nick, mais dans la sienne. Ses yeux étaient embués de larmes lorsqu'elle claqua la porte derrière elle.

D'après la bribe de conversation qu'elle avait surprise, Sally voulait rencontrer Nick en vue d'une éventuelle réconciliation. Et, visiblement, il avait l'air d'accord.

Qu'en était-il de leur mariage imminent ?

Et du bébé qu'elle portait ?

9.

Le lendemain matin, assise au bar de cuisine avec Nick, Hébé n'avait toujours pas de réponse à ses questions.

La veille, après son coup de téléphone, il était entré dans sa chambre, mais Hébé avait alors fait semblant de dormir. Il s'était penché vers elle et avait murmuré son nom, visiblement plus perplexe qu'ennuyé de la trouver endormie. Puis il avait quitté la pièce.

Mais comment aurait-elle pu dormir alors qu'elle n'avait aucune idée de ce que l'avenir lui réservait ?

Sally n'avait sûrement pas appelé Nick par hasard, alors que celui-ci s'apprêtait à se remarier. Peut-être ne supportait-elle pas l'idée qu'il puisse être avec une autre femme, même si elle ne vivait plus avec lui !

Comment Sally avait-elle appris que Nick était sur le point de se remarier, Hébé n'en savait rien. De toute façon, cela importait peu. Car la raison de son appel était en revanche évidente… La merveilleuse intimité qu'elle avait partagée avec Nick, quelques instants avant le coup de téléphone, s'en était trouvée balayée.

Hébé se leva après s'être forcée à avaler une gorgée de café.

— J'y vais. Je dois aller travailler, et…

— Ne sois pas stupide, la coupa Nick impatiemment.

Il n'avait pas l'air d'avoir beaucoup dormi lui non plus, se dit-elle.

— J'ai prévenu Jane que tu ne viendrais plus travailler à la galerie.

Hébé sentit l'indignation l'envahir.

— Alors, tu ferais mieux de la rappeler pour lui dire que tu t'es trompé !

— Et pourquoi le ferais-je ?

— Parce que j'ai bien l'intention de payer ma part de loyer tant que Gina n'aura pas trouvé quelqu'un pour me remplacer. Et que j'ai donc besoin d'un salaire pour pouvoir le faire. De plus, c'est *moi* qui déciderai de la date à laquelle j'arrêterai de travailler !

— Pas si je choisis de te renvoyer avant.

— Tu peux toujours essayer. Je suis sûre que cela intéressera les journaux : « Une femme poursuit son mari pour licenciement abusif ».

Nick prit une profonde inspiration.

— Hébé, étant ma femme, tu n'as plus besoin de travailler.

— Je ne suis pas encore ta femme. Et je dois payer ma part de loyer.

— Je paierai ton fichu loyer jusqu'à ce que Gina trouve quelqu'un d'autre !

Nick avait été étonné, la veille au soir, de ne pas retrouver Hébé dans son lit. Il avait d'abord regardé dans la salle de bains puis dans la cuisine, avant de se rendre dans la chambre de la jeune femme. Et c'était là qu'il l'avait trouvée, endormie.

Elle n'avait pas répondu lorsqu'il avait chuchoté son nom, et il n'avait pas eu d'autre choix que de retourner dans son propre lit. Aux draps mouillés !

Il s'était couché après les avoir changés, mais avait été incapable de s'endormir, contemplant le tableau qu'il avait ramené, la veille, de la galerie. Cette nouvelle nuit sans sommeil n'avait évidemment pas arrangé son humeur…

— Je n'ai pas besoin de toi pour payer mon loyer ! s'écria Hébé. Ni pour quoi que ce soit d'autre. S'il devait se passer quelque chose pendant ma grossesse…

— Comment ça ? l'interrompit brusquement Nick, les sourcils froncés.

— Si jamais il se passait quelque chose pendant ma

grossesse, je suppose que tu n'aurais plus aucune raison de rester marié avec moi. Ce qui veut dire que j'ai besoin d'un travail !

Nick l'observa froidement pendant quelques secondes.

— Cela n'arrivera pas, finit-il par dire. Et s'il se passait quoi que ce soit, je te referai tout de suite un enfant !

— Et pourquoi referais-tu un enfant à une femme qui n'est intéressée que par ton argent ?

— Il est hors de question que nous divorcions !

Hébé sentit son cœur se serrer. Il pensait sans doute qu'un divorce lui coûterait trop cher !

— Très bien. Mais même en étant ta femme, c'est moi qui décide de ce que je fais, pas toi.

— Tu veux à tout prix te disputer ce matin, non ?

— Je n'en ai pas l'impression.

— Menteuse, répliqua-t-il en plongeant son regard dans celui de Hébé. Mais j'avoue que je ne suis pas spécialement de bonne humeur, moi non plus. Pourquoi as-tu disparu de ma chambre, hier soir ?

Hébé détourna les yeux. Elle ne voulait pas qu'il devine qu'elle avait entendu une partie de sa conversation avec son ex-femme. C'était trop embarrassant. De plus, vu l'opinion qu'il avait d'elle, Nick allait sûrement penser qu'elle l'avait fait délibérément.

Elle haussa les épaules d'un air détaché.

— J'étais fatiguée, donc je suis allée au lit.

— Tu y étais déjà.

— Mais pas dans le mien.

— Tu ne penses pas sérieusement que je vais te laisser dormir ailleurs que dans mon lit après ce qui s'est passé cette nuit ?

— Si, c'est exactement ce que je pense, lança-t-elle en s'éloignant.

Quand donc allait-il lui avouer que c'était Sally au téléphone, la veille au soir ? Probablement jamais, conclut-elle avec amertume. Après tout, Nick et Sally avaient fait un mariage d'amour, et un enfant était né de cette union.

L'enfant que Hébé portait naîtrait au sein d'un mariage de convenance. S'il était toujours question de mariage, bien sûr…

— Comme je te l'ai dit, je vais travailler, déclara-t-elle sèchement.

— Seulement jusqu'à l'heure du déjeuner. Tu as rendez-vous à 14 heures avec un obstétricien, lui expliqua-t-il comme elle se retournait et le regardait avec étonnement.

— Je pensais t'avoir dit…

— Hébé, ce n'est pas le spécialiste que voyait Sally. J'ai demandé à sa secrétaire de me recommander un autre obstétricien.

— Tu as fait ça ?

— Oui, je l'ai fait.

— Je suppose qu'elle a dû apprécier, commenta-t-elle en souriant.

Nick haussa les épaules.

— Je ne suis pas là pour gagner quelque concours de popularité, comme tu as pu t'en apercevoir !

Le sourire de Hébé disparut instantanément.

— Oh oui, acquiesça-t-elle, je m'en suis aperçue !

— Bien.

Il se leva à son tour.

— Je vais passer la matinée à mon bureau. Retrouvons-nous ici pour déjeuner, vers midi et demi.

— Tu t'attends déjà à ce que je cuisine pour toi ? demanda-t-elle sur un ton de défi.

Les yeux de Nick s'assombrirent.

— En général, je mange un sandwich au déjeuner. Que je suis tout à fait capable d'acheter moi-même. Et d'ailleurs, je t'en prendrai un aussi. Je veux m'assurer que tu manges correctement à l'avenir.

— Tu es une vraie mère poule, remarqua-t-elle d'un ton cassant.

Nick fit un pas vers elle. Il avait l'air si furieux que Hébé eut un mouvement de recul. En percevant sa crainte, il fit un effort visible pour se calmer.

— Je crois qu'il vaudrait mieux que tu cesses de toujours vouloir avoir le dernier mot, Hébé.

— Sinon quoi ?

Il lui sourit froidement.

— Sinon, tu vas finir par trouver ce que tu cherches.

La jeune femme se mordit la lèvre inférieure, ce qui troubla instantanément Nick.

— Et qu'est-ce que je cherche ? murmura-t-elle.

Nick s'obligea à afficher un sourire moqueur alors qu'il n'avait qu'un désir, la prendre dans ses bras et tout oublier. Mais il savait que Hébé le détesterait d'agir ainsi. Ou plutôt, qu'elle le détesterait encore plus…

— Exactement la même chose qu'hier soir. Avec quelques variations… Je ne voudrais pas que tu finisses par t'ennuyer dans mon lit !

Incapable de répondre, Hébé sentit ses joues s'empourprer.

— Je vais travailler, annonça-t-elle brusquement.

— Nous partirons d'ici vers 13 h 30.

— *Nous* ? répéta-t-elle en se retournant lentement vers lui.

Nick la regarda avec froideur. Après avoir perdu Luke, il n'était pas question qu'il rate une seconde de ce qui se passait dans la vie de cet enfant.

— Tu ne pensais quand même pas que j'allais te laisser aller seule chez le médecin ?

A vrai dire, Hébé n'avait rien pensé du tout : il fallait juste qu'elle se fasse à l'idée qu'elle formait un couple, même étrange, avec Nick, et qu'elle aurait tout le temps quelqu'un avec elle.

— Je ne suis plus une enfant, je peux me débrouiller toute seule, protesta-t-elle.

— Je n'en doute pas un seul instant. Mais pourquoi prendre le métro ou un taxi, alors que je peux t'emmener ? De plus, je voudrais entendre le médecin.

— Pourquoi ça ?

— Parce que c'est aussi mon enfant ! Et plus vite tu l'accepteras, plus vite les choses deviendront simples.

Bien sûr, c'était *aussi* son enfant, dut reconnaître Hébé.

Et si l'on y pensait, peu importaient les raisons de l'appel de Sally. Elle savait que Nick s'occuperait toujours de son enfant. C'était la seule et unique raison pour laquelle elle était dans sa vie…

Elle ne devait jamais l'oublier, comme elle avait failli le faire la veille.

Nick observait les différentes émotions qui passaient sur le visage de Hébé : l'incertitude, l'appréhension…

Pourtant, il ne voulait pas qu'elle ait peur de lui ! Il voulait l'impossible : que ce mariage réussisse, qu'ils parviennent tous deux à se comprendre.

— Hébé, faisons une trêve, d'accord ? Ces disputes perpétuelles ne sont agréables ni pour toi ni pour moi.

Elle le regarda d'un œil moqueur.

— N'essaie pas de me faire croire que tu te préoccupes de moi.

— Veux-tu arrêter, soupira-t-il en la prenant par les épaules. Je ne veux plus me disputer avec toi. Tu veux bien ?

Elle leva vers lui ses grands yeux d'or.

— Tu es si imprévisible…, murmura-t-elle.

— Qui a dit qu'un futur père devait être prévisible ? répondit-il en lui souriant.

— Personne, je suppose. Mais je pourrais peut-être mieux te comprendre si tu l'étais un peu plus.

— Tu veux vraiment me comprendre ?

Le regard de la jeune femme redevint méfiant.

— Pas spécialement, répondit-elle d'un ton sec.

Nick soupira. Eh bien, *lui* voulait la comprendre !

Jamais il n'avait vécu ce qu'il avait connu avec Hébé, la nuit dernière. Et il refusait de croire que la jeune femme aurait pu s'abandonner ainsi si elle n'avait aimé en lui que ses millions !

Il la relâcha brusquement et tourna les talons.

— Tu as raison, il est temps d'aller travailler.

— Oui, patron ! lança-t-elle d'un ton sarcastique.

Nick, exaspéré, ferma les yeux un instant avant de sortir de la pièce.

Le cœur lourd, Hébé le regarda partir, réalisant que l'intimité qu'ils avaient partagée la veille, avant le coup de téléphone de Sally, n'était qu'une illusion — la seule chose qu'ils avaient en commun était le bébé qu'elle portait.

Travailler. C'était la solution. Elle avait toujours adoré ce qu'elle faisait à la galerie, et même la présence de Nick, dans son bureau deux étages plus haut, n'allait pas lui enlever ce plaisir.

Quand elle arriva à la galerie, elle expliqua à Jane, sa supérieure, que Nick s'était trompé et qu'elle avait l'intention de travailler encore quelques mois.

Ses collègues brûlaient de curiosité, bien sûr, et regardaient sa bague avec envie, ce qui rendait les choses un peu gênantes. Mais une fois qu'elles eurent compris que, bien que sur le point d'épouser le propriétaire de la galerie, Hébé était toujours la même, leurs relations redevinrent rapidement aussi détendues et chaleureuses qu'auparavant.

Soudain, Hébé se raidit lorsqu'elle vit Nick traverser la galerie et se diriger vers elle d'un pas rapide.

— Oui ? fit-elle froidement.

— Ne pourrais-tu accueillir ton fiancé avec un peu plus de chaleur ?

— Je pensais que tu préférais que l'on reste… discrets devant tes employés ?

— Peu importe. Je viens juste t'informer que mes avocats viennent d'appeler : le mariage aura lieu vendredi en quinze, à 14 h 30.

Nick vit Hébé pâlir. Il ne comprenait toujours pas pourquoi l'idée de l'épouser lui était si insupportable, alors qu'il lui offrait plus d'argent qu'elle ne pourrait jamais en dépenser en une vie entière ?

— Je me suis dit que tu voudrais prévenir tes parents de la date définitive du mariage, ajouta-t-il.

Tout à coup, Hébé eut l'air soucieux.

— J'ai essayé de les appeler tout à l'heure, mais ils

n'étaient pas à la maison. D'habitude, ils sont là le lundi matin.

— Peut-être avaient-ils quelque chose à faire ?

— Peut-être, acquiesça-t-elle, visiblement peu convaincue.

— Je suis sûr qu'il n'y a aucune raison de s'inquiéter, Hébé, la rassura-t-il. Et…

Il s'arrêta en voyant Jane s'approcher.

— Nick… Hébé… Excusez-moi de vous interrompre, mais il y a des visiteurs pour vous.

— Faites-les patienter, j'arrive tout de suite, répondit Nick.

— En fait, ils demandent à voir Hébé.

— Moi ? s'étonna la jeune femme.

— Ils disent être vos parents et…

Hébé ne la laissa pas finir. Elle tourna brusquement les talons et sortit en toute hâte de la pièce, peu préoccupée de savoir si Nick la suivait ou pas.

Elle ne savait pas pourquoi ses parents étaient là, mais, au moins, elle savait où ils avaient passé la matinée !

10.

Ils arrivèrent ensemble dans l'immense hall d'entrée de marbre où les attendaient Jeanne et Henry, visiblement tendus.

— J'espère qu'on ne vous dérange pas, Nick ? demanda Jeanne d'un ton anxieux tout en prenant les deux mains deHébé dans les siennes. Nous devons parler à Hébé. A vous deux, en fait.

— Pourrions-nous aller dans un endroit plus tranquille ? fit Henry.

— Maman, papa, que se passe-t-il ? demanda Hébé avec inquiétude.

— Nous avons juste besoin de te parler, ma chérie, la rassura sa mère. Il y a certaines choses que nous devons… t'expliquer.

Nick pouvait percevoir l'extrême trouble dans lequel se trouvait Jeanne. Ses yeux étaient rouges et son visage livide.

— Allons dans mon appartement, proposa-t-il avant de leur montrer le chemin.

Hébé se sentait de plus en plus tendue à mesure que s'élevait l'ascenseur. La venue si surprenante de ses parents avait-elle quelque chose à voir avec Jacob Gardner ?

De son côté, elle n'avait toujours pas de réponse d'Andrew Southern. Celui-ci avait pourtant dû avoir la lettre et la photographie, depuis le temps qu'elle les avait données à son agent… Elle était déçue, bien sûr, mais si ses parents pouvaient lui apprendre quelque chose sur Jacob Gardner, ce serait déjà un début. Même si l'état de tension dans lequel ils se trouvaient ne lui disait rien qui vaille…

— Nous y sommes, dit Nick, en ouvrant la porte de son appartement.

Leur appartement à présent, songea Hébé. Elle se demanda si ses parents avaient d'abord essayé de la joindre à son ancien domicile. Elle ne leur avait pas encore annoncé son déménagement, préférant attendre son mariage pour le faire. Elle ne pouvait prévoir qu'ils lui feraient la surprise d'une visite avant cette date !

Nick se dirigea vers le bar du salon.

— J'ai l'impression qu'un petit remontant vous ferait du bien.

— Je veux bien un cognac, le remercia Henry.

— Que se passe-t-il ? demanda de nouveau Hébé, comme ils étaient tous installés dans le salon.

Sa mère poussa un profond soupir.

— Nous aurions dû t'en parler ce week-end. C'est ce que voulait faire ton père.

Elle eut un sourire désabusé.

— Mais je l'ai supplié d'attendre. Je sais qu'il avait raison… et aussi que nous aurions dû t'en parler depuis des années.

— Me parler de quoi ? la pressa Hébé, de plus en plus inquiète.

— De ta mère, répondit doucement son père.

— Ma… mère ?

Sa mère ? s'interrogea Nick, surpris. Il était persuadé, après la réaction qu'ils avaient eue le week-end dernier, qu'Henry et Jeanne étaient venus pour leur parler de Jacob Gardner. Qu'est-ce que la mère de Hébé avait à voir avec Jacob Gardner ? De plus, n'avaient-ils pas prétendu qu'ils ne la connaissaient pas ?

Non, réalisa-t-il soudain. C'était le nom du *père* d'Hébé qu'Henry avait dit ne pas connaître…

Nick se rappela qu'il avait trouvé la réponse du vieil

homme ambiguë sur le moment. Il comprenait mieux pourquoi !

Il vint se placer derrière la jeune femme.

— Que savez-vous sur la mère de Hébé ? leur demanda-t-il d'un ton plus brusque qu'il ne l'aurait voulu.

— Nick, s'il te plaît…

Hébé avait le sentiment qu'elle connaissait au moins une partie de ce qu'allaient lui révéler ses parents. De même qu'elle était maintenant persuadée qu'ils avaient toujours été au courant du lien existant entre sa mère et Jacob Gardner — et peut-être même avec Andrew Southern.

Et qu'ils connaissaient probablement le nom de sa mère biologique.

Cependant, elle n'avait aucune idée du motif pour lequel ils lui avaient caché une telle information. Ils avaient toujours été ouverts et attentifs, et l'avaient élevée dans une atmosphère de confiance. Ils devaient donc avoir une bonne raison pour ne jamais lui avoir parlé de sa mère…

— Samedi dernier, vous nous avez demandé des précisions sur le dossier médical des parents biologiques de Hébé, et je vous ai dit que je ne pouvais vous en donner aucune, commença Henry en se tournant vers Nick. Ce n'était pas tout à fait vrai. Ce qui est vrai, en revanche, c'est que nous ne savons rien du père biologique de Hébé. Mais maintenant que nous savons que vous attendez un enfant, nous…

— Ta mère est morte en te mettant au monde, Hébé, annonça Jeanne, la voix remplie d'émotion. Elle était si frêle, si délicate, ils n'ont rien pu faire. L'accouchement s'est très mal passé et… elle est morte. Mais toi, tu as vécu.

Les larmes coulaient sur les joues de la vieille dame.

Hébé était bouleversée.

Sa mère était *morte*…

Lorsqu'elle avait appris qu'elle avait été adoptée, elle s'était souvent demandé pourquoi sa mère l'avait abandonnée. Peut-être parce qu'elle était trop jeune, ou trop pauvre ? Mais qu'elle soit morte… Jamais Hébé n'avait envisagé une chose pareille.

Cela ne semblait pas réel. C'était une injustice qui n'aurait jamais dû arriver.

Comme la mort de Luke, le fils de Nick…

Elle tourna la tête vers ce dernier. Il lui pressa fortement les épaules.

— Nick, je… je n'arrive pas à le croire.

Il adressa un regard inquiet vers les parents de la jeune femme.

— Etes-vous en train de dire que Hébé pourrait rencontrer elle aussi des difficultés en donnant naissance à notre enfant ?

— C'est une possibilité, répondit Henry. Vous comprenez maintenant pourquoi nous devions vous le dire ?

— Je comprends surtout que vous auriez dû nous le dire samedi, et ne pas attendre jusqu'à aujourd'hui pour…

— Nick, je t'en prie !

— Excuse-moi, Hébé, mais tes parents ont toujours su que ta mère était morte en te mettant au monde, ils savaient que la même chose pouvait t'arriver, et ce n'est que maintenant…

Il se tourna brusquement vers le couple.

— Comment pouvez-vous savoir, Jeanne, que la mère de Hébé était si « frêle et délicate » ? demanda-t-il d'un ton soudain soupçonneux.

Henry leva vers lui un regard plein de douleur.

— Nous le savons car Claudia, la mère de Hébé, était notre fille.

Nick en resta sans voix. Mais s'il était abasourdi par cette nouvelle, dans quel état devait être Hébé ?

Sauf qu'elle n'avait pas l'air bouleversé… Au contraire, ses yeux d'or scintillaient d'excitation lorsqu'elle se tourna vers lui.

— Tu veux bien aller chercher le portrait, s'il te plaît ? demanda-t-elle.

— Le portrait ? fit Nick, surpris.

— Oui, le portrait, répéta-t-elle avec fermeté.

Nick hocha la tête en signe d'assentiment et quitta la pièce. La vérité — l'incroyable vérité — venait de lui sauter au visage.

Une vérité qu'il avait niée.

Une vérité sur laquelle il avait accusé Hébé de mentir.

La femme du portrait *était* sa mère.

— Est-ce que ça va, ma chérie ? s'inquiéta Jeanne, une fois Nick sorti. Nous n'aurions pas dû te décevoir, je sais…

— Tout va bien, la rassura la jeune femme avec chaleur.

— Tu n'es pas bouleversée, ou en colère ? Tu ne te sens pas trahie parce que nous t'avons caché que nous étions tes grands-parents, et non tes parents adoptifs ?

C'était un peu étrange, en effet, devait admettre Hébé, mais, en même temps, tout cela était logique. Sa mère — Claudia — était morte en la mettant au monde, et les parents de la jeune femme s'étaient occupés d'elle.

Elle se leva pour aller étreindre les seuls parents qu'elle avait connus. Attentionnés et généreux, qui l'avaient aimée et protégée toute sa vie. Comment aurait-elle pu leur en vouloir ?

Elle se releva et les regarda, souriant à travers ses larmes.

— Je sais que vous avez fait ce que vous pensiez être le mieux.

— Nous aurions quand même dû te le dire, mais Claudia était morte et tu… tu lui ressemblais tellement quand elle était petite.

La voix de son père se brisa d'émotion.

— Une toute petite fille blonde. Nous t'avons aimée au premier regard. Nous semblions avoir fait tellement d'erreurs avec Claudia… Tu nous permettais d'avoir une deuxième chance.

— Une deuxième chance ? demanda Hébé avec curiosité, au moment où Nick revenait avec le tableau.

Elle traversa la pièce pour le rejoindre.

— Tu veux bien le poser sur le canapé ? lui demanda-t-elle d'une voix douce.

Il plaça le tableau comme elle le lui avait demandé, en le tournant vers les parents de la jeune femme.

Soudain, Jeanne étouffa un cri. Nick se tourna et vit Henry, hébété, s'approcher d'un pas chancelant pour observer le tableau de plus près. Le vieil homme tendit la main, et, sans toucher la toile, dessina avec tendresse les contours du visage de la jeune femme.

— Papa, demanda doucement Hébé, derrière lui, Claudia avait-elle une marque de naissance ?

— Oui, répondit Jeanne en se levant à son tour. Une marque en forme de rose, juste… là ! Mais comment… ?

— C'est le portrait dont je vous ai parlé samedi, celui que Nick a trouvé dans la maison de cet homme.

— Jacob Gardner, précisa sèchement Nick.

Celui-ci n'en revenait pas. Ce portrait était incontestablement celui de Claudia Johnson, la mère de Hébé. La réaction d'Henry et de Jeanne était trop sincère pour qu'il en soit autrement. Et si c'était vrai, cela signifiait que les accusations qu'il avait portées contre la jeune femme étaient complètement fausses. Il l'avait traitée de menteuse. De menteuse et de femme vénale !

— C'est le portrait d'Andrew Southern dont vous nous avez parlé ?

— Oui, confirma Nick.

Jeanne soupira et prit la parole :

— Il y a vingt-sept ans, Claudia était fiancée à un homme du nom de Jacob Gardner. C'était un homme plus âgé qu'elle, mais il était très riche et elle a accepté lorsqu'il lui a demandé de l'épouser.

— Puis elle a rencontré Andrew Southern et en est tombée amoureuse, acheva Nick en grimaçant.

Tout ce dont il avait accusé Hébé, songea Nick avec horreur. Mon Dieu, comme elle devait le haïr !

— Je n'arrive pas à croire que c'est notre Claudia, dit sa mère, les yeux pleins de larmes. Elle était si belle, n'est-ce pas ? C'était aussi une adorable petite fille. Ce n'est qu'à l'âge de seize ans que… que…

Elle s'interrompit et chercha de l'aide dans le regard de son mari.

— Que les choses ont changé, continua celui-ci en secouant la tête. Elle a commencé à beaucoup sortir, parfois elle ne rentrait pas de la nuit. Et chaque fois que nous essayions de lui parler, elle haussait les épaules et continuait comme si de rien n'était. Et puis finalement… elle a quitté la maison lorsqu'elle avait dix-sept ans.

Il se laissa tomber dans l'un des fauteuils.

— Elle aimait tellement la vie, renchérit Jeanne d'une voix étranglée. Mais nous ne savions plus quoi faire avec elle… Rien de ce que nous disions ne semblait avoir de prise sur elle. Elle est partie et nous a laissés sans nouvelles pendant des mois, et puis, un jour, nous avons reçu une lettre. Nous ne savions même pas qu'elle était enceinte lorsque l'hôpital nous a appelés. Nous sommes arrivés trop tard. Claudia était déjà morte.

Elle se mit à sangloter.

— Mais Hébé était là, dit-elle en souriant à travers ses larmes. Et nous avons pensé que c'était une seconde chance… Qu'avec elle nous ne referions pas les mêmes erreurs.

— Vous n'avez fait aucune erreur, dit Hébé en serrant fortement les mains de Jeanne dans les siennes. Ni avec Claudia ni avec moi. Vous êtes les meilleurs parents que l'on puisse rêver d'avoir. Et si elle en avait eu le temps, je suis sûre que Claudia aurait fini par s'assagir, peut-être même par se marier, et vous donner des tas de petits-enfants.

— Nous avons eu le cœur brisé lorsqu'elle est partie, reprit Henry. Nous ne savions ni où elle était, ni ce qu'elle faisait. Puis, au bout de six mois, comme l'a dit Jeanne, nous avons reçu une lettre. Elle n'avait pas mis son adresse, mais nous indiquait qu'elle travaillait comme chanteuse dans un hôtel, quelque part dans le nord de l'Angleterre…

— A Leeds, précisa Nick.

— Oui, c'est cela. C'est là qu'elle a rencontré Jacob Gardner, un soir où il était venu dîner avec des amis. Apparemment, il est tombé amoureux d'elle au premier regard. Elle était tellement excitée à l'idée de se fiancer ! Dans sa lettre, elle nous promettait de nous le présenter avant le mariage. Tout cela semblait si incroyable, si… Elle n'avait que dix-huit ans…

Hébé regarda le portrait. Sur celui-ci, Claudia avait dix-huit ans, elle était pétillante de vie. Un an plus tard, elle disparaissait.

Nick n'avait jamais été aussi tendu. A présent, il comprenait mieux la colère de Hébé… Il n'avait pas voulu la croire lorsqu'elle lui soutenait n'avoir jamais été ni la fiancée de Jacob Gardner, ni la maîtresse d'Andrew Southern.

Il caressa Hébé du regard. Bon sang, comme il était amoureux de cette femme ! Amoureux de ses yeux d'or, de la sensualité de son corps, de la vivacité de son esprit.

Elle n'en voulait pas à son argent… Il réalisait maintenant qu'elle n'avait accepté de l'épouser que parce qu'il l'avait menacée de lui enlever son enfant !

Il songea à Luke, au chagrin qu'il avait éprouvé lorsque celui-ci était mort, à la manière dont Sally en avait eu le cœur brisé.

Comme elle devait le haïr !

Comment avait-il pu espérer faire fonctionner leur mariage sur des menaces ?

Quel genre d'homme cynique était-il devenu ?

Pire, comment pouvait-il espérer que Hébé pourrait un jour l'aimer après la manière dont il l'avait traitée ?

Jeanne fut la première à rompre le silence.

— Tu penses qu'Andrew Southern est ton père ? demanda-t-elle doucement.

Hébé eut un sourire gêné.

— Regarde le tableau, maman. Qu'en penses-tu ?

— Je pense… je pense qu'Andrew Southern était amoureux de Claudia.

— Mais Claudia était-elle amoureuse de lui ? C'est ce que nous ne savons pas.

— Je crois que oui, répondit son père avec tendresse. Regardez son visage. Regardez cet éclat. C'est l'éclat d'une femme qui vient d'être passionnément aimée. Qu'en pensez-vous, Nick ?

— C'est vrai, reconnut celui-ci.

Intriguée par le ton de sa voix, Hébé se tourna vers lui. Son visage était fermé, sa colère évidente.

Qu'est-ce qui n'allait pas ?

Elle avait essayé de lui faire admettre, la première fois qu'il le lui avait montré, que le portrait n'était pas le sien mais celui de sa mère.

Alors, pourquoi cette colère ?

Hébé lui lança un coup d'œil interrogateur. Il lui rendit un regard si chargé de fureur qu'elle dut se retenir pour ne pas reculer d'un pas.

Visiblement, il n'aimait pas avoir tort !

— Je pense, dit enfin Nick d'un ton ferme, que Claudia et Jacob Gardner étant tous deux décédés, il ne reste qu'une seule personne capable de nous expliquer ce qui s'est réellement passé. Il faut que nous parlions à Andrew Southern.

— J'ai déjà essayé de le contacter… sans succès, lui annonça Hébé.

— Comment cela ?

— Vendredi dernier, j'ai donné une lettre et une photographie à son agent pour qu'il les lui transmette. Mais je n'ai pas eu de réponse.

— Une photographie ? l'interrogea Nick, étonné.

— De moi. Ma ressemblance avec la femme du portrait était trop troublante pour n'être qu'une simple coïncidence… J'espérais qu'Andrew Southern penserait la même chose, qu'il comprendrait que j'étais la fille de Claudia, et peut-être aussi la sienne. Mais je n'ai eu aucune nouvelle, donc je suppose que je me suis trompée.

— Pas forcément, répliqua Nick. Nous ne sommes que

lundi, et nous ne savons pas quand a été transmise la lettre. Peut-être ne l'a-t-il pas même encore reçue.

— Tu crois qu'il y a encore une chance qu'il me réponde ?

— On ne sait jamais. Et s'il ne le fait pas, j'irai moi-même voir son agent. Il faut que tu connaisses le fin mot de l'histoire, déclara-t-il. En attendant, Hébé a un rendez-vous avec un spécialiste cet après-midi : nous lui parlerons de Claudia, et nous lui demanderons de vérifier si elle risque ou non d'avoir les mêmes complications.

Hébé retint une exclamation. Elle avait complètement oublié ce rendez-vous ! Mais pas Nick, apparemment…

Il ne pouvait pas sérieusement croire que, parce que sa mère était morte en la mettant au monde, elle courait le même danger ? Et s'il le pensait, ne réalisait-il pas que cela règlerait tous ses problèmes : il aurait le bébé et serait débarrassé d'elle une fois pour toutes !

11.

— Tu peux sourire, Nick ! dit Hébé d'un ton léger, comme ils revenaient de chez le spécialiste, deux heures plus tard. Il n'y a aucune raison que cela m'arrive !

Pourtant, c'était déjà arrivé, songea Nick.

Le pronostic de Neil Adam, l'obstétricien, avait été excellent. Pour lui, il y avait très peu de chances pour que Hébé rencontre les mêmes problèmes que sa mère au moment de l'accouchement. Il avait aussi ajouté que, de toute façon, ils auraient parfaitement le temps de réagir en cas de complications.

Puis ils avaient pris rendez-vous pour le mois suivant, et Neil Adam leur avait conseillé de goûter chaque moment de cette grossesse.

C'était quelque chose qu'il n'avait pas vraiment laissé à Hébé le temps de faire jusqu'à présent, pensa Nick. Il était toujours un peu déstabilisé par la découverte de l'identité de la femme du portrait. Claudia — la mère de Hébé.

Comme celle-ci avait dû être stupéfaite la première fois qu'il lui avait montré le tableau, en affirmant si catégoriquement que c'était elle !

Il avait honte en repensant aux horreurs qu'il lui avait dites.

Pour s'être ainsi conduit, il lui devait des excuses. Il lui devait même plus que cela. Il devait lui rendre sa liberté tout en lui assurant son soutien moral et financier pendant sa grossesse, et même après…

Seigneur, qu'avait-il fait ? Certain qu'elle avait été

fiancée à Jacob Gardner puis liée à Andrew Southern, il l'avait accusée d'être tombée enceinte dans le seul but de mettre la main sur une partie de sa fortune. Alors qu'il aurait dû lui promettre que tout irait bien, qu'il prendrait soin d'elle pendant sa grossesse et même après, une fois que le bébé serait né.

Il regarda la jeune femme et, une fois de plus, fut saisi par sa beauté. Elle semblait rayonner, maintenant que le médecin avait confirmé que tout allait bien.

Hébé représentait tout, et même davantage, de ce qu'il pourrait jamais souhaiter chez une femme. Elle s'était montrée loyale et aimante avec ses parents, elle avait fait preuve de compréhension à l'égard de sa mère biologique, et, par-dessus tout, elle avait supporté son comportement grossier quand elle devait avoir envie de hurler son innocence.

Oui, elle était trop bien pour lui, pensa-t-il avec une immense amertume. Et il devait la laisser partir.

Hébé se demanda ce qui pouvait rendre Nick aussi sombre.

— Je pense que Claudia était juste une adolescente rebelle qui s'est retrouvée dans une situation qui la dépassait totalement, dit-elle timidement, pour engager la conversation.

— Hébé, ne pourrions-nous pas parler de cela plus tard ? Je préférerais que l'on attende d'être revenu à mon… à la maison, se reprit-il de justesse.

— Je voulais juste t'expliquer que j'ai dépassé depuis longtemps le stade de l'adolescence. Tu n'as donc pas à craindre que j'agisse comme ma mère.

— Claudia n'était qu'une enfant.

— Exactement, approuva Hébé. Mais je voulais juste te le préciser, au cas où tu penserais que ce genre de comportement était lui aussi héréditaire.

Le visage de Nick se ferma encore un peu plus.

Personnellement, Hébé se sentait délivrée d'un poids immense, maintenant que la lumière était enfin faite sur le mystère de sa naissance. Ou du moins sur une partie de ce mystère.

Après avoir pris un déjeuner léger tous ensemble, ses parents étaient retournés dans le Cambridgeshire. Hébé leur avait promis de les appeler une fois qu'elle aurait vu le médecin.

Curieusement, elle se sentait plus proche d'eux que jamais, maintenant qu'elle savait qu'ils étaient en fait ses grands-parents. Le peu de différence d'âge qu'elle avait avec Claudia lui donnait l'impression que celle-ci avait été une sœur plutôt qu'une mère. Et l'enfant qu'elle attendait allait lui permettre de dépasser ce qu'ils lui avaient révélé. Oui, cet enfant allait les lier plus encore, faire d'eux une vraie famille…

Même si, en regardant Nick, Hébé n'était plus très sûre qu'il souhaite encore faire partie de cette famille !

Quand ils furent à l'appartement, Nick ne prit même pas la peine de s'asseoir : il se mit à arpenter la pièce, comme un lion en cage.

— Qu'y a-t-il ? finit par demander Hébé en soupirant. Tu veux annuler le mariage, c'est cela ?

Il s'arrêta et l'observa attentivement.

— Est-ce que tu le veux ?

Hébé sentit son cœur se serrer. Elle n'avait posé la question que par principe, certaine que Nick voulait toujours l'épouser, ne serait-ce que pour être auprès de son enfant.

Puis elle se souvint du coup de téléphone de Sally.

— Je t'ai posé la question la première, répondit-elle, sur la défensive.

— S'il te plaît, ne jouons pas à ce petit jeu. Que veux-tu ?

Elle le voulait, lui ! Elle le voulait tout entier, elle voulait son cœur et son âme. Mais comment le lui avouer ?

De plus, elle savait qu'il ne pouvait lui donner tout ce qu'elle désirait ardemment. Elle savait qu'une part de lui appartenait toujours à Sally…

Elle soupira avec tristesse. A présent, il lui semblait plus lointain que jamais. Elle sentait que quelque chose avait changé, non seulement depuis la visite de ses parents et les révélations qu'ils leur avaient faites, mais depuis l'appel de Sally.

Nick fronça les sourcils. Mais enfin, pourquoi ne répondait-elle pas ? Pourquoi ne lui disait-elle pas clairement ce qu'elle pensait de lui, de la manière dont il l'avait traitée ? Pourquoi ne s'enfuyait-elle pas ? C'était là tout ce qu'il méritait.

Il se força à inspirer profondément avant de déclarer avec calme :

— J'accepterai ton choix, quel qu'il soit.

Elle mit quelques secondes avant de répondre.

— Me crois-tu maintenant, lorsque je te dis que je n'ai pas cherché à être enceinte, et que j'en ai été aussi surprise que toi ?

— Je te crois. Je suis désolé de t'avoir accusée à tort. Je te demande pardon. Je n'ai aucune excuse pour ce que j'ai pu dire et faire. Et tu as toutes les raisons de me haïr.

Nick passa une main sur ses yeux.

— Je ne te hais pas, dit-elle d'un ton songeur. Tu es le père de mon enfant, après tout.

Oui, il l'était. Et même s'il ne pouvait conquérir Hébé, il pourrait toujours continuer à la voir grâce à cet enfant.

Mais, pour lui, comprit-il avec effroi, ce ne serait pas assez. Ce ne serait *jamais* assez. Pourtant, si c'était tout ce qu'elle voulait lui donner, il devrait s'y soumettre.

Il était trop tard, bien trop tard, pour essayer de la conquérir. Il l'avait trop blessée, trop insultée pour que cela soit jamais possible.

— Je suis désolé, Hébé, murmura-t-il en remarquant qu'elle pâlissait.

— Tu n'as pas à l'être, dit-elle avec douceur. Mais… je… je vais y aller, maintenant.

Nick aurait voulu se jeter à ses genoux et la supplier de ne pas partir, la convaincre que les choses seraient différentes si elle restait auprès de lui. Mais cela n'aurait pas été honnête de sa part : il avait déjà suffisamment gâché la vie de la jeune femme en lui faisant cet enfant qu'elle n'avait pas désiré, il ne pouvait pas en plus l'obliger à rester.

— Pourras-tu un jour me pardonner ? demanda-t-il.

— On ne choisit pas, Nick. On aime ou on n'aime pas, c'est tout !

Nick sentit son sang se glacer dans ses veines. Ainsi, elle lui avouait froidement qu'elle ne l'aimait pas ! Peut-être était-ce sa punition pour l'avoir traitée comme il l'avait fait ? La vérité lui apparut soudain en pleine lumière : il aimait une femme qui ne l'aimerait jamais en retour.

Hébé baissa les yeux pour que Nick ne voie pas qu'elle était au bord des larmes. A présent, elle était persuadée qu'il allait rentrer à New York pour retrouver Sally. Il s'occuperait financièrement de l'enfant, mais rien d'autre.

Après tout, c'était aussi bien que cela arrive maintenant, avant qu'ils n'aient fait l'erreur de se marier. Elle se demandait juste comment elle allait pouvoir supporter le chagrin de perdre Nick…

Elle se leva.

— Je vais y aller, dit-elle. Je vais préparer mes affaires. Dieu merci, Gina n'a pas encore eu le temps de trouver une autre locataire !

Elle avait voulu plaisanter, mais elle n'arrivait même pas à sourire.

— Je vais te reconduire à ton appartement, déclara Nick.

— Ce n'est pas nécessaire.

— Si, ça l'est ! insista-t-il avec fermeté. C'est le moins que je puisse faire.

— Très bien.

Hébé frissonna. Dans cinq minutes, elle serait sortie de cet appartement.

Et sortie pour de bon de la vie de Nick.

Elle pria pour être capable de retenir ses larmes jusqu'à ce qu'elle soit chez elle. Ce serait trop humiliant de s'effondrer devant lui.

*
* *

— Laisse-moi t'aider, dit Nick.

Il prit la valise des mains de Hébé qui sortait de sa chambre.

— Je… je t'ai préparé le portrait, ajouta-t-il.

Du menton, il désigna le canapé sur lequel se trouvait le tableau emballé.

Il avait d'abord pensé l'offrir aux Johnson, mais cela ne lui avait finalement pas semblé judicieux. C'était le seul souvenir que Hébé avait de sa mère. C'était donc à elle que le tableau devait revenir.

La jeune femme eut l'air gêné.

— Non, je ne peux pas. Je… C'est un authentique Andrew Southern, d'une très grande valeur. Tu devrais l'exposer dans ta galerie.

— Il t'appartient, répliqua Nick avec fermeté.

Hébé refoula ses larmes à grand-peine en comprenant que Nick ne voulait même pas du portrait, qui risquait de lui rappeler l'erreur qu'il avait failli commettre en lui demandant de l'épouser.

— Je veux que tu l'aies chez toi, reprit-il. Il t'appartient, à toi et à ta famille.

— Bien. Je suppose que je pourrais toujours le vendre, et placer l'argent pour notre enfant.

Nick tressaillit.

— Je subviendrai à tes besoins. Et je subviendrai aussi à ceux du bébé.

— Jusqu'à ce que je retourne travailler et que j'ai un salaire, oui. Sinon, tu n'auras pas à payer pour l'erreur que tu as commise.

— Notre bébé n'est pas une erreur ! s'exclama-t-il, le visage livide de colère.

— Je parlais de moi, Nick, pas du bébé.

— Toi non plus, tu n'étais pas une erreur, murmura-t-il.

Elle détourna les yeux.

— Je te laisse le soin d'annuler les préparatifs du mariage, dit-elle.

— Oui, je m'en occuperai. Pouvons-nous y aller maintenant ? Je n'ai jamais aimé les adieux, et celui-ci est… Allons-y !

Il passa une main nerveuse dans ses cheveux.

— Je te rends cela aussi, dit Hébé en commençant de retirer la bague en saphir de son annulaire.

Nick serra les poings.

— Arrête ! s'écria-t-il. Cette bague est à toi. Ce portrait est à toi. Comme t'appartiennent toutes les choses que tu voudras bien accepter de moi.

Hébé savait qu'elle allait avoir financièrement besoin de Nick dans les mois à venir. Elle aurait voulu être capable de refuser son aide, mais elle ne le pouvait pas, à moins de devenir un fardeau pour ses parents.

— Bien, finit-elle par dire. Je suis prête, maintenant.

L'idée que la jeune femme allait quitter sa vie mettait Nick hors de lui. Mais il n'avait pas le choix. C'était lui qui avait provoqué cette situation.

Si seulement il n'avait pas vu ce maudit portrait ! Si seulement il avait écouté Hébé lorsqu'elle lui avait affirmé qu'elle n'était pas la femme du tableau ! Si seulement il ne s'était pas persuadé qu'elle avait déjà tenté de piéger deux hommes fortunés avant lui… Alors, il aurait peut-être été capable de demander à Hébé de lui donner une seconde chance.

Et maintenant, elle s'en allait.

Sur tout le chemin du retour, Hébé réussit à retenir ses larmes. Elle ne voulait pas que Nick voie combien cette séparation la bouleversait. Dire qu'elle ne savait même pas quand elle allait le revoir ! Si elle le revoyait un jour… Car il pouvait très bien décider de laisser ses avocats s'occuper de tout.

Une fois qu'il se fut garé devant chez elle, Nick porta la valise de Hébé et le tableau jusqu'à la porte de l'appartement.

— Est-ce que je peux continuer de travailler à la galerie jusqu'à… jusqu'à… ? commença-t-elle sans oser le regarder dans les yeux.

— Tu peux rester à la galerie aussi longtemps que tu le voudras, ajouta-t-il d'un ton cassant. Tu fais ce que tu veux. Je donnerai les instructions nécessaires à Jane.

— Je voudrais juste…

— Hébé, pouvons-nous entrer ? Ce tableau pèse une tonne !

La jeune femme esquissa un sourire.

— Tu…

— Excusez-moi, les interrompit une voix masculine derrière eux. Je cherche l'appartement de…

Hébé se retourna et l'inconnu s'arrêta brusquement de parler. Elle le vit pâlir.

— Claudia ?… murmura-t-il, abasourdi.

Elle ne connaissait qu'un homme capable de la confondre avec sa mère.

12.

— Andrew Southern ? demanda Nick.

— Oui, confirma l'homme d'une voix étranglée, en ne quittant pas Hébé des yeux.

Nick avait reconnu l'artiste grâce à des photographies qu'il avait vues de lui. L'homme était plus âgé maintenant, ses cheveux étaient poivre et sel, et ses yeux, d'un gris profond, brillaient dans son visage marqué par le temps.

Hébé semblait incapable de bouger et ne cessait d'observer Andrew Southern. Celui-ci fut le premier à recouvrer ses esprits.

— Bien sûr, vous n'êtes pas Claudia, murmura-t-il en secouant la tête. Vous êtes bien trop jeune. Mais la ressemblance est… est…

Sa voix se brisa.

— Surprenante, n'est-ce pas ? acheva Nick.

Hébé frissonna en pensant que cette ressemblance était la source de l'erreur de Nick à son sujet.

— Je m'appelle Hébé, dit-elle à l'homme d'une voix sourde. Avez-vous reçu ma lettre ?

— Oui, dit-il dans un souffle.

Hébé l'observa de nouveau. Il devait avoir une cinquantaine d'années. Grand et séduisant, il avait des yeux perçants qui semblaient pénétrer l'âme des gens.

Des yeux d'artiste, songea-t-elle.

— Voulez-vous entrer ? demanda-t-elle timidement, en poussant la porte de l'appartement.

Nick attendit que l'homme passe devant lui, puis il lui emboîta le pas, le portrait dans les bras.

Le portrait…

Sans attendre que Hébé le lui demande, il posa l'œuvre sur la table et en défit l'emballage. Puis il la posa contre le mur et se tourna vers l'artiste.

Andrew Southern pâlit davantage, saisi de la même stupeur que celle de Hébé la première fois qu'elle avait vu le tableau.

— Je n'aurais jamais pensé le revoir un jour, murmura-t-il en l'observant d'un air incrédule. Comment l'avez-vous eu ?

— Je l'ai acheté aux petits-neveux de Jacob Gardner, à la mort de celui-ci, répondit Nick.

— Claudia ! répéta Andrew Southern, la voix vibrante d'émotion. J'ai essayé de le racheter à Jacob Gardner après… après que Claudia nous a quittés. Mais il a toujours refusé de me le vendre.

— Il ne s'est jamais marié, l'informa Nick d'une voix douce.

— Comment un homme aurait-il pu se marier après avoir connu Claudia ? Ma chère Claudia…

Soudain, il se prit la tête dans les mains et se mit à sangloter.

— Je suis désolée…, murmura Hébé, qui s'approcha et lui posa une main sur l'épaule.

Le peintre leva vers elle un visage empli de larmes.

— Vous êtes désolée ? J'ai laissé partir cette merveilleuse femme, et vous êtes désolée ? J'aurais dû agir plus tôt que je ne l'ai fait. Je n'aurais jamais dû… J'ai passé les vingt-six dernières années de ma vie à me consumer pour une chose impossible : l'entrevoir encore une fois, revoir cette façon unique qu'elle avait de sourire, la tenir dans mes bras…

Soudain, tout sembla vaciller autour de Nick. Non ! Il ne laisserait pas les choses se passer de cette façon : il ne laisserait pas partir Hébé sans lui avoir avoué ce qu'il ressentait pour elle. Et alors peut-être — peut-être ! — pourra-t-il la convaincre d'essayer de l'aimer, ne serait-ce qu'un tout petit peu.

— Est-ce la raison pour laquelle vous avez cessé de paraître en public ? Que vous avez aussi cessé de peindre des portraits ? demanda Hébé d'une voix émue.

— Oui, confirma Andrew Southern. J'ai radicalement changé de vie après ce que j'ai fait.

Hébé le regarda d'un air interrogateur.

— Qu'avez-vous fait ?

— Claudia était fiancée à Jacob Gardner lorsque celui-ci me fit la commande de son portrait. J'étais moi-même marié… Ce n'était pas un mariage heureux, mais… cela ne fait aucune différence. Nos… nos regards se sont croisés, et soudain rien ni personne n'ont plus eu d'importance.

— Mais pourquoi ? demanda Hébé en secouant la tête. Si vous vous aimiez, pourquoi l'avez-vous laissée partir et mettre son bébé au monde toute seule ? Vous ne l'aimiez pas assez pour quitter votre femme ?

— Bien sûr que si, je l'aimais ! protesta Andrew Southern avec flamme, les yeux brillants de larmes. Mais Claudia… Elle ne me croyait pas lorsque je lui disais que c'était avec elle que je voulais vivre. Et puis, j'ai quitté ma femme… Je suis allée voir Claudia pour le lui annoncer, lui dire que je voulais vivre avec elle. Mais elle… elle avait disparu. Je ne l'ai plus jamais revue.

Il ferma les yeux comme pour tenter d'effacer sa souffrance.

Sauf que Nick savait que le peintre n'y parviendrait pas. Tout comme Jacob Gardner, épris de Claudia jusqu'à sa mort, malgré la trahison. Le portrait, encore dans sa chambre après toutes ces années, en était la preuve.

Or Nick savait qu'il aimait Hébé d'un amour aussi fervent que celui d'Andrew et de Jacob Gardner pour Claudia.

— Vous réalisez que je suis la fille de Claudia ? demanda Hébé d'une voix hésitante.

— Qui pourrait en douter ! s'exclama Andrew Southern avec un rire triste. Vous lui ressemblez tellement. Tellement !

— Suis-je… votre fille ou celle de Jacob Gardner ?

— La mienne, bien sûr ! s'écria l'artiste. Claudia n'avait pas ce genre de relation avec Jacob Gardner ! D'ailleurs, elle n'avait jamais eu ce genre de relation avec quiconque avant moi.

— Mais…

— Il n'y a eu personne avant moi, Hébé. Claudia donnait l'impression d'être libre et indomptable. Mais, en fait, c'était une femme douce et délicieuse, qui n'avait connu aucun homme avant moi. Je me suis senti très coupable lorsque je m'en suis rendu compte, la première fois que nous avons fait l'amour. Je n'étais pas heureux en mariage, mais ce n'était pas une excuse pour séduire une jeune fille innocente !

Hébé se sentait soulagée d'apprendre que l'amour de ses parents pour Claudia n'avait pas été vain, et que celle-ci n'avait rien été d'autre qu'une adolescente rebelle, comme elle l'avait suggéré à Nick.

— J'ai essayé de la retrouver, j'ai vraiment essayé ! continua l'artiste d'une voix voilée. Mais elle avait tout simplement disparu.

La jeune femme le regarda avec un sourire triste.

— Je ne crois pas qu'elle souhaitait que vous la retrouviez… Je ne le savais pas, lorsque je vous ai écrit cette lettre vendredi, mais… mais les parents de Claudia n'ont appris où elle se trouvait que le jour où l'hôpital les a appelés. Elle est morte en me mettant au monde. Ils m'ont élevée, et ils sont les seuls parents que je connaisse.

Andrew étouffa un sanglot.

— Après toutes ces années… Jamais je n'ai compris pourquoi elle était partie si vite. Je ne savais pas, jusqu'à ce que je reçoive votre lettre, qu'elle avait eu un enfant de moi. Et en aucun cas qu'elle pouvait être morte.

— Ainsi je suis votre fille ? murmura Hébé.

Le visage d'Andrew s'éclaira d'un sourire plein de tendresse, même si le chagrin se lisait toujours dans ses yeux.

— Oui…

— Et cette jeune femme va vous faire grand-père dans sept mois, dit soudain Nick, en passant son bras autour des épaules de Hébé.

Elle le regarda, surprise. Que faisait-il ? Andrew Southern n'était pas au courant de sa grossesse, et cela ne servait à rien de le lui dire maintenant. Au contraire, cela rendait les choses plus compliquées.

— Hébé et moi allons nous marier, continua Nick. Si elle le veut bien…

Hébé secoua la tête, de plus en plus déconcertée.

— Je crois que vous allez devoir user de persuasion, fit remarquer Andrew avec un petit sourire. Allez donc tous les deux discuter tranquillement. Je serais très heureux de rester ici, à contempler le portrait de Claudia.

Et, sans plus leur accorder la moindre attention, il s'assit dans le fauteuil près du tableau. Ses yeux s'emplirent de larmes, qui roulèrent le long de sa joue, au souvenir de cette femme qu'il avait tant aimée et qu'il ne reverrait plus jamais.

Nick entraîna Hébé dans la chambre.

— Penses-tu qu'il va s'en remettre ? demanda la jeune femme, l'air préoccupé.

— Tu sais, il a eu vingt-six ans pour se faire à l'idée de la perte de Claudia. Je ne pense pas que le fait qu'elle soit morte change grand-chose, répondit prudemment Nick. Si tu es d'accord, je voudrais lui offrir le portrait. Il lui appartient, tu ne crois pas ?

— Si, répondit-elle, touchée par le geste de Nick. Mais je pensais… je croyais que nous étions d'accord pour annuler le mariage.

— Hébé ! s'écria Nick en plongeant son regard dans celui de la jeune femme. Je n'ai pas l'intention de finir comme Andrew : amoureux d'une femme pour le restant de mes jours, mais séparé d'elle.

— Je comprends, approuva-t-elle doucement. C'est pourquoi je suis d'accord pour annuler notre mariage. Je sais que Sally et toi avez envie de vous réconcilier et…

— Sally ? l'interrompit-il brusquement. Qu'est-ce que Sally vient faire ici ?

Hébé eut l'air gênée.

— Eh bien, malgré moi… quand tu as reçu ce coup de fil… j'ai entendu une partie de ta conversation avec elle. Je sais que vous avez envie de vous retrouver, que tu vas te rendre à New York pour en discuter et que c'est la raison pour laquelle tu ne veux plus d'un mariage de convenance avec moi.

Nick la regarda d'un air incrédule. C'était donc pour cela que Hébé, alors qu'ils venaient de faire l'amour d'une manière si délicieuse, si complice, était retournée dans sa chambre la nuit dernière ! Pour cela qu'elle avait été si impatiente de faire annuler le mariage… Parce qu'elle le croyait toujours amoureux de Sally !

Il prit une profonde inspiration.

— Sally s'est remariée il y a un an, et elle est très heureuse, expliqua-t-il. Elle m'a appelé hier pour m'annoncer qu'elle venait de donner naissance à une petite fille. Et elle a eu envie de partager cela avec moi. Je voulais t'en parler, mais tu n'étais plus là quand je suis retourné dans la chambre, et ensuite… je crois bien que nous n'avons pas cessé de nous disputer !

Hébé le regarda, les yeux agrandis de surprise.

— Sally a eu un bébé ?

Nick lui sourit avec tendresse.

— Je sais que tu vas avoir du mal à me croire après la façon dont je t'ai traitée, mais tu es la seule femme avec qui j'ai envie d'être, la seule femme que j'aime, et que j'aimerai toujours.

— Vraiment ? demanda-t-elle, bouleversée.

— Oui. Je suis tombé amoureux de toi il y a six semaines. Ces deux dernières années, je n'ai eu que des aventures avec des femmes que j'oubliais immédiatement. Mais avec toi… cela a tout de suite été différent. Je n'ai pensé qu'à toi pendant ces six semaines passées à New York.

Hébé avait du mal à réaliser que Nick s'adressait à elle.

— Et quand tu as découvert le portrait, tout a changé ? eut-elle la force de demander.

— Parce que je suis un imbécile ! Parce que je ne t'ai pas crue ! La femme du portrait te ressemblait tellement ! C'était toi, telle que je t'avais vue la nuit que nous avions passée ensemble. Toi qui avais été comme un feu ardent dans mes bras. Toi qui avais hanté mes jours et mes nuits… Lorsque j'ai vu ce portrait, je me suis imaginé que l'homme qui l'avait peint t'avait vue comme je t'avais vue, qu'il t'avait touchée comme je t'avais touchée. J'étais tellement en colère que j'étais aveuglé.

— Et maintenant que tu connais la vérité ? l'interrogea la jeune femme.

— Après avoir entendu Andrew Southern, après avoir réalisé à quel point il aimait Claudia et l'enfer qu'était devenue sa vie lorsqu'il l'a perdue, j'ai décidé que je ne voulais pas faire comme lui. Je ne veux pas de la même vie que lui parce que j'aurais eu la bêtise de laisser partir la femme que j'aime… sans même essayer de lui exprimer la profondeur de mes sentiments. Cela pourra prendre des mois ou des années, mais je vais tout faire pour te conquérir, Hébé Johnson.

Il s'approcha et lui saisit les mains.

— Je vais tout faire pour cela et je vais y parvenir. Je t'aime trop, j'ai trop besoin de toi pour te laisser sortir de ma vie. Tu veux bien, Hébé ? M'autorises-tu à te faire la cour, à te séduire, à te chérir ?

— Non, je ne crois pas, dit Hébé.

Nick devint livide.

— Je veux juste dire que je t'aime déjà ! se hâta-t-elle d'ajouter pour le rassurer. Je t'aime depuis des mois. En fait, avant même que tu ne m'adresses la parole. Et si tu es d'accord, j'aimerais que nous nous occupions des préparatifs de notre mariage !

— Hébé ?…

— Je t'aime, Nick.

C'était si agréable de pouvoir enfin prononcer ces mots,

pensa Hébé avec ravissement. C'était si délicieux de laisser son amour exploser au grand jour !

— Je t'aime et je veux passer le restant de ma vie avec toi, ajouta-t-elle.

Nick la regarda et prit une profonde inspiration.

— Tu veux dire pour l'éternité ! s'écria-t-il. Je n'accepterais rien de moins !

Hébé éclata de rire.

— Pour l'éternité, c'est d'accord !

— Je te promets que nous allons être heureux ensemble, déclara-t-il avec ferveur. Vraiment très, très heureux.

Hébé le crut.

Et lorsque leur superbe petite fille Claudia naquit sept mois plus tard, en parfaite santé, Hébé sut qu'elle avait eu raison de croire en Nick, et que leur amour deviendrait plus fort chaque jour qu'ils passeraient ensemble.

Et ce pour l'éternité…

A paraître le 1er mars

Best-Sellers n°633 • suspense
Les démons du passé - Heather Graham

Le musée Tarleton-Dandridge. Une somptueuse demeure du dix-huitième siècle chargée d'histoire… et de secrets. Qui, deux jours plus tôt, s'est caché dans ce sinueux manoir niché au cœur de Philadelphie pour y assassiner Julian Mitchell, l'un des guides, en lui transperçant la gorge d'une baïonnette ? C'est la question qui obsède l'agent Tyler Montague, envoyé sur place par le FBI pour enquêter sur l'affaire. Une question à laquelle il doit trouver une réponse, et vite, car le meurtrier va frapper de nouveau, il en est persuadé. Voilà pourquoi il doit à tout prix s'assurer la collaboration de la séduisante Allison Leigh, la responsable du musée – la seule à en connaître tous les mystères. Seulement voilà, en état de choc depuis qu'elle a découvert le cadavre de son collègue et ami, Allison se montre plus que réticente à l'idée de lui parler. Tout en refusant de reconnaître que, comme lui, elle possède le don étrange et unique de dialoguer avec les morts…

Best-Sellers n°634 • suspense
La vengeance en plein cœur - Laura Caldwell

Alors qu'elle s'apprête à faire un break dans son activité de détective privé pour redevenir avocate à temps plein, Izzy McNeil se laisse convaincre par un ami d'aider la célèbre galeriste Madeline Saga, victime de harcèlement : pendant quelques semaines, elle se fera passer pour son assistante. Pour la protéger, mais aussi pour découvrir qui lui en veut assez pour lui avoir dérobé de précieux tableaux et les avoir remplacés par des copies. Afin de l'aider à percer le mystère opaque qui entoure Madeline, Izzy ne peut compter que sur l'inspecteur Vaughn. Une collaboration qui lui aurait paru stupéfiante quelque temps plus tôt, tant leurs relations sont tendues, mais qui aujourd'hui la rassure… et la trouble.
Au cœur de Chicago, la belle Izzy va devoir percer les secrets de ce monde de l'art tout en faux-semblants, et pour cela flirter avec le danger…

Best-Sellers n°635 • suspense
Le souffle de la peur - Lori Foster

Punir le meurtrier de son meilleur ami, c'est l'obsession de Logan Riske. Et pour cela, il est prêt à employer tous les moyens, y compris changer d'identité et s'installer dans l'appartement voisin de celui de Pepper Yates, la sœur de l'unique témoin du meurtre. Son but : approcher la jeune femme, lui inspirer confiance, et même la séduire s'il le faut, pour la convaincre de l'aider.
Mais face à Pepper, au charme étrange de la jeune femme, son audace sensuelle mais aussi à la peur intense qu'il devine en elle, Logan se sent bientôt déchiré entre sa mission et ses sentiments. Des sentiments qui ne font que s'amplifier quand il apprend que Pepper est elle aussi à présent directement menacée.

Best-Sellers n°636 • historique
Sur ordre royal - Margaret Moore
Pays de Galles, 1205.
Promise par le roi à un ténébreux seigneur gallois ! A cette pensée, lady Roslynn de Were se révolte, et redoute de rencontrer celui que l'on décrit comme un barbare sans foi ni loi. Mais après la trahison dont s'est rendu coupable son époux disparu, elle ne songe pas un instant à s'opposer aux ordres du roi. Et si cette alliance ne peut lui apporter l'amour auquel elle aspire, elle lui permettra au moins de s'éloigner de la cour, où Roslynn subit les pires humiliations depuis la mort de son mari. Aussi, en dépit de ses réticences, accepte-t-elle de se rendre au manoir de Llanpowell pour s'offrir au sombre Madoc. Mais alors qu'elle pensait que le guerrier accepterait sans hésiter sa main, et sa fortune, elle a la surprise de découvrir que ce mariage lui déplaît au moins autant qu'à elle : Madoc refuse catégoriquement de prendre pour épouse une femme choisie par un autre… et une Normande qui plus est ! Désespérée à l'idée de retourner auprès du roi, Roslynn décide de tout faire pour séduire l'ombrageux guerrier…

Best-Sellers n°637 • historique
Promise à un baron - Kasey Michaels
Londres, 1816
« Je vous ai trouvé une épouse. » Devant le regard insistant du régent, Justin Wilde sait qu'il ne peut refuser. Pourtant, après un mariage désastreux avec une femme coquette et volage, il s'était juré de ne plus retomber dans le piège du mariage. Mais s'il veut enterrer pour de bon la fâcheuse affaire de duel qui l'a contraint à l'exil pendant des années, Justin sait qu'il doit accepter les conditions du régent. D'ailleurs, cette lady Magdaléna qu'on lui donne pour fiancée n'a rien de la mondaine capricieuse qu'il pouvait redouter : avec son visage d'ange et son teint d'albâtre, cette pupille du roi d'Autriche surpasse en beauté toutes les femmes qu'il a pu côtoyer… Mais bientôt, il comprend que ce mariage est un redoutable piège fomenté par le régent : sa promise n'est autre que la nièce de l'homme qu'il a tué en duel, huit ans plus tôt ! Un terrible secret qu'il devra lui cacher à tout prix...

Best-Sellers n°638 • thriller
Instincts criminels - Andrea Kane
Pour sauver son enfant, elle est prête à tout. Même à défier la mort…
Les Forensic Instincts : des profilers new-yorkais hors normes, capables de résoudre les énigmes les plus obscures et les plus périlleuses. Des enquêteurs à la personnalité complexe et atypique, parfois tourmentés par leur passé, mais qui puisent justement dans leur singularité — et leurs cauchemars les plus noirs —, les ressources et l'intuition nécessaires à la résolution des affaires qui leur sont confiées.Aujourd'hui, ils sont le dernier espoir d'Amanda Gleason, une jeune femme persuadée que l'homme qu'elle aimait et qu'elle croyait mort depuis huit mois est en réalité bien vivant : Paul Everett. Le père de son bébé. Et le seul à pouvoir sauver ce dernier, gravement malade.
A leur côté, Amanda va se lancer dans une course contre la montre, folle et terrible, et se retrouver confrontée à la violence et à la corruption du crime organisé, ainsi qu'aux sombres secrets du FBI…

Composé et édité par HARLEQUIN

Achevé d'imprimer en février 2015

BRODARD & TAUPIN

La Flèche
Dépôt légal : mars 2015

Pour l'éditeur, le principe est d'utiliser des papiers composés de fibres naturelles, renouvelables, recyclables, et fabriquées à partir de bois issus de forêts qui adoptent un système d'aménagement durable. En outre, l'éditeur attend de ses fournisseurs de papier qu'ils s'inscrivent dans une démarche de certification environnementale reconnue.

Imprimé en France